EIN FERNER HORIZONT

DISTANT -REIHE

BUCH EINS

ANNEMARIE BREAR

Für meine irischen Vorfahren

KAPITEL 1

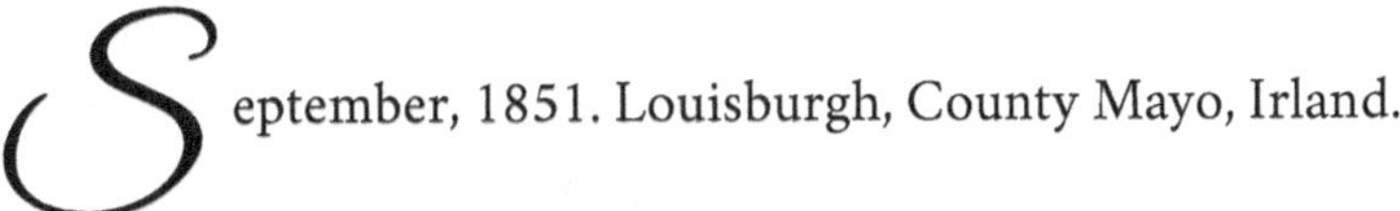

September, 1851. Louisburgh, County Mayo, Irland.

ELLEN KITTRICK HOLTE die Wäsche rein, als der Wind auffrischte und direkt von der Clew Bay über die grünen, hügeligen Felder und hinauf zum Kamm der niedrigen Berge fegte. Der Sturm drohte, die wenigen verbliebenen Kleidungsstücke ihrer Familie in Fetzen zu reißen.

Ellen trug den abgenutzten Wäschekorb mit den kaputten Henkeln auf ihrer Hüfte und blickte über die Landschaft, die sich wie eine smaragdgrüne Decke bis zur Bucht ausbreitete. Jenseits der Bucht lag Clare Island, das letzte Stück Land vor dem weiten und wilden dunkelblauen Nordatlantik.

Steinmauern unterteilten die Felder wie ein Patchwork-Quilt, den sie vor langer Zeit einmal in den Geschäften von Westport gesehen hatte. Auf diesen Feldern wuchsen einst üppige Kartoffelbestände oder standen weiße Schafherden.

Es schien eine Ewigkeit her zu sein, dass ihre eigenen

Felder mit Kartoffeln bepflanzt gewesen waren und ihre Schafe zusammen mit den beiden Kühen, die sie besaßen, dort weideten. Jetzt besaßen sie nur noch eine einzige Milchkuh: Snowflake, wie sie von ihrer Tochter Bridget getauft worden war. Sie wurde jede Nacht eingesperrt, um zu verhindern, dass sie gestohlen wurde. Um die Pacht zu bezahlen, hatten sie all ihre Schafe verkaufen müssen, da die Kraut- und Knollenfäule ihre gesamte Kartoffelernte vernichtet hatte. Die jährlichen Kartoffelmissernten hatten Leben zerstört, einst glückliche Nachbar- und Freundesfamilien ruiniert und diese üppige und fruchtbare Gegend zugrunde gerichtet.

Ellen seufzte tief und hob ihr Gesicht zum blauen Himmel mit seinen weißen Wolken. Die Kartoffelernte war auch in diesem Jahr wieder ausgefallen, und der Ausblick auf einen weiteren langen Winter ohne Einnahmen aus ihrer wichtigsten Anbaukultur ließ Verzweiflung in ihr aufsteigen.

Wie hatte das alles nur so weit kommen können?

Innerhalb von sechs Jahren hatte sich ihre blühende Farm und ihr glückliches, zufriedenes Leben in einen Albtraum verwandelt, aus dem es schier kein Erwachen gab. Ihre vier Kinder, einst lebhafte kleine Wesen, glichen nun wandelnden Gespenstern, nur noch ein Schatten dessen, was sie einst waren.

In ihrem kurzen Leben hatten sie schon zu viel Grauen und Leid mitansehen müssen. Der Weg von ihrer Hütte zur Farm ihrer Eltern war gesäumt von leeren und verfallenen Häusern. Die Nachbarn waren längst gestorben, ausgewandert oder ins Arbeitshaus gegangen, zu schwach oder vom Fieber geplagt, um in ihren Häusern zu bleiben.

Jetzt streiften Fremde auf der Suche nach Arbeit durch die Gegend, oft so kraftlos, dass sie sich hinter den Hecken zusammenrollten und nie mehr aufstanden. Das waren die

Bilder, die ihre Kinder sahen, und Ellen konnte nichts tun, um sie davor zu schützen, denn überall, wo sie hinschauten, wucherte das Elend wie Unkraut.

Als vor sechs Jahren die erste Kartoffelernte ausfiel, war man alarmiert, denn bereits einige Jahre zuvor hatte es Fälle von Krautfäule gegeben, aber die Menschen hatten genug Kartoffeln eingelagert, um den Winter zu überstehen und im Frühjahr neu anzubauen. Doch als die nächste Ernte ausfiel, weil die Kraut- und Knollenfäule gesunde Kartoffeln in faulenden, stinkenden schwarzen Brei verwandelte, brach Panik aus. Die Bauern hatten nicht mehr genügend Pflanzkartoffeln für einen weiteren Anbau, sodass die Felder ein drittes Jahr lang weder Nahrung noch Einkommen boten. Hunger und Verzweiflung zogen Hand in Hand über das Land. Was an Lebensmitteln angebaut wurde, verschiffte man über Irlands Küsten, während die Menschen des Landes verhungerten.

Ellens Blick verdüsterte sich angesichts der wunderschönen Landschaft, die die Nähe des Todes verbarg. Der Wind ließ sie frösteln, er fuhr durch ihr fadenscheiniges Schultertuch und ihr dünnes Kleid und löste ihr langes Haar aus dem schwarzen Band, mit dem sie es zusammengebunden hatte. Schnell zog sie das Band aus ihrem Haar und steckte es in ihren Ärmel. Es war das letzte Band, das ihr geblieben war, und sie wollte es nur ungern dem Wind überlassen. Ihr Stolz hielt sie davon ab, Zwirn zu benutzen, um ihr Haar zurückzubinden. Sie waren arm, aber noch nicht so arm, dass sie wie eine Bettlerin aussehen mussten … noch nicht …

»Ellen!«

Sie wirbelte herum, als sie ihren Namen hörte, und hob die Hand zum Gruß, als sie Pater Kilcoyne, ihren Onkel und Pfarrer, sah, der neben der Hütte stand.

»*Diadhuit*«, sagte der Pater zur Begrüßung, als sie ihn erreichte.

»*Dia is Muiredhuit*«, antwortete sie auf Gälisch und führte ihn ins Innere des grauen Steinhauses, während ihr Magen vor Hunger knurrte.

»Es ist ruhig.« Pater Kilcoyne sah sich in dem kargen Raum um.

»Die Jungen sind an den Strand gegangen, um Seetang zu sammeln, und Bridget wollte sie unbedingt begleiten.«

»Sie müssen vorsichtig sein. Die Engländer sind überall. Es ist ein Leichtes für sie, Kinder zusammenzutreiben und sie ins Arbeitshaus zu stecken oder nach Kanada zu schicken.« Pater Kilcoyne setzte sich auf den Schemel vor dem Torffeuer, das den Raum mit Rauch hüllte, bis Ellen die Holztür schloss.

»Wir brauchen auch etwas zu essen, Pater«, verteidigte sie sich.

»Wo ist Malachy?«

Ellen machte sich daran, ihrem Onkel ein Glas Milch einzuschenken, und wusste nicht, wie sie ihm antworten sollte. Sie schämte sich, zugeben zu müssen, dass ihr Mann das wenige Geld, das sie hatten, für seinen Alkoholkonsum verprasste. Er war nicht mehr der zuverlässige Mann, den sie vor zwölf Jahren geheiratet hatte, als sie noch ein unabhängiges, willensstarkes sechzehnjähriges Mädchen voller Träume gewesen war.

»Ellen?«, hörte sie ihren Onkel nachfragen, dann seufzte er wissend. »Sag mir nicht, dass er wieder nach Westport gefahren ist.«

»Ist er.«

»Um Arbeit zu finden?«

»Ich hoffe es, Pater.« Wirklich zuversichtlich klangen ihre

Worte jedoch nicht. Sie wussten beide, dass ihr Mann das wenige Geld, das er hatte, für Ale ausgeben würde.

»So kann es nicht weitergehen, Ellen.«

»Nein …« Sie kämpfte gegen die Tränen an. Weinen verbrauchte zu viel Energie, und sie musste für ihre Kinder stark sein.

»Ich habe gehört, dass das öffentliche Arbeitssystem den Familien hilft. Hat Malachy versucht, auf diese Weise Arbeit zu finden?«

»Ich glaube schon. Er hat es erwähnt, als er das letzte Mal hier war. Aber ein oder zwei Tage hier und dort zu arbeiten, bringt nicht genug Geld. Manchmal bekommt er nur Suppe als Bezahlung.«

»Wird er im Frühjahr nicht wieder auf dem Feld arbeiten und pflanzen?«

»Was genau? Kartoffeln?« Ellen lachte spöttisch. »Nein, Pater. Die Kartoffeln gehören der Vergangenheit an. Die Krautfäule hat Malachy gebrochen. Fünf Jahre lang haben wir gepflanzt, um dann Monate später festzustellen, dass die gesamte Ernte noch in der Erde verfault ist. Nein, das ist vorbei. Außerdem haben wir kein Geld für Saatkartoffeln.«

»Was wird er stattdessen tun? Beten?«

Ellen zuckte mit den Schultern. »Ich weiß es nicht, Pater. Was auch immer. Irgendwas. Ich ernähre uns von dem Geld, das ich an den wenigen Tagen verdiene, die ich auf dem Gut arbeite. Papa schenkt uns Fisch, wenn er einen guten Fang macht.«

Plötzlich wurde die Tür aufgerissen und ihre Kinder kamen jubelnd in die Hütte gestürmt.

Austin, ihr ältester Sohn, hielt einen Netzbeutel voller nasser Algen in die Höhe. »Sieh mal, was wir haben, Mammy!« Er war vor zwei Tagen zwölf Jahre alt geworden, und sie hatte ihm nur etwas Milch und einen Maisfladen schenken können.

»Und das hier!« Der zehnjährige Patrick wollte seinem älteren Bruder nicht nachstehen und zeigte ihr zwei winzige Krebse.

Ellen nahm ihnen die Meeresfrüchte ab. »Was für tüchtige Jungs ihr doch seid.«

»Ich auch! Ich bin auch tüchtig.« Thomas' Lachen brachte ihr Herz zum Schmelzen. Als dritter Sohn tat er sein Bestes, um mit seinen Brüdern mitzuhalten.

»So tüchtig.« Sie strich ihm das bereits viel zu lange dunkle Haar aus der Stirn, bevor sie sich an ihre einzige Tochter Bridget wandte. »Hast du dich gut benommen?«

Bridget nickte und trat an Ellens Seite, wobei sie Pater Kilcoyne mit großen Augen ansah. Es war seltsam sie so schweigsam zu erleben, normalerweise redete ihre Tochter ununterbrochen. Mit ihren sechs Jahren war Bridget schlagfertig und temperamentvoll.

»Nun, meine Kinder«, lenkte Pater Kilcoyne ihre Aufmerksamkeit auf sich. »Habt ihr eure Gebete gesprochen?«

Austin versteifte sich augenblicklich. Ein rebellischer Ausdruck trat in seine graublauen Augen, aber seine Geschwister nickten pflichtbewusst. Ellen beobachtete ihren Ältesten, beunruhigt darüber, wie schnell er erwachsen wurde. Es wurde immer schwieriger, den Jungen dazu zu bringen, in die Kirche zu gehen. Zu oft hatte Austin zu viel zu sagen, vor allem zu seinem Vater, der nicht zögerte, den Jungen zurechtzuweisen. Wie lange würde es dauern, bis Austin zu alt war, um sich von seinem Vater züchtigen zu lassen, einem Mann, der kaum noch da war? Während des letzten Jahres hatte Malachy mehrmals darauf bestanden, die

Jungen mitzunehmen, um Arbeit zu finden, aber Ellen hatte sich dagegen ausgesprochen. Ihre dünnen, unterernährten Körper und ihre zerlumpte Kleidung konnten für sie den Tod bedeuten, wenn sie bei Wind und Wetter körperliche Arbeit verrichteten.

»Können Sie uns eine Geschichte erzählen, Pater?«, fragte Thomas, der vor dem Feuer saß.

»Ich fürchte, ich habe heute keine Zeit, mein Sohn. Ich muss noch andere Leute besuchen.«

»Darf ich Blaze streicheln?«, flehte Bridget mit große blaugraue Augen.

»Natürlich darfst du, mein Kind«, antwortete der Pater.

»Sei vorsichtig«, mahnte Ellen, als ihre Tochter nach draußen lief, um das alte Pferd zu streicheln, auf dem der Pater durch die Gemeinde ritt. Bridget liebte Tiere, und trotz ihrer zierlichen Gestalt schien sie sich vor keinem noch so großen Tier zu fürchten. Die Familie glaubte, sie habe die Gabe, Tiere zu verstehen, und während sie bei Menschen aufbrausend und impulsiv sein konnte, war sie bei Tieren stets geduldig und ruhig.

»Ich passe auf sie auf.« Austin folgte seiner Schwester nach draußen.

Der Pater hielt ihn auf. »Austin, du warst an den letzten beiden Sonntagen nicht in der Sonntagsschule.«

Austin zuckte mit den Schultern. »Ich kenne meine Buchstaben. Ich kann lesen. Und ist es nicht besser, wenn ich meine Zeit sinnvoller nutze, Pater?«

»Lernen ist etwas für die Klugen, mein Sohn«, tadelte der Pater.

»Aber es bringt kein Essen auf den Tisch, nicht wahr?«

»Austin!«, rief Ellen erschrocken, die sich für das Verhalten ihres Sohnes schämte.

Der Pater hob beschwichtigend die Hand, als Austin die Hütte verließ. »Der Junge wird erwachsen, Ellen.«

»Das tut er, und der Verlust unserer Ernte und unserer Tiere setzt ihm ziemlich stark zu. Er sieht und hört zu viel. Seine Freunde sind tot oder im Arbeitshaus …«

»Austin wird sich an diesen Ort erinnern, wo er noch eine blühende Farm war und sein Vater sich um das Land kümmerte.«

Ellen ignorierte die Stichelei über Malachy. »Er hat auch gesehen, wie die Familie und die Nachbarn alles verloren haben, und er ist besorgt.« Sie machte sich daran, die Wäsche zu falten. Sie brauchte etwas, womit sie ihre Hände beschäftigen konnte. »Erst gestern haben wir uns von den Riordans verabschiedet. Sie haben sich auf die Reise nach Kanada gemacht. Wie viele Freunde und Nachbarn werden noch ihre Heimat verlassen, um Gott weiß wohin zu gehen, oder ins Arbeitshaus kommen, wo man sie dann nie wieder sieht?«

»Wenn es ihren Körper und ihre Seele zusammenhält, dann muss es getan werden.« Der Pater schüttelte den Kopf. »Aber die Gemeinde wird nie mehr dieselbe sein. Immer weniger Menschen sitzen jetzt in meiner Kirche. Manche reisen in ferne Länder, manche begeben sich in die Armenhäuser, manche leben in Straßengräben und manche wollen ihren Erlöser treffen. Es wundert mich, dass Malachy noch nicht davon gesprochen hat, das Land ebenfalls zu verlassen.«

»Noch nicht.«

»Würdest du mit ihm gehen, wenn er es täte?«

»Und Mammy und Papa im Stich lassen? Das würde ich nicht ertragen.«

»Aber du könntest es ertragen hierzubleiben, wenn die Dinge bleiben, wie sie sind?« Der Pater trank seine Milch aus und reichte Ellen ein kleines Päckchen. »Verkauf es, um die

Pacht zu zahlen«, sagte er leise. »Deine Mammy und dein Papa lassen dich grüßen. Ich habe sie heute Morgen gesehen.«

»Wie geht es ihnen? Ich habe sie schon seit ein paar Tagen nicht mehr gesehen. Ich hatte Arbeit auf dem Gutshof.« Sie nahm das Päckchen entgegen, aber sie öffnete es noch nicht. Sie wusste, er würde es nicht wollen, dass sie es aufmacht, während er noch hier war. Sie hatte keine Ahnung, was sie ohne die Hilfe ihres Onkels in den letzten Jahren oder ihre Anstellung als Putzfrau auf Wilton Manor getan hätte.

Seine Miene verfinsterte sich, als er sich zu ihr beugte und seine Stimme wurde leiser. »Nicht wirklich gut. Sie werden die Pacht nächste Woche nicht bezahlen können. Die Netze deines Papas sind leer geblieben. Ich habe versucht zu helfen, aber mein Schwager ist zu stolz und lehnt jede Unterstützung ab, die ich anbiete. Ich habe es geschafft, meiner Schwester ein paar Pennys zu geben, aber Riona musste sie schnell verstecken, bevor Fionn sie sieht.«

Sie nickte. Ihr Vater, Fionn, kämpfte noch härter als sie, um die Familie vor der Zwangsräumung zu bewahren, aber auch seine Kartoffelernte war jedes Jahr aufs Neue verfault. Auch er hatte im Laufe der Jahre all seine Tiere verkaufen müssen, um die Pacht zu bezahlen. Als Fischer schaffte er es, die Familie vor dem totalen Verhungern zu bewahren. Ellen war sich sicher, dass sie ohne Papas Boot und seine kleinen Fänge sowie ihre Arbeit nicht so lange überlebt hätten.

»Ich werde sie morgen besuchen«, sagte sie.

»Ich habe für meine gesegneten Gemeindemitglieder so viel getan, wie ich konnte, aber meine Mittel sind begrenzt.« Der Pater seufzte. »Ich hasse es, meine Familie in diesem Zustand zu sehen. Fionn war immer stolz darauf, seine Pacht zahlen und für seine Familie sorgen zu können.«

»Wie wir alle.« Ellen warf einen Blick auf Patrick und

Thomas, die still vor dem Torffeuer kauerten, das heute eher rauchte als das es wirklich brannte.

Der Pater küsste sie auf die Stirn. »Gott segne dich, meine Tochter. Ich sehe dich am Sonntag in der Kirche. Bring Malachy mit.«

»Ich werde es versuchen …« Sie brauchte ihrem Onkel nicht zu sagen, wie ihr Mann war. Er wusste es zu gut. Ihre ganze Familie wusste genau, wie schwach Malachy war, wenn es ums Trinken ging.

»Gott segne euch alle.« Pater Kilcoyne bekreuzigte sich und verließ die Hütte.

Als sich die Tür hinter ihm schloss, öffnete Ellen das Päckchen. Darin befand sich ein feines Stück Spitzenarbeit, ein Kragen für ein Kleid, aber nicht für sie. Sie würde sich nach Louisburgh begeben und versuchen, es zu verkaufen, und wenn sie dort keinen Erfolg hatte, würde sie die vier Stunden Fußmarsch nach Westport in Kauf nehmen.

Viele der Gemeindemitglieder ihres Onkels hatten kein Geld, um ihn für seine Dienste zu bezahlen, und oft bezahlten sie ihn mit etwas Selbstgemachtem, mit Obst und Gemüse, mit Vieh oder mit den Dingen, was sie entbehren konnten. Seit dem Beginn der Missernten waren auch diese Spenden zurückgegangen. Jetzt konnten sich die Menschen in der Gemeinde kaum noch selbst ernähren, doch ihr katholischer Glaube war stärker denn je, und Pater Kilcoyne etwas zu geben, gab ihnen oft ebenso viel Trost wie seine Gebete.

Ellen gab das in Milch eingeweichte Maismehl in die Pfanne und begann, Fladen zu formen, die sie über dem Feuer für die Kinder braten wollte. Die Zeiten, in denen es drei herzhafte Mahlzeiten am Tag gab, waren vorbei. Stattdessen gab es nur noch eine Mahlzeit am Mittag, und auch die hing davon ab, ob sie etwas Wild gefangen hatten oder ob sie etwas vom Gut mit nach Hause nehmen durfte.

Wenigstens bedeutete Malachys regelmäßiges Verschwinden, dass sie mehr Essen hatte, das sie für die Kinder aufteilen konnte. Das verhasste Maismehl war bis zu den Missernten nie Teil ihrer Ernährung gewesen. Die britische Regierung dachte, dass die Lieferung von indischem Mais den irischen Pöbel zufrieden stellen würde, aber es dauerte lange, bis sie sich an den Geschmack gewöhnt hatten und wussten, wie man es so zubereitet, um keine Magenschmerzen zu bekommen.

Immerhin konnte sie ihren Kindern etwas zu essen geben, was sie davon abhielt, gekochte Brennnesseln vom Straßenrand oder Seetang zu essen.

Diese Aufgabe gab ihr Zeit, über den Verbleib ihres Mannes nachzudenken. Diesmal war er schon zwei Tage weg. Sie betete zu Gott, dass er Arbeit gefunden hatte. Sie betete jede Nacht, dass es ihm gelingen möge, genug Geld zu verdienen, um ein Dach über dem Kopf zu haben. Vielleicht würde dann der glückliche, liebevolle Mann, den sie geheiratet hatte, zurückkehren und den gequälten Fremden ersetzen, mit dem sie jetzt lebte.

Die Veränderung, die Malachy in den letzten Jahren durchgemacht hatte, beunruhigte sie. Er war nicht mehr der Versorger, der lachende, witzige junge Mann, der ihr Herz erobert hatte, als sie noch ein fünfzehnjähriges Mädchen war. Sie hatten an ihrem sechzehnten Geburtstag geheiratet, als sie noch die junge und hübsche Ellen O'Mara gewesen war, und neun Monate später war Austin in genau diesem Cottage geboren worden, das sie dank Malachys harter Arbeit hatten pachten können.

Sie hielten sich für gesegnet, eine solche Liebe zueinander

gefunden zu haben, und obwohl die ersten Jahre mit der Arbeit auf dem Land und der Aufzucht von Tieren und Kindern hart waren, blickte sie mit tiefer Dankbarkeit auf diese ersten Jahre ihrer Ehe zurück. Pures Glück hatte damals ihre Tage erfüllt.

Malachys Familie, die Kittricks, war eine der größten Pächterfamilien in der Gegend. Seine Eltern waren beide im letzten Jahr am Fieber gestorben und hatten ihren Hof seinem ältesten Bruder Colm hinterlassen. Allerdings hatte Malachy bei seiner Heirat einige Morgen zur Bewirtschaftung erhalten, und Ellen, die von dem größeren Pachtland ihres Vaters kam, war damit zufrieden gewesen. Gemeinsam hatten sie hart gearbeitet, um den Hof rentabel zu machen. Sie pflanzten Kartoffeln an, ließen ein paar Schafe grasen, hielten zwei Milchkühe, Hühner, ein Schwein und einige Gänse.

Schon bald beschwerte Malachy sich, ihre Äcker würden nicht ausreichen und Colm müsse ihm mehr geben, aber dieser weigerte sich. Die Spannungen zwischen den Brüdern nahmen zu, doch dann kam die Krautfäule und machte alles zunichte. Jetzt konnten sie das Land, das sie hatten, nicht mehr bewirtschaften, und das einzige Einkommen, das sie hatten, war ihr kleiner Lohn, den sie an drei Tagen in der Woche als Putzfrau verdiente, und die gelegentlichen Tage, an denen Malachy als Tagelöhner Arbeit fand.

Ellen briet die Fladen und wieder knurrte ihr Magen vor Hunger. Austin und Bridget kamen herein, und Bridget half, den Holztisch mit Blechtellern zu decken.

»Milch, Mama?«, fragte Austin und hielt den Krug hoch.

»Ja, es gibt genug für euch alle bis morgen.«

Snowflake wurde jeden Morgen und Abend gemolken, und Ellen dankte Gott jeden Abend für diesen Reichtum. Aber wie lange würde es noch so bleiben? Auf dem Dachboden gab es keinen Vorrat mehr an Kartoffeln oder anderem Gemüse. Es gab auch nichts, was sie am Ende des Sommers hätten ernten können. Vor ihnen lag ein langer Winter mit leeren Vorratskammern. Ellen betete, Malachy würde eine Arbeit finden, um sie über den Winter zu bringen, in der Hoffnung, dass danach bessere Zeiten anbrechen würden.

Sie sah sich die leeren Holzregale an und ließ niedergeschlagen die Schultern hängen. Dort befanden sich einst Tee, Zucker, Mehl, Salz, Hafer, Speck und Schinken. Es hatte ihnen nie an Kartoffeln, Zwiebeln und Karotten gemangelt. Jetzt konnte sie sich kaum noch an die Zeit erinnern, wann sie das letzte Mal eine solche Fülle besessen hatten. Das verhasste Maismehl war billig und sättigend, wenn es in Milch eingeweicht wurde, und sie wusste, dass sie dankbar sein sollte, es zu haben, denn Tausende und Abertausende von Menschen hatten viel weniger oder gar nichts.

Sie konnte nicht nach Louisburgh gehen, ohne an Bettlern am Straßenrand vorbeizukommen, die zu schwach waren, um sich zu bewegen, an Leichen, die dort zurückgelassen wurden, wo sie hinfielen und starben, oder an leeren Häusern, von denen die meisten nur noch Ruinen waren, weil die Männer des Pächters sie niederbrannten, wenn die Pacht nicht bezahlt wurde. Jahrelang hatte sie dem Tod ins Auge geblickt und hatte nachts Angst vor den verheerenden Szenen, die sie gesehen hatte: verzweifelte Menschen, die um Essen bettelten, zerstörte Häuser oder Leichen am Straßenrand.

Irgendwie hatten sie und ihre Familie sich bis jetzt durchkämpfen können, aber sie hielt es nicht mehr für selbstverständlich, dass sie eine gute Ernte haben würden und sie große Kartoffeln in Hülle und Fülle haben würden. So lebte sie von Tag zu Tag, von Stunde zu Stunde, und betete, dass sie ihre Stellung auf Wilton Manor nicht verlieren würde. Die

Arbeit auf dem Gut versorgte sie mit einer Mittagsmahlzeit und manchmal auch mit einem Korb voller Reste, die sie ihren hungernden Kindern mit nach Hause bringen konnte.

Es klopfte an der Tür und Colm trat ein. »Gott segne alle in diesem Haus.« Er bekreuzigte sich. Seine große, massige Statur beherrschte den Raum. Colm Kittrick war weit davon entfernt, so auszusehen, als würde er hungern.

Ellen murmelte eine Antwort und stand von ihrem Platz vorm Feuer auf, um den Kindern kleine Portionen der gerade zubereiteten Fladen zu geben. »Geht es dir gut, Bruder?«, fragte sie, ohne ihn anzuschauen.

Ihr Schwager machte sie nervös. Er war Junggeselle und scherzte ständig darüber, dass er nie heiraten würde, da Malachy die einzige anständige Frau der Gegend weggeheiratet hatte. Seine Witze waren ihr unangenehm, ebenso wie seine eindringlichen Blicke und anhaltenden Berührungen. Zwölf Jahre lang hatte sie bemerkt, wie er sie beobachtete, lächelte und mit ihr scherzte, doch hinter dem freundschaftlichen Humor lauerte etwas Tieferes, und das gefiel ihr nicht.

»Wo ist Malachy?«, fragte er, als er sich an den Tisch setzte und sich an den letzten Fladen bediente, die Ellen für die Kinder hatte aufbewahren wollen, um sie ihnen vor dem Schlafengehen zu geben.

»Er sucht Arbeit in Westport.«

»Hm. Gewiss.« Colm lachte spöttisch. »Ich wette, er versäuft seine letzten Pennys in irgendeiner Kneipe.«

»Er wird schon Arbeit finden.«

Colm schob sich ein Stück des Fladens in den Mund. »Bist du etwa immer noch davon überzeugt, dass mein Bruder das Richtige tun wird? Ziemlich dumm diese Annahme.«

»Er ist mein Mann und wir sind seine Familie. Natürlich wird er das Richtige für uns tun.«

Colm goss den Rest der Milch in eine Tasse. »Dann bist du eine Närrin. Mein Bruder ist vom rechten Weg abgekommen. Er hat dein Vertrauen in ihn nicht verdient. Du hast dir den falschen Bruder ausgesucht, Ellen.«

Ellen wandte sich ab und kämpfte gegen die Wut an, die in ihr aufstieg. Sie schnappte sich den Eimer und ging nach draußen zum Brunnen, um Wasser zu holen. Der Wind riss an ihren Kleidern, aber sie begrüßte die Kälte, die über ihr erhitztes Gesicht fuhr. Verdammter Colm. Der falsche Bruder, in der Tat. Sie wäre lieber eine Jungfrau geblieben, als sich an diesen Mann zu binden.

»Ellen.« Colm stand plötzlich neben ihr, seine Hände lagen auf ihren Schultern und drückten sie sanft. »Verzeih mir. Ich konnte mich einfach nicht zurückhalten. Ich will nur das Beste für dich.«

»Und das ist deiner Meinung nach, schlecht über meinen Mann, deinen Bruder und den Vater meiner Kinder zu sprechen?« Sie wich vor ihm und seiner immer sinnlicher werdenden Berührung zurück.

Er fuhr sich mit der Hand durch sein dichtes schwarzes Haar. »Es frustriert mich, dass du so blind an ihn glaubst. Er hat in den letzten Jahren nichts getan, womit er das verdient hätte.«

»Das haben nur Gott und ich zu beurteilen!« Sie zog die hölzerne Abdeckung wieder über den Brunnen.

Colm nahm ihr den vollen Eimer ab. »Ich kann für euch sorgen. Ich würde mich um euch kümmern, wenn du es mir gestattest. Bitte lass mich. Zieht in mein Haus.«

»Malachy wird für uns sorgen.«

»Malachy ist nicht fähig. Mein Bruder ist nicht mehr der Mann, in den du dich damals verliebt hast. Er hat sich verändert. Wann hat er das letzte Mal gearbeitet?« Er blickte sich auf dem vernachlässigten Hof um. »Was hält dich noch? Ehe du dich versiehst, landest du im Arbeitshaus.«

Sie reckte verärgert ihr Kinn. »Wir sind besser dran als die meisten. Ich habe meine Stelle auf Wilton Manor und mein Vater hat immer noch sein Boot.«

»Für einen Engländer arbeiten?«, höhnte er. »Wilton ist ein alter Narr. Du und wir anderen sind ihm völlig egal. Die Briten wollen uns nur tot sehen, damit sie unser Land bewirtschaften können. Rinder sind wertvoller als das irische Volk. Britische Grundbesitzer werden stark besteuert, wenn sie Pächter haben. Was glaubst du, warum sie die Cottages abreißen und die Leute einfach verhungern lassen?«

»Mr. Wilton ist ein guter Mann, auch wenn er Engländer ist. Ich brauche das Geld, und das ist alles, was mich interessiert, also halt dich gefälligst zurück!«

»Im ganzen Land gibt es Lagerhäuser, die voll mit Weizen und Mais sind. Wusstest du das? Und es wird alles nach England verschifft. Das dürfen wir nicht dulden. Wir müssen etwas dagegen unternehmen.«

»Was für dumme Worte du von dir gibst. Gegen die Briten zu kämpfen würde bedeuten, irgendwo im Gefängnis zu verrotten oder aus dem Land zu fliehen und ins Exil zu gehen, wie es schon viele andere getan haben.«

»Und was für tapfere Männer es waren, die versucht haben, uns zu befreien! Für Irland zu kämpfen ist alles, was wir noch tun können!« Seine Wangen röteten sich vor Wut.

»Ich will nichts mehr davon hören, Colm. Und du wirst deine Zunge im Zaum halten, wenn du in der Nähe der Kinder bist. Ich werde nicht zulassen, dass du den Jungs deine rebellischen Ideen in den Kopf pflanzt.«

Er seufzte tief. »Komm zu mir, Ellen, ich bitte dich. Lebe auf meinem Hof. Es wird gewiss wunderbar sein. Das Haus ist doppelt so groß wie deins. Ich habe Vieh und Hühner. Den Kindern würde es also nicht an Essen mangeln. Ich hasse es, sie so dünn zu sehen. Ich habe Angst, sie könnten krank werden oder noch schlimmer.«

»Ich kann für meine Kinder selbst sorgen.« Er machte ihr ein schlechtes Gewissen. Als ob sie sie absichtlich hungern ließe. Tat sie das? Sollte sie ihren Stolz herunterschlucken und Colms Bitte nachgeben?

»Indem sie wie die Bettler im Armenhaus von Maismehl leben?«, spottete er.

Ellen versteifte sich bei dieser Beleidigung. »Es ist nicht immer Maismehl. Zum Abendessen gibt es Krabben und Seetang. Außerdem haben wir reichlich Milch.«

»Und was passiert, wenn die Kuh keine Milch mehr gibt?«

»Darüber mache ich mir Gedanken, wenn es so weit ist und nicht vorher.«

Er nahm ihre Hand, seine Finger strichen über ihre Haut. »Ich will nur das Beste für dich. Ich kann es nicht ertragen, dich so zu sehen«, flüsterte er. »Du würdest glücklich mit mir auf dem Hof sein. Ich würde dich wie eine Königin behandeln. Es würde dir an nichts fehlen.«

»Ich bin nicht deine Ehefrau, Colm.«

»Nein, auch wenn du es solltest. Aber du kannst es heimlich sein.« Er beugte sich dicht an sie heran und sein Atem kitzelte sie am Ohr. »Ich würde dich richtig lieben, Ellen. Deine Schönheit regt mich dazu an, offen zu sprechen. Ich will dich bei mir haben. Du solltest Malachy vergessen.«

Sie lachte spöttisch. »Wie kannst du so etwas sagen? Ich soll Malachy vergessen? Er ist mein Mann! Dein Bruder.«

Sie schüttelte seine Hand ab und marschierte zurück zur Hütte, wünschte, er würde gehen und Malachy wäre hier. Sollte *er* sich doch mit seinem Bruder auseinandersetzen.

Aber dann wusste sie, dass Colm sich anders verhalten würde, wenn Malachy in der Nähe wäre. In Malachys Gegenwart spielte Colm gerne den vernarrten Onkel für die Kinder. Nur wenn sie allein waren, benahm er sich ungehobelt und überschritt jegliche Grenze des Anstandes.

Er folgte ihr. »Du liegst mir sehr am Herzen, Ellen. Versprich mir nur, dass du als erstes zu mir kommst, ihr wirklich nicht mehr über die Runden kommt.«

»Mein Mann wird das entscheiden.«

»Oh, Ellen.« Er neigte den Kopf.

»Auf Wiedersehen, Colm.«

Er machte einen Schritt, dann blieb er stehen. »Bevor ich gehe, will ich dich noch warnen. Du darfst im Dorf nicht die irische Sprache sprechen. Die englischen Soldaten verlangen, dass nur Englisch gesprochen wird.«

»Ich spreche unsere Sprache nur zu Hause. Ich weiß, dass es besser ist, außerhalb Englisch zu sprechen. Ich habe Augen und Ohren, Colm, und ich arbeite für einen englischen Herrn. Ich bin keine Närrin.«

»Sag es den Kindern. Nur Englisch. Major Sturgess sucht nach Möglichkeiten, uns zu bestrafen, aber seine Soldaten bestehen aus einheimischen Männern und ich kenne einige von ihnen, und sie erzählen mir Dinge.«

»Vielleicht weißt du zu viel?«, schnauzte sie. »Ist es nicht besser, du bleibst mehr an deinem eigenen Kamin und streifst nicht durch die Gegend, um Dinge zu hören, die dich nichts angehen?«

»Was ich erfahre, soll uns allen helfen. Austin ist in dem Alter, in dem er in Ketten zum Arbeiten geschickt werden könnte. Sturgess braucht keinen Vorwand, um euch alle wegen des geringsten Vergehens zusammenzutreiben und an den Pranger zu stellen.«

Ellen kannte Major Sturgess und seine Soldaten, die für den abwesenden britischen Großgrundbesitzer, dem das Land hier gehörte, in der Gegend unterwegs waren. Sie hatte mehrmals gesehen, zu was Sturgess fähig war. Zerstörte Hütten, Menschen, die auf der Straße ausgepeitscht wurden, erschossene Hunde, Männer, die beim geringsten Vorwurf umgebracht worden waren. Sturgess war der leibhaftige Teufel.

»Ich werde die Jungs vom Dorf fernhalten.«

Colm nickte. »Schick Austin zu mir. Ich werde ihm ein Huhn für euch mitgeben.«

»Das werde ich.«

»Und überleg dir nochmal mein Angebot. Gott segne und behüte dich.« Colm verschwand um die Ecke der Hütte, und bald hörte sie die Hufe seines Pferdes über den Feldweg stampfen.

Es ärgerte sie, dass Colm noch ein Pferd hatte. Wie hatte der Mann all die Jahre der Katastrophe so gut überstanden? War an den Gerüchten, er sei ein geheimer Waffenhändler, etwas Wahres dran? Oder schlimmer noch, war er ein Spion für die Briten? Er tat zwar so, als würde er die Engländer hassen, aber es gab viele Gerüchte darüber, dass man ihn mit den Soldaten, die durch das Land zogen, beim Trinken gesehen habe. Oder war er nur ein Informant für die *Young Irelanders*? Die rebellische Gruppe hatte Männer im ganzen Land, obwohl frühere Aufstände gescheitert waren und die Anführer aus Irland geflohen waren.

Sie seufzte erschöpft. Colm war gefährlich, und er kannte zu viele Leute, gute und schlechte, aber er liebte die Kinder, das konnte sie nicht leugnen. Sie wünschte sich nur, er würde *sie* nicht so sehr lieben.

Ellen rieb sich den steifen Nacken und ging ins Haus. Die Kinder saßen vor dem Feuer und lauschten Austin, der ihnen eine Geschichte über ein Monster erzählte, das im Sumpf am Rande der Ortschaft lebte.

Ellen nahm Bridget auf ihren Schoß und lächelte Austin an. Ihr Haus und ihr Land mochten aller Annehmlichkeiten beraubt sein, aber wenigstens gab es vier vertraute Gesichter, die sie liebevoll ansahen, und im Moment konnte sie sie ernähren und ihnen ein Zuhause geben. Sie hatte mehr als die meisten.

Als die Sonne hinterm Horizont verschwand, brachte Ellen die Kinder im anderen Zimmer ins Bett. Malachy hatte ein großes Bett gebaut, in dem alle vier schlafen konnten, während sich ihr eigenes Bett auf dem Dachboden neben dem Gemüselager befand. Sie hörte sich die Gebete der Kinder an und gab ihnen dann einen Gute-Nacht-Kuss.

Ellen schüttete gerade noch mehr Torf in das Feuer, um es über Nacht warm zu halten, als die Tür aufging und Malachy hereinstolperte.

»Pst!« Sie deutete mit dem Kopf auf die schlafenden Kinder im Nebenzimmer.

Malachy lächelte, als er auf Zehenspitzen zu ihr ging. Er umarmte sie fest. »*M'fhíorghrá.*«

»Ich bin nicht deine wahre Liebe, Malachy Kittrick, der Alkohol ist es!« Sie wandte ihr Gesicht von ihm ab. Er stank nach schalem Ale und wer wusste schon, wonach noch.

»Fang nicht damit an, Weib. Ich bin den ganzen Weg nach Hause gelaufen, um dich zu sehen.«

»Hast du Geld verdient?«

»Etwas.«

»Genug für die Pacht?«

Er runzelte die Stirn, sein hübsches Gesicht verlor seine Fröhlichkeit. »Noch nicht.«

»Aber genug für dich, um dich zu vergnügen?« In diesem Moment hasste sie ihn.

»Ich werde mehr Geld verdienen …« Er schwankte, die Augen halb geschlossen. »Es ist schwer, Arbeit zu finden. Männer, Frauen und Kinder arbeiten für nichts, nur für ein Stück Brot. Da kann ich nicht mithalten.«

»Die Pacht ist nächste Woche fällig.«

»Ich weiß, wann sie fällig ist. Immer Ende März und Ende September, du brauchst mich nicht daran zu erinnern.« Er tauchte eine Tasse in den Wassereimer und nahm einen tiefen Schluck.

»Was machen wir, wenn wir nicht genug Geld haben, um sie zu bezahlen? Dann muss ich Snowflake verkaufen. Aber was machen wir beim nächsten Mal?

»Ich werde das regeln. Ich verspreche es.«

»Malachy, du musst aufhören zu trinken. Wir können uns das nicht leisten.« Sie ging zu ihm hinüber und sehnte sich verzweifelt nach etwas Zärtlichkeit und Unterstützung. »Bitte hör auf.«

Er drückte sie fest an sich und küsste sie auf den Scheitel. »Ich werde es versuchen, aber ich habe alles verloren, mein Schatz. Der Alkohol hilft mir, zu vergessen …«

»Deine Familie hast du noch nicht verloren, noch nicht.«

Ein eindringlicher Blick verdunkelte seine grauen Augen. »Das ist nur eine Frage der Zeit.«

Sie wich von ihm zurück. »Warum redest du so? Ich erkenne dich kaum wieder. Wir haben bis jetzt durchgehalten, und wir können weitermachen, wenn *du* dich nur genug anstrengst!«

»Hör auf, mich zu belehren. Ich bin erschöpft. Ich bin Meilen gelaufen. Ich gehe jetzt ins Bett.«

Sie warf ihm eine zusammengenähte Decke zu, die ihm

gegen die Brust schlug und auf den Boden fiel. »Schlaf hier unten, du schaffst es nicht die Leiter hinauf. Das Letzte, was wir wollen, ist, dass du fällst und dir ein Bein brichst.«

Grummelnd bückte er sich, um die Decke aufzuheben, verlor das Gleichgewicht und stürzte auf den mit Steinen ausgelegten Boden.

Ellen stand vor ihm und merkte, wie ihre Liebe zu diesem Mann langsam aus ihrem Herzen wich. »Was ist los, Malachy Kittrick?«

Ein Schnarchen war seine Antwort.

Sie nahm ihr Schultertuch ab und legte es ihm unter den Kopf und die Decke über ihn. Sie starrte auf ihn herab, den Mann, den sie einst so sehr geliebt hatte und der ihr versprochen hatte, dass er ihr niemals Grund zur Sorge geben würde.

Er trug keine Schuld an der Krautfäule, die das Land heimgesucht und die Kartoffelernte vernichtet hatte, aber er hatte nicht genug getan, um sie und die Kinder zu schützen. Er hatte die Sorgen und die ständige Angst auf ihre Schultern geladen, und das würde sie ihm nie verzeihen können.

Im schwachen Schein des Feuers kletterte sie die Leiter zur Strohmatratze hinauf.

Nachdem sie ihre Gebete gesprochen hatte, die jede Nacht flehentlicher wurden, kroch sie unter eine kalte Decke und kuschelte sich in die klamme Matratze, die frisches Stroh bräuchte, um sie wieder aufzufüllen. Der Wind heulte um die Hütte, fand die Lücken im Strohdach und strich ihr wie eisige Finger über das Gesicht.

Tag für Tag, Stunde für Stunde …

Die Worte wirbelten in ihrem Kopf herum. Sie würde diese schreckliche Zeit überstehen, so wie sie es bisher getan hatte, und auch wenn sie sich nicht auf Malachy verlassen konnte, dann würde sie sich weiterhin auf sich selbst verlassen.

KAPITEL 2

Schreie weckten Ellen am nächsten Morgen. Sie runzelte die Stirn und ärgerte sich darüber, dass die Kinder so einen Lärm machten. Sie zog sich schnell an, suchte nach ihrem Schultertuch und erinnerte sich dann, dass es unter Malachys Kopf lag. Ihre Verärgerung erreichte ein neues Ausmaß. Sie eilte die Leiter hinunter und stellte fest, dass das Geschrei von draußen kam. Diese Kinder würden ihre Hand zu spüren bekommen.

Ellen schnappte sich ihr Schultertuch, das über einem Stuhl hing, und war bereit, den Vieren eine Tracht Prügel zu verpassen. Doch als sie die Tür öffnete, ließ sie der Anblick, der sich ihr bot, zurückschrecken.

Im Regen standen drei empörte Männer, die sich gegen ihre Kinder wehrten. Einer der Männer hielt das Seil, mit dem Snowflake gefesselt war.

»Was in Gottes Namen willen ist hier los?«, rief Ellen und stürmte auf die Männer zu, während ihre Jungs versuchten die Männer in Schach zu halten. Bridget klammerte sich an das Seil an Snowflakes Hals, während ein Mann versuchte, ihre kleinen Hände davon loszureißen.

»Rufen Sie Ihre Bälger zurück, Weib!«, rief ein Mann, dessen Hut in den Schlamm gefallen war.

»Lassen Sie unsere Kuh los.« Ellen sah sich nach etwas um, das sie als Waffe benutzen konnte. Diebstähle standen in dieser Gegend an der Tagesordnung.

»Sie gehört euch nicht mehr!« Der Mann, der das Seil hielt, zog ruckartig daran, und Snowflake gab dem Druck nach und stieß Bridget in eine Pfütze.

Ellen rannte los, um ihrer Tochter aufzuhelfen. Plötzlich stürmte Austin an ihr vorbei und schlug mit der Faust nach dem Mann, der sie mit Leichtigkeit abwehrte und ihn wegstieß. Austin nahm Bridget in seine Arme, bevor Ellen etwas tun konnte. Sein hageres Gesicht war wutverzerrt.

»Ich werde das melden!« Ellen zog Thomas an sich, der sich hinter ihren Röcken versteckte. »Das ist Diebstahl!«

»Nein, ist es nicht, Weib. Diese Kuh gehört uns. Ehrlich gewonnen bei einem Kartenspiel. Malachy Kittrick ist ihr Mann, richtig? Er hat uns gesagt, wir sollen die Kuh heute Vormittag abholen.«

Ellen schüttelte ungläubig den Kopf. »Ein Kartenspiel? Nein. Sie lügen. Das glaube ich Ihnen nicht!«

»Doch, so war es. Ganz klar gewonnen. Es gab Zeugen. Der Wirt vom *Dog and Duck* ist einer davon. Fragen Sie ihn.«

»Ich werde Ihnen nicht glauben. Ich werde zuerst mit meinem Mann sprechen. Lassen Sie unsere Kuh los!« Ellen wollte nach dem Seil greifen, aber der Mann schob sie einfach weg.

»Ich spreche die Wahrheit. Es waren auch Soldaten zugegen. Gehen Sie zum *Dog and Duck*, dort gibt es Männer, die Ihnen sagen werden, dass ich die Wahrheit spreche. Ihr Mann hat verloren. Er sagte, sein Bruder Colm würde den Rest der Schulden begleichen. Als nächstes gehen wir zu ihm.«

Sie schwankte angesichts der Ungeheuerlichkeit dessen, was gerade geschah. »Aber diese Kuh liefert Milch für meine Kinder. Mit ihr will ich unsere Pacht bezahlen …«

»Ja, Weib und wir drei haben zusammen zehn Bälger, also nehmen wir sie.«

»Ihr könnt sie nicht mitnehmen, ihr *Spalpeens*!«, knurrte Austin und ballte die Hände zu Fäusten.

»Tut mir leid, Junge, sie gehört uns. Sag deinem Vater, dass er sich vom Kartenspiel lieber fernhalten sollte.« Die Männer drehten sich um und gingen, eine ruhige Snowflake im Schlepptau.

Eine unbändige Wut loderte in Ellen auf. »Wo ist dein Vater?«, schrie sie Austin an, während es anfing stärker zu regnen.

»Er ist früh gegangen«, antwortete Patrick leise. »Bevor diese Männer kamen.«

»Sie haben auch den Eimer Milch umgekippt«, jammerte Thomas. »Jetzt haben wir keine zum Frühstück.«

»Snowflake …« Tränen liefen Bridget über die Wangen.

Ellen wünschte, sie könnte auch weinen, aber ein dicker Knoten der Trauer und Wut hatte sich in ihrer Kehle gebildet, der ihr das Atmen erschwerte. Snowflake hatte ihnen nicht nur Milch geliefert, sie war auch ihre Sicherheit, um die kommende Pacht zahlen zu können, wenn Malachy sie nicht aufbringen konnte. So ungern sie Snowflake auch verkaufen wollte, so hätte sie ihnen doch wenigstens ein weiteres halbes Jahr ein Dach über dem Kopf beschert.

Was würden sie jetzt tun?

Im Laufe der Jahre hatte sie alles Wertvolle verkauft, um die Pacht bezahlen zu können. Die Schafe, die Malachys ganzer Stolz waren, wurden vor zwei Jahren versteigert. All die schönen Dinge, mit denen sie das Haus ausgestattet hatte, waren nur noch eine ferne Erinnerung und nun im Besitz von Fremden. Die feine Bettwäsche, die ihre Schwiegermutter für sie genäht hatte, war verkauft worden, ebenso die kleine Uhr, die sie von Pater Kilcoyne an ihrem Hochzeitstag erhalten hatte. Auch das grüne Glasgeschirr, das Malachy als Preis für das Boxen auf dem Jahrmarkt in Louisburgh gewonnen hatte, das goldene Kreuz, ihr zweites Paar Stiefel, die Babykleidung der Kinder, ihre Wiege, Ersatztöpfe und -pfannen, ihr bester Mantel, Malachys Jagdgewehr, das er seit seiner Kindheit besessen hatte, die Taschenuhr seines Vaters ... alles weg. All die Dinge, die sie glücklich gemacht hatten, die das Cottage zu einem Zuhause gemacht hatten, waren verkauft oder verpfändet worden, um die halbjährliche Pacht zu bezahlen.

Ja, sie hatten Glück gehabt, dass sie diese Dinge verkaufen konnten, während so viele ihrer Nachbarn nicht mehr hatten als ein paar Tiere und die Kleider, die sie am Leib trugen. Aber sowohl die Kittrick- als auch die O'Mara-Familie waren erfolgreiche Bauern gewesen, bis die Krautfäule die Ernte vernichtete. Ohne den Erfolg der vergangenen Jahre hätte sie das gleiche grausame Schicksal vieler anderer Familien ereilt. Sie hatte miterlebt, wie Freunde und Nachbarn starben oder ins Armenhaus der Gemeinde kamen, aber die meisten waren ausgewandert. Doch die Kittricks hatten überlebt.

Bis jetzt. Jetzt fürchtete Ellen, dass ihr Glück sie verlassen hatte.

Ein Pferd mit Reiter kam die Straße entlang getrabt, flankiert von zwei berittenen Soldaten, und Ellen stöhnte innerlich auf. Major Sturgess war der Vertreter des Grundbesitzers und eine schleimige Kröte.

»Mrs. Kittrick«, rief er und zügelte sein Pferd vor ihnen.

»Major.« Sie konnte dem verhassten Mann nur die nötigste Höflichkeit entgegenbringen.

»War das Ihre Kuh, an der ich gerade vorbeigekommen bin?« Sein massiger Körper spannte den schwarzen Anzug, und der wasserdichte Mantel, den er trug, bauschte sich auf wie ein schwarzes Segel. Ellen hatte immer Mitleid mit seinem armen Pferd, das ein solches Gewicht tragen musste.

»Das war sie.« Der Regen rann ihr in den Nacken und lief ihr übers Gesicht, aber sie ignorierte es, zu krank vor Sorge, um sich um eine solche Kleinigkeit zu kümmern.

»Sie haben sie verkauft?«, fragte er ungläubig, und sie konnte es ihm nicht verdenken.

»Schulden müssen bezahlt werden, Major.«

»Und was ist mit Ihrer Pacht? Der Marquis von Sligo ist ein vernünftiger Gentleman, aber er hat seine Grenzen, wie viele Ihrer Nachbarn erfahren mussten.«

»Wir waren bisher nicht im Rückstand.«

»Werden Sie es beim nächste Mal sein?« Der Regen tropfte von seinem Hut.

»Nein.« Sie konnte einen skrupellosen Mann wie Major Sturgess leicht belügen.

»Ich will Sie und Ihre Kinder nicht auf der Straße setzen müssen, Mrs. Kittrick.«

»Wer hat gesagt, dass es so weit kommen wird?«

Sein verengter Blick musterte den verwahrlosten Zustand der Kinder und richtete sich schließlich wieder auf Ellen. »Es gibt Möglichkeiten für Sie, etwas zu verdienen, Mrs. Kittrick. Vielleicht sollten wir hineingehen und es besprechen?« Er deutete auf die Kinder, die in der Tür standen und dem Wetter ausgesetzt waren. »Schicken Sie die Kinder eine Zeit lang weg. Ich habe einen Vorschlag, den ich ihnen gerne unterbreiten würde.«

Sie hob hochmütig das Kinn. Sie wusste genau, was er von ihr wollte, und er würde es nicht bekommen. Zu oft hatte der Major sie in der Vergangenheit wie eine gute Kuh beäugt. »Das glaube ich nicht, Major. Und mein Mann kommt sicherlich jeden Moment zurück.«

Der Major lächelte wissend. »Wie Sie wünschen. Sollten Sie jedoch Ihre Meinung ändern, wissen Sie ja, wo Sie mich finden.«

Sie starrte ihn kommentarlos an.

Er lächelte böse, wendete sein Pferd und trabte davon, seine Männer folgten ihm.

»Wir gehen zu eurer Oma«, beschloss Ellen. Sie konnte heute nicht in der Hütte bleiben. Der Verlust von Snowflake war noch zu schmerzhaft, und wenn Malachy jetzt zurückkäme, würde sie handgreiflich werden, da war sie sich sicher. Der anderthalb Kilometer lange Fußmarsch zur Hütte ihrer Eltern in der Nähe des Strandes würde dabei helfen, ihre Wut abzukühlen. Sie musste mit ihren Eltern reden.

Früher war es üblich, dass die Kinder während des Spaziergangs herumhüpften und sich munter unterhielten, aber die Schwäche vor Hunger verlangsamte ihre Schritte. Die vier waren niedergeschlagen, die Schultern hingen herab. Keiner redete. Thomas rannte nicht los, um Kaninchenlöcher zu suchen, Bridget sang nicht, Patrick sprach nicht davon, dass er einen Hund haben wollte, und Austin erzählte ihr nicht von den besten Angelplätzen am Strand. Das alles gab es nicht mehr. Sie gingen einfach weiter durch den Regen, kalt und nass und völlig ohne Hoffnung.

Weiter entlang des Weges, in der Mulde einer Steilküste, baute eine Familie von Fremden einen Unterstand aus Stöcken, Steinen und getrocknetem Seegras. Eine in Lumpen gekleidete Frau saß in der Öffnung des Unterschlupfes und hielt einen Säugling im Arm, der dem Tode nahe schien. Hinter ihr arbeitete ein Mann mit einem älteren Mädchen daran, mit einer Torfsode ein Feuer zu entfachen.

Ellen wünschte, sie könnte ihnen helfen, aber ihr fehlte die Kraft dazu. Außerdem könnte die Familie am Fieber leiden, und sie wollte ihre Kinder nicht gefährden.

Überall um sie herum war das Land mit Gräbern und halbfertigen Hütten übersät, die bei schlechtem Wetter zusammengebrochen waren. Räudige Hunde schnüffelten in den Gräben, in denen die Unbegrabenen lagen, Skelette, die von Sonne und Wetter gebleicht worden waren. Oft fand Ellen Teile eines menschlichen Skeletts entlang der Straße, wo Hunde sie liegengelassen oder an den Toten genagt hatten, die auf den Feldern liegen geblieben waren.

Der Anblick beunruhigte die Kinder nicht mehr, sie hatten sich an den Tod gewöhnt.

Der Regen ließ nach, und die Wolken brachen auf, sodass ein schwacher Sonnenschein das Land in sein Licht tauchte. Das steinerne, strohgedeckte Cottage ihrer Eltern war identisch mit Ellens, obwohl es auf einer leichten Anhöhe eine halbe Meile von Louisburgh entfernt lag, näher am Meer im Tiefland. Der Fischfang war eine Einnahmequelle und eine Möglichkeit, sie alle zu ernähren, als Ellen aufwuchs, aber da ihr Vater sein Alter jeden Winter mehr spürte, wurden die Farm und der Fischfang zu viel für ihn, und auch Großvater wurde immer älter und gebrechlicher.

Ihre jüngere Schwester Riona trug gerade einen Eimer mit Wasser in die Hütte, als sie sich der Anhöhe näherten. Sie streckte ihre Arme aus, als Bridget zu ihr rannte, wobei ihr neue Tränen über die Wangen liefen.

»Nay, was ist denn passiert?«, fragte Riona Ellen, als diese in die Arme ihrer Schwester fiel. »Bridget sagt, eure Kuh wurde gestohlen?«

Ellen nickte, als die Kinder alle gleichzeitig davon sprachen, dass die drei Männer ihre geliebte Snowflake mitgenommen hatten.

»Kommt mit ins Haus.« Riona führte sie in die Hütte, blieb aber zurück, um kurz mit Ellen allein zu sprechen. »Wo ist Malachy?«

»Wer weiß? Er ist heute Morgen wieder gegangen, bevor ich aufgewacht bin. Hoffentlich ist er auf der Suche nach Arbeit. Ich bete, dass er welche findet.«

»Papa hat gehört, dass er beim Kartenspielen in einer Taverne in Westport gesehen wurde. Er hat es nicht geglaubt, aber jetzt wissen wir, dass es wahr ist.«

»Aye.« Ellen betrat das Haus und küsste ihren alten Großvater Ronan O'Mara zur Begrüßung auf die eingefallene Wange, bevor sie ihrer Mutter ein schwaches Lächeln schenkte.

Bridget saß bereits auf dem Schoß ihrer Oma Bridie, während die Jungen sich um ihren Urgroßvater Ronan scharten und ihm dabei zusahen, wie er mit seinen verkrümmten, steifen Händen ein Fischernetz knüpfte. Ronan, der zu alt war, um allein zu leben, war mit seinem Sohn Fionn und seiner Schwiegertochter Bridie zusammengezogen, als Ellen Malachy heiratete.

»Wo ist Papa?«, fragte Ellen.

Sofort versteifte sich ihre Mammy. »Er ist in Louisburgh bei den *Petty Sessions*.«

»Das ist heute? Das habe ich ganz vergessen, bei all dem, was mit Snowflake passiert ist.«

»Wäre es nicht wie verhext, wenn dein Papa schon wieder eine Strafe bekäme?« Mammy hob Bridget von ihrem Schoß und kümmerte sich um das Feuer. »Er kann nicht genug Fische fangen, um seine Strafe zu bezahlen. Welch großer *Eejit* von einem Mann!«

»Papa muss mit diesem Streit mit Martin Joyce aufhören.«

»Das ist eine Fehde, die schon seit ihrer Kindheit andauert«, seufzte Mammy. »Und wir haben kein Geld, um Geldstrafen zu zahlen, wenn die Pacht fällig ist. Heilige Mutter Gottes, dein Vater wird mich in ein frühes Grab schicken.«

Riona stellte Tassen bereit und goss hellen, geschmacklosen schwarzen Tee hinein. »Papa sagte, dass Mr. Joyce dieses Mal zu weit gegangen ist. Er hat ihn zum letzten Mal angegriffen.«

»Aber war das nicht, weil Papa auf Mr. Joyces Feldern gesehen wurde? Als er etwas in einem Sack trug und Mr. Joyce plötzlich ein Ferkel weniger in seinem Stall hatte?« Ellen zuckte mit den Schultern, denn sie kannte die lange Geschichte der Feindseligkeit zwischen ihrem Vater und Mr. Joyce. Traurigerweise waren sie Nachbarn, und jeder Mann fand die kleinste Sache, um den anderen zu beschuldigen, in der Hoffnung, dass der andere eines Tages ins Gefängnis kam.

»Es gibt keine Beweise dafür, dass es Fionn war. Welchen Grund gab es also, den Konstabler zu rufen?«, brummte Mammy.

»Pater Kilcoyne hat es satt, immer zwischen allen Stühlen zu sitzen und zu versuchen, sie zur Vernunft zu bringen.« Riona reichte den Kindern Tassen mit Wasser.

»Sicher, und es wird nie aufhören«, sagte Mammy. »Eine Weile im Gefängnis könnte sie beide zur Vernunft bringen. Sie sind zwei alte Narren.«

»Ruhig jetzt, sprich nicht von Gefängnis«, rief Ronan. »Ich kann das Boot nicht allein steuern.«

Mammy sah Ellen an. »Genug davon. Was ist das mit deiner Kuh passiert?«

»Sie ist weg.«

Mammy bekreuzigte sich. »Heilige Jungfrau Mutter Gottes. Wie sollst du jetzt zurechtkommen? Sie ist alles, was ihr noch hattet.«

»Ich darf nicht darüber nachdenken, Mammy, denn es bricht mir das Herz.«

»Malachy hat sie beim Glücksspiel verloren?«

Ellen konnte nur nicken.

»Jesus, Maria und Josef.« Mammy bekreuzigte sich erneut. »Was hat er sich dabei gedacht?«

»Nun, denken tut er in letzter Zeit wenig.« Sie nippte an dem Tee, der durch den übermäßigen Gebrauch der gleichen Teeblätter weder Geschmack noch Farbe hatte.

»Ihr müsst das Land zurücklassen und hier bei uns einziehen.«

»Noch weitere fünf Leute in diesem Haus?« Sie sah sich in dem engen, dunklen Haus um, in dem sie aufgewachsen war. »Dann wären es neun in zwei Zimmern, Mammy.«

»Das hatten wir schon einmal.«

»Ich werde mir etwas einfallen lassen«, murmelte Ellen. »Ich habe noch meine Arbeit auf Wilton Manor.«

»Dann bete zur Heiligen Jungfrau, dass Malachy eine Arbeit findet, und lass uns hoffen, dass sie deine Gebete erhört.« Mammy wandte sich an Austin. »Und du, mein Junge, wo warst du letzten Sonntag? Du warst nicht in der Messe!«

»Hasenjagd, Oma. Jemand muss ja dafür sorgen, dass Essen auf den Tisch kommt.«

Mammy hob die Augenbrauen. »Hört, hört, ein Mann ist

er jetzt. Sei vorsichtig mit deiner scharfen Zunge, Junge, sonst schneidest du dich damit.«

Ellen beobachtete, wie ihre Mutter und ihr Sohn sich unterhielten. Sie wusste, dass Bridies Liebe zu ihrem Enkel zu groß war, als dass sie ihm irgendwelche Vorwürfe machen würde. Austin war der Liebling ihrer Mutter und konnte nie etwas falsch machen.

»Können wir heute Abend mitkommen, Großvater Ronan?«, fragte Patrick plötzlich, als dieser das Fischernetz zusammenlegte.

»Klar, aber ich kann euch nicht alle mitnehmen. Ihr bringt meine kleine *Currach* zum Kentern!« Er grinste. Sein faltiges Gesicht war wettergegerbt wie altes Leder. Eine Tonpfeife ragte ihm aus dem Mund, nicht angezündet, da es für Tabak kein Geld gab.

»Wer ist dran?«, fragte Ellen.

»Ich!«, rief Patrick.

»Nein, ich bin dran!« Thomas schubste seinen Bruder zur Seite.

»Still ihr beiden«, unterbrach Mammy, was die Jungen sofort verstummen ließ.

»Austin, wer ist dran?«, fragte Mammy.

»Thomas.« Austin würde seine Großmama niemals anlügen.

»Dann wäre das geklärt.« Mammy schürte das Feuer. »Thomas darf diesmal gehen, und ich bin sicher, sie werden mit einer großen Beute zurückkehren, auf die selbst Jesus stolz sein würde.« Sie wandte sich an Ellen. »Bleibst du über Nacht?«

Ellen nickte. Es gab nichts, weswegen sie nach Hause zurückkehren musste.

* * *

DER HEULENDE WIND riss Ellen aus dem Schlaf, als er gegen die Hütte peitschte, durch die schlecht sitzenden Fensterläden eindrang und die Rauchschwaden durch den Schornstein zurückschickte.

Sie drehte sich auf der flachen Strohmatratze um und passte auf, dass sie nicht herunterfiel, denn sie lag direkt am Rand mit Riona auf der anderen Seite und Patrick zwischen ihnen. Austin und Bridget schliefen mit ihrer Oma.

Eine Zeit lang lauschte sie dem Wind und hoffte, dass das Wetter draußen auf dem Meer nicht so wild war. Vor einer Weile war ihr Vater schreiend und fluchend nach Hause gekommen, weil er wegen Hausfriedensbruchs zu einer Geldstrafe von zwei Schilling verurteilt worden war, aber wegen des Diebstahls des Ferkels nicht für schuldig befunden wurde, da es keine Beweise gab. Der Hass auf Mr. Joyce wurde mit jeder seiner Verwünschungen größer. Sein Herumstapfen in der Hütte ging allen auf die Nerven, und sie waren froh, als er und Großvater bei Sonnenuntergang zusammen mit Thomas zum Strand hinuntergingen, um mit der *Currach* zu fischen.

Großvater sagte, das Wetter sei kein Problem, und die Familie glaubte ihm, schließlich hatte er ganze siebzig Jahre lang in der Clew Bay geangelt.

Als die Fensterläden klapperten, erhob sich Ellen, immer noch vollständig angezogen, ging zum Fenster und öffnete es. Sie fröstelte, als die kalte Luft sie traf. Ein dünner Streifen grauen Lichts zeigte sich am Horizont, aber als sie in Richtung Strand blickte, konnte sie nur Dunkelheit sehen.

»Mach die Fensterläden zu, damit die Kälte draußen bleibt«, sagte Mammy, als sie hinter sie trat, und Ellen zuckte zusammen.

»Draußen tobt ein Sturm.« Sie tat, wie ihr gesagt wurde, während Mammy die Asche des Feuers zusammenschob und kleine Klumpen Torf hinzufügte.

»Ja, das ist Teufelswerk.« Bei flackernden Flammen setzte Mammy den Kessel aufs Feuer, um das Wasser zu erhitzen. »Ich habe Maismehl für die Kinder eingeweicht, aber nichts für uns. Ich hoffe sie fangen heute etwas.«

»Nein, Mammy, heb das Essen für euch auf. Papa und Großvater werden hungrig sein, wenn sie zurückkommen. Sobald es hell ist, bringe ich die Kinder nach Hause. Ich habe Maismehl für sie.«

»Ich werde den Kindern was zu essen geben«, sagte Mammy unnachgiebig. »Und Gott sei gelobt, sie werden einen guten Fischfang haben, und du kannst etwas davon mitnehmen.«

Ellen beobachtete die Flammen und konnte es nicht ertragen, den hageren Ausdruck auf dem lieben Gesicht ihrer Mammy zu sehen. In jungen Jahren war Mammy die Schönheit der Gemeinde, eine Rolle, die Ellen selbst übernommen hatte, als sie heranwuchs. Aber das war nur noch eine Erinnerung, denn das ebenholzfarbene Haar ihrer Mammy war grau geworden und tiefe Falten zogen sich über ihr blasses, hageres Gesicht.

»Unsere Verwandten, die O'Malleys aus Killeen, sind vor zwei Tagen nach Amerika aufgebrochen, möge die Heilige Mutter sie beschützen«, murmelte Mammy.

Ellen blickte auf. »Das hast du gar nicht erwähnt. Ich wäre gekommen, um mich zu verabschieden.«

»Sie wollten kein Aufsehen erregen, Gott segne sie.« Mammy schluckte und bekreuzigte sich rasch. »Sie waren die letzten Verwandten meiner Mutter. Diejenigen, die nicht auf dem Kirchengelände begraben sind, liegen auf der anderen

Seite des Meeres. Von den Kilcoynes sind auch nicht mehr viele übrig.«

Während sie schwieg, dachte Ellen an ihre O'Malley-Cousins. Dutzende von Gesichtern, die sie als Kind gekannt hatte und die sie nie wiedersehen würde. Hunderte von Familien waren vertrieben oder ganz ausgelöscht worden. Sie sah die entfernten Mitglieder ihrer Verwandtschaft nicht mehr. Die O'Malleys gesellten sich zu den Familien O'Mara, Kilcoyne, Farrell und anderen, die sie nie wiedersehen würde.

Der Wind rüttelte an den beiden kleinen Fenstern der Hütte.

Plötzlich stand Mammy auf und runzelte die Stirn. Vom Kaminsims holte sie ihre Rosenkranzperlen aus dem Kästchen, in dem sie sie immer aufbewahrte.

»Mammy?«, flüsterte Ellen.

»Bete mit mir!« Mammy ließ sich auf die Knie fallen und zog Ellen neben sich.

»Mammy?«, wiederholte Ellen erschrocken.

»Bete mit aller Kraft zur Heiligen Mutter. Es wird ein Tag des Schreckens, wenn wir es nicht tun.«

Ellen blieb auf ihren Knien und betete neben ihrer Mutter, bis die Kinder und Riona erwachten und das Morgenlicht durch die Ritzen der Fensterläden drang.

Als ein lautes Klopfen sie aufschreckte, richtete Mammy sich sofort auf. Sie nahm sich einen Moment Zeit und sah dann Ellen an. Sorge zeichnete ihr Gesicht. »Es war nicht genug.« Sie bekreuzigte sich.

»Was meinst du?« Ellen folgte ihr zur Tür.

Paddy McLoughlin stand draußen, gebückt und keuchend. »Ihr solltet mitkommen!«

»Was ist passiert, Paddy?«, fragte Ellen. Der junge Mann war einst der Freund ihres Bruders Tommy gewesen, bis das

Fieber ihn im Alter von vierzehn Jahren dahingerafft hatte. Er war es, nach dem sie ihren eigenen Thomas benannt hatte.

»Boote sind gesunken. Mindestens fünf.« Paddy bekreuzigte sich. »Man sagt, das deines Großvaters sei eines von ihnen.«

Als hätte jemand einen Eimer kaltes Wasser über sie geschüttet, zuckte Ellen zusammen, taumelte nach hinten und schüttelte den Kopf. Nein. Das konnte nicht wahr sein. Es durfte nicht wahr sein. Thomas!

»Komm!« Mammy packte sie am Ellbogen und zog sie mit sich.

Benommen folgte Ellen ihrer Mutter hinunter zum Strand, an dem sich, als die Sonne vor einem windgepeitschten rosagrauen Himmel höher stieg, die Menschen am Strand versammelten. Die Menschen aus Louisburgh und den landwirtschaftlich geprägten Gegenden dieser östlichen Ecke von Mayo strömten herbei, um zu helfen oder um Zeuge einer weiteren Katastrophe zu werden, die ihre Gemeinde treffen könnte.

Ellen weigerte sich zu glauben, dass dem Boot ihres Vaters etwas zugestoßen war, und suchte das unruhige Wasser des Meeres ab, während sie sich der Menschenansammlung näherten. Die Wellen schlugen schäumend gegen den Strand und der Wind blies allen den Schaum in die Augen.

Ihre Füße sanken in den kalten Sand. Gesichter, die sie kannte, blickten mitleidig weg, viele Hände schlugen das Kreuzzeichen, als sie vorbeigingen. Mit rasendem Herzen folgte sie ihrer Mutter dorthin, wo die Wracks der zerstörten Boote ans Ufer gespült worden waren. Trümmer und Fischerausrüstungen trieben im seichten Wasser hin und her.

Sie entdeckte den schwarzen Mantel von Pater Kilcoyne. Er kniete neben der Leiche eines Jungen …

Jemand schrie, ein klagendes Geräusch, das in ihren Ohren schmerzte.

Ellen rannte, der Sand und ihr langer Rock brachten sie ins Straucheln. Sie versuchte, Luft zu bekommen, aber sie konnte nicht mehr atmen. Sie musste den Jungen erreichen.

»Liebes Kind.« Pater Kilcoyne packte sie am Arm. »Es tut mir so leid.«

Sie starrte auf ihren geliebten Sohn hinunter, der neben seinem Großvater auf dem feuchten Sand lag. Beide hatten das grässlich fahle Gesicht des Todes.

Sie sank neben ihrem Sohn auf die Knie. Vorsichtig zog sie seinen nassen Körper an sich, wiegte ihn und hielt ihn fest. Er war weiß, kalt und schlaff. »Ich bin hier, Thomas. Mammy ist hier, mein Schatz.«

Die Welt um sie herum hörte auf zu existieren, als sie ihren Sohn in ihren Armen wiegte. Am Rande nahm sie wahr, wie ihre Mutter sich neben sie auf die Knie sinken ließ und die Kleidung ihres Vaters glättete, damit er ordentlich aussah, während Pater Kilcoyne für sie und die anderen Männer betete, die in dem nächtlichen Sturm ertrunken waren. Die Leiche von Großvater Ronan war nicht an Land gespült worden.

KAPITEL 3

ie gedämpften Stimmen der Kinder machten Ellen auf ihre Anwesenheit aufmerksam, als sie die Hütte betraten. Sie starrte nicht mehr in das schwächelnde Feuer, sondern versuchte, sich auf das zu konzentrieren, was sie sagten.

»Mammy?« Austin hockte sich vor sie hin und hielt ihre Hände. »Ich nehme Patrick mit, um Kaninchen zu jagen, denn wir haben nichts zu essen.«

»Ich will mitkommen!«, verlangte Bridget.

»Nein!«, schnauzte Ellen.

Austin wich angesichts ihrer Härte zurück.

»Ihr müsst hierbleiben. Niemand verlässt das Haus.« Sie konnte sie nicht beschützen, wenn sie aus ihrer Sichtweite waren. Sie hatte Thomas im Stich gelassen, sie würde ihre übrigen Kinder nicht auch noch im Stich lassen.

»Aber wir haben nichts zu essen, Mammy.« Austin richtete sich auf, und Bridget legte ihre kleine Hand in seine, während sie Ellen ängstlich anstarrte. Patrick saß am Tisch, seine Knochen traten hervor, während sein Körper aus Mangel an Nahrung langsam verkümmerte.

Ellen begann zu zittern. Würde Gott ihr auch Patrick nehmen? Er war so dünn. Sie waren alle zu dünn! Würde sie alle ihre Kinder verlieren? Warum bestrafte Gott sie auf diese Weise?

»Ich werde uns etwas zu essen besorgen.« Sie erhob sich vom Schemel und schwankte. Ein Schwindelgefühl überkam sie. Wann hatte sie das letzte Mal etwas gegessen? Sie konnte sich nicht erinnern. Gestern? Vorgestern? Sie wusste nicht einmal, welcher Tag heute war.

»Mama?« Austin berührte ihre Schulter. »Mama, lass mich gehen. Ich werde uns etwas fangen.«

Benommen blickte sie sich um. Sie konnte sich an kaum etwas erinnern, seit sie Thomas und ihren Vater vor drei Tagen beerdigt hatten. Großvater Ronans letzte Ruhestätte war leer. Seine Leiche war noch immer nicht an Land gespült worden, und er wurde als auf See verschollen geführt. Sein Name war jedoch zusammen mit dem ihres Vaters und ihres Sohnes in das Holzkreuz auf dem Friedhof eingemeißelt worden.

Ronan O'Mara
Fionn O'Mara
Thomas Kittrick
Verstorben am 21. September 1851
Möge Gott sie in seinen Armen halten

DIE TORFSODEN für das Feuer waren knapp und die Regale auf beiden Seiten des Schornsteins waren leer. Jesus, Maria und Josef, was sollte sie nur tun?

Austin legte die letzte Torfsode ins Feuer. »Papa ist gestern nach Hause gekommen, als du geschlafen hast, aber er ist gleich danach wieder gegangen. Er hat uns einen kleinen Sack Maismehl hiergelassen, aber ich habe alles aufgebraucht.«

Sie nickte, denn sie erinnerte sich weder an den Schlaf noch an irgendetwas anderes in den letzten drei Tagen und schon gar nicht daran, dass Malachy gekommen und wieder gegangen war. Alles, was sie wusste, war der brennende Schmerz. Das Gefühl des Verlustes und Schmerzes zerfraß sie innerlich und blockierte ihre Fähigkeit zu denken oder zu handeln. Ihr kleiner Junge war in das kalte schwarze Wasser geschleudert worden und ertrunken. Hatte er nach ihr gerufen? Er musste solche Angst gehabt haben, als sein kleiner Körper in den Wellen versank, nach Luft schnappte und nach seiner Mammy rief.

Albträume von seinen letzten Momenten quälten sie. Nach der Beerdigung hatte Pater Kilcoyne ihr Brandy zu trinken gegeben, und sie war sicher, dass Riona ihr etwas gegeben hatte, irgendein Kraut, das ihr beim Einschlafen helfen sollte, denn sie hatte ihre Tränen nicht zurückhalten können, und dann erinnerte sie sich an nichts mehr.

Aber als sie aufwachte, war der Schmerz wieder da. Alles, was sie wollte, war, sich im Bett zusammenzurollen und sich vor der Wahrheit zu verstecken, dass ihr geliebter Sohn nicht mehr unter den Lebenden weilte. Sie würde nie wieder sein leises Lachen hören, seine sanfte Stimme, wenn er darum flehte, mit seinem Großvater auf das Boot zu gehen. Wie sollte sie es überstehen, ihn nicht mehr in ihrem Leben zu haben?

Ein Klopfen an der Tür ließ sie aufschrecken.

Colm trat mit feierlicher Miene ein. »Gott segne alle in diesem Haus«, murmelte er.

»Gott segne dich«, erwiderte Ellen und die Kinder taten es ihr gleich.

Colm legte ein gerupftes Huhn auf den Tisch. »Austin, mach dich daran, das in einem Topf zu kochen.« Ellen versteifte sich. Im Laufe der Jahre hatte sie Colms Geschenke immer mit der Begründung abgelehnt, dass seine Hilfe nicht von Nöten sei, da sie einen Ehemann habe, der für sie sorgen konnte. Ihr kam es so vor, als hätten seine Geschenke ihren Preis, einen Preis, den sie nicht bereit war zu zahlen.

»Jetzt sag nicht, dass du es nicht akzeptierst, Ellen.« Colm hob die Hände. »Nicht jetzt, wo ihr alle einen solchen Verlust erlitten habt. Ich werde es nicht zulassen, hörst du? Es ist nur ein Huhn, mehr nicht.«

Nur ein Huhn. Fast hätte sie gelacht. Seit über einem Jahr war in diesem Haus kein Huhn mehr zubereitet worden. »Danke, Colm.«

»Wo ist mein Bruder?«

Sie zuckte mit den Schultern. »Ich habe ihn nicht mehr gesehen, seit wir … Thomas zu Grabe getragen haben …«

»In jener Nacht ist er zu mir gekommen und wir haben uns betrunken, aber ich dachte, er wäre nach Hause gekommen, um zu bleiben.«

»Eine Zeit lang blieb er hier«, sagte Austin, der damit beschäftigt war, das Feuer zu schüren. »Gestern ist er wieder gegangen.«

»Ihr müsst zu mir kommen, Ellen. Ich kann mich um dich und die Kinder kümmern.«

Sie schüttelte den Kopf. »Ich werde zu meiner Familie gehen. Austin leg das Huhn nicht in den Topf. Wir nehmen es mit zu deiner Oma.« Sie zog ihr Schultertuch über den Kopf und nahm Bridgets Hand, um die Kinder nach draußen zu führen.

»Ellen, bitte.« Colm folgte ihr nach draußen. »Malachy würde wollen, dass ich mich um euch alle kümmere.«

Sie drehte sich um und spürte, wie der Zorn in ihr anfing zu brodeln. »Malachy? Der Ehemann, der nie zugegen ist? Es interessiert mich nicht mehr, was Malachy will. Von mir aus kann ihn der Teufel holen.«

»Lass mich dir helfen. Ich habe Freunde, die euch mit Essen versorgen werden. Ich werde Austin und Patrick mitnehmen. Ich brauche sie.«

Ellens Wut entlud sich. »Du brauchst meine Söhne? Wofür? In welcher Weise? Damit sie auf deinem Land arbeiten können, während du dich in der Gegend herumtreibst und geheime Geschäfte machst. Oder brauchst du meine Söhne, damit sie dir bei deinen geheimen Treffen helfen?«

»Ich weiß nicht, was du meinst« Er sah schockiert und zugleich schuldbewusst aus.

»Verkauf mich nicht für dumm, Colm. Halt dich von meinen Jungs und von mir fern!«

Sie marschierte den zerfurchten Feldweg hinunter zum Strand und zum Cottage ihrer Eltern. Sie brachten den Weg schweigend hinter sich. Ein wütendes Schweigen, das die Kinder nicht zu brechen wagten.

Als sie die Hütte betrat, bemerkte sie die Kälte des Raumes. Das rauchende Feuer spendete keine Wärme, doch Riona und ihre Mammy kauerten darum, wobei Mammy ihren Rosenkranz umklammerte.

Riona stand auf und umarmte Ellen. »Ich bin froh, dass ihr

hier seid.« Sie wandte sich an Austin. »Was hast du denn in dem Korb?«

»Ein Huhn von Onkel Colm.«

»Ein Huhn.« Rionas Augen weiteten sich. »Meine Güte. Dann sollten wir es zum Abendessen zubereiten, nicht wahr? Wollen wir runter zum Strand gehen und etwas Seetang dafür holen?«

Austin nickte eifrig. »Vielleicht finden wir auch ein oder zwei Krabben in den Körben. Ich habe sie heute Morgen ausgelegt.«

Mammy hob den Kopf, als Riona die Kinder nach draußen führte. »Seid vorsichtig!« Sie seufzte, als sich die Tür hinter ihnen schloss. »Setz dich, Tochter. Du kannst dich glücklich schätzen, so großzügige Verwandte zu haben.«

»Seine Geschenke haben ihren Preis, Mammy.«

»Colm Kittrick scheint eine gute Partie zu sein.«

Ellen warf ihr einen Seitenblick zu. »Ich bin mir nicht sicher, wie Colm das macht. Er scheint immer reicher zu werden, während wir immer ärmer werden.« Ellen setzte sich auf den freien Schemel neben ihrer Mutter und nahm ihre Hand.

»Du hast den falschen Bruder geheiratet, Kind.«

»Sag du das nicht auch noch. Ich habe mir schon von Colm genügend Weisheiten dieser Art anhören müssen.«

»Und er hat recht. Malachy war gutaussehend, charmant und arbeitsam, als er jünger war, aber wo ist er jetzt? In der Zeit, wo du ihn am meisten brauchst.«

»Darauf habe ich keine Antwort, aber ich habe Colm nie gemocht.« Ellen warf einen Blick auf den leeren Stuhl ihres Vaters, und ein neuer Schmerz des Verlustes überkam sie. Sie würde nie mehr das liebevolle Lächeln ihres Vaters oder seine sanfte Berührung an ihrer Schulter erfahren.

»Malachy ist jetzt das Oberhaupt dieser Familie«, sagte Mammy. »Er wird hier gebraucht, nicht Gott weiß wo.«

»Er ist der Meinung, es tut ihm gut, da draußen zu sein und Arbeit zu suchen.« Ellen starrte auf den Boden. »Aber was nützt es ihm, wenn er Geld verdient, um es dann in einer Kneipe auszugeben?«

»Die Pacht ist nächste Woche fällig, und wir haben nichts, um sie zu bezahlen.« Mammy seufzte.

Ellen wurde blass. Die Pacht. Sie konnte sie auch nicht bezahlen. Sie hatte schon seit Tagen nicht mehr daran gedacht. Und sie hatte nichts mehr, was sie verkaufen konnte. »Ihr müsst zu uns kommen, Mammy. Eine Pacht ist leichter aufzutreiben als zwei.«

»Zu euch?« Mammy wirkte beleidigt. »Mein eigenes Haus verlassen? Gewiss nicht, allein der Gedanke an solcherlei Dinge ist ein Fluch des Teufels.«

»Du und Riona könnt hier nicht allein bleiben. Die Pacht ist fällig. Gib das Cottage auf und kommt zu uns. Riona könnte in Westport Arbeit finden, und mit meiner Stellung auf Wilton Manor und dem, was Malachy uns zur Verfügung stellt, könnten wir gut über die Runden kommen.«

»Du bekommst nur Arbeit, wenn das Herrenhaus Gäste hat. Ich werde keine weitere Last für dich darstellen.« Mammy blickte sich im Zimmer um, als lausche sie den Stimmen der Vergangenheit, als ob sie sich an Zusammenkünfte und Zeiten erinnern würde, in denen das Zimmer voller Menschen und Lachen war. »Dieser Ort birgt so viele Erinnerungen. Ich lebe hier seit fast vierzig Jahren. Ich kam zum ersten Mal als junge Braut hierher.« Trauer trübte ihre blauen Augen. »Hier habe ich zehn Kinder zur Welt gebracht, und mir sind nur noch du und deiner Schwester geblieben. Wenn ich gehe, verlasse ich auch sie.«

»Nein, Mammy. Du nimmst sie mit. In deinem Herzen. Dort sind sie sicher und werden immer bei dir sein, egal wo du bist.«

»Ich bin müde, Kind. Ich bin es leid, die zu begraben, die ich liebe, oder mich von denen zu verabschieden, die das Wasser überqueren, um anderswo ein neues Leben zu beginnen. Dies ist mein Zuhause. Ich möchte hier sterben.«

»Natürlich Mammy, aber ohne die Mittel, um die Pacht zu bezahlen, musst du sowieso gehen.«

Mammy nickte zu ihrem Spinnrad, das in der Ecke des Zimmers stand. »Es soll verkauft werden, um die Pacht zu bezahlen. Pater Kilcoyne sagt, dass er in Westport einen guten Preis dafür erzielen kann. Aber dennoch ist es nicht genug.«

»Nein, Mammy, nicht dein Spinnrad.«

»War es nicht länger in meinem Besitz als erwartet? Wir haben es nur behalten, weil dein Vater immer noch Fisch fangen konnte. Jetzt ist dieses Einkommen weg ... Das Spinnrad ist das letzte, was wir besitzen, das etwas wert ist. Es soll uns davor bewahren, ins Armenhaus zu kommen.«

»Und was wird im März passieren, wenn die Pacht wieder fällig ist? Du kannst nicht noch mehr Geld für diesen Ort verschwenden, Mammy. Du musst zu uns kommen, bitte.« Ellen stand auf und ging im Zimmer auf und ab. »Ich bin deine Tochter, es ist meine Pflicht, für dich zu sorgen.«

»Und du bist wahrlich eine pflichtbewusste Tochter.« Mammy wischte sich die Augen mit einem Stück Spitze ab, das einst ein Leinentaschentuch umrandet hatte. Spitzenklöppeln war ein besonderes Talent von Mammy, das ihre beiden Töchter noch nicht so gut beherrschten, wie sie es erwartet hatte. »Um die Wahrheit zu sagen, es ist viel zu ruhig hier, ohne deinen Vater oder Großvater.«

»Du und Riona werdet also zu uns kommen?«

Mammy nickte, besiegt von dem Wissen, dass sich das Leben verändert hatte. »Ich werde Pater Kilcoyne dazu bringen, das Rad zu verkaufen. Das Geld wird helfen die Pacht zu bezahlen.«

»Mammy …«

»Ich werde meine Meinung nicht ändern, also versuche es erst gar nicht. Es ist entschieden. Sollen wir mit dem Packen beginnen? Wir können genauso gut heute Abend alle zusammen gehen, nachdem wir gegessen haben.«

»Ich muss morgen früh zur Arbeit«, murmelte Ellen und holte Körbe aus einem Regal im anderen Zimmer, das ihr und ihren Schwestern als Schlafzimmer diente, als Ellen noch in diesem Hause gewohnt hatte. Ihre Brüder schliefen auf dem Dachboden, und ihre Eltern schliefen in einem Bett in der Ecke des Hauptraumes.

»Wenigstens hast du welche.« Mammy füllte die Körbe mit den wenigen verbliebenen Küchenutensilien, während Ellen die wenigen Kleidungsstücke und dünnen Decken einpackte.

Ellen dachte an den älteren Mr. Wilton, den Besitzer von Wilton Manor, der, obwohl er ein wohlhabender protestantischer Engländer inmitten einer katholischen irischen Umgebung war, freundlich und rücksichtsvoll zu seinen Angestellten war. Sie wusste, dass Austin zum Herrenhaus gelaufen war und ihnen von Thomas erzählt hatte. Sie hoffte, Mr. Wilton würde verstehen, warum sie diese Woche nicht zur Arbeit erschienen war.

»Was wird Malachy dazu sagen, dass wir bei euch einziehen?«, fragte Mammy.

Ellen zuckte mit den Schultern und stopfte ein altes, mit Entendaunen gefülltes Kissen in den Korb. »Malachy müsste erstmal nach Hause kommen, um es zu bemerken.«

* * *

ELLEN SCHLÜPFTE am nächsten Morgen in die große Küche von Wilton Manor, gerade als die Dämmerung anbrach.

»Hallo, Ellen.« Mrs. O'Reilly, die Köchin des Anwesens, warf Ellen einen mitfühlenden Blick zu. »Schön, dich zu sehen, wirklich. Was für eine schlimme Zeit du hinter dir hast. Wir waren schockiert, als wir hörten, dass der Sturm Menschenleben gekostet hat, und dich und deine Familie hat es wohl von allen am härtesten getroffen.«

»Danke, Mrs. O'Reilly.« Ellen schluckte, sie wollte nicht über Thomas reden, da sie sofort wieder in Tränen ausbrechen würde, und heute durfte sie nicht zusammenbrechen. »Hat Mr. Wilton irgendetwas über mich gesagt? Habe ich noch meine Anstellung?«

»Ja, er hat mit Mr. Israel gesprochen und ihm gesagt, es täte ihm sehr leid, von der Tragödie zu hören, und dass dein Platz hier gesichert sei, während du trauerst.«

Ellen entspannte sich und zog sich ihr Tuch von den Schultern. »Er ist so ein netter Mann. Ich werde mich sofort an die Arbeit machen.«

»Das ist er. Zünde zuerst das Feuer im Esszimmer an und dann in seinem Arbeitszimmer. Komm dann zurück und trink eine Tasse Tee. Mr. Wiltons letzter Gast ist gestern abgereist, und Kathleen hat das Schlafzimmer geputzt, da du nicht da warst.«

Ellen zog sich eine große Schürze über ihr schwarzes Kleid an, das von Tag zu Tag abgenutzter wurde, und schnappte sich ihre Kiste mit den Putzmitteln und einen weiteren Eimer voll mit Papier und Anzündholz.

Von der Küche aus folgte sie einem schmalen Korridor, vorbei an der Treppe, und betrat durch die erste Tür auf der

linken Seite das Esszimmer mit seinem langen Mahagoni-
tisch, der auf Hochglanz poliert war und alles, was sich im
Raum befand, spiegelte. Sie zog die schweren roten Damast-
vorhänge beiseite und ließ den schwachen Sonnenschein
herein.

Ellen machte sich schnell an die Arbeit, räumte die Asche
vom Vorabend weg, fegte die grün gekachelte Feuerstelle,
legte Papier und Anzündholz auf den Rost und zündete ein
Streichholz an. Um die Flammen zu entfachen, fügte sie ein
paar weitere Holzstücke hinzu, während die Luft das Feuer
anfachte. Während sie wartete, bis es richtig brannte, wischte
sie die Kacheln mit einem feuchten Tuch sauber und legte
dann kleine Holzstücke aus dem Messingholzlager neben dem
Feuer nach.

Nachdem sie sich vergewissert hatte, dass es nicht mehr
ausgehen würde, stellte sie den Feuerschutz auf und begann,
die Oberflächen zu polieren. Sie befreite den Kaminsims von
Staub und wischte ihn ab, bevor sie alles wieder darauf stellte.
Als Nächstes schüttelte sie die Vorhänge und sorgte dafür,
dass sie in ordentlichen Falten hingen. Im Sommer öffnete sie
das Fenster, um dem Vogelgezwitscher zu lauschen, aber an
einem kühlen Tag wie heute ließ sie sie geschlossen.

»Da bist du ja«, rief Kathleen, das andere Hausmädchen,
das mit einem Besen und einer Kiste mit Putzmitteln hereinkam. Sie gab Ellen eine zaghafte Umarmung und trat dann
zurück. »Dein Herz muss in zwei Hälften gebrochen sein.«

»So ähnlich.« Ellen nickte und nahm ihren Eimer und ihre
Kiste.

»Armer lieber Thomas, so ein süßer kleiner Junge.«

Ellen schloss kurz die Augen, als plötzlich das Bild ihres
Sohnes vor ihrem inneren Auge erscheine. »Ich mache am
besten weiter. Sich zu beschäftigen hilft.«

»Wir werden gleich eine Tasse Tee trinken.«

Im Arbeitszimmer schloss Ellen die Tür und lehnte sich dagegen. Ihre Herz schmerzte, wann immer sie an Thomas dachte. Jedes Mal, wenn die Kinder am Tisch saßen, sah sie sich nach Thomas um, bevor ihr einfiel, dass er von ihnen gegangen war. Gestern Abend hatte sie die Kinder vor dem Feuer mit einem Lappen gewaschen, den sie in das vom Feuer erwärmte Wasser getaucht hatte, und sie dann ins Bett gebracht. Sie hatte drei statt vier Gesichter geküsst, und das war fast zu viel gewesen, um es zu ertragen. Zum Glück hatte sie Mammy und Riona, die sie unterstützten und sie ins Bett halfen, das sie mit Riona teilte, solange Malachy weg war.

Malachy.

Ellen stieß sich von der Tür ab, kniete sich vor den Kamin und begann, die Asche zu entfernen.

Was sollte sie wegen Malachy tun? Sie konnten nicht so weitermachen wie bisher. Sein Kommen und Gehen musste aufhören. Er musste eine geeignete und sichere Arbeit finden. Vielleicht könnte sie Mr. Wilton nach einer Stelle für ihn hier auf dem Landgut fragen. Als sie mit Malachy darüber gesprochen hatte, hatte er sich strikt geweigert, dies in Betracht zu ziehen. Er hatte die feste Absicht, ihre eigene Farm wieder aufzubauen. Aber wie er das bewerkstelligen wollte, wenn er kein Geld für Tiere oder Saatgut hatte, war ihr schleierhaft. Und jetzt hatte ihn die Trunksucht voll im Griff und ließ nichts mehr von dem Mann übrig, der er einmal war.

Nachdem sie erfolgreich das Feuer angezündet hatte, machte Ellen sich daran, das Arbeitszimmer aufzuräumen. Sie öffnete die Vorhänge, säuberte den Kristallaschenbecher auf dem Schreibtisch, sammelte die Zeitungen vom Boden auf und stapelte sie auf einem Stuhl in der Ecke.

Die Tür öffnete sich und Mr. Wilton kam herein, blieb aber stehen, als er Ellen sah.

»Mrs. Kittrick. Das ist eine angenehme Überraschung. Ich hatte Sie nicht so schnell zurück erwartet.«

»Verzeihen Sie, Sir, dass ich in den letzten Tagen nicht gekommen bin …«

»Unsinn, es gibt nichts zu verzeihen, meine Liebe. Sie haben Ihren Sohn, Ihren Vater und Ihren Großvater in einer einzigen verräterischen Nacht verloren. Was für ein schreckliches Ereignis muss das für Sie gewesen sein.« Er ging zu seinem Schreibtisch und sah sie an. »Ich hoffe, Sie haben nicht angenommen, ich würde Sie entlassen, weil Sie nicht erschienen sind?«

»Ich hatte gehofft, dass Sie das nicht tun würden. Ich kenne Sie als einen freundlichen und anständigen Menschen.«

Er lächelte. »Das Gleiche kann ich von Ihnen sagen, Mrs. Kittrick. Sie sind fleißig und pünktlich, egal wie das Wetter ist. Sie sind eine Zierde für Ihre Familie.«

»Vielen Dank.« Ellen sammelte ihre Putzsachen ein. »Soll ich jetzt hier putzen, Sir?«

Mr. Wilton strich sich mit der Hand über sein schütteres graues Haar. »Nein, Mrs. Kittrick. So wie Sie aussehen, sollten Sie zurück in die Küche gehen und etwas essen. Sie können es sich nicht leisten, krank zu werden. Ihre Kinder brauchen Sie.«

»Dessen bin ich mir voll und ganz bewusst, Sir.«

Ellen drehte das Tuch in ihren Händen. »Sir, ich habe mich gefragt, ob ich mit Ihnen über eine Stelle für meinen Mann Malachy sprechen könnte?«

Mr. Wiltons Gesichtsausdruck war voller Mitleid. »Es tut

mir leid, Mrs. Kittrick, aber ich habe so viele Leute aus der Gegend eingestellt, wie ich nur konnte, mehr als ich eigentlich sollte. Ich habe versucht, mein Bestes zu tun, um die Menschen in diesen schwierigen Zeiten zu unterstützen.«

»Ja, natürlich.« Sie kannte seine Großzügigkeit. Er beschäftigte viele Menschen auf seiner Farm ein paar Meilen entfernt und in der kleinen Fabrik, die er in Westport besaß.

Ein erschrockener Ausdruck zeigte sich plötzlich in seinem Gesicht. »Sie müssen doch nicht ins Arbeitshaus, oder?«

»Oh nein. Nein, Sir, so schlimm ist es nicht.« Sie fürchtete sich vor dem Gedanken an das Arbeitshaus. Wenn ihre Familie in dort landete, wäre das ihr Ende.

»Ihr Mann ist also immer noch arbeitslos?«

»Er arbeitet ab und zu einen Tag, Sir.«

»Aber das wird nicht reichen, und wenn der Winter naht, hat er vielleicht sogar noch weniger als das.«

Sie nickte. »Malachy ist ein wenig vom rechten Wege abgekommen. Er meint es gut, aber …« Sie hasste es, dass sie um Arbeit für ihren Mann betteln musste, den Mann, der einst ihr Fels in der Brandung gewesen war, ihr Anker, der sich die Hände wund gearbeitet hatte, um ihr Los zu verbessern.

»Ich werde sehen, was ich tun kann, Mrs. Kittrick.«

»Danke, Sir.« Sie hielt inne, weil sie ihr Glück nicht überstrapazieren wollte.

»Gibt es sonst noch etwas?«

»Wenn es Ihnen keine Umstände macht, wäre es schön, wenn Sie mir mitteilen könnten, sollten Sie von einer möglichen Stelle für meine Schwester Riona hören.«

»Ich werde Sie darüber in Kenntnis setzen, wenn ich etwas

höre. Gehen Sie in die Küche. Das Putzen kann warten. Ich bin für den Rest des Tages weg, und Mr. Israel ist auch unterwegs, um Besorgungen für mich zu machen, sodass Sie und Kathleen das Haus für sich haben, um zu tun, was getan werden muss. Gehen Sie jetzt und essen Sie etwas. Sie sehen bereits aus wie ein wandelndes Skelett.«

»Vielen Dank, Sir.« Ellen machte sich auf den Weg zurück in die Küche und fand Mrs. O'Reilly und ihr Küchenmädchen Patsy vor, die Eier und Speck in Silberschalen füllten, um sie ins Esszimmer zu bringen.

Ellens Magen knurrte bei dem köstlichen Geruch.

»Bist du für den Moment fertig?«, fragte Mrs. O'Reilly und legte Toastbrot auf das Tablett.

»Mr. Wilton sagte, ich solle in die Küche gehen.« Ellen sah auf, als Mr. Israel aus der Speisekammer des Butlers zu ihnen trat. »Guten Morgen.«

»Wie geht es Ihnen, Mrs. Kittrick?«, fragte der Butler steif. Es war allgemein bekannt, dass er kein sonderlich angenehmer Zeitgenosse war.

»Gut, danke, Mr. Israel.« Ellen half Patsy, das Tablett fertig zu machen, damit Mr. Israel es ins Esszimmer bringen konnte, als Kathleen hereinkam und eine Melodie summte.

Als sie Ellen sah, hörte sie auf zu summen. »Entschuldige, Ellen. Ich habe nicht daran gedacht, dass du in Trauer bist.«

»Das muss dir nicht leid tun. Du darfst summen, Kathleen. Es ist in Ordnung, glücklich zu sein.«

»Was hast du denn zum Glücklichsein, Kathleen?«, fragte Mrs. O'Reilly und schenkte ihnen allen eine Tasse Tee ein.

»Nichts.«

»Lügnerin.« Patsy grinste. »Ich habe dich gestern Abend mit Jamie Curry spazieren gehen sehen.«

»Und? Es ist doch nicht verboten, mit einem Mann spazieren zu gehen, oder, Patsy Donnelly?«

»Seid still, ihr beiden.« Mrs. O'Reilly warf einen bösen Blick in die Runde. »Sei nur vorsichtig, Kathleen. Jamie Curry ist bekannt für seine Scherze mit jungen Mädchen.«

Kathleen schimpfte. »Nicht bei mir. Solche Dinge wird er mit mir nicht machen. Nicht, bevor wir vor Pater Kilcoyne unser Gelübde abgelegt haben.«

»Heiratest du jetzt etwa?«, spottete Patsy. »Unwahrscheinlich, wenn seine Mammy ein Mitspracherecht hat.«

»Nun, das hat sie aber nicht!«, meinte Kathleen ärgerlich.

»Mädchen, es reicht. Geh raus und hol noch etwas Wasser, Patsy. Kathleen leert die Ascheeimer aus.« Mrs. O'Reilly setzte sich Ellen gegenüber. »Mit den beiden hat man keine ruhige Minute.«

»Ich finde es trotzdem schön, ein normales Gespräch mitzubekommen. Zu Hause sprechen wir alle im Flüsterton, in der Angst vor dem, was die Zukunft bringen mag.«

»Gewiss, Mädchen, es sind schwierige Zeiten. Wie geht's deinem Mann? Hat er schon Arbeit gefunden?« Die Köchin reichte Ellen eine Schüssel mit warmem, cremigem Brei.

Wieder knurrte Ellens Magen vor Hunger. »Nein. Aber nach Hause kommen tut er trotzdem nicht.«

»Könnt ihr euren Hof behalten?«

»Ich glaube nicht, dass wir das langfristig schaffen. Diese Pacht können wir vielleicht noch bezahlen, wenn Malachy mit etwas Geld zurückkommt, aber wie wir die nächste Pacht aufbringen sollen, weiß ich nicht. Malachy weigert sich, wieder Kartoffeln anzubauen. Er sagt, das sei eine Verschwendung von gutem Geld, aber wie sollen wir sonst überleben? Die Kraut- und Knollenfäule kann doch nicht ewig andauern, oder?«

»Wer kann das schon sagen?« Mrs. O'Reilly nippte an ihrem Tee und ließ Ellen ein paar Minuten Zeit, ihren Brei zu essen. »Habt ihr darüber nachgedacht, auszuwandern?«

»Auswandern?« Ellen blickte von dem köstlichen Brei auf und wünschte sich, sie könnte den ganzen Topf mit nach Hause nehmen und den Kindern davon geben. Die Mahlzeiten, die sie auf dem Gutshof zu sich nahm, hatten sie in den letzten Jahren am Leben erhalten. Das Essen auf dem Gut ermöglichte es ihr, das wenige Essen, das sie anbauten oder besorgen konnte, an die Kinder weiterzugeben. Manchmal schickte Mrs. O'Reilly sie mit einem Korb mit Essensresten nach Hause. Allerdings geschah das nur selten. Mr. Wilton verlangte, dass alle überschüssigen Lebensmittel an diejenigen verteilt wurden, die auf der Straße bettelten und dem Tote nahe waren.

Mrs. O'Reilly füllte ihre Teetasse nach. »Mein Cousin und seine Familie sind jetzt in Kanada. Sie sind letztes Jahr gegangen, und ein anderer Teil der Familie ist vor drei Jahren nach Amerika gesegelt. Es geht ihnen sehr gut. Sie haben eine Farm und leben in einer kleinen Gemeinde. Die Kinder gehen zur Schule und sprießen anscheinend wie Unkraut. Du solltest darüber nachdenken.«

»Ich möchte nicht nach Amerika gehen.«

»Es könnte der Neuanfang sein, den ihr alle braucht. Wenn ich nicht diese gute Position hätte, würde ich mich meinen Vettern anschließen, denn was bleibt uns hier noch? Die Grundbesitzer werfen die Leute schneller aus ihren Häusern, als die Krautfäule die Kartoffelernte vernichten kann. Überall um uns herum ist das Erbe von Jahren der Verwüstung und des Verlusts anheimgefallen. Was haben wir noch zu verlieren?«

Ellen leerte die Schüssel, als die Mädchen zurückkehrten und den Raum mit ihrem Geplapper erfüllten. Ellen stand auf und holte ihre Putzkiste und frische Tücher, während sie in Gedanken die Worte von Mrs. O'Reilly wiederholte. *Was haben wir noch zu verlieren?*

<h1 style="text-align:center">KAPITEL 4</h1>

Ellen wälzte sich hin und her und gab den Versuch auf, erneut einzuschlafen, als die Sonne am nächsten Morgen aufging. Sie zog sich leise an, um Riona nicht zu stören, und kletterte die Leiter hinunter.

Ihre Mammy schlief noch, also schürte sie vorsichtig das Feuer und füllte Torf nach, bevor sie nach draußen ging, um sich zu erleichtern.

Die Kälte des Morgens weckte sie vollends, und sie fröstelte. Als sie ins Haus zurückkehrte, trank sie einen Schluck Wasser aus dem Eimer und zog ihre verstaubten schwarzen Stiefel an, die seit mehreren Jahren keine neuen Sohlen mehr gesehen hatten und ebenso nicht mehr poliert worden waren. Sie seufzte beim Anblick der anderen Stiefel neben der Tür. Das Schuhwerk ihrer Kinder war ebenfalls in einem erbärmlichen Zustand. Austin war aus seinen herausgewachsen und brauchte ein neues Paar. Woher sollte sie das Geld für diese nehmen? Patrick hatte Austins altes Paar, aber die Sohle löste sich vom Rest des Stiefels und war mit Bindfaden zusammengebunden worden, und die arme Bridget hatte nie Stiefel besessen und trug stattdessen Holzschuhe, die Papa für sie gemacht hatte.

Der Winter würde bald hereinbrechen, und sie wusste nicht, wie sie das überleben sollten. Im letzten Winter hatten die Kinder jeden Tag am Feuer verbracht, während sich der Schnee rund um die Hütte auftürmte und sie von der Welt abschottete. Malachy hatte sie bei seiner Rückkehr befreit und einen Sack Maismehl und eine Schnur mit Fischen mitgebracht, die Papa ihm gegeben hatte, als Malachy an ihrer Hütte vorbeikam. Aber der Brandygeruch in Malachys Atem hatte Ellens Freude über die Rückkehr ihres Mannes getrübt. Mit der Zeit war es noch schlimmer geworden, und Malachy wurde immer unzuverlässiger.

Wie sollten sie diesen Winter überleben?

Sie zog ihr Schultertuch enger um sich, schloss die Tür hinter sich und machte sich auf den langen Weg nach Wilton Manor. Unterwegs hoffte sie immer wieder, Malachy auf dem Heimweg zu sehen. Aber sie wurde enttäuscht. Sie brauchte ihn zu Hause und zwar mit dem Geld für die Pacht.

Vielleicht war es gut, dass er nicht in der Nähe war. Sie bezweifelte, dass sie zwei freundliche Worte zu ihm sagen konnte, so groß war ihre Wut auf ihn. Er hatte sie verlassen, als sie ihn am meisten brauchte. Ihr Sohn war gestorben, und er war gegangen. Sie hatten sich nicht gegenseitig getröstet oder ihre Trauer geteilt, wie es Eltern tun sollten. Nein, er war in dem Moment gegangen, nachdem er Erde auf Thomas' Sarg geworfen hatte – einen schlichten Holzsarg, den Colm bezahlt hatte.

Malachys einzige Rettung wäre es, mit vollen Taschen zurückzukehren, alles andere würde ihm schaden, fürchtete sie.

Die Sonne erhob sich über die Berge und tauchte die

Umgebung in ihr goldenes Licht. Ein Kaninchen, mit wippendem weißen Schwanz, suchte Schutz, als sie um eine Straßenbiegung kam. Abgesehen von dem Kaninchen war sie allein. Die Gegend, in der sie aufgewachsen war, mit Schafen, Kühen und Häusern, aus deren Schornsteine Rauch aufstieg, gab es nicht mehr. Stattdessen war sie umgeben von verwilderten Feldern, verfallenen Häusern, steingemauerten Gräbern und dem Geruch des Todes.

Wie lange würden sie den Hof noch behalten können?

Morgen war die Pacht fällig. Morgen früh würde sie nach Louisburgh gehen und mitteilen müssen, dass sie die Pacht nicht zahlen konnte. Wie würde sie diese Demütigung ertragen?

Die zusätzliche Sorge um Riona und Mammy lastete ebenfalls schwer auf ihr. Riona musste Arbeit finden. Da Papa nicht mehr war und sie keinen Fisch mehr verkaufen konnte, musste Riona vielleicht Hausangestellte werden, wie Ellen es war. Diese Diskussion würden sie heute Abend führen müssen. Ob Riona wollte oder nicht.

In der Küche des Herrenhauses rollte Mrs. O'Reilly den Teig auf dem Tisch aus, während Patsy und Kathleen mit konzentriertem Gesichtsausdruck das Frühstück vorbereiteten. Der Geruch von gebratenen Schweinekoteletts ließ Ellen das Wasser im Mund zusammenlaufen. Seit ihrem gestrigen Brei hatte sie nichts mehr gegessen. Sie hatte auch nichts von dem wenigen Essen angerührt, das Mammy mitgebracht hatte, um den Kindern etwas geben zu können.

»Oh, gut, dass du da bist«, sagte Mrs. O'Reilly. »Da drüben steht eine Tasse Tee für dich.«

»Danke.« Ellen nippte an dem süßen Tee mit Milch und wünschte, sie könnte jeden Schluck genießen, aber sie wusste, dass sie sich beeilen musste.

»Mr. Wilton ist gestern Abend mit einem Gast zurückgekehrt, der unerwartet ein paar Tage bleiben wird. Fang bitte zuerst im Esszimmer an. Mr. Israel sagt, dass der vordere Salon geöffnet werden muss. Vielleicht musst du heute sogar länger bleiben.«

»Ich mache mich umgehend an die Arbeit.« Widerstrebend trank sie den Rest den Tee aus.

»Ach, und Ellen …«

»Ja?«

»Du solltest vielleicht in die Spülküche gehen und dich etwas frisch machen. Du hast einen Fleck im Gesicht.«

Verlegen eilte Ellen in die Spülküche und schaute in den Spiegel, in dem die Dienstmädchen ihr Aussehen überprüfen konnten, bevor sie das Haupthaus betraten.

Ihr dunkles, kastanienbraunes Haar war stumpf und brauchte eine Wäsche. Sie band es hoch und säuberte sich dann mit einem Tuch das Gesicht. Sie starrte ihr Spiegelbild an und bemerkte ihre dunkelblauen Augen und die Schatten unter ihnen, auch ihre Wangenknochen traten mittlerweile hervor. Einst war sie eine Schönheit gewesen, zumindest hatten alle das behauptet. Wie ihre Mutter hatte sie den Männern den Kopf verdreht, als sie noch ein junges Mädchen gewesen war. Jetzt erkannte sie die Frau, die sie ansah, kaum wieder.

Ellen zog sich ihre Schürze an, schnappte sich die Kiste mit den Putzsachen und ging ins Esszimmer. Sie arbeitete schnell, säuberte die Feuerstelle und zündete das Feuer an, bevor sie den Kaminsims polierte, als Mr. Israel hereinkam, um den Tisch für das Frühstück zu decken.

»Hat Mrs. O'Reilly erwähnt, dass Sie heute länger gebraucht werden, Mrs. Kittrick?«, fragte er und legte Besteck auf den Tisch.

»Ja, Mr. Israel, und das tue ich natürlich gerne. Meine Mutter und meine Schwester sind zu Hause, für die Kinder ist also gesorgt.«

Er stellte die Teller und Schüsseln auf der Anrichte ab. »Gut. Mr. Wiltons Gast, ein Mr. Rafferty Hamilton, bleibt hier, und deshalb muss der vordere Salon hergerichtet werden. Wir alle wissen, wie gerne Mr. Wilton Räume abschließt, wenn er allein zu Hause ist.«

»Ja, ich werde mich darum kümmern.«

»Tun Sie das, bevor Sie das Arbeitszimmer fertigmachen, denn die Männer könnten sich nach dem Frühstück dort hinsetzen, bevor sie rausgehen. Oh, und Kathleen wird auch im Obergeschoss Hilfe brauchen. Wegen der späten Ankunft von Mr. Hamilton musste Kathleen schnell das Bett vorbereiten, aber abgesehen davon wurde nichts weiter vorbereitet. Wir müssen das Zimmer herrichten und das Feuer entfachen.«

»Natürlich, Mr. Israel.«

Er nickte und ließ sie allein, um die Wärmflaschen zu holen.

Nachdem sie im Esszimmer fertig geworden war, eilte Ellen in den Salon. Dieser Raum gefiel ihr von allen im Haus am besten. Mr. Wilton war ein begeisterter Reisender, und er hatte den Raum mit Büchern und Andenken an seine Reisen gefüllt.

Als sie die schweren Vorhänge öffnete, durchflutete das Licht den Raum, wärmte die grüne Seidentapete und brachte die Möbel zum Glänzen. Vor dem Kamin stand ein cremefarbenes Damastsofa, das Ellen abbürstete und die Kissen aufschüttelte.

Sie polierte die beiden kleinen Beistelltische, wobei sie vorsichtig mit den Porzellanornamenten von Vögeln und

Pferden umging. Sie brachte die Lampe in die Kammer des Butlers, damit Mr. Israel sie reinigen und nachfüllen konnte, und kehrte dann zurück, um ein Streichholz an das Papier und das Holz im Feuerrost zu legen.

Während die Flammen aufloderten, richtete sie die Kissen auf der gepolsterten Fensterbank neu aus und säuberte dann den großen rot-blauen orientalischen Teppich und den polierten Holzboden. Der kleine Schreibtisch, der nicht von Mr. Wilton benutzt wurde, sondern für seine Gäste war, wurde poliert, und sie konnte nicht umhin, den Globus zu betrachten, der auf dem Schreibtisch stand.

Mit einer Fingerspitze drehte Ellen den Globus und las die Namen der Länder, die sie Pater Kilcoyne hatte erwähnen hören, fremdländisch klingende Orte, Tausende von Meilen entfernt. Ihr Finger hielt auf der unteren Seite des Globus inne. *Terra Australis*. Australien.

In den seltenen Fällen, in denen sie den Globus studiert hatte, als sie dieses Zimmer aufräumte, hatte sie sich oft über das Land gewundert, über das die Leute im Flüsterton sprachen. Der Ort, an den Landsleute in Ketten geschickt worden waren. Eine britische Kolonie am anderen Ende der Welt, aus der keine Sträflinge zurückkehrten, zumindest keine, von denen sie wusste. Wie erging es ihnen, so weit weg von Irland und ihrer Heimat?

»Guten Morgen.«

Ellen drehte sich auf dem Absatz um, erschrocken darüber, dass sie beim Blick auf den Globus erwischt worden war. Sie wippte nervös auf ihren Fußballen und senkte den Kopf. »Guten Morgen, Sir.«

»Ich suche Mr. Wilton.« Sein Lächeln erreichte seine Augen, die die Farbe eines Hochsommerhimmels hatten und von langen schwarzen Wimpern umrahmt wurden.

»Oh, er wird gewiss gleich kommen, Sir.« Sie starrte den hochgewachsenen, schwarzhaarigen Mann in seinem zinngrauen maßgeschneiderten Anzug an. »Er geht direkt in den Speisesaal«, fügte sie hinzu und empfand es als töricht, so etwas zu sagen.

»Und der befindet sich wo?« Wieder das charmante Lächeln.

»Den Flur entlang und die erste Tür links.«

Er musterte sie. »Sie haben den Globus studiert?«

»Das habe ich«, gab sie zu.

»Die Welt ist ein faszinierender Ort, nicht wahr?«

»Ja.«

Er trat näher und drehte den Globus. »Es ist schwer vorstellbar, dass diese Länder, die so weit von uns entfernt sind, von Menschen bewohnt werden, die eine andere Sprache sprechen und eine andere Hautfarbe haben als wir.«

Sie nickte und sah *ihn* an, nicht den Globus. Er war groß und hatte markante Gesichtszüge. Er hatte etwas an sich, das ihre Aufmerksamkeit erregte. Sie hatte schon viele von Mr. Wiltons Gästen gesehen, aber noch nie viel mit ihnen gesprochen.

»Wohin würden Sie gerne reisen? Wenn Sie die Wahl hätten?«, fragte er.

»Ich weiß es nicht. Pater Kilcoyne sagt, es gäbe keinen besseren Ort als Irland.«

»Ist Pater Kilcoyne jemals gereist?«

»Er war als junger Mann in Rom und in England.«

Mr. Hamilton sah sie an. »Vielleicht hat Pater Kilcoyne recht. Denn Irland hat eine unglaublich schöne Landschaft.«

»Aber Sie glauben, dass es schönere Orte gibt?«, wagte sie zu fragen. Warum sprach dieser Herr mit ihr, als wäre sie ihm gleichgestellt?

Er richtete sich auf, den Blick auf sie gerichtet. »Ich habe viele Länder in Europa bereist, und ja, es gibt viele unglaublich Orte zu sehen.«

Einige Augenblicke lang starrten sie sich einfach nur an.

»Ich sollte zum Frühstück gehen.« Er senkte leicht den Kopf und verließ den Raum.

Mit heißen Wangen holte Ellen tief Luft, als sie merkte, dass sie den Atem angehalten hatte. Das war also Mr. Rafferty Hamilton. Er war Engländer, das sagte ihr sein Akzent, und ihre Augen sagten ihr, dass er einer der attraktivsten Männer war, die sie je gesehen hatte.

Ein Blick in den Spiegel über dem Kamin ließ Ellen aufstöhnen. Ihr fettiges Haar hatte sich aus dem Band gelöst. Ihre weiße Schürze war voller Aschenstaub, und ihre alten Stiefel lugten unter dem abgenutzten schwarzen Rock hervor.

Seufzend verließ sie das Zimmer und ging in die Küche, um saubere Tücher und einen leeren Eimer zu holen.

»Wie ist denn der neue Gast so, Mr. Israel?«, fragte Kathleen.

Mr. Israel wischte die silberne Teekanne noch einmal mit seinem Poliertuch ab. »Er ist ein Gentleman aus England. Mr. Wilton hat ihn letztes Jahr bei einem seiner Besuche in London kennen gelernt. Sie sind zusammen im Geschäft, haben Anteile an derselben Firma. Ich glaube, in der Schifffahrt.« Mr. Israel prüfte die Teekanne, und da sie anscheinend seinen Ansprüchen genügte, nahm er den Deckel ab und erwärmte sie mit heißem Wasser. Dann erlaubte er Mrs. O'Reilly, den Tee aus dem schlichten braunen Steingut, das sie für das Küchenpersonal benutzte, einzuschenken.

»Ich habe ihn vorhin gesehen«, sagte Ellen und ging zur Tür.

»Ach ja? Er ist schon zu so früher Stunde unten?« Mr.

Israel stellte die Teekanne schnell auf das Tablett, um sie in den Speisesaal zu bringen. »Er hat nicht nach mir geläutet, damit ich ihm beim Anziehen helfe.«

»Wie ist er denn so? Jung oder alt?«, fragte Kathleen und machte sich daran, den Brotlaib aufzuschneiden.

»In den Dreißigern vielleicht.« Ellen dachte an das freundliche Lächeln des Mannes und konnte nicht umhin, sich darüber zu freuen. Es war selten, dass man heutzutage ein echtes Lächeln von jemandem sah.

»Komm. Wir haben heute viel zu tun«, forderte Mrs. O'Reilly sie auf, sich wieder an die Arbeit zu machen.

Ellen ging ins Arbeitszimmer und begann, das Zimmer aufzuräumen, während ihre Gedanken bei dem Engländer im Nebenzimmer waren, der sein Frühstück mit Würstchen und Schweinekoteletts, Bücklingen und Eiern genoss. Ihr Magen knurrte bei dem Gedanken daran.

Wusste er von der Not in diesem Teil Irlands? Interessierte es ihn überhaupt? Natürlich nicht, warum sollte es auch? Er war Engländer, und die kümmerten sich um sich selbst und ignorierten die Armut und die Not der Iren, vor allem derer, die so arm waren wie Ellen und ihre Familie.

Sie interessierte sich nicht für die Politik, die die einheimischen Männer mit Wut und Hass erfüllte. Sie hatte genug damit zu tun, ihre Kinder zu ernähren und warm zu halten, als dass sie sich über den Zustand der irischen Politik Gedanken machen wollte. In der Vergangenheit hatte sie genug davon von Colm gehört. Sie war nicht dumm und wusste, dass die Iren der unvergessene Teil des britischen Empire waren. Da sie lesen konnte, verstand sie die Artikel in den Zeitungen in Mr. Wiltons Arbeitszimmer, in denen von Steuern für die Grundbesitzer die Rede war, weshalb diese die Pächter von ihrem Land vertreiben und durch Schafe ersetzen wollten. Jedes Gebäude, das ein Grundbesitzer auf seinem Land hatte, war steuerpflichtig, Schafe hingegen nicht.

Sie wusste, dass die Welt nicht fair oder gerecht war, aber sie überließ diesen Kampf denen, die etwas tun konnten, die eine Stimme hatten. Sie hingegen, Ellen Kittrick, geborene O'Mara, Ehefrau und Mutter, brauchte nur ihr Zuhause näher zu betrachten, um ihren eigenen Kampf zu sehen. Die Pacht und Essen waren alles, was sie interessierte.

War Malachy zurückgekehrt?

Der Gedanke, dass er vielleicht etwas Geld verdient hatte, gab ihr die Kraft, ihre Aufgaben in Rekordzeit zu erledigen.

Nachdem sie fertig war, setzte sie sich müde zu den anderen an den Tisch in der Küche und aß Toast und Bücklinge zum Frühstück, wobei sie versuchte, jeden Bissen zu genießen. Wenn sie länger blieb, um oben zu putzen, würde sie auch eine Mittagsmahlzeit zu sich nehmen können. Vielleicht könnte sie es für die Kinder aufheben, wie sie es bei anderen Gelegenheiten getan hatte. Sie freuten sich über die kleinen Leckereien, die sie für sie mit nach Hause bringen konnte.

Kathleen plauderte, während sie oben aufräumten, und Ellen wusste, dass sie sich nicht an der Unterhaltung beteiligen musste. Ihre Tatkraft verflog mit dem verstreichen den Stunden. Gemeinsam zogen sie Mr. Wiltons Bettzeug ab und zogen frisches auf, bevor sie das Zimmer aufräumten und das Feuer für den Abend entfachten.

Im Gästezimmer bemerkte Ellen, wie ordentlich Mr. Hamilton war. Seine Decken waren gerade gezogen worden, aber sie kümmerte sich darum, das Bett für ihn neu zu beziehen, während Kathleen im Zimmer Staub wischte. Nichts Persönliches lag herum, und Ellen verließ das Schlafzimmer, ohne ein Stückchen schlauer zu sein, was Mr. Hamilton anbetraf.

Unten schnitt Mrs. O'Reilly einen Schinken auf, der zu dem gekochten Kohl und den Karotten gereicht wurde.

»Darf ich mein Essen mit nach Hause nehmen, Mrs. O'Reilly?«, fragte Ellen und wusch sich die Hände, als die Uhr an der Wand ein Uhr schlug.

»Aber sicher doch. Für die Kinder?«

»Ja.« Ellen nippte an einer Tasse Tee, so viel sei ihr gegönnt.

In der Spülküche zog sie ihre Schürze aus und zog ihr Schultertuch eng um ihren Körper. Vom Fenster aus sah sie die Bäume, die sich im Wind wiegten, und seufzte. Es sah aus, als könnte es jeden Moment regnen.

»Bringst du den Korb morgen zurück?« Mrs. O'Reilly reichte Ellen einen mit einem Tuch abgedeckten Korb.

»Morgen? Es ist Samstag. Normalerweise arbeite ich samstags nicht hier.«

»Ja, ich weiß, aber Mr. Wilton sprach nach dem Frühstück mit mir, und möchte, dass du morgen kommst, da er ein paar Freunde zum Abendessen einlädt und Mr. Hamilton ebenfalls hier sein wird, und ich zusätzliche Hilfe in der Küche brauche.«

»Natürlich werde ich kommen.« Ellen lugte unter das Tuch und sah eine großzügige Menge an Schinkenscheiben, einen halben Laib Brot, ein paar Eier, Karotten und die andere Hälfte des Kohls. »Sie sind sehr großzügig, Mrs. O'Reilly. Gott segne Sie.«

»Du hast reizende Kinder, Ellen. Ich möchte nicht, dass ihnen etwas zustößt. Wir haben schon zu viele junge Leute verloren. Ich habe erst heute Morgen von Billy O'Hara erfahren, als er die Post überbrachte, dass die Familie Hastings aus

Louisburgh über Nacht zwei Kinder am Fieber verloren hat. Die Familie hat seit dem Verlust ihrer Farm im Freien geschlafen. Meine Großmutter war eine Hastings.« Mrs. O'Reilly bekreuzigte sich und Ellen tat es ihr gleich.

»Gott segne die Familie. Vielen Dank für den Korb. Wir sehen uns morgen früh.« Ellen nickte. Ihr Herz schwoll vor Dankbarkeit an.

Obwohl der Korb schwer war, störte es Ellen nicht im Geringsten. Sie trug den Korb abwechselt links und rechts, während sie müde nach Hause ging. Die Kinder würden sich freuen, den Inhalt des Korbes zu sehen, und es war genug da, damit auch Mammy und Riona etwas essen konnten.

Ein paar Reiter kamen hinter ihr den Feldweg hinaufgedonnert, und Ellen wich zur Seite, damit sie genug Platz hatten, um vorbeireiten zu können.

Der vordere Reiter verlangsamte sein Tempo, und Ellen stöhnte auf, als Major Sturgess zu ihr hinuntergrinste. Er trieb sein Pferd vorwärts und kam so nahe an sie heran, dass sie in den schlammigen Straßengraben springen musste, um nicht niedergetrampelt zu werden.

»Möge der Teufel Sie holen, Major!«, rief sie, während der kalte Schlamm durch die Löcher in ihren Stiefeln sickerte.

Er lachte nur. »Mrs. Kittrick, warum stehen Sie den im Graben?«

Sie trat aus dem Graben, und er trieb sein Pferd wieder vorwärts, sodass es mit ihr zusammenprallte. Ellen sprang zurück, verlor das Gleichgewicht und landete rücklings im Graben. Der Schock des Sturzes machte sie sprachlos. Der Korb lag neben ihr, der Inhalt im Schlamm verstreut.

Sturgess brüllte vor Lachen, ebenso wie der Mann auf dem anderen Pferd.

Ellen starrte die beiden an, dann bemerkte sie, dass die

Schinkenscheiben mit Schlamm bedeckt waren, und schrie ihre Wut heraus. Schnell sammelte sie das Essen ein und legte es zurück in den Korb, auch den nun unbrauchbaren Schinken. »Macht es Ihnen Spaß, meine Kinder verhungern zu sehen?«

»Haben Sie das Geld, um morgen ihre Pacht zu bezahlen?«, spottete er. »Werde ich die Genugtuung haben, eine weitere Hütte abzureißen? Ab morgen wird das Haus Ihrer Eltern nur noch eine Ruine sein. Ihres wird das nächste sein.«

Ellen rührte sich nicht und hob trotzig ihr Kinn. »Ich verfluche Sie, Major Sturgess. Mögen Sie nie den Trost oder die Liebe eines lebenden Nachkommen haben.« Sie bekreuzigte sich.

Er rutsche im Sattel hin und her. »Ich glaube nicht an Ihre bäuerlichen religiösen Flüche, Sie katholische Schlampe!« Er riss sein Pferd herum und beugte sich vor, um sie anzuspucken. »Sie werden bald im Arbeitshaus landen und ich werde über Ihr Schicksal lachen, wenn Sie dort sind!«

Sie sah zu, wie er davon galoppierte, und der Wind blies ihr ins Gesicht. Sturgess hatte ihr die kleine Freude verdorben, die sie den Kinder machen wollte. Sie warf einen Blick auf ihren verdreckten Rock und verzog das Gesicht wegen der kalten Nässe an ihrem Hintern, wo sie im Graben gelandet war.

Langsam machte sie sich auf den Heimweg.

In der Hütte beugte sich Riona über das Feuer und rührte etwas in einem Topf. Ellen schaute sich nach einem Anzeichen vom Malachy um.

Riona lächelte Ellen an. »Ich koche gerade ein paar Brennnesseln für das Abendessen. Ich habe bei einem Spaziergang welche gefunden ... Wie siehst du denn aus? Was ist denn passiert?«

»Major Sturgess, diese Ausgeburt des Teufels.« Ellen stellte den Korb auf den Boden. »Da ist Essen drin. Du wirst es wohl entsorgen müssen. Er hat mich in den Graben gestoßen. Ich nehme an, das Essen ist nun unbrauchbar.«

Mammy kam aus dem Schlafzimmer. Sie schimpfte über Ellens Anblick. »Zieh die nassen Sachen aus, *a Leanbh*.«

»Hier.« Riona schüttete etwas Wasser aus einem Krug in eine Schüssel und reichte Ellen ein sauberes Tuch. »Wasch dich.«

»Wo sind die Kinder?«

»Colm hat sie für ein paar Stunden auf seine Farm mitgenommen.«

Ellen versteifte sich. »Ich will nicht, dass sie dorthin gehen.«

»Warum in Gottes Namen?« Mammy runzelte die Stirn. »Er ist ihr Onkel und kann ihnen eine anständige Mahlzeit geben. Wenn du nur ein bisschen Verstand hättest, hättest du sein Angebot, bei ihm einzuziehen, schon vor einer ganzen Weile angenommen.«

»Um mich dann Tag und Nacht vor seinen Blicken und Berührungen hüten zu müssen?«

»Können sie dir schaden?«

»Mammy! Es wird nicht bei Blicken und Berührungen bleiben, wenn ich unter seinem Dach wohne. Er wird mich auch in seinem Bett haben wollen.«

Riona schnappte nach Luft. »Du bist die Frau seines Bruders.«

»Warum sollte ihn das aufhalten?«, murrte Ellen.

»Wäre es denn so schlimm, wenn es bedeutet, dass deine Kinder am Leben bleiben? Sie sind doch nur noch Haut und Knochen«, entgegnete Mammy wütend. »Willst du sie sterben sehen?«

»Du schlägst vor, dass ich mich zur Hure mache, Mammy!« Ellen konnte kaum glauben, was sie von ihrer Mutter hörte.

»Ich schlage vor, dass du und die Kinder überleben sollt.«

»Ich werde mich nicht für ein Stück Brot an Colm Kittrick verkaufen.«

»Dann werden wir morgen Abend alle auf der Straße stehen, nicht wahr? Denn ich bezweifele, dass Malachy das Geld für die Pacht haben wird.«

Wutentbrannt kletterte Ellen die Leiter hinauf, während sie in einer Hand die Schüssel mit Wasser hielt. Sie zog ihre schmutzigen Kleider aus und wusch sich, wobei sie gegen die Tränen ankämpfte. *Bitte, Malachy, komm nach Hause.*

KAPITEL 5

Ellen stand vor dem *McDermott's* Hotel im leichten Regen und wartete darauf, dass sie an der Reihe war, das Gebäude zu betreten. Sie hatte sich über eine Stunde lang in der Schlange angestellt, um mit dem Angestellten, Mr. Harris, zu sprechen, der die Pachtzahlungen entgegennahm und die Namen und Beträge in sein Hauptbuch eintrug.

Ellen verbrachte die Zeit damit, sich mit Leuten zu unterhalten, die sie kannte, auch wenn das mittlerweile erschreckend wenige waren. Die Hungersnot hatte so viele Menschenleben gekostet und die Gemeinde mit den Geistern der Verstorbenen, unbewohnten Häusern und leeren Straßen zurückgelassen.

Der Assistent des Gerichtsschreibers kam auf sie zu. Es war ihm unmöglich sie anzusehen. »Mrs. Kittrick, richtig?«

»Ja.« Aus den Augenwinkeln sah sie, wie Major Sturgess das Hotel verließ und sie angrinste.

»Es tut uns leid, Madam. Wir wurden bereits informiert, dass Sie Ihre Pacht heute nicht zahlen können. Mr. Harris sagte, er wird vermerken, dass Sie nicht gezahlt haben. Sie haben zwei Tage Zeit, um zu zahlen.«

»Zwei Tage.« Sie schluckte. »Aber das ist nicht genug Zeit. Ich brauche noch einen Monat oder mehr. Ich spare meinen Lohn, Gott ist mein Zeuge, das tue ich.«

Der kleine Mann zuckte zusammen. »Ich sage Ihnen nur, was man mir aufgetragen hat. Vergeben Sie mir.« Er verbeugte sich und ging wieder hinein.

Ellen starrte den Major an. Zweifellos war er es, der es Mr. Harris erzählt hatte. Sie spürte, wie die Wut anfing in ihr zu brodeln. Sie machte auf dem Absatz kehrt und ging in Richtung Wilton Manor.

»Zwei Tage, Mrs. Kittrick«, rief Major Sturgess ihr spöttisch nach.

Ellen biss die Zähne zusammen und weigerte sich, ihn anzuschreien und mitten in der Stadt eine Szene zu machen.

Als sie auf dem Gut ankam, machte sie sich sofort an die Arbeit und half Mrs. O'Reilly beim Schälen von Gemüse, während Patsy die Brathähnchen in den Ofen schob.

»Hat den Kindern der Schinken geschmeckt?«, fragte Mrs. O'Reilly.

»Ja, sehr sogar«, log Ellen. Sie brachte es nicht über Herz, ihr zu sagen, was mit dem Essen geschehen war. Riona und ihre Mammy hatten die Schinkenscheiben gewaschen und mit großem Appetit gegessen. Colm hatte die Kinder satt von einem Hammeleintopf nach Hause gebracht. Die drei waren sofort eingeschlafen, als sie sie ins Bett schickte. Der Gedanke, dass Colm das getan hatte, was ihr eigener Vater nicht schaffte, schnürte ihr die Kehle zu. Wenigstens würden sie das Gemüse von Gestern für das Abendessen heute haben, also ließ sie sie heute nicht im Stich.

Aber was war mit morgen und dem Tag darauf und dem

Darauffolgenden? War sie egoistisch, wenn sie sie von Colm und allem, was er ihnen geben konnte, fernhielt?

»Ellen?«

Als sie ihren Namen hörte, wurde Ellen mit einem Ruck in die Realität zurückgerissen. »Verzeih mir.«

»Du warst ziemlich in Gedanken versunken«, scherzte Kathleen.

»Das sollte sie auch, wenn sie vernünftig wäre«, murmelte Mrs. O'Reilly.

»Wie dem auch sei, ich wollte fragen, ob du Mr. Wiltons Kaffeetablett in den Salon bringen kannst. Mr. Israel ist nach Louisburgh gefahren, um etwas zu besorgen, also müssen wir das übernehmen.«

»Ja, natürlich.« Ellen untersuchte ihre Schürze auf Schmutz und wusch sich die Hände. Sie richtete ihren stark in Mitleidenschaft gezogenen Rock, den sie gestern Abend gewaschen und am Feuer getrocknet hatte. Sie richtete ihr Haar, so gut sie konnte.

Ihr Magen verkrampfte sich leicht, als sie das für zwei Personen gedeckte Tablett sah. Mr. Hamilton würde auch im Arbeitszimmer sein. Sie durfte ihn und sein liebenswertes Lächeln nicht sehen.

Sie balancierte das Tablett, klopfte und öffnete die Tür. Das Feuer knisterte und erhellte einladend den Raum, wenn man bedenkt, wie düster dieser Regentag war.

»Ah, Mrs. Kittrick, sie bringen den Kaffee. Ausgezeichnet.«

Ellen lächelte und stellte das Tablett ab. »Soll ich einschenken, Sir?«

»Ja, bitte, und welche Köstlichkeiten hat uns Mrs. O'Reilly gezaubert?«

»Ihre Lieblingsspeisen, Sir. Apfeltörtchen mit Sahne, Dattelfladen und Zitronenkuchen.«

»Was für ein Festmahl«, sagte Mr. Wilton und lächelte, allerdings war das Leuchten aus seinen Augen verschwunden. »Es ist wirklich eine Farce, nicht wahr, Rafe? In Anbetracht dessen, was wir gerade über den Zustand der Armen in der Gemeinde besprochen haben. Ich fühle mich von der Fülle vor uns am meisten betroffen, während vor meiner Tür Menschen hungern.«

Mr. Hamilton seufzte. »Ich fühle mich genauso, aber wir können keine Wunder vollbringen. Wir tun, was wir können, und ich glaube, dass wir damit Hunderten von verzweifelten Menschen helfen. Wenn ich nach England zurückkehre, werde ich meinen Einfluss geltend machen, um die Situation in dieser Gemeinde zu verbessern.«

Mr. Wilton nickte und nippte an dem Kaffee, den Ellen ihm reichte. »Ich habe das Gefühl, dass alles, was wir tun können, nicht ausreichen wird. Ich versorge zwei Suppenküchen mit Grundnahrungsmitteln, aber es gibt nie genug Essen für die armen Unglücklichen, die dort anstehen.«

»Die Auswanderung ist eine Möglichkeit für das Überleben.« Mr. Hamilton nahm die Tasse und Untertasse von Ellen entgegen und schenkte ihr eines seiner charmanten Lächeln.

»Es ist ein großes Unterfangen. So viele von denen, die in eine neue Welt aufbrechen, erleiden eine so elende Reise. Viele überleben nicht. Sargschiffe werden sie genannt.«

Ellen erschauderte bei diesem Namen.

Mr. Hamilton tippte mit den Fingern auf sein Bein. »Wir müssen es mit unserem Schiff besser machen. Wir bringen die Passagiere und die Fracht aus Irland heraus. Australien braucht viele Importe. Wir müssen Teil dieser Lieferkette sein. Und auf dem Rückweg bringen wir Fracht aus Australien nach England. Getreide und Wolle. Mein Geschäftspartner in Sydney, Mr. Emmerson, koordiniert alles, was dafür nötig ist. Sydney sucht händeringend nach guten Arbeitskräften und Fracht.«

»Das hört sich gut an.« Mr. Wilton nickte und wählte ein Dattelfladen aus. »Andere Unternehmen tun es auch. Warum sollten wir uns dem also nicht anschließen?«

»Wir werden Geld verdienen. Aber es beruhigt auch mein Gewissen, dass ich in der jetzigen Situation etwas Gutes für diese Menschen tun kann. Der Besuch des Arbeitshauses heute Morgen in Westport war grauenhaft. Die leeren Bauernhöfe zu sehen, die hungernden Menschen, die wie Tiere in Gräben und auf Feldern leben, sich von Brennnesseln und Gras ernähren, Säuglinge, die zu schwach sind, um zu schreien …« Mr. Hamilton schüttelte den Kopf. »Sie und ich müssen schnell handeln. Mit der einen Hand den Menschen zu helfen, ein neues Leben zu beginnen, und mit der anderen Hand das Import- und Exportgeschäft auszubauen, ist das Mindeste, was wir tun können. Australien ist der Schlüssel, nicht Amerika. Die Konkurrenz auf dem amerikanischen Markt ist zu groß.«

Als Ellen Mr. Hamilton zuhörte, vergaß sie, den Zitronenkuchen in Stücke zu schneiden. Seine leidenschaftlichen Worte brannten sich in ihr Gedächtnis ein. Nicht alle Engländer waren so böse wie Major Sturgess. Einige, wie Mr. Wilton und jetzt Mr. Hamilton, wollten ihrem Volk helfen. Sie trat einen Schritt zurück. »Benötigen Sie sonst noch etwas, Sir?«

»Nein, das wäre alles. Vielen Dank.«

Ellen verließ den Raum, obwohl sie noch mehr hören wollte, als die beiden Männer über das Geschäftsvorhaben sprachen. Das letzte, was sie hörte, war, wie sie über das Schiff sprachen, das Mr. Hamilton gekauft hatte.

Später begab sie sich nicht direkt nach Hause, sondern machte einen Umweg zum Haus ihrer Eltern. Als sie auf einer leichten Anhöhe stand, beobachtete sie, wie Männer unter dem Befehl von Major Sturgess brennende Fackeln auf das Strohdach warfen. Das Wetter sorgte dafür, dass der Rauch aufgewirbelt wurde, aber das Alter des Strohs ließ die Flammen bald hoch auflodern. Ein paar berittene Soldaten saßen auf ihren Pferden und unterhielten sich, als ob die Zerstörung eines Hauses eine kurze Betätigung wäre, die ihnen den Tag versüßte.

Während sie zusah, wie das Dach einstürzte und der Rauch durch die Tür der Hütte quoll, erinnerte sich Ellen an all die schönen Erinnerungen, die sie in ihrem früheren Zuhause gesammelt hatte. Die Tänze und Gesangsabende, ihre eigene Hochzeit, die Sommertage, an denen sie Papa beim Knüpfen der Fischernetze im Sonnenschein half …

Sie wandte sich ab, unfähig, weiter zuzusehen. Sturgess' Männer würden die Mauern einreißen, um Landstreicher davon abzuhalten, dort Unterschlupf zu suchen. Sie konnte nicht mit ansehen, wie das geschah.

Zurück in der Hütte gab Ellen Austin, Patrick und Bridget einen Gutenachtkuss. Das heutige Abendessen hatte aus gekochtem Gemüse bestanden und alle drei sahen etwas besser aus, nachdem sie in den letzten zwei Tagen nahrhaftes Essen zu sich genommen hatten. Ihre Haut spannte sich noch immer über ihren Knochen, aber sie schienen etwas munterer zu sein, anstatt zusammengesunken vor dem Feuer zu sitzen.

Mammy und Riona saßen am Feuer, als Ellen sich zu ihnen gesellte. Sie teilten sich eine Tasse des Wassers, in dem sie das Gemüse gekocht hatten. Nichts wurde verschwendet.

Sie erzählte ihnen von ihrem Tag, von Mr. Harris, der ihnen zwei Tage Aufschub gegeben hatte, um die Pacht zu bezahlen.

»Und dein Haus wurde abgerissen, Mammy«, murmelte Ellen.

Mammy schloss ihre Augen. »Es bricht mir das Herz, das zu hören.«

»Ich hoffe, er schmort dafür in der Hölle«, murmelte Riona.

»Wenn es Gerechtigkeit gibt, wird er es tun«, erwiderte Ellen.

Das Schweigen zwischen ihnen dehnte sich aus, während jede ihren eigenen Gedanken nachhing.

»Wir haben also zwei Tage Gnadenfrist, ja?«, fragte Mammy und blickte in die Flammen.

Ellen streckte ihre Beine in Richtung der Hitze aus. Der Regen hatte sie auf dem Heimweg durchnässt. »Mr. Wilton wird mir am Montag meinen Lohn auszahlen. Es ist nicht genug, aber es könnte sie für ein paar Wochen zufrieden stellen.«

»Und was ist mit dem Essen?« Mammy blickte nicht auf. »Die Kinder sind so dünn, dass ein Windstoß sie umblasen würde.«

»Das musst du mir nicht sagen, Mammy. Ich habe Augen.«

Riona seufzte. »Ich war heute überall in der Gegend, um Arbeit zu finden. Ich werde morgen nach Westport gehen und sehen, ob ich dort etwas finde.«

Mammy schnaubte. »Nach Westport? Bist du verrückt? Du hast kaum den Rückweg aus dem Dorf geschafft. Wie wills du dann die vier Stunden nach Westport schaffen? Glaubst du, du kannst den ganzen Tag arbeiten und dann mit leerem Magen vier Stunden hierher zurücklaufen?«

»Ich muss etwas tun, Mammy!«, rief Riona mit Tränen in den Augen. »Ellen kann nicht alles allein machen.«

Plötzlich wurde die Tür aufgerissen, und die drei Frauen blickten überrascht auf Malachy, der dort stand. Er schloss die Tür hinter sich und stolperte, schmutzig, zerzaust und so abgemagert, dass er wie eine Leiche aussah, zu ihnen.

Ellen stand auf und ging zu ihm. »Malachy?«

Seine Lippen verzogen sich, als er sie küsste. »Ich konnte nirgendwo anders hin.«

Sie schmeckte den Brandy auf seinen Lippen. »Was meinst du damit? Das hier ist dein Zuhause. Wo solltest du sonst hingehen?«

»Ich habe es versucht, Ellen.« Er ließ sich auf den Hocker fallen, auf dem eben noch Ellen saß.

»Du hast also kein Geld?« Mammy warf ihm einen Blick aus zusammengekniffenen Augen zu. »Oder ist alles im Geldbeutel eines Gastwirts?«

»Mammy«, schimpfte Riona.

»Du kannst mir nicht erzählen, dass er in der ganzen Zeit, in der er nicht hier war, nichts getrunken hat, während meine Tochter für einen Engländer in seinem schicken Haus voller Essen arbeitet.«

»Mammy.« Riona zerrte ihre Mutter vom Stuhl hoch und zog sie zu den Kindern ins Schlafzimmer.

Ellen starrte auf den Mann hinunter, den sie geheiratet hatte, als sie noch ein dummes, verliebtes Mädchen war. »Es muss etwas getan werden, Malachy«, murmelte sie. »Die Pacht ist in zwei Tagen fällig. Mehr Zeit haben sie uns nicht gewährt. Major Sturgess steckt dahinter, da bin ich mir sicher. Ich hatte nicht einmal die Gelegenheit, mit Mr. Harris zu sprechen.«

Malachy seufzte und senkte den Kopf.

Ellen bemerkte das Grau, das sein Haar mittlerweile durchzog. Er war erst dreißig Jahre alt, aber er sah so viel älter aus.

»Es tut mir leid, Ellen«, flüsterte er, ohne den Kopf zu heben. »Ich weiß nicht, was ich noch tun soll. Ich bin Hunderte von Meilen gelaufen, um Arbeit zu finden. Ich habe hier und da einen Job bekommen, aber mehr nicht. Ich habe Gräben ausgehoben und Straßen gebaut. Ich habe in Gasthäusern und Schenken gearbeitet.«

»Wenn das wahr ist, wo ist dann das Geld, das du verdient hast?«

»Es waren Pfennige, manchmal nicht einmal das, wenn ich nur für Kost und Logis gearbeitet habe. Niemand will gute Löhne zahlen. Es gibt zu viele Männer da draußen, die für eine Schüssel Haferschleim am Tag arbeiten würden. Wie kann ich neben diese Männer um Geld bitten?«

»Ich denke, wir sollten auswandern.« Die Worte verließen ihre Lippen, ehe sie darüber nachdenken konnte.

Er zuckte zusammen. »Nein.«

»Warum nicht?«

»Ich sagte nein. Du wirst mich nicht dazu bringen, auch nur einen Fuß auf eines dieser Sargschiffe zu setzen.«

Seine Worte erinnerten sie an die Diskussion zwischen Mr. Hamilton und Mr. Wilton. »Malachy, bitte hör zu. Ich glaube, wir können es schaffen. Pater Kilcoyne wird uns helfen …«

»Ich *sagte* nein.«

»Was haben wir denn noch zu verlieren? Hier zu bleiben bedeutet, zu verhungern oder innerhalb der kommenden Wochen auf die Straße gesetzt zu werden. Willst du das für deine Kinder, für mich?«

»Ich werde es nicht tun.«

»Jesus, Maria und Josef!« Ellen wurde wütend. »Wir haben keine andere Wahl.«

»Und wie sollen wir die Überfahrt bezahlen, bitte?«, rief er.

»Es gibt ein staatliches Hilfsprogramm. Mrs. O’Reilly hat mir davon erzählt. Sie erwähnt die Auswanderung bei jeder Gelegenheit, und das schon seit über einem Jahr oder länger.«

Malachy hob die Hände. »Und wenn wir nach Amerika kommen, was dann? Wo werden wir *leben*? *Bekommt* man dort einfach so ein *Haus*, sobald man das Schiff verlassen hat?« Sein Sarkasmus trieb sie zur Weißglut.

Wütend starrte sie ihn an und stemmte die Hände in die Hüften. »Ich weiß es nicht, aber einen Versuch ist es wert. Lieber sterbe ich bei dem Versuch, als im tiefsten Winter zuzusehen, wie meine Kinder in meinen Armen erfrieren!«

»Wir gehen zu Colm.« Malachys knapper Tonfall machte sie noch wütender.

»Ich werde nicht zu Colm gehen.«

»Warum, um Himmels willen? Ich habe keine Ahnung, wie er das macht, aber er kommt besser zurecht als die meisten.«

»Weil er Dinge tut, die gegen das Gesetz verstoßen.«

»Ein englisches Gesetz? Wen kümmert das schon?«

»Malachy, rede nicht so wie die anderen Männer, die nach Freiheit von der englischen Herrschaft rufen.«

»Warum nicht? Es ist die Wahrheit. Den Briten ist es egal, dass wir verhungern und auf den Feldern sterben wie die Tiere. Sie wollen, dass wir das Land verlassen, damit sie ihre Schaf- und Rinderherden züchten und mehr Geld verdienen können, als sie ausgeben können.«

»Nicht alle Engländer sind so. Mr. Wilton ist gut zu uns gewesen. Er hat mir eine Stelle in seinem Haus gegeben, als wir unsere Ernte verloren haben. Er arbeitet hart in dieser und in anderen Gemeinden, um dafür zu sorgen, dass die Bedürftigen etwas zu essen bekommen.«

»Das sind wir. Warum gibt er uns nichts zu essen?«

»Das hat er. Er hat *mir* zu essen gegeben. Ich habe es geschafft, dort eine Mahlzeit zu bekommen, um das wenige Essen, das wir haben, für die Kinder zu sparen. Er hat mehr für uns getan als *du*.«

»Ach, hat er das? Dann bin ich also wieder der Versager?«

Ellen schluckte die Tränen hinunter. Der Schmerz in ihrer Brust wuchs. »Du verschwindest ständig, um Arbeit zu finden, aber du bringst nie Geld nach Hause. Du bist gegangen als Thomas … Ich habe dich hier gebraucht.«

»Colm sagte, er würde sich um euch alle kümmern.«

»Ich will nicht, dass *Colm* sich um uns kümmert. Das ist deine Aufgabe, nicht seine!«

»Wir hätten schon vor Monaten zu Colm gehen sollen. Ich hätte mit ihm zusammenarbeiten können, was auch immer er treibt, aber ich wollte nicht da mit reingezogen werden.«

»Nein, denn dafür könntest du ins Gefängnis kommen.«

Er starrte sie an. »Wir gehen morgen früh zu ihm. Wie geben das Cottage auf und ziehen für immer zu ihm. Du wirst dich für ihn um das Haus kümmern. Und das ist mein letztes Wort dazu.«

»Nein.«

»Ich habe mich entschieden, Ellen.«

»Und wird er Mammy und Riona ebenfalls aufnehmen?«

Malachy zuckte mit den Schultern. »Wir werden ihn fragen. Er hat sie immer gemocht. Du, Riona und die Kinder können für ihn auf dem Hof arbeiten, und er und ich werden weiterhin das tun, was er tut.«

Kopfschüttelnd trat Ellen näher ans Feuer heran. »Er hat mit ein paar üblen Zeitgenossen zu tun, und das weißt du auch. Trotzdem ist er nie in Schwierigkeiten geraten, wurde nicht ein einziges Mal erwischt. In ganz Louisburgh kursieren Gerüchte, er sei ein Spitzel der Briten. Er spielt auf beiden Seiten, Malachy. Er bekennt sich zur Allianz mit den *Young Irelanders*, trifft sich aber heimlich mit den Briten und erzählt ihnen alles, was er weiß.«

»Unsinn«, stieß er aus, konnte ihr allerdings dabei nicht die Augen sehen.

Ellen spottete über seine Antwort. »Du hast es die ganze Zeit gewusst, nicht wahr?«

»Du redest wirres Zeug, Weib.« Malachy starrte ins Feuer. »Er ist der irischen Sache treu.«

»Ich werde nicht gehen. Nicht dorthin. Nicht zu ihm.«

Malachy schlug mit den Fäusten auf seine Oberschenkel. »Zum Teufel mit deinem Starrsinn! Und warum nicht? Wen kümmert es, was er tut, solange die Kinder zu essen und ein Dach über dem Kopf haben?«

»Das können wir ihnen geben, wenn wir auswandern.«

»Ich bleibe hier. Das ist meine Heimat. Irland.«

»Bitte, Malachy, bitte hör mir zu. Wir können neu anfangen, und mit harter Arbeit können wir uns ein besseres Leben schaffen als das, was wir hier haben.«

»Wir werden ein gutes Leben bei Colm haben. Er ist mein Bruder.«

»Und *dein Bruder* will mich nicht, damit ich ihm sein Bett wärme? Willst du mit dem Mann unter einem Dach leben, der deine Ehefrau begehrt?«

Malachy wich vor ihr zurück. »Du lügst! Das würde er mir nicht antun. Er ist mein Bruder.«

»Und du bist nie hier! Du bemerkst nicht den Blick in seinen Augen. Er hat mich schon oft gebeten, zu ihm zu ziehen, aber ich weigere mich, weil ich weiß, dass er mehr will. Colm hat mich immer gewollt. An unserem Hochzeitstag war er sturzbetrunken und hat sich bei meiner Schwester ausgeheult, dass ich ihm das Herz gebrochen hätte, weil ich dich ihm vorgezogen habe.«

Malachy wischte sich das fettige Haar aus dem Gesicht und ließ sich auf den Schemel sinken. »Ich wusste, dass er gewisse Gefühle für dich hat. Ich dachte, er wäre schon vor Jahren darüber hinweg.«

»Das liegt daran, dass du in den letzten paar Jahren kaum zu Hause warst. Du bist nie hier, wenn er zu Besuch kommt. Du siehst nicht, wie er mir lüsterne Blicke zuwirft, oder wie er meine Hand oder meine Schulter berührt und mir Versprechen ins Ohr flüstert.«

»Er würde es aber nicht tun, wenn ich bei dir wäre.«

»Willst du damit sagen, dass du zu Hause bleiben würdest, sollten wir zu Colm ziehen?«

»Nun … ich muss arbeiten. Geld beschaffen …«

»Gewiss. Das hat ja bis jetzt auch wunderbar funktioniert.« Jetzt war es an ihr, sarkastisch zu werden.

»Ich gebe mir Mühe, Ellen.«

»Nicht genug!« Sie marschierte zur Leiter. »Du hast als Ehemann und als Vater, als Schwiegersohn und als Schwager versagt. Geh zu Colm, wenn es das ist, was du willst, aber wir werden nicht dorthin gehen.«

»Ellen!«

Sie ignorierte ihn und kletterte die Leiter zum Dachboden hinauf. Sie krabbelte zum Bett. Allerdings war ihre Wut so groß, dass sie nicht schlafen konnte. Stattdessen setzte sich auf den Boden. Tränen liefen ihr über die Wangen. Ob mit oder ohne Malachy, sie würde ein neues Leben für sich und ihre Kinder aufbauen.

Sie hörte, wie die Eingangstür zugeschlagen wurde, und zuckte zusammen. Malachy war wieder weg.

KAPITEL 6

Ellen kniete vor dem Kamin und kehrte die Asche in den Eimer. Draußen fiel der Regen und klopfte rhythmisch an das Fenster des Arbeitszimmers. Die Morgendämmerung erhellte den grauen Himmel nur wenig, und Ellen wünschte sich die warmen Tage des Sommers herbei. Der Oktober hatte bisher nur Regen und kalte Winde gebracht.

Sobald das Feuer angezündet war, wischte sie den Staub und räumte Mr. Wiltons Schreibtisch auf. Sie räumte die alten Zeitungen der vergangenen Tage beiseite und hielt inne, als eine Titelseite ihre Aufmerksamkeit erregte.

In dieser Kolonie [New South Wales] besteht ein dringender Bedarf an verheirateten Handwerkern – insbesondere Zimmerleute, Tischler, Steinmetze, Steinschneider, Maurer, Gipser, Schmiede, Stellmacher, Glaser … Landarbeiter, Hirten (insbesondere Personen, die sich gut mit Vieh auskennen) und Gärtner.

Eine BESCHRÄNKTE ANZAHL solcher Personen,
vorausgesetzt, sie sind tüchtig …, fleißig und moralisch
einwandfrei, und nicht älter als 30,

»DU HAST ZEIT, dir eine Zeitung anzuschauen?« Kathleen kicherte und kam ins Zimmer, um den Boden zu fegen. »Was ist denn so interessant?«

Ellen reichte ihr die Zeitung. »Hier. Lies das.«

Kathleen wich zurück, als hätte Ellen sie angeschrien. »Ich kann nicht lesen, Ellen. Ich hatte keinen Pater Kilcoyne als Onkel, der mich unterrichtet hat.«

»Tut mir leid. Das habe ich vergessen.«

»Was steht da drin?«

»Es ist eine Mitteilung darüber, dass New South Wales Leute zum Arbeiten braucht.«

»New South Wales? Das liegt doch in der Kolonie Australien.« Kathleens Augen weiteten sich. »Sie haben meinen Cousin dorthin geschickt. Entweder das oder sie hätten ihn erhängt, weil er ein Schaf gestohlen hat.«

»Sie wollen, dass Siedler dorthin gehen.« Ellen wandte sich wieder der Zeitung zu.

»Um zwischen Verbrechern zu leben? Wieso?«

»Es gibt Arbeit dort.«

»Eine solche Reise würde ich gewiss niemals antreten.« Kathleen begann zu fegen. »Mrs. O'Reilly redet ständig von Amerika oder Kanada. Aber ich würde lieber sterben, als meine Heimat zu verlassen.«

»Uns ist nicht mehr viel Heimat geblieben«, flüsterte Ellen, deren Gedanken sich um die Möglichkeit des Auswanderns drehten. Vielleicht könnte sie ja mit Mr. Wilton und Pater Kilcoyne darüber sprechen.

Den Rest des Vormittags war Ellen mit den Gedanken ganz woanders, während sie über die Aussicht nachdachte, Irland zu verlassen. Konnte sie es tun? War es überhaupt möglich? Würde Pater Kilcoyne ihr helfen können?

»Bringst du das Tablett in den Salon, Ellen?«, fragte Mrs. O'Reilly und stellte das Teetablett vor ihr ab. »Mr. Israel spricht gerade mit jemanden an der Tür.«

Ellen wischte sich die Hände ab und vergewisserte sich, dass ihre Schürze sauber war, bevor sie das Tablett nahm und durch den Flur in den Salon ging. An der Haustür sprach Mr. Israel mit einem Polizisten, den er hereinbat.

Als er sich umdrehte, starrte Mr. Israel sie an. »Mrs. Kittrick.«

»Soll ich den Tee lieber in die Küche zurückbringen?«, fragte sie, da sie sich nicht in die Angelegenheiten der Männer einmischen wollte.

»Warten Sie hier«, befahl Mr. Israel und verschwand mit dem Polizisten im Salon.

Ellen stand mit dem schweren Tablett in der Hand da und ärgerte sich über den Mann. Hatte sie nicht so schon mehr als genug zu tun? Nun verlangte er von ihr, dass sie einfach nur ihm Flur herumstand

»Kommen Sie herein, Mrs. Kittrick«, rief man ihr vom Salon aus zu, und mit ein paar gemurmelten Worten betrat sie den Raum. Sie lächelte Mr. Wilton an, als sie das Tablett auf den kleinen Tisch stellte. Nach einem Blick auf Mr. Hamilton, der besorgt wirkte, senkte sie ihren Blick.

»Mrs. Kittrick, bleiben Sie doch bitte einen Moment«, verlangte Mr. Wilton, als sie den Salon wieder verlassen wollte.

Verblüfft sah sie Mr. Wilton an, ihr Blick wanderte zu Mr. Hamilton, der mit sorgenvollen Blick am Feuer stand.

»Ja, Sir?«

»Das ist Konstabler Gordon von der Polizeiwache in Westport.« Mr. Wilton wirkte ziemlich nervös, als er sprach. »Er ist gekommen, um mit Ihnen zu sprechen, Mrs. Kittrick, nachdem er zuerst bei Ihnen zu Hause war und ihm dort gesagt wurde, dass Sie hier sind.«

»Mit mir?« Ellens Herz raste. Was hatte sie getan, dass die Polizei sie suchte? Hatte es etwas mit Colms Aktivitäten zu tun? Oder mit der nicht gezahlten Pacht? Die zwei Tage Schonfrist waren vorüber, und die Zahlungsfrist war schon über eine Woche abgelaufen. Sollte sie verhaftet werden, weil sie die Pacht nicht bezahlt hatte? Die Gedanken wirbelten in ihrem Kopf herum, bis sie das Gefühl hatte, ihr würde schlecht werden.

Der Konstabler trat vor. »Mrs. Kittrick, mir wurde mitgeteilt, dass Sie mit Malachy Kittrick aus dieser Gemeinde verheiratet sind?«

»Ja«, murmelte sie und stellte sich bereits vor, dass man ihr sagen würde, dass Malachy verhaftet worden war.

»Es tut mir leid, Ihnen das mitteilen zu müssen, aber wir haben Grund zu der Annahme, dass Ihr Mann in den frühen Morgenstunden bei einer Schlägerei in der Taverne *Red Star* in Westport ums Leben kam. Ich möchte Sie bitten, mit mir nach Westport zu kommen und ihn zu identifizieren.«

Ellen starrte den Konstabler verständnislos an. »Malachy? Sie glauben, dass er es ist?«

»Um das mit Sicherheit sagen zu können, muss die getötete Person identifiziert werden, Mrs. Kittrick. Von Ihnen oder einem anderen Angehörigen. Wir haben von zuverlässigen Zeugen gehört, dass sie glauben, es handle sich bei dem getöteten Mann um Malachy Kittrick aus dieser Gemeinde.«

»Er wurde getötet …« Sie konnte nicht klar denken.

»Meine Liebe, Mrs. Kittrick.« Mr. Wilton legte ihr sanft die Hand auf die Schulter. »Setzen Sie sich, bitte. Das muss ein großer Schock sein.«

Die Männer saßen auf dem Sofa und begannen alle gleichzeitig zu reden. Ellen legte die Hände in den Schoß. Das konnte nicht wahr sein. Da musste ein Irrtum vorliegen.

Mr. Hamilton beugte sich zu ihr und reichte ihr ein kleines Glas mit Brandy. »Trinken Sie.«

Sie nippte an der goldenen Flüssigkeit. Sie brannte in ihrer Kehle und entfachte ein Feuer in ihrem leeren Magen.

»Ich kann Ihnen helfen. Ich kann Sie nach Westport begleiten, wenn Sie wünschen«, sagte Mr. Hamilton.

Mr. Wilton klopfte Mr. Hamilton auf die Schulter. »Ausgezeichnete Idee, Rafe. Wir werden Mrs. Kittrick nach Westport begleiten. Israel, lassen Sie die Kutsche vorfahren und informieren Sie Mrs. Kittricks Familie. Wissen Sie, wo sie wohnen?«

»Ja. Ich kümmere mich sofort darum, Sir.«

Kathleen brachte Ellens Schultertuch, und in kürzester Zeit saß sie in Mr. Wiltons schwarze Kutsche mit den dunkelgrün gepolsterten Sitzen. Wie betäubt stellte sie fest, dass dies das erste Mal war, dass sie in einer Kutsche reiste.

Während der Fahrt hörte es auf zu regnen, und die Sonne lugte zwischen taubengrauen Wolken hervor. Ellen war zu betäubt, um sich zu unterhalten. Die beiden Männer schienen das zu verstehen und unterhielten sich leise miteinander, während sie über die zerfurchten, schlammigen Straßen rumpelten.

Ellen starrte auf die vorbeiziehende Landschaft. Die Steinmauern, die kahlen Felder, die aus Ästen und Schilf gefertigten Hütten, in denen hagere, bleichgesichtige Familien lebten. Die zahlreichen mit Steinen bedeckten Gräber am Straßenrand, in denen die Toten lagen, weckten keine Gefühle in ihr. Sie fühlte sich selbst wie tot.

Nur einmal war sie nach Westport *gefahren*. Damals, als sie Malachy heiratete, hatte er sie für einen Tag in die geschäftige Stadt eingeladen und sich Colms Wagen geliehen, um sie dorthin zu bringen. Seitdem hatte sie jedes Mal den vierstündigen Fußmarsch auf sich genommen, wenn sie etwas wichtiges besorgen musste, um dann den beschwerlichen Rückweg anzutreten. Manchmal begleitete Riona sie, aber meistens unternahm sie diese Reise allein. Sie nutzte die Zeit, um etwas Ruhe vor den Kindern zu haben. Wenigstens würde es diesmal kein vierstündiger Fußmarsch werden, sondern eine schöne Kutsche würde sie in der Hälfte der Zeit nach Westport bringen … Sie würde sie dorthin bringen, um ihren toten Mann zu sehen …

Sie betraten die Stadt, als die Sonne im Nordatlantik unterging, während der Kutscher die Pferde von der Hauptstraße weg und durch kleinere Straßen lenkte, bis sie schließlich vor einem steinernen Gebäude in der Nähe der Infanteriekaserne anhielten.

Mr. Hamilton half Ellen aus der Kutsche und führte sie in das Gebäude. Sie sah sich nicht um und stellte auch keine Fragen, das überließ sie Mr. Wilton. Sie wurden die Treppe hinuntergeführt, in den kalten, feuchten Keller. Ein Beamter öffnete eine Tür und führte sie in einen großen Raum mit Tischen voller Leichen, die mit Laken bedeckt waren. Wasser tropfte an den Wänden herunter und erzeugte unheimlich klingende Geräusche in dem kahlen, eiskalten Raum.

Ohne Vorwarnung zog der Beamte ein ausgefranstes,

cremefarbenes Laken zurück und gab den Blick auf einen Mann frei.

Ellen zwang sich, ihn anzusehen, und war dankbar für Mr. Hamiltons starke Hand, die sie am Ellbogen stützte. Sie ließ ihren Blick vom Oberkörper über den Hals bis zum Kinn und schließlich zum Gesicht des Mannes wandern.

Ihre Knie gaben nach. Im Tod sah Malachy wieder schön und jung aus.

Abgesehen von dem Bluterguss an der Schläfe und einem kleinen Schnitt an der Lippe sah er aus wie der junge Mann, den sie geheiratet hatte. Der lachende, glückliche Mann, der ihr Herz gestohlen hatte, als sie noch ein junges Mädchen war und kaum wusste, was sie wollte.

»Ist das Ihr Mann, Mrs. Kittrick?«, fragte der Beamte leise.

Sie nickte steif, nur einmal. »Ja.«

»Malachy Kittrick?«, fragte er nach.

»Ja.«

»Danke, Madam.«

Ellen drehte sich um und blickte zu Mr. Hamilton auf.

»Das haben sie gut durchgestanden«, sagte er. Seine blauen Augen waren freundlich und zärtlich, und er drückte ihren Ellbogen, um ihr seine Unterstützung zu signalisieren.

Als er sie hinausführen wollte, drehte sie sich noch einmal um und beugte sich rasch vor, um Malachys kalte Lippen zu küssen und sich von ihm in ihrer irischen Muttersprache zu verabschieden. *»Geh und sei bei unserem Sohn. Mach's gut.«*

ELLEN SAß VOR DEM FEUER, Bridget auf ihrem Schoß und Patrick zu ihren Füßen. Sie waren nur wenige Stunden zuvor bei Malachys Beerdigung gewesen, bei der Pater Kilcoyne die

Messe gehalten hatte. Zum ersten Mal würde die Familie keine Totenwache abhalten, denn es gab niemanden außer Colm, und der zählte in Ellens Augen nicht. Sie hasste seinen Anblick. Ihr kam es so vor, als würde Colm nicht um seinen Bruder trauern, sondern sich damit zufriedengeben, dass *er* selbst noch am Leben war.

Austin half Riona, einen Korb aus Schilf zu flechten, während Mammy am Tisch saß, betete und dabei ihren Rosenkranz durch die Finger gleiten ließ. Colm saß auf dem Hocker neben der Tür und schnitzte für Bridget einen Vogel aus Holz. Er hielt sich von Ellen fern, seit er den Fehler gemacht hatte, ihr zu sagen, dass er sich um sie kümmern würde, während sie am Grab standen. Sie war auf ihn losgegangen und hatte ihm eine Standpauke gehalten, in der sie zum Teil andeutete, dass der falsche Bruder gestorben war.

Als es an der Tür klopfte und Pater Kilcoyne an der Schwelle stand, bemühte sich Ellen, ihn zu begrüßen, obwohl sie sich wie benebelt fühlte.

»Gott segne alle in diesem Haus«, sagte der Pater, trat ein und nahm seinen breitkrempigen, schwarzen Hut ab.

»Komm, setz dich ans Feuer, Bruder«, sagte Mammy. »Du musst bis auf die Knochen durchgefroren sein.«

»Mir geht es gut, Bridie.« Er klopfte Mammy auf die Schulter. »Habt ihr schon gegessen?«

»Colm war so freundlich, etwas Buttermilch und einen Topf mit Eintopf zu mitbringen«, antwortete Riona.

»Was für ein Segen.« Der Pater wandte sich an Colm und schüttelte ihm die Hand. »Guter Mann.«

Colm senkte leicht den Kopf. »Sie sind schließlich meine Familie, Pater.«

Mit einem tiefen Seufzer nahm Pater Kilcoyne den Stuhl,

den Riona ihm anbot, und setzte sich selbst zu Austin auf den Boden.

Pater Kilcoyne ergriff Ellens Hand. »Nun, mein Kind. Wie soll es weitergehen?«

Ellen schluckte, schwach vor Hunger, denn sie hatte nichts mehr gegessen, seit sie Malachy tot vor sich gesehen hatte. Zwei Tage lang hatte sie nur Brennnesseltee getrunken, weil ihr Magen gegen alles andere rebellierte. Mr. Wilton hatte einen Korb mit Essen für sie geschickt, aber sie hatte keinen Appetit. Die Zukunft lastete schwer auf ihren Schultern. Wie sollte sie dafür sorgen, dass sie alle am Leben blieben? War Colm die einzige Lösung? Wie lange konnte sie ihn davon abhalten, dass er sie in sein Bett holte?

»Du musst essen, Ellen. Bridie hat mir erzählt, dass du seit Tagen nichts gegessen hast«, sagte er leise. »Deine Kinder brauchen dich.«

»Ich habe heute meinen Mann zu Grabe getragen, Pater.«

»Ich weiß. Ich war dabei, Kind.« Er schenkte ihr ein sanftes Lächeln. »Wenn du nicht isst, hast du keine Kraft zum Arbeiten. Und wenn du nicht arbeitest, kannst du die Pacht nicht bezahlen.«

»Ich kann sie sowieso nicht bezahlen. Sie war schon vor Tagen fällig.« Sie zuckte mit den Schultern, ohne sich wirklich darum zu kümmern. Sie war es leid, um ihr Leben zu kämpfen, um zu überleben, wofür? Um auf der Straße zu sterben oder um sich an Colm zu verkaufen, damit für ihre Kinder gesorgt war?

»Dann müssen wir uns eine Lösung für dieses Problem überlegen.« Pater Kilcoyne blickte sie der Reihe nach an. »Ich kann euch ein Zimmer in Westport besorgen. Ellen und Riona haben in Westport vielleicht mehr Chancen, Arbeit zu finden. Wenn das nicht klappt, könnt ihr euch nach Galway begeben.«

Colm straffte die Schultern. »Das wird nicht nötig sein, Pater. Ich kann für sie sorgen. Mein Zuhause ist ihr Zuhause.«

»Ellen?« Pater Kilcoyne blickte sie fragend an.

Sie ignorierte Colm und starrte Pater Kilcoyne an, während sie eine Entscheidung traf. »Ich brauche Ihre Hilfe, Vater.«

»Natürlich, mein Kind. Was brauchst du?«

»Informationen.«

»Informationen? Mein liebes Kind, was für Informationen?«

»Um nach Australien auszuwandern.«

Ein kollektives Aufatmen erfüllte den Raum.

»Heilige Mutter Gottes.« Pater Kilcoyne bekreuzigte sich. »Es ist eine gefährliche Reise, Ellen. Wenn Menschen sie überleben, kehren sie normalerweise nicht in ihre Heimat zurück.«

»Ich habe nicht vor zurückzukehren. Was haben wir noch hier, außer leeren Bäuchen und Gräber von toten Angehörigen?«

»Ich gehe nicht«, sagte Mammy und drückte ihren Rosenkranz an ihre Brust.

Ellen starrte sie an. »Natürlich kommst du mit, Mammy, oder du landest im Arbeitshaus. Ist es das, was du willst?«

Colm kratzte sich am Kopf. »Das soll wohl ein Scherz sein. Australien? Bist du verrückt?«

Sie drehte sich zu ihm um. »Das geht dich alles nichts mehr an, Colm Kittrick.«

»Wir sind eine Familie.«

»Nicht mehr.« Ellen deutete auf die Tür. »Geh nach Hause. Diese Diskussion geht dich nichts an.«

»Es steht mir zu, mitzuentscheiden, was mit meiner eigenen Familie geschieht!«, brüllte er.

»Es sind *meine* Kinder, und ich werde über ihre Zukunft entscheiden.«

Riona stellte sich neben Ellen und ergriff ihre Hand. »Wir gehen als Familie. Lass mich nicht hier.«

»Als ob ich das zulassen würde«, murmelte Ellen.

»Aber wenn wir das schaffen wollen, müssen wir bei Kräften sein. Du wirst ohne Wiederrede etwas Eintopf essen. Ich habe dir ein wenig aufgehoben.«

Während Riona den Rest Eintopf über dem Feuer erhitzte, kniete Ellen vor Pater Kilcoyne nieder. »Werden Sie uns helfen?«

Er legte ihr die Hand auf den Kopf. »Natürlich, liebes Kind. Ich werde alles tun, was in meiner Macht steht.«

»Und was ist mit mir, Bruder?«, fragte Mammy. »Wirst du dich um deine Schwester kümmern, wenn sie allein auf der Welt ist?«

»Mammy, bitte«, murmelte Ellen verzweifelt. »Du *kommst* mit uns.«

»Nein, das tue ich nicht, und ihr könnt mich nicht zwingen. Ich bleibe bei meinem Bruder oder sogar im Arbeitshaus, alles ist besser, als auf einem Schiff auf hoher See zu sterben. Das Meer hat meinen Mann, meinen Schwiegervater und einen meiner Enkel geholt. Mich wird es nicht auch noch holen. Ich werde in meinem eigenen Land sterben und begraben werden.«

»Wir werden später darüber sprechen«, sagte Ellen und wandte ihre Aufmerksamkeit dem Pater zu. »Es gibt Hilfe für Menschen, die das Land verlassen wollen. Die Regierung bezahlt die Überfahrt, ist das richtig?«

»Ja, aber man muss bestimmte Kriterien erfüllen.«

»Ich habe etwas darüber gelesen.« Ellen zog einen Zeitungsausschnitt aus ihrem Mieder und zeigte ihn ihm. »Das habe ich aus einer Zeitung vom Gutshof.«

Der Pater las den Zeitungsausschnitt. »Lass mich mal sehen. Seit einigen Jahren gibt es Initiativen zur Unterstützung von Menschen, die unsere Küsten verlassen. Sie wurden vor kurzem eingestellt, denn in den letzten zehn Jahren ist der Wert von Land und Tieren in Australien stark gesunken, aber die jüngsten Berichte sind positiver. Die Kolonie braucht Menschen, die dabei helfen, dass das Land wächst und gedeiht.«

»Ja, das habe ich auch gelesen. In den Zeitungen von Mr. Wilton stehen viele Artikel über Australien und die Auswanderung. Sie brauchen Arbeiter.«

»Das ist richtig, mein Kind. Ich glaube, um nach Australien zu segeln, muss man zuerst nach Liverpool, England, segeln. Ich, wir«, er schaute Bridie an, »haben entfernte Cousins in Liverpool. Sie haben versucht, nach Amerika zu gelangen, sind aber in Liverpool geblieben. Vielleicht möchtest du dein Glück zuerst in England versuchen? Du könntest bei unseren Cousins und Cousinen bleiben?«

Ellen schüttelte den Kopf und ignorierte Colm, der wütend schnaufend an der Tür stand. »Nein, nicht England. Wir segeln nach New South Wales, wo sie nach Leuten suchen.«

»Nun, ich denke, es dürfte nicht allzu schwierig sein, dass ihr ausgewählt werdet. Die Kolonien suchen händeringend nach alleinstehenden Frauen, denn es gibt zu viele Männer.«

»Dann werde ich mir einen Ehemann suchen.« Riona lächelte und reichte Ellen eine angeschlagene Tasse, die zur Hälfte mit dem wässrigen Eintopf gefüllt war. »Wann brechen wir auf?«

»Ich werde zuerst Erkundigungen anstellen müssen.« Der Pater stand auf und setzte seinen Hut auf. »Ich lasse es euch wissen, sobald ich Neuigkeiten habe.«

»Beeilen Sie sich, Pater, denn der Major wird uns noch vor Ende der Woche von hier verjagen, da bin ich mir sicher.«

»Ich begebe mich gleich morgen früh nach Westport. Gott segne euch alle.«

Mit grimmiger Miene sah Colm Ellen an, nachdem der Pater gegangen war. »Das kann man fasst nicht glauben!«, höhnte er. »Du bist bereit, euer *Leben* zu riskieren, um die Meere zu überqueren, aber du schaffst es nicht, auch nur eine Meile zu überwinden, um bei *mir* zu leben? Kannst du noch klar denken?«

Ellen reckte ihr Kinn und holte tief Luft. »Ich würde jeden Tag eine solche Überfahrt riskieren, anstatt deine Hure zu sein.«

»Ellen!«, rief Mammy.

»Geh nach Hause, Colm.« Ellen wandte ihren Blick nicht von ihm ab. »Ich komme mit den Kindern zu dir, um uns zu verabschieden, sobald es so weit ist.«

»Malachy würde das nicht wollen.«

»Malachy ist nicht *hier*«, rief sie und ihre Stimme brach. »Ich habe genug Zeit damit verschwendet, darauf zu warten, dass Malachy der Mann wird, der er einmal war, und jetzt wird er es nie mehr sein. Also treffe ich die Entscheidungen.«

»Das wirst du bereuen, Ellen«, stieß er hervor, bevor er ging und die Tür hinter sich zuschlug.

Erschöpft von dem Ausbruch und den Emotionen des Tages nippte Ellen an dem geschmacklosen Eintopf und schaffte es sogar, aufzuessen. Sie brachte die Kinder ins Bett, nachdem sie ihnen beim Beten zugehört hatte, und schob sich dann impulsiv zu ihnen ins Bett.

Zwischen ihren dünnen Körpern liegend, Bridgets Arme um ihren Hals geschlungen, schloss Ellen die Augen und sehnte sich nach Schlaf und dass der Tag endlich endete.

»Mammy?«, flüsterte Austin.

»Ja, mein Schatz?«

»Ich möchte nach New South Wales gehen.«

In der Dunkelheit griff sie nach seiner kalten Hand und hielt sie fest. »Wir werden dort ein neues Leben beginnen, Austin, das verspreche ich. Ein Leben, in dem ihr alle so stark wie Bäume, die Sonne im Nacken und Essen im Bauch haben werdet.«

»Ich glaube fest daran, Mammy.«

Ellen schlief ein und dachte an saftig grüne Felder und Flüsse voller Fische in einem Land, das sie nur auf Mr. Wiltons Globus gesehen hatte.

KAPITEL 7

Ellen staubte in Gedanken versunken die Möbel im Salon ab, als Mr. Hamilton den Raum betrat. Sie machte einen kleinen Knicks vor ihm.

»Wie geht es Ihnen, Mrs. Kittrick?«, fragte er.

»Gut, danke, Sir. Ich möchte Ihnen für Ihre Freundlichkeit danken, die Sie mir letzte Woche erwiesen haben, nachdem mein Mann …«

»Ich bin froh, dass ich Ihnen behilflich sein konnte. In solch schwierigen Zeiten kann es schnell passieren, dass man das Falsche tut oder sagt.«

»Das haben Sie nicht.«

Mr. Hamilton sah sie einen Moment lang an und blickte sich dann um. »Ich suche mein Tagebuch. Haben Sie es irgendwo gesehen? Ich war mir sicher, dass ich es gestern Abend mit nach oben genommen habe, aber es ist nicht in meinem Zimmer und ich kann nicht ohne es abreisen.«

»Hier ist es, Sir.« Ellen holte aus dem Bücherregal neben dem Kamin das braune in ledergebunden Buch mit den goldenen Initialen REBH. »Ich habe es beim Abstauben gesehen und war mir ziemlich sicher, dass es nicht Mr. Wilton gehört.«

»Oh, gut. Ich muss es dort hingelegt haben, als ich ein Buch zum Lesen suchte.«

»Sie reisen ab?«

»Ja, morgen.« Er nahm das Buch entgegen und ihre Finger berührten sich.

Die kaum merkliche Berührung jagte ihr einen Schauer über den Rücken. Sie starrte sich gegenseitig an.

Ellen verschränkte ihre Hände ineinander, ihr Atem kam plötzlich stoßweise.

»Haben Sie sich für einen Ort auf dem Globus entschieden, den Sie gerne besuchen würden?«

»Australien.« Sie schenkte ihm ein vorsichtiges Lächeln. »Ich werde mit meiner Familie dorthin reisen, sobald es sich einrichten lässt.«

Seine Augen weiteten sich. »Sie wandern aus? Du meine Güte. Das ist eine schwerwiegende Entscheidung.«

»Ja, und das verdanke ich Ihnen, Mr. Wilton und einem Zeitungsartikel, den ich gelesen habe.«

»In welcher Hinsicht haben wir Ihnen geholfen?«

»Ich habe gehört, wie Sie über Ihr Geschäft gesprochen haben … Ich wollte nicht lauschen«, fügte sie schnell hinzu.

Mr. Hamilton hob seine Hand. »Ich habe auch nicht angenommen, dass Sie das getan haben.«

Sie entspannte sich ein wenig. Er hatte eine ruhige Art, die jegliche Anspannung in ihr vertrieb. Seit sie den Wunsch geäußert hatte, Irland zu verlassen, war Mammy wütend auf sie gewesen und weigerte sich, sie zu begleiten. »Wenn ich Unterstützung von der britischen Regierung bekommen würde, könnten meine Familie und ich auswandern. Ich habe nicht genug Geld, um die Tickets selbst zu bezahlen.«

»Das ist genau das, worüber Mr. Wilton und ich gesprochen haben. Australien braucht dringend gute Leute.«

»Ja, das habe ich auch in einer von Mr. Wiltons Zeitungen gelesen.«

»Mr. Wilton sagte mir bereist, Sie könnten lesen. Das wird Ihnen in der Kolonie zugutekommen, da bin ich mir sicher.«

Es erfreute sie zu hören, dass er mit Mr. Wilton über sie gesprochen hatte. »Waren Sie bereits in Australien, Sir?«

»Noch nicht, aber ich habe es vor. Wie Sie möchte ich dieses Land kennenlernen. Wir sind dazu bestimmt, Abenteurer zu sein, Sie und ich.«

Sie lachte leise. »Ich bin bereit, das Risiko einzugehen und meine Heimat zu verlassen. Weg vom Tod und dem Schmerz der Vergangenheit.« Sie dachte an ihren Sohn Thomas, ihren Vater, ihren Großvater, all die Brüder und Schwestern, die sie während ihres Lebens verloren hatte, und an Malachy.

In seinen blauen Augen leuchtete das Lob. »Ich glaube, Sie haben die Charakterstärke, um alles zu erreichen, was Sie sich vornehmen, Mrs. Kittrick.«

Sie hatte das Gefühl, dass sein Kompliment sie ein Stückchen wachsen ließ und ihr Herz schlug schneller. Warum hatte dieser Gentleman eine solche Wirkung auf sie?

Mr. Wilton kam herein und lächelte sie beide an. »Ah, Rafe, bereit, Green Park Hall zu besuchen? Man erwartet uns dort.«

»In der Tat. Mrs. Kittrick hat mein Tagebuch für mich gefunden.« Er hielt das Buch zum Beweis hoch. »Sie hat mir auch von ihren Plänen erzählt, nach New South Wales auszuwandern.«

Mr. Wiltons Augen weiteten sich. »Ist das wahr?«

»Ja, Sir.«

»Nun denn. Das ist erstaunlich, wirklich.« Er nahm Ellens

Hand und schüttelte sie energisch. »Ausgezeichnete Neuigkeiten, Madam. Es wird das Beste für Sie und Ihre Familie sein.«

»Das hoffe ich, Sir.«

»Das wird es. Das verspreche ich Ihnen.« Freudig lächelnd ließ Mr. Wilton ihre Hand los und wandte sich der Tür zu. »Ich werde einigen Freunden von mir schreiben. Sie werden Ihnen gewiss mit Freuden helfen. Kontakte in Australien sind überlebenswichtig, Mrs. Kittrick, überlebenswichtig.«

»Das wäre sehr freundlich von Ihnen, Sir. Aber es hängt davon ab, ob ich die Unterstützung der Regierung bekomme und auf eine Warteliste gesetzt werde. Pater Kilcoyne reist heute nach Westport, um das für mich herauszufinden.«

»Warteliste für staatliche Unterstützung? Nein, nein.« Mr. Wilton schaute bei ihren Worten entsetzt drein.

»Ich wollte es dir gegenüber erwähnen, Jonas.« Mr. Hamilton gluckste. »Ich habe mich gefragt, was wir für Mrs. Kittrick und ihre Familie tun könnten. Es ist uns eine Herzensangelegenheit, Familien zu helfen, Mrs. Kittrick«, erklärte Mr. Hamilton. »Ich habe gerade heute Morgen eine Nachricht von meinem Freund Mr. Emmerson aus Sydney erhalten, der schreibt, dass die dortige Regierung zugestimmt hat, dass unser Unternehmen geeignete Personen nach Australien mitnimmt.«

Mr. Wilton verschränkte die Hände hinter dem Rücken. »Mr. Hamilton wird morgen nach Liverpool zurückkehren und mit der Planung der ersten Reise beginnen, die sowohl Einwanderer als auch Fracht umfassen wird.«

»Ich freue mich für Sie beide, Sir.« Ellen schenkte ihnen ein kleines Lächeln.

»Erlauben Sie uns, Ihnen zu helfen, Mrs. Kittrick«, meinte Mr. Hamilton. »Haben wir noch ein wenig Zeit für ein

Gespräch, bevor wir nach Green Park Hall aufbrechen, Jonas?«

Mr. Wilton runzelte die Stirn. »Ich fürchte nein. Wir sind ohnehin schon spät dran.«

»Dann später. Vielleicht heute Nachmittag, Mrs. Kittrick?«

»Vielen Dank, Sir.« Ellen packte ihr Putzsachen zusammen und ging zur Tür.

So glücklich wie seit langem nicht mehr betrat Ellen die Küche.

»Alles in Ordnung, Mrs. Kittrick?«, fragte Mr. Israel, der am Tisch saß.

»Ja, ist es.« Sie nickte. »Mr. Wilton wird mir und meiner Familie helfen, nach New South Wales zu reisen.«

Mrs. O'Reilly ließ den Holzlöffel fallen, mit dem sie gerade einen Teig rührte. »Gott im Himmel! Australien?«

Ellen nickte und konnte es selbst kaum fassen.

»Oh, Ellen, das sind ja wunderbare Neuigkeiten«, rief Mrs. O'Reilly und erzählte Kathleen und Patsy davon, als sie aus der Spülküche kamen.

Die Mittagsmahlzeit war ein fröhliches Ereignis, bei dem sie über mystische ferne Länder sprachen, während sie Fleisch- und Nierenpastete mit Apfelkompott zum Nachtisch aßen.

Den Rest des Tages verbrachte Ellen mit dem Gedanken, sich in einem neuen Land niederzulassen, neu anzufangen, weg von der Verzweiflung und dem Kummer, die sie hier verfolgten.

Als sie am späten Nachmittag ins Arbeitszimmer gerufen wurde, hatte sie sich bereits gewaschen und hergerichtet. Sie klopfte an die Tür des Arbeitszimmers, die von Mr. Hamilton geöffnet wurde.

»Kommen Sie herein, Mrs. Kittrick.« Sein strahlendes Lächeln gab ihr Vertrauen.

»Ist Mr. Wilton nicht da?«

»Er hat Kopfschmerzen und musste sich hinlegen, er lässt sich entschuldigen. Unser Besuch in Green Park Hall war ein wenig anstrengend für ihn. Unser Gastgeber hat darauf bestanden, uns durch seine Gärten und zum See zu führen, der sich über mehrere Kilometer erstreckt. Mr. Wilton ist ein wenig erschöpft.«

»Vielen Dank, dass Sie sich die Zeit für mich nehmen, Mr. Hamilton.«

»Lassen Sie uns zur Sache kommen, ja?« Er führte sie zu einem Stuhl und nahm hinter dem Schreibtisch Platz. »Ich brauche einige Angaben von Ihnen für die offiziellen Papiere. Sollen wir mit Ihrem Namen beginnen und uns von dort aus vorarbeiten? Ich brauche Informationen über alle Familienmitglieder, die Sie begleiten werden.«

Sie begann, ihm die Namen und das Alter von Mammy, Riona, sich selbst und den Kindern zu nennen.

Während er schrieb, schaute Mr. Hamilton oft auf und lächelte sie beruhigend an. »Und Sie sind Dienstmagd ...«

»Bevor ich hier anfing, habe ich auf unserem Land gearbeitet. Wenn es möglich ist, würde ich gerne Land in Australien haben. Ich weiß, wie man Getreide anbaut und sich um Vieh kümmert.«

Mr. Hamilton fuhr fort, sich Notizen zu machen. »Ich weiß, dass Sie Englisch lesen und schreiben können.«

»Ebenso Irisch«, fügte sie hinzu.

»Natürlich. Und Ihre Familie?«

»Sie können alle lesen und schreiben. Pater Kilcoyne hat es uns allen beigebracht.«

»Das ist eine großartige Fähigkeit, Mrs. Kittrick. Eine, die Ihnen in der Kolonie sehr helfen wird.«

»Stimmt es, dass es dort viel Arbeit gibt, Mr. Hamilton? Ich treffe die richtige Wahl, nicht wahr?«

Er lehnte sich in seinem Stuhl zurück. »Ich kann Ihnen nur sagen, was ich weiß, Mrs. Kittrick, und das ist, dass Australien seine Bevölkerung vergrößern muss. Mr. Emmerson hat mir erzählt, dass es viele Vorteile hat, dort zu sein. Er selbst hat es zu etwas gebracht, und er sagte mir, dass Leute, die eine gute Arbeitsmoral und den Willen zum Erfolg haben, dies in der Regel auch schaffen.«

»Ich kann hart arbeiten.«

»Daran habe ich keinen Zweifel.« Sein Ton war sanft.

Ellen schluckte, sie war sich seiner Präsenz voll bewusst. »Alles, was ich will, ist, dass meine Kinder sicher und glücklich sind. Ich brauche nur die Chance, um ihnen das geben zu können.«

»Und ich möchte Ihnen dabei helfen.« Sein Blick verweilte auf ihrem Gesicht. »In diesem Leben haben wir nicht oft die Gelegenheit, das Leben von Menschen auf so dramatische Weise zu verändern. Es ist mir eine große Freude zu wissen, dass ich etwas tun kann, das Ihnen und Ihren Kindern zugutekommt.«

»Wie kann ich Ihnen jemals dafür danken?«, murmelte sie und unterdrückte die Tränen. So lange hatte sie allein ums Überleben gekämpft, und nun wollte ein Mann, den sie erst seit kurzem kannte, ihr helfen.

»Ich bin weder verheiratet, noch habe ich Kinder, aber wenn ich welche hätte, würde ich nur das Allerbeste für sie wollen. Mein Besuch hier in der Grafschaft Mayo hat mir angesichts des Verlusts von Menschenleben und der Spuren der Verwüstung die Sprache verschlagen. Tausende von Menschen wurden aus dem Leben gerissen. Das alles ist weder richtig noch gerecht. Heute fuhren wir mit der Kutsche an zwei kleinen Kindern vorbei, die am Straßenrand saßen, zu schwach zum Laufen, während ihr Vater hilflos daneben stand. Wir haben ihnen Münzen zugeworfen, aber es ist nicht genug. Es wird nie genug sein.« Mr. Hamilton seufzte. »Die Wiedergutmachung besteht darin, diesen Kindern die beste Chance zu geben, die man ihnen bieten kann, um zu anständigen Menschen heranzuwachsen.«

Gerührt von seinen Worten, knetete sie ihre Hände in ihrem Schoß. »Ich werde mein Bestes tun, damit das geschieht.«

»Ich reise morgen früh ab. Ich bin länger geblieben als geplant ...« Er blickte sie an. »Es war mir ein Vergnügen, Sie kennenzulernen, Mrs. Kittrick. Ich freue mich darauf, Sie in Kürze in Liverpool wiederzusehen.« Er schenkte ihr eines seiner atemberaubenden Lächeln, bei dem ihr Herz anfing, schneller zu schlagen.

»Ich freue mich ebenfalls, Sie bald wiederzusehen, Mr. Hamilton.« Sie meinte es ernst. Irgendetwas an ihm gab ihr das Gefühl, wieder eine Frau zu sein.

Aus einer Innentasche seines Jacketts zog er ein Kärtchen mit Goldprägung hervor. »Die Adresse meines Büros in Liverpool. Kommen Sie zu mir, sobald Sie angekommen sind. Mr. Wilton wird Sie bis dahin beraten.«

Ellen hielt die Karte in der Hand, als wäre sie ein magischer Talisman. »Vielen Dank.«

* * *

EINE WOCHE später ging Ellen trotz des kalten Oktoberwetters mit leicht federndem Schritt vom Herrenhaus nach Hause. Mr. Wilton hatte ihr die beste Nachricht überbracht, die sie sich wünschen konnte.

»Sei gegrüßt, Ellen«, rief Pater Kilcoyne, der auf seinem alten Pferd neben ihr her ritt.

»Gott segne und behüte Sie, Pater.«

»Und dich, mein Kind.« Er sah müde aus, als er abstieg und im schwindenden Licht neben ihr herging. »Lass mich das für dich tragen.«

»Nein, es ist nicht schwer.« Sie trug einen Korb, den Mrs. O'Reilly mit Resten von gekochtem Hühnchen und Zwiebeln sowie ein paar Stücken Obstkuchen gefüllt hatte. Seit Ellen ihren Entschluss, auszuwandern, bekannt gegeben hatte, hatte Mrs. O'Reilly sie mit Ratschlägen und guten Nachrichten überhäuft.

»Es tut mir leid, dass ich dich nicht früher aufgesucht habe. Ich war sehr beschäftigt. Gestern habe ich die letzten beiden Finlay-Kinder beerdigt. Das Fieber hat die Familie dahingerafft, sodass nur noch Mr. Finlay übrig ist. Er ist nun ins Arbeitshaus gegangen.«

»Ja, Riona hat davon in Louisburgh gehört. Mr. Finlay musste zu viel ertragen, wenn er innerhalb einer Woche seine Frau bei der Geburt und dann seine vier Kinder durchs Fieber verloren hat. Armer Mann.«

»Eine traurige Angelegenheit. Ich habe es geschafft, vor ein paar Tagen nach Westport zu reiten, aber meine Nachrichten sind leider nicht gut. Um staatliche Hilfe zu erhalten, müssten wir uns an das britische Büro in Dublin wenden. Natürlich kann ich euch allen ein ausgezeichnetes Empfehlungsschreiben ausstellen, aber die Beantragung wird einige Zeit in Anspruch nehmen. Sie werden mit Anträgen überschwemmt. Es wäre einfacher, wenn ihr nach Amerika oder Kanada reisen wolltet. In dem Fall könnte ich das Geld auftreiben, um für euch alle zu bezahlen, da dies viel billiger ist als eine Reise nach Australien.«

»Danke, Pater. Zum Glück hilft mir Mr. Wilton. Er und sein Freund, Mr. Hamilton, gehören zu einem Komitee, das Menschen hilft, die nach Australien auswandern wollen. Mr. Wilton hat mir heute gesagt, dass Mr. Hamilton ihm aus Liverpool geschrieben hat und wir einen Platz auf seinem Schiff haben. Ich wollte es Ihnen am Sonntag in der Messe sagen.«

»Das ist sehr großzügig von ihnen.« Der Pater rieb sich nachdenklich das Kinn. »Vielleicht sollte ich Mr. Wilton aufsuchen, denn ich weiß von vielen anderen Familien, die lieber nach Australien als nach Amerika auswandern wollen.«

»Gewiss. Da er ein überaus freundlicher Mann ist, bin ich mir sicher, dass er versuchen wird, ihnen irgendwie zu helfen.«

»Ja, dem stimme ich zu. Auch wenn er ein englischer Protestant ist.« Er lächelte traurig. »Ich werde ihn diese Woche aufsuchen. »

Sie gingen eine Weile schweigend weiter, das einzige Geräusch waren die Schreie der Seevögel und das Klirren des Zaumzeugs des Pferdes.

»Du bist also fest davon überzeugt, dass dies der einzige Weg ist, den es gibt, mein Kind?«, fragte der Pater leise.

»Ja, Pater. Ich glaube, dass wir auf der anderen Seite der Meere ein gutes Leben führen können. Hier gibt es nichts mehr für uns. Ich muss es um der Kinder willen versuchen. Ich bin aufgeregt, Pater. Meine Kinder haben dort draußen die Chance auf ein besseres Leben.«

»Dann ist das eine ausgezeichnete Nachricht, mein liebes Kind. Ein Neuanfang in einem Land, das Arbeiter braucht, klingt perfekt. Das ist mutig von dir, Ellen.«

»Nicht mutiger als die anderen, die vor mir gegangen sind.« Sie hielt die Nase in die Luft und roch den Rauch in der kalten Luft. »Es wird mir schwerfallen, dieses Land zu verlassen, denn ich liebe es, aber wir können nicht so weitermachen wie bisher, Pater. Mein Lohn auf dem Gutshof reicht nicht aus, um uns über die Runden zu bringen. Wir würden schon bald im Armenhaus landen.«

»Das würde ich nicht zulassen.« Tiefe Dankbarkeit machte sich in breit, angesichts seiner anhaltende Unterstützung.

»Wir können Ihnen nicht zur Last fallen, Pater. Wir sind zu sechst.«

Er blickte auf, als in der Ferne ein orangefarbenes Leuchten erschien.

Ellen starrte es an, und ihr Herz setzte einen Schlag aus. »Ist das …?«

»Das ist gewiss nicht deine Hütte.«

»Oh, Gott steh uns bei!« Ellen rannte los, der Korb schwang wild hin und her, während sie mit einer Hand ihren Rock anhob und auf das immer größer werdenden Feuer zustürmte.

Ihre Schritte verlangsamten sich, als sie sich der Hütte näherte. Der Schrecken und die Angst, es in Flammen stehen zu sehen, waren nichts im Vergleich zu den Qualen, die sie bei der Suche nach den Kindern durchstand. Waren sie darin gefangen?

»Austin! Patrick! Bridget!«, schrie sie.

Mit angehaltenem Atem rannte sie auf die andere Seite der Hütte und sackte vor Erleichterung zusammen, als sie ihre Kinder sah, die sich an Mammy und Riona klammerten.

»Mammy!« Bridget rannte auf sie zu, und sie taumelte, als die Jungen sich in einer wortlosen Umarmung an sie schmiegten.

Pater Kilcoyne ritt um die Hütte herum. Sein Pferd scheute vor dem Flammeninferno zurück, das sich hungrig durch das Strohdach fraß.

»Wie ist es passiert?«, fragte der Pater.

»Major Sturgess und seine Männer«, antwortete Riona, als die Hitze sie ein paar Meter zurückdrängte. Ihre Schwester drehte sich um und zeigte auf die Gruppe von Männern, die ein Stück weit entfernt standen.

Rasender Zorn machte sich in Ellens Körper breit, so feurig wie die Flammen, die ihr Haus zerstörten.

»Wir konnte ein paar Sachen retten, aber nicht viele.« Mammy umklammerte ihren Rosenkranz.

»Nicht mein Häschen«, rief Bridget und vergrub ihren Kopf in Ellens Rock.

»Ich besorge dir eine neue Hasenpfote«, sagte Austin zuversichtlich und streichelte seiner Schwester den Rücken. Vor einigen Jahren hatte Austin Bridget eine Hasenpfote geschenkt, die er vom ersten Hasen abgeschnitten hatte, den er je erlegt hatte, und nachdem er sie getrocknet hatte, behielt Bridget sie, um sie beim Einschlafen zu halten. Es war das Einzige, was sie schätzte, das Einzige, das ihr je ganz allein gehört hatte.

»Möge der Teufel seine schwarze Seele bis in alle Ewigkeit rösten«, spuckte Ellen. Sie starrte in die Schatten, wo der Major und seine Männer standen und sich unterhielten.

Pater Kilcoyne bekreuzigte sich, sagte aber nichts. Seine Wut zeigte sich in seinen steifen Schultern und den zusammengekniffenen Augen.

Die hölzernen Dachbalken knackten wie Gewehrschüsse und fielen nach innen. Die Hütte leuchtete rot und orange in den Nachthimmel, als die Flammen hungrig die Gegenstände im Inneren zerstörten.

Major Sturgess kam langsam zu ihnen hinüber. »Ihr könnt niemandem außer euch selbst die Schuld zu geben. Ihr wart mit der Pacht wochenlang im Rückstand.«

Ellens ballte ihre Hände zu Fäusten. »Hunderte von Leuten sind mit ihrer Pacht seit Monaten im Rückstand. Warum ausgerechnet unser Haus?«

Sturgess grinste und rieb seine Hände aneinander. »Möglicherweise, weil Sie zu selbstgefällig sind, Mrs. Kittrick. Seit Jahren verhungern Ihre Nachbarn, verlassen das Land, um Arbeit zu suchen, und sterben am Straßenrand. Aber Sie nicht. Irgendwie haben Sie ein Dach über dem Kopf und Ihre Kinder am Leben erhalten. Wie?«

»Glauben Sie etwa, es war einfach für mich? Glauben Sie, dass wir nicht tagelang ohne Essen ausgekommen mussten?«

»Ich weiß, dass Ihr Schwager in einer noch besseren Lage ist als Sie. Wie kommt das?«

»Ich weiß nicht, was Colm macht, und es ist mir auch egal. Aber Sie haben soeben alles zerstört, was wir auf dieser Welt hatten. Sie haben das Zuhause meiner Kinder zerstört.«

»Vielleicht haben Sie und Colm Kittrick ein besonderes Verhältnis?«, grinste er. »Vielleicht haben Sie dieselbe Art Verhältnis mit Mr. Wilton und anderen Herren? Warum sind Sie in Wiltons Kutsche nach Westport gefahren, als Ihr Mann starb? Wie wollen Sie sonst erklären, dass Ihre Familie noch lebt? Wie hoch ist Ihr Preis?«

»Sie böses, widerliches Schwein!« Ellen sah nur noch rot und stürzte sich auf ihn, bereit, ihm die Augen auszukratzen.

Sturgess, der mit dem Angriff nicht gerechnet hatte, wich zurück, allerdings schaffte sie es, ihre Nägel über sein Gesicht zu ziehen. »Sie Hure! Ich werde Sie hängen lassen!«

Ellen griff ihn ohne Rücksicht auf Würde oder gesunden Menschenverstand weiter an.

»Genug! Genug!« Pater Kilcoyne versuchte, sie von Sturgess wegzuziehen. »In Gottes Namen, hör auf!«

»Ich bringe Sie um!«, schrie Ellen. Ließ ihre Wut und ihren Schmerz an Sturgess aus und ignorierte die Versuche des Paters, ihr Einhalt zu gebieten.

Ein Schuss ertönte, der über die Felder widerhallte.

Pater Kilcoyne sackte zu Boden.

Fassungslos und verwirrt wich Ellen vor Sturgess zurück.

»Jesus Maria!«, rief Mammy und rannte zu Pater Kilcoyne. »Sie haben ihn umgebracht!«

»Steck die Waffe weg, du Narr!«, bellte der Major den Mann an, der die rauchende Pistole in der Hand hielt. »Du hättest verdammt noch mal *mich* umbringen können!«

Ellen kniete sich neben ihre Mammy und untersuchte im flackernden Licht die Verletzung des Paters. Blut sickerte aus einer Wunde an der Seite seines Kopfes. Hirn und Blut klebten in seinem Haar. Er starrte sie mit großen, leeren Augen an, als stünde er unter Schock.

Ellen wich zurück, stöhnte und erbrach sich.

Das Wimmern von Riona und Mammy, das Weinen der Jungen und von Bridget erfüllten Ellens Kopf, während sie würgte und würgte.

Major Sturgess packte sie am Arm und zerrte sie auf die Beine. »Das ist alles Ihre Schuld! Sie haben diesen Aufstand verursacht. Sie haben den *Tod* eines Geistlichen zu verantworten.«

Benommen schwankte Ellen und konnte sich nicht auf ihn konzentrieren, als er sie heftig schüttelte.

»Ich werde Sie wegen Mordes verurteilen lassen, haben Sie verstanden?«, knurrte er, und Speichel traf ihr Gesicht.

Stirnrunzelnd, unsicher, was er meinte, versuchte Ellen, sich zu konzentrieren. »Mord?«

»Ja, Mord! *Sie* haben das verursacht.«

»Ich hatte keine Waffe ...« Vor Schreck zitterte sie so sehr, dass ihre Zähne klapperten.

»Glauben Sie etwa, man wird eher Ihnen glauben als mir und meinen Männern?«

»Aber wie könnte ich ...«

Er zog sie dicht an sich heran. »Verschwinden Sie. Verschwinden Sie sofort und kommen Sie nie wieder zurück, verstanden? Ich werde das für mich behalten, mir eine Geschichte ausdenken, um Ihren dürren Hals zu retten, aber Sie dürfen *mich* oder das, was heute Nacht hier geschehen ist, niemals *irgendjemandem* gegenüber erwähnen. *Haben Sie mich verstanden?*«

Ellen nickte, als er sie erneut schüttelte.

»Wenn Sie das tun, werde ich vor einem *englischen* Gericht aussagen, dass Sie nach der Waffe gegriffen und auf mich geschossen haben, aber verfehlt und Pater Kilcoyne getroffen haben. Meine Männer werden dasselbe sagen. Sie werden hängen. Ihre Kinder werden im Arbeitshaus sterben.«

Als Ellen in sein Gesicht blickte, dachte sie an den Teufel. Sturgess musste sein Abbild auf Erden sein. Entsetzt wich sie vor ihm zurück. »Ich werde kein Wort sagen.«

»Schwören Sie es bei allem, was heilig ist.«

»Ich schwöre bei Gott und der Jungfrau Maria, dass ich kein Wort sagen werde.«

»Gut. Sehen Sie zu, dass Sie es nie vergessen.« Er stieß sie zu Boden. In wenigen Augenblicken saßen er und seine Männer auf ihren Pferden und verschwanden in der Dunkelheit.

Patrick rannte zu ihr und schlang seine dünnen Arme um sie. Doch Austin starrte den verschwindenden Reitern mit einem Ausdruck völligen Hasses im Gesicht nach.

Riona saß schluchzend auf dem Boden und hielt Bridget im Arm, während Mammy immer noch neben ihrem toten Bruder kniete und weinte.

Ellen kam langsam und mühsam auf die Beine, während Patrick sich an ihre Taille klammerte. Sie wusste nicht, was sie denken oder tun sollte. Eine Wand der Hütte stürzte krachend ein, und Rauch und Asche stiegen auf.

»Wir müssen unseren lieben Bruder nach Louisburgh bringen«, flüsterte Mammy mit heiserer Stimme.

»Das können wir nicht.« Ellen trat an ihre Seite und blickte auf den Onkel herab, den sie liebte und zutiefst respektierte. »Sturgess wird mich wegen Mordes hängen lassen.«

»Dich?«, rief Mammy. »Hast du den Verstand verloren, Mädchen? Du hast nichts Unrechtes getan.«

»Sturgess sagte mir, ich solle niemandem etwas sagen, sonst würde er vor Gericht aussagen, ich hätte die Waffe einer seiner Männer an mich gerissen und versucht, ihn zu erschießen, aber ich hätte ihn verfehlt und den Pater getroffen.« Ihre Worte kamen dumpf und emotionslos heraus.

»Das ist aber nicht die Wahrheit. Wir haben gesehen, was passiert ist.«

»Wird ein Gericht, bestehend aus *protestantischen Engländern*, mir und dir mehr Glauben schenken als einem Major und seinen Männern? Wir sind nichts für diejenigen, die die Macht haben, Mammy. Nichts. Katholischer Abschaum. Obdachloses, im Graben lebendes, grasfressendes Gesindel, das sich dafür rächen will, dass unsere Hütte niedergebrannt wurde.«

Tränen liefen Mammy über die eingefallenen Wangen. »Jesus rette uns. Was sollen wir mit ihm machen?«

»Ihn begraben.«

»Nein!« Mammy richtete sich auf und schwankte bei der Anstrengung. »Das können wir nicht.«

»Wir haben keine andere Wahl.«

»Heilige Jungfrau Mutter. Er braucht ein anständiges Begräbnis, eine Totenwache, die Messe. Oh, Ellen, nein … Heilige Mutter, beschütze uns …« Mammy begann zu beten und weinte fast in ihrer Verzweiflung.

Ellen verhärtete ihr Herz angesichts des Kummers ihrer Mammy und wandte sich an Riona. »Hilf mir, ein Grab zu schaufeln.«

Riona schob Bridget sanft zu ihren Brüdern und folgte Ellen bis hinter den Brunnen, wo in früheren Jahren Reihen üppiger Kartoffeln in der Erde lagen.

Sie knieten sich nebeneinander hin und begannen, mit ihren Händen die weiche, dunkle Erde wegzuschaufeln. Nach einigen Augenblicken knieten sich Austin, Patrick und Bridget neben sie, und gemeinsam gruben sie ein Grab für ihren Onkel und geistigen Führer.

KAPITEL 8

In der eisigen Nacht führte Ellen ihre verzweifelte Familie zum Herrenhaus. Es war der einzige Ort, der ihr einfiel, wo sie hingehen konnten. Sie verließen schweigend die Straße, kletterten über die niedrige Steinmauer und gingen über das Gelände des Anwesens. Ellen kannte den Aufbau gut und hielt sich vom Haupthaus fern und ging stattdessen in Richtung des Wirtschaftshofs.

Die Waschküche war selten verschlossen, da es dort nichts Wertvolles zu stehlen gab. Die Kupferkesseln waren im Boden eingelassen und konnten nur durch Zerschlagen und mit viel Lärm entfernt werden, sodass die Waschküche nur durch eine geschlossene Tür zum Hof hin gesichert war.

Leise öffnete Ellen die Tür und führte ihre Familie in den Raum, der zum Glück noch nicht gänzlich abgekühlt war, nachdem die Wäschemädchen an diesem Tag gewaschen hatten. Die Feuer waren erloschen, aber die Wärme blieb in den Ziegeln auf beiden Seiten erhalten, und sie drückte ihre Familie an sie, damit sie sich wärmen konnte.

Die Kinder schliefen auf der Stelle ein. Mammy, erschöpft

von der Beerdigung ihres Bruders und dem Gebet über seinem mit Steinen bedeckten Grab inmitten eines Kartoffelfeldes, nickte mit ihrem Rosenkranz zwischen den Fingern langsam ein.

»Woran denkst du?«, flüsterte Riona Ellen zu.

Ellen saß mit dem Rücken an den Ziegeln und Bridgets Kopf auf ihrem Schoß. »Ich werde morgen früh mit Mr. Wilton sprechen, wenn ich kann, und ihn um Rat bezüglich der Reise nach England bitten. Wir müssen sofort aufbrechen und nach Liverpool reisen.«

»Wie sollen wir bitte nach England kommen, wenn wir kein Geld haben?«

»Wir werden zu Fuß nach Dublin gehen. Wenn Mr. Wilton uns nicht helfen kann, werde ich unterwegs betteln und stehlen, um genug Geld für Fahrkarten für das Schiff zu bekommen, das uns hinüberbringt.«

»Das würde Wochen dauern. Wie sollen wir das schaffen?«

Ellens Kopf pochte schmerzhaft. »Das weiß ich noch nicht, Riona. Ich habe es noch nicht ganz durchdacht. Ich habe gerade erst unseren Onkel beerdigt. Ich kann kaum klar denken.«

»Tut mir leid.« In der Dunkelheit streckte Riona ihre Hand über Patrick und suchte nach Ellens. »Wir werden zusammen sein, und ist das alles, was zählt. Nach dem heutigen Tag werden wir mit allem fertig.«

Ellen hatte nicht die Kraft, etwas zu erwidern, seufzte und schloss die Augen. Ihre Hände schmerzten vom Graben und ihr Körper protestierte gegen so viel Bewegung ohne Essen.

Als der Schlaf sie einholte, galt ihr letzter Gedanke dem, was sie tun würde, wenn Major Sturgess gelogen hatte und sie dem Magistrat meldete. Sie musste verschwinden, bevor die Soldaten nach ihr suchten.

Als der Hahn des Herrenhauses krähte und die Morgendämmerung ein graues Licht durch das Fenster der Wäscherei schickte, wachte Ellen auf. Sie blickte auf ihre Familie, und ihr Herz zog sich vor Angst vor dem, was die Zukunft bringen könnte, zusammen.

In dem fahlen Licht entdeckte sie einen Wassereimer unter dem Fenster und trank durstig daraus. Dann schöpfte sie etwas davon, um sich Gesicht und Hände zu waschen und sich vom Dreck der letzten Nacht zu befreien. Ihr Kleid war vollen Schmutzflecken. Wie sollte sie Mr. Wilton ihre Bitte um Hilfe vortragen, wenn sie aussah, als wäre sie gerade einem Sumpf entstiegen?

Austin regte sich und setzte sich auf. »Mammy?«

»Pst. Sei leise, mein Schatz«, flüsterte sie. »Ich gehe zum Haus. Hier ist Wasser für dich. Du darfst diesen Raum nicht verlassen, bis ich zurückkomme.«

Er nickte, daraufhin öffnete sie die Tür und ging nach draußen. Ein kalter Wind wehte über den Hof und wirbelte heruntergefallene Blätter auf. Sie fröstelte und eilte über das Kopfsteinpflaster zum hinteren Teil des Hauses. Als sie die Spülküche betrat, war sie erleichtert, dort niemanden anzutreffen, aber in der Küche schürte Mrs. O'Reilly bereits das Feuer im Herd.

»Mrs. O'Reilly«, flüsterte Ellen.

Die ältere Frau zuckte zusammen und legte eine Hand auf die Brust. »Lieber Gott, Ellen, du hast mich zu Tode erschreckt. Was machst du denn schon so früh hier?«

»Unser Haus wurde letzte Nacht niedergebrannt.«

»Jesus, Maria und Josef.« Die Köchin bekreuzigte sich. »Es tut mir so leid für dich und deine Familie.«

»Ich muss mit Mr. Wilton sprechen. Könnte Mr. Israel ihn um einen Moment Zeit bitten?«

»Natürlich, und selbst wenn er es nicht täte, würde ich es tun.« Sie lächelte und füllte den Kessel mit Wasser. »Aber so kannst du nicht zu ihm gehen. Du siehst aus, als hättest du in einem Graben geschlafen.«

»Nein, meine Familie ist in der Waschküche.«

Mrs. O'Reillys Augen weiteten sich vor Überraschung. »Lieber Himmel! Das geht doch nicht. Bring sie hierher. Ich mache ihnen einen Tee.«

Einige Minuten später saßen Mammy, Riona und die Kinder am Esstisch des Personals in der Ecke der Küche. Mrs. O'Reilly schenkte ihnen Tee ein, und Patsys erste Aufgabe war es, Brot für sie zu schneiden und mit Butter zu bestreichen.

Mr. Israel betrat den Raum, und hielt inne, als er die schmutzige Familie am Tisch sah. »Was geht hier vor sich?« Er starrte Ellen an. »Sind Sie dafür verantwortlich, Mrs. Kittrick?«

»Ja, Mr. Israel. Es tut mir leid, aber wir konnten nirgendwo anders hin.«

»Doch. Ins Arbeitshaus! Nicht dieses Herrenhaus. Wie respektlos von Ihnen, Ihre Probleme an Mr. Wiltons Tür zu bringen.«

Mrs. O'Reilly wedelte mit ihrer Gabel in Richtung des Butlers. »Das hat Mr. Wilton zu entscheiden, nicht du, Samuel Israel. Ellen ist eine von uns und braucht unsere Hilfe.«

»Das ist eine Abscheulichkeit.« Mr. Israel machte auf dem Absatz kehrt und verließ die Küche.

Ellen ärgerte sich über den Mangel an Mitgefühl des Mannes und hoffte, dass er Mr. Wilton nicht mit unange-nehmen Worten über sie belästigen würde.

»Komm, Ellen, lass uns einen meiner alten Röcke für dich

suchen.« Mrs. O'Reilly führte Ellen durch den hinteren Korridor in ihr eigenes, privates Schlafzimmer und ein kleines Wohnzimmer. Ein großer Kleiderschrank aus Nussbaumholz beherrschte das Schlafzimmer, aus dem Mrs. O'Reilly einen schwarzen Rock und ein Mieder herauszog. »Die Borte löst sich vom Mieder, und am Rocksaum ist ein Fleck, der sich nicht entfernen lässt.«

Mrs. O'Reilly legte die Kleidungsstücke auf das Bett. »Es wird dir sicher zu groß sein, aber Kathleen ist gut mit der Nadel und kann die Taille mit ein paar Stichen schnell anpassen. Das Mieder, nun ja …«

»Es ist wunderbar.« Ellen lächelte und knöpfte ihren schmutzigen Rock auf. »Ich habe seit über einem Jahr nichts anderes als diesen Rock und dieses Mieder getragen, nicht, seit ich mein anderes Kleid letzten Sommer verkaufen musste.«

»Nun, das ist besser als die Lumpen, die du bisher getragen hast.«

Ellen zog sich schnell den Rock über, der fast sofort wieder runterrutschte.

»Wir werden Kathleen bitten, das zu ändern. Hast du kein Korsett?« Mrs. O'Reilly hielt den Rock hoch, während Ellen das Mieder anlegte. Da sie so viel Gewicht verloren hatte, konnte man ihre Rippen zählen.

»Nein. Ich musste es ebenfalls verkaufen.« Das Mieder saß eher wie ein Mantel, aber das war Ellen egal.

»Lieber Gott. Zieh dieses Mieder aus und du kannst mein altes Korsett haben. Das sieht absolut unsittlich aus.« Mrs. O'Reilly schüttelte den Kopf und zog aus einer Schublade des Kleiderschranks ein cremefarbenes Korsett heraus. Die Spitze war bereits zerrissen.

»Danke.« Ellen legte es sich um und drehte Mrs. O'Reilly

den Rücken zu, damit diese es schnüren konnte. Mit dem schwarzen Mieder, das sie darüber trug, sah sie halbwegs anständig aus. Die Kleidung war zwar abgenutzt und alt, aber besser als alles, was Ellen in den letzten Jahren getragen hatte. Sie fühlte sich sofort geistig gestärkt, auch wenn ein Teil von ihr sich zutiefst für ihren Zustand schämte. Verwitwet, obdachlos, in geliehener Kleidung und auf der Flucht … Konnte ihr Leben noch schlimmer werden?

»Lass uns jetzt das Frühstück beenden, dann kannst du mit Mr. Wilton sprechen.« Mrs. O'Reilly verließ das Schlafzimmer.

Ellen eilte ihr hinterher. »Ich werde dann im Esszimmer anfangen.«

»Nein, das kann Kathleen machen. Nach der Nacht, die du hinter dir hast, brauchst du eine Pause. Deine Mammy sieht blass aus wie eine Leiche.«

»Wir kommen schon zurecht.«

Zwei Stunden später hatte Ellen ihre Hauptaufgaben im Esszimmer, im Arbeitszimmer und in der Stube erledigt. Riona hatte in der Küche geholfen, während die Kinder mit ihrer Großmutter am Tisch gesessen hatten, als ob sie spürten, dass sie ihre Nähe brauchte. Mammy hatte den ganzen Morgen über kein Wort gesprochen.

Die Arbeitszimmerglocke läutete an der Küchenwand. Mr. Israel, der gerade die Post sortiert hatte, schaute Ellen an. »Das ist an Sie gerichtet. Folgen Sie mir.«

Ellen zog ihre Schürze aus und warf einen Blick auf Riona und dann auf Mrs. O'Reilly, bevor sie ins Arbeitszimmer ging.

Mr. Wilton saß hinter seinen Schreibtisch, nahm die Post entgegen, die Mr. Israel ihm auf einem Silbertablett reichte, und entließ ihn dann. »Bitte setzen Sie sich, Mrs. Kittrick.«

Ellen ließ sich auf die Kante des braunen Ledersessels, der dem Schreibtisch gegenüberstand, sinken.

»Mr. Israel teilte mir mit, dass Ihnen über Nacht ein Unglück zugestoßen ist. Dass Sie und Ihre Familie in der Küche des Herrenhauses sind?«

»Ja. Unsere Hütte ist abgebrannt.«

»Schockierend. Schockierend. Ihre Familie ist wohlauf?«

»Sie entkamen unverletzt.« Sie konnte Pater Kilcoyne nicht erwähnen. Es musste zu ihrer eigenen Sicherheit geheim gehalten werden.

»Jetzt sind Sie obdachlos.«

»Ja, Sir, deshalb wollte ich mit Ihnen sprechen. Wir müssen heute noch aufbrechen, um nach Dublin und von dort nach Liverpool zu Mr. Hamilton zu gelangen.«

»Sie würden eine Woche brauchen, um Dublin zu Fuß zu erreichen, vor allem mit Kindern.« Mr. Wilton erhob sich und schritt im Zimmer umher. »Sie haben stehts gute Arbeit geleistet und haben in diesen schwierigen Zeiten viel gelitten. Sie haben es geschafft, Ihre Familie durch die Missernten hindurch am Leben zu erhalten. Sie haben Tragödien erlebt, wie den Verlust Ihres Vaters, Ihres Sohnes und Ihres Mannes. Als Christ und Gentleman werde ich Ihnen natürlich helfen, da Sie zu meinem Personal gehören.«

Ellen saß auf dem Sessel, die Hände im Schoß gefaltet, und hielt den Atem an, während er sprach.

»Mr. Hamilton und ich haben Ihre Lage besprochen, bevor er abreiste. Daher wird es Sie freuen zu hören, dass Mr. Hamilton und ich Ihnen einen kleinen Fonds zur Verfügung gestellt haben, um Sie sicher nach Liverpool zu bringen.«

Vor Erleichterung wurde ihr ganz schwindelig. »Ich danke Ihnen, Sir.«

»Nun, ich muss Briefe für Sie schreiben, Referenzen und so weiter. Wie lautet der Name Ihrer Schwester?«

»Riona O'Mara.«

»Ich nehme an, sie ist eine fleißige Arbeiterin und von so gutem Charakter wie Sie, denn ich kenne sie nicht und schreibe ihr trotzdem ein Empfehlungsschreiben.«

»Das ist sie, Sir. Darauf haben Sie mein Wort.«

»Nun gut. Ich werde mich an die Arbeit machen.«

»Vielen Dank, Mr. Wilton.« Aufregung durchströmte Ellen und mischte sich mit der Trauer um Pater Kilcoyne und der Angst vor Major Sturgess, bis sie das Gefühl hatte, zusammenzubrechen.

»Mrs. Kittrick?« Mr. Wilton eilte an ihre Seite, als sie schwankte. »Meine Güte, Mrs. Kittrick.« Er fächelte ihr mit einem Brief Luft ins Gesicht. »Bleiben Sie bei mir, Mrs. Kittrick. Ich weiß, dass das alles ein Schock für Sie ist, nach der Tortur von letzter Nacht.«

Wenige Augenblicke später ließ das Schwindelgefühl nach, und Ellen hatte sich wieder unter Kontrolle. Mr. Wilton schenkte ihr einen Brandy ein.

»Sie sind zu gütig, Mr. Wilton.«

»Ich wurde von meinem Vater, der Pfarrer einer Kirche war, wie ein Gentleman erzogen. Seine guten Taten waren in seiner Gemeinde in England legendär, und ich kann mich nur an seinen Maßstäben messen.« Er ging zurück zu seinem Schreibtisch. »Ich schlage vor, Sie gehen jetzt zurück in die Küche und sprechen mit Ihrer Familie, während ich alle nötigen Vorbereitungen treffe. Ich werde Sie alle mit meiner Kutsche nach Westport bringen lassen, wo Sie die Postkutsche nach Dublin nehmen werden. Ich werde natürlich die Kosten dafür übernehmen. Ich werde Ihnen Geld geben, um Fahrkarten für ein Schiff zu kaufen, das Sie nach Liverpool bringt.

Ich werde auch an Mr. Hamilton schreiben, der Sie von dort aus führen und Ihnen helfen wird. Ist das für Sie in Ordnung?«

Vor Aufregung konnte Ellen nicht mehr sprechen. Sie kämpfte gegen die Tränen an, die ihr in den Augen brannten, und nickte. »Danke«, krächzte sie.

»Gut. Gehen Sie jetzt.«

Zurück in der Küche erzählte Ellen Riona und Mammy die erstaunliche Neuigkeit, während die anderen staunend zuhörten.

Mammy sagte nichts, aber Riona lächelte mit Tränen in den Augen. »Was für gute und anständige Herren Mr. Wilton und Mr. Hamilton sind.«

»Komm und trink einen Tee, Ellen«, sagte Mrs. O'Reilly. »Was für ein Morgen.«

Um drei Uhr nachmittags standen Ellen und ihre Familie im Hof des Anwesens und verabschiedeten sich von den Angestellten.

»So, das hätten wir«, sagte Mrs. O'Reilly und hob einen großen Korb in Mr. Wiltons Kutsche. »Da ist genug zu essen drin, um bis Dublin durchzuhalten und kein Geld in den Gasthöfen ausgeben zu müssen. Mit den Preisen, die sie verlangen, werden sie euch ausrauben.«

»Sie sind zu gut zu uns.« Ellen umarmte Mrs. O'Reilly. »Sie waren mir eine wahre Freundin.«

Mrs. O'Reilly wischte sich die Tränen weg. »Schreiben Sie, wenn Sie können. Wir sind alle sehr daran interessiert zu erfahren, wie es Ihnen ergeht.«

Ellen nickte, und sie umarmte Kathleen und Patsy. Mr. Israel hatte sich nicht zu ihnen gesellt.

Während sich die Kinder aufgeregt unterhielten und

Riona Mammy in die Kutsche half, drehte sich Ellen zu Mr. Wilton um, als dieser durch den Torbogen in den Hof trat.

»Ist alles bereit?«, fragte er und reichte Ellen eine lederne Brieftasche.

»Ja, Sir.«

»Wunderbar. Ihre Empfehlungsschreiben sind in der Brieftasche und auch das Geld, das ich für die Reise nach Dublin und das Schiff nach Liverpool versprochen habe. Feilschen Sie um den Preis der Fahrkarten, wenn Sie können, seien Sie klug und tragen Sie die Brieftasche immer bei sich.«

»Das werde ich, Sir.«

»Grüßen Sie Mr. Hamilton von mir, und möge Gott Sie beschützen, Mrs. Kittrick.«

Ellen streckte ihre Hand aus, und nach einem kurzen Zögern schüttelte Mr. Wilton sie. »Ich danke Ihnen für alles, Sir. Sie haben das Andenken Ihres Vaters mit Stolz erfüllt, denn in den letzten Jahren haben Sie mich und meine Familie vor dem Arbeitshaus und dem möglichen Tod bewahrt. Wir werden immer für Sie beten.«

Verlegen hustete Mr. Wilton. »Machen Sie das Beste aus dem neuen Leben, das Ihnen geschenkt wurde, Mrs. Kittrick, das ist alles, worum ich Sie bitte.« Er verbeugte sich und ging zurück ins Haus.

KAPITEL 9

Rafe Hamilton schloss die Tür seines Büros und ging zum Fenster, das den Blick auf den trüben, geschäftigen Fluss Mersey freigab. Einen Fluss, der immer voller Schiffe und Boote war, die im geschäftigsten Hafen der Welt anlegten – Liverpool.

Zwischen den hohen Masten, die den klare, blaue Himmel des Oktobermorgens beherrschten, ankerte irgendwo im Westen sein Klipper, die *Blue Maid*. Es war lächerlich, so stolz auf ein Schiff zu sein, das ihm nur zum Teil gehörte, aber er war es, er konnte es nicht leugnen. Die *Blue Maid* war der Anfang seines Imperiums. Er war entschlossen, einen solchen Reichtum zu schaffen, dass er nie wieder zurückschrecken würde, wenn Mitglieder seiner Familie in den Salons der Adelshäuser für Klatsch und Tratsch sorgten.

Rafe drehte sich um, als sich die Tür öffnete und sein jüngerer Bruder Drew ohne anzuklopfen eintrat. Rafe schluckte seine Verärgerung über die mangelnden Manieren seines Bruders hinunter und setzte sich hinter seinen Schreibtisch. Er hatte das Frühstück ausgelassen und das

Haus früh verlassen, damit er weder seinem Bruder noch seinem Vater sehen musste. »Wie kann ich dir helfen?«

Grinsend nahm Drew Rafes Platz am Fenster ein und starrte hinaus. »Vater ist auf dem Weg hierher. Er ist nicht gerade erfreut über dich.«

Rafes Magen verkrampfte sich, und seine Hände umklammerten die Lehnen seines Ledersessels. Er starrte Drew an, eine schlankere, jüngere Version von sich selbst, aber da endeten die Gemeinsamkeiten auch schon. Drew hatte keinen moralischen Kompass, keine Ethik, keine Rücksicht darauf, wie das Familienvermögen zustande kam, und was noch schlimmer war, er hatte nicht die Absicht, es herauszufinden. Er wollte nur das Geld ausgeben, genau wie ihr Vater es tat.

Drew ging zum Schrank an der hinteren Wand und schenkte sich ein Glas von Rafes teurem schottischen Whisky ein, obwohl es erst zehn Uhr morgens war. »Er droht, nach London zurückzukehren. Er verabscheut Liverpool.«

»Aber die Gasthäuser und Spielhöllen dieser Stadt verabscheut er nicht«, murmelte Rafe und versuchte, sich auf die Rechnungen, die vor ihm lag, zu konzentrieren.

Sie hörten, wie Barnabas Hamilton die Treppe hinaufpolterte, schnaufte und allgemein ohne ersichtlichen Grund auf die Welt schimpfte. Er stand in der Tür, ein Mann, der einst behauptete, so gut aussehend wie seine Söhne zu sein, der aber inzwischen durch übermäßigen Genuss von Essen und Alkohol fett und schlaff geworden war. Er schwitzte vom Treppensteigen, lehnte sich an den Türpfosten und tupfte sich mit einem Taschentuch die Stirn ab. Sein Mantel tropfte vom Regen. Er hatte sich nicht die Mühe gemacht, ihn im Foyer auszuziehen, wo Rafes Angestellte zweifellos immer noch schockiert waren über die Beschimpfungen, die sein Vater jedem angedeihen ließ, der ihm im Weg stand.

»Das ist nicht zu fassen!«, rief Barnabas und starrte Rafe an. »Von meinem eigenen Sohn so behandelt zu werden. Du machst mich zum Gespött der Leute. Das lasse ich nicht zu, hörst du?«

Rafe sortierte die Papiere vor sich, denn er wusste, dass der Wutausbruch seines Vaters noch einige Minuten andauern würde.

Barnabas stapfte zu einem Stuhl hinüber. »Schenk mir einen Drink ein, Drew, um Himmels willen. Wenn es so weitergeht, wird das der letzte sein, den ich je zu mir nehme.« Wieder blickte er Rafe an. »Du hast nichts zu sagen? Was glaubst du, wer du bist?«

Rafe sah seinen Vater ruhig an, einen Mann, den er weder respektierte noch mochte. »Ich bin derjenige, der versucht, diese Familie davor zu bewahren, im Schuldturm zu landen, das ist es, wer ich bin.«

»Oh, hast du das gehört, Drew? Wir haben einen verdammten Heiligen in der Familie. Saint Rafferty Hamilton, was hältst du davon, he?«, spottete sein Vater, nahm Drew das Glas ab und kippte das Getränk in einem Zug hinunter. »Du hast Geld und behaupte ja nicht das Gegenteil, denn ich weiß, dass du es hast.«

»Das Geld, das ich habe, ist für mein Geschäft, Vater, und um ein Dach über meinem Kopf, dem meiner Mutter und meiner Schwester zu gewehrleisten, da du dazu offenbar nicht in der Lage bist.«

»Du hältst dich für einen unglaublich tollen Kerl, was?«

»Einer von uns muss es sein. Auf dich kann man sich schließlich nicht verlassen, und auf Drew auch nicht, also muss ich als ältester Sohn dafür sorgen.«

»Und wer hat deine Ausbildung bezahlt, deinen Lebensstil während der Jahre, in denen du in Oxford warst? Ich.«

Barnabas hielt Drew das leere Glas hin, damit er es erneut füllen konnte.

»Du hast für nichts davon bezahlt, Vater. Großvater hat für meine Ausbildung bezahlt. Du hast gelogen und intrigiert und dir viel Geld geliehen, um den Schein zu wahren. Du warst ständig auf der Suche nach schnellem Geld, um deinen Ruf zu retten. Oh, es gab Zeiten, in denen du an den Kartentischen eine beträchtliche Summe gewonnen hast und die Familie für eine Weile frei von Gläubigern war, die an die Tür klopften, aber das hielt nie lange an, oder? Großvater starb mit den Rechnungen, die *du* angehäuft hast. Noch schlimmer ist, dass du Drew ermutigst, so zu werden wie du. Ein verschwenderischer Trinker und Spieler, der an niemanden außer an sich selbst denkt. Außerdem habe *ich* alle eure Schulden bezahlt, indem ich die ganze Zeit gearbeitet habe, um ein Importgeschäft aufzubauen. Ein Geschäft, das ich vor zwei Jahren verloren habe, weil du und Drew über eure Verhältnisse gelebt habt.« Rafe stand auf. Wut kochte in seinen Adern. »Ich musste von vorne anfangen, meine Tage damit verbringen, meinen Ruf wieder aufzubauen, und verzweifelt die Finanzen zusammenstellen, um wieder ein Geschäft aufzubauen, auf das ich stolz sein kann.«

»Ich sagte doch, ich würde es dir zurückzahlen«, spottete sein Vater und leerte noch ein Glas Whisky.

»Du hast doch rein gar nicht, womit du es zurückzuzahlen könntest.« Abscheu vor seinem Vater sickerte aus jeder Pore. Rafe zog eine Grimasse angesichts des Zustands des Mannes, dessen Stellung in der Gesellschaft so tief gesunken war, dass er in keinem der Londoner Häuser der Oberschicht mehr willkommen war, wo er einst hingehörte. Wo sie alle hingehört hatten.

Die Flucht aus dem Süden und vor den Gerüchten war der

einzige Weg gewesen, der ihnen offen stand. Rafe war mit seiner kranken Mutter Olive und seiner Schwester Iris in den Norden nach Liverpool geflohen, um neu anzufangen. Er nutzte seinen Verstand und das letzte Geld seines Großvaters, um ein Import- und Exportgeschäft zu gründen, und rief seine Kontakte und engen Freunde dazu auf, an ihn zu glauben, damit es ein Erfolg wurde.

Im letzten Jahr war das Geschäft so gut gelaufen, dass er expandieren konnte und der Zukunft ein wenig optimistischer entgegenblickte. Leider flehte seine Mutter ihn an, an seinen Vater und seinen Bruder zu denken. Letzten Monat hatte er schließlich nach ihnen geschickt und einmal mehr ihre Schulden beglichen, um sie vor dem drohenden Gefängnis und der Blamage in London zu bewahren. Doch nun waren sie hier und machten ihn wahnsinnig mit ihrer Faulheit und ihrer Selbstsucht, während sie sein Geld ohne Rücksicht ausgaben.

Sein Vater rülpste. »Ich will Geld, Rafe. Wie soll ich deiner Meinung ohne es leben?«

»Dann geh und verdiene es.« Rafe wies zum Fenster hinaus. »Da draußen arbeiten die Männer den ganzen Tag, um ihre Familien zu versorgen. Schließ dich ihnen an.«

»Wie kannst du es wagen?«

»Oh, ich wage es. Ich werde mich um meine Mutter und meine Schwester kümmern, die beide unschuldig in diesen Schlamassel verwickelt sind, den du angerichtet hast, aber du oder Drew werdet keinen einzigen Penny mehr von mir bekommen.«

»Ich habe mit der ganzen Sache ebenfalls nichts zu tun.« Drew richtete sich auf. »Ich habe mich von meiner besten Seite gezeigt, seit ich in diese grässliche Stadt gekommen bin.«

»Lüg mir nicht ins Gesicht.« Rafe wollte seinen Bruder am liebsten erdrosseln. »Glaubst du wirklich, ich wüsste nichts von deinen nächtlichen Ausflügen ins *White Ship Inn* und den Spieltischen im Keller?«

Drew wurde blass und blickte seinen Vater an. »Ich hatte nur ein Ale.«

Rafe lachte spöttisch. »Lügen gehört nicht zu deinen größten Talenten, Bruder, deshalb verlierst du auch jedes Mal an den Kartentischen. Mir wurde jedoch berichtet, dass du in letzter Zeit, zumindest in den letzten paar Nächten, gewonnen hast. Daher bist du wahrscheinlich auch so gut gelaunt und winselst und jammerst nicht, wie es unser Vater im Moment tut.«

Barnabas rappelte sich auf. »Du gehst zu weit, Junge!« Er wedelte mit seinem dicken Finger vor Rafes Nase. »Du behandelts mich, deinen *Vater* und Andrew, als wären wir nichts weiter als Sklaven, die nach deiner Pfeife tanzen. Ich will dir sagen, mein Sohn, dass ich genug davon habe. Hörst du?«

»Und was willst du tun, Vater?«, fragte Rafe spöttisch. »Sag es mir. Ich bin neugierig darauf, was du vorhast.«

»Ich … Ich … Du …«

»Du wirst erneut untergehen, Vater. Du hast kein Kapital, um neu anzufangen, und das Geld, das du irgendwoher noch auftreiben kannst, reicht nicht zum Überleben, nicht wahr? Aber das kümmert mich nicht im Geringsten. Geh und nimm Drew mit. Ich werde Mutter und Iris auch ohne deine Hilfe versorgen.«

Ein zaghaftes Klopfen an der Tür unterbrach die Diskussion.

»Ja?«, bellte Rafe und ärgerte sich über sich selbst, weil er sich von seinen Emotionen überwältigen ließ, wie immer, wenn es um seine Familie ging.

Pollard, sein leitender Verwaltungsangestellter, machte einen Schritt in den Raum. »Mr. Hamilton, Sir, hier ist eine Frau namens Mrs. Kittrick, die mit Ihnen sprechen möchte.«

Überrascht fluchte Rafe leise vor sich hin. Ausgerechnet jetzt, wo er sich mit seinem Vater stritt, musste sie kommen. »Ich werde gleich bei ihr sein.«

»Wer ist Mrs. Kittrick?«, fragte Drew grinsend.

Rafe warf ihm nur einen genervten Blick zu, als er den Raum verließ.

Pollard öffnete die Tür gegenüber, die zu seinem eigenen kleinen Büro gehörte. »Mrs. Kittrick, Mr. Hamilton.« Dann verlies er den Raum.

Rafe reichte der Frau, die er in Wiltons Haus kennengelernt hatte und an die er seit seiner Abreise aus Irland viel zu oft hatte denken müssen, die Hand und lächelte sie mit echter Wärme an. »Es freut mich Sie hier zu sehen, Mrs. Kittrick, auch wenn ich sie nicht so schnell erwartet hatte.«

Sie nahm kurz seine Hand, ihr hübsches Gesicht war voller Sorge. »Verzeihen Sie mir, Mr. Hamilton. Meine Situation hat sich drastisch verändert geändert. Wir haben unser Haus verloren.«

»Das ist wirklich eine Tragödie.« Sein Herz schmerzte für sie. Diese arme Frau hatte bereits so viel durchgemacht.

»Mr. Wilton gab mir das Geld, um nach Liverpool zu kommen, und sagte, ich solle mich an Sie wenden, sobald ich angekommen sei. Er sagte, Sie hätten ein Schiff, mit dem wir nach New South Wales segeln könnten.«

»Ja, das stimmt, aber es läuft erst in ein paar Wochen aus.« Ihre Direktheit brachte ihn zum Lächeln. Sie war so erfrischend anders als die Frauen, die er sein ganzes Leben lang gekannt hatte. Rafe starrte sie an und fragte sich, warum ihn diese Frau so sehr in ihren Bann zog. Sie war eine arme irische Witwe in zerlumpten Kleidern, die ihr zu groß waren, außerdem sah sie aus, als würde ein starker Wind sie umwehen, allerdings sie hatte eine Stärke an sich, die er bewunderte.

Er wollte gerade etwas sagen, als er laute Stimmen aus seinem Büro hörte. Aber er konzentrierte sich auf die Frau vor ihm. »Geht es Ihnen und Ihrer Familie gut?«

»Ja, obwohl Mammy nicht sie selbst ist … Der Abschied von zu Hause war ziemlich hart für sie.«

»Gewiss, es muss schwierig sein. Aber Sie müssen an die Zukunft denken. Sie und Ihre Familie werden in etwa zwölf Tagen mit der *Blue Maid* nach New South Wales segeln, wenn die Ausrüstung rechtzeitig fertig wird.«

Sie sah erschrocken aus. »Zwölf Tage?«

»Ja. Stellt das ein Problem für sie dar?«

»Ich dachte, wir würden schon eher das Land verlassen können …« Sie blinzelte schnell. »Ich bin mir sicher, dass wir für diese Zeit eine Unterbringung finden werden.«

Er hörte die gezwungene Heiterkeit in ihrer Stimme, aber sie konnte die Panik in ihrem Gesichtsausdruck nicht verbergen. Zweifellos hatte sie große Angst davor, in einem neuen Land zu sein, ohne ein Zuhause und ohne Mittel zum Leben. »Es ist für alles gesorgt, Mrs. Kittrick. Ich habe eine Vereinbarung mit dem Gasthaus zum goldenen Löwen getroffen. Auch andere Passagiere werden dort untergebracht, bis das Schiff ablegt. Nennen Sie dem Wirt einfach Ihren Namen und sagen Sie ihm, dass ich Sie geschickt habe. Das Gasthaus befindet sich nur dreihundert Meter die Straße hinunter, neben *Renkin und Smiths* Schiffsbau.«

Sie entspannte sich sichtlich. »Ich danke Ihnen. Es ist eine

Erleichterung zu wissen, dass wir heute Nacht einen Platz zum Schlafen haben werden.«

Erst jetzt viel ihm ein, dass sie wahrscheinlich nur das Geld hatte, das Mr. Wilton ihr gegeben hatte. Hatte sie bereits alles aufgebraucht? Er wollte ihr unbedingt helfen.

Mrs. Kittrick straffte ihre Schultern. »Darf ich Ihnen eine Frage stellen, Mr. Hamilton?«

»Natürlich.«

»Ich habe meine Familie hierher gebracht und muss wissen, was mich erwartet. Soweit ich weiß, ist die Überfahrt kostenlos, aber mehr Einzelheiten sind mir nicht bekannt.«

»Ich habe einen Geschäftspartner in New South Wales, Mr. Emmerson. Ich glaube, ich habe ihn Ihnen gegenüber erwähnt. Er hat Kontakte zur dortigen Regierung, die sehr an qualifizierten Einwanderern interessiert ist. Sie bezahlen ihn, mich und jetzt auch Mr. Wilton dafür, solche Leute zu finden. Die Kolonie braucht dringend anständige Leute mit hand-werklichen Fähigkeiten. Sie wollen die Bevölkerung dort aufbauen. Mr. Emmerson hat mich gebeten, Leute wie Sie in die Kolonie zu schicken, Leute, die bereit sind, in einem fremden Land neu anzufangen und hart zu arbeiten.«

»Sie arbeiten also für die australische Regierung?«

»Wir werden von ihr bezahlt, aber wir arbeiten nicht für sie als solche. Mein Schiff wird nicht nur Passagiere, sondern auch Fracht aufnehmen, die Mr. Emmerson verkaufen wird. Mir gehört eine Import- und Exportfirma. Mr. Wilton hat Aktien davon gekauft. Ich versichere Ihnen, dass alles ganz legal ist.«

»Ich verstehe.« Sie sah nachdenklich aus, und es gefiel ihm, dass sie klug war. Kein anderer Passagier hatte ihm solche Fragen gestellt. Die Menschen, die er bisher getroffen hatte, wirkten lustlos und stumpfsinnig, aber vielleicht war das nicht fair ihnen gegenüber. Zweifellos hatten sie während der Hungersnot Schreckliches erlebt und weilten selbst kaum noch unter den Lebenden. War es da verwunderlich, dass sie nicht aufgeregt und wissbegierig waren? Sie hatten schon genug durchgemacht.

Er wollte ihre Hand nehmen und beruhigend über ihre Knöchel streicheln, aber er hielt sich zurück. »Alles geschieht auf vollkommen legaler Ebene, Mrs. Kittrick. Sie sind nicht in Gefahr. Mr. Emmerson wird Ihnen helfen, sobald Sie die Kolonie erreicht haben.«

»Wird er das?« Hoffnung erhellte ihr hübsches Gesicht.

»Ja. Er hat jedem Passagier einen Platz besorgt, an dem er bleiben kann, bis er Arbeit und ein eigenes Zuhause gefunden hat.«

»Das klingt zu schön, um wahr zu sein.«

Rafe drehte den Kopf und hörte, wie sich sein Bruder und sein Vater stritten. »Würden Sie mich bitte für einen Moment entschuldigen?«

Sie nickte, und er verließ sie, um zurück in sein Büro zu gehen. Sein Vater stand am Schreibtisch und Drew hinter ihm. Sie sahen beide schuldbewusst drein.

Rafe wurde wütend. »Ist es für euch beide unmöglich, etwas Respekt zu zeigen, wenn ich Besuch habe? Man konnte euch im anderen Büro streiten hören.«

»Wie kannst du es wagen, uns hier einfach stehen zu lassen, um dich um jemanden zu kümmern, der weniger wichtig ist als deine eigene Familie«, rief sein Vater und stapfte zur Tür. »Drew und ich brauchen dich nicht. Außerdem bin ich durchaus in der Lage, mich um meine eigene Frau und Tochter zu kümmern.«

Verwundert blickte Rafe zu Drew, der mit den Schultern zuckte und seinem Vater die Treppe hinunter folgte.

Seufzend kehrte Rafe zu Mrs. Kittrick zurück. »Verzeihen Sie mir.«

»Ich sollte jetzt gehen. Ich habe bereits genug Ihrer Zeit in Anspruch genommen, und meine Familie wartet.«

»Ja, gewiss. Ich werde Sie heute Abend besuchen kommen, um mich zu vergewissern, dass Sie alles haben, was Sie brauchen.«

»Das ist sehr nett von Ihnen.«

Als die reizende Mrs. Kittrick gegangen war, ging Rafe zurück in sein Büro und setzte sich hinter seinen Schreibtisch. Sowohl der Streit mit seinem Vater als auch der Besuch von Mrs. Kittrick hatten ihn aufgewühlt. Die irische Witwe hatte schon vor Wochen in Irland seine Aufmerksamkeit erregt, und es war ihm ein Rätsel, warum. Ellen Kittrick war mit keiner Frau vergleichbar, zu der er sich je hingezogen gefühlt hatte. Warum gerade sie? Warum jetzt, wo er sich auf so viel anderes konzentrieren musste?

Er schob die Ereignisse des Morgens beiseite und öffnete die oberste Schublade seines Schreibtischs. Er hatte heute viel zu tun, und über seinen Vater oder Mrs. Kittrick zu grübeln, würde ihm nicht dabei helfen, etwas zu erreichen.

Stirnrunzelnd stellte er fest, dass der Inhalt der Schublade durchwühlt worden war und seine lederne Brieftasche fehlte. Ein Dutzend Gedanken schwirrten ihm gleichzeitig durch den Kopf. In der Brieftasche befanden sich hundert Pfund. Geld, mit dem er die Händler bezahlen wollte, bei denen er Konten unterhielt, damit die Passagiere vor der Abfahrt einkaufen konnten, was sie brauchten.

Sein Vater musste sie an sich genommen haben. Er saß vorhin an seinem Schreibtisch.

Er fühlte sich, als hätte man ihm direkt in die Magengrube geschlagen. Sein Vater hatte ihn bestohlen. Schlimmer noch, er hatte arme Menschen in einer verzweifelten Lage bestohlen. Was für ein Mensch war er? Wie würde er ihm jemals so eine Tat verzeihen können?

Als er aufstand, wusste Rafe, dass er nach Hause gehen und seinem Vater zur Rede stellen musste. Er würde ihn auch bitten müssen, das Haus zu verlassen. Er weigerte sich, einen Dieb unter seinem eigenen Dach zu haben, selbst wenn es sich dabei um seinen eigenen Vater handelte.

Innerhalb einer Stunde hatte er die weitläufigen Straßen der Stadt durchquert und das Doppelhaus erreicht, das er wegen der Lage am Rande des Liverpooler Armenviertels billig gekauft hatte. Es war alles, was er sich damals leisten konnte, und ein elegantes Haus stand nicht ganz oben auf seiner Prioritätenliste, als er sein Unternehmen ausbaute. Seine Mutter hasste es, aber Iris versuchte, wenn sie sich nicht gerade um ihre Mutter kümmerte, es zu einem Zuhause zu machen. Iris tat ihr Bestes, um sich hier in einem Leben einzurichten, das sich von allem, was sie bisher kannte, deutlich unterschied. Die Peinlichkeiten, die sie in London erlitten hatte, hatten ihre Chancen, einen geeigneten Mann zum Heiraten zu finden, geschmälert. Sie hoffte, dass Liverpool ihr eine neue Chance geben würde, aber Rafe befürchtete, dass es ihr jetzt an Selbstvertrauen und Selbstwertgefühl mangelte.

Im vorderen Salon war niemand zu sehen. Ein kurzer Blick in das kleine Esszimmer zeigte, dass auch dieses leer war. Fluchend nahm er zwei Treppenstufen auf einmal, da er annahm, dass seine Mutter im Bett lag und Iris sich um sie kümmerte, aber im großen Schlafzimmer war ebenfalls niemand zu sehen. Er wollte gerade den Raum verlassen, als er eine offenstehende Schranktür bemerkte. Noch bevor er sie öffnete, wusste er, dass der Schrank leer war.

Er eilte in sein eigenes Zimmer, das er mit Drew teilte. Die

Schubladen standen offen und waren leer. In Iris' Schlafzimmer bot sich ihm das gleiche Bild.

Wieder unten betrat er die kleine Küche. Seine Köchin, Mrs. Flannery, und das Hausmädchen Susan waren damit beschäftigt, Fische in einem Eimer zu waschen.

»Oh, Mr. Hamilton, Sir, Sie haben mich ganz schön erschreckt.«

»Verzeihen Sie. Wo ist meine Familie. Sind sie weg?«, fragte er und kannte die Antwort bereits.

»Ja, Sir.« Mrs. Flannery trocknete sich die Hände ab und nahm von der walisischen Kommode einen Brief und gab ihn ihm. »Miss Hamilton bat mich, Ihnen dies zu geben.«

Er öffnete ihn und las.

LIEBER BRUDER, verzeih mir die übereilte Nachricht, aber Vater besteht darauf, dass wir sofort aufbrechen, und ich schreibe dies, während ich packe. Ich weiß nicht, wohin er uns bringen wird, aber Drew hat etwas über Frankreich gesagt. Du weißt, dass Vater einen Cousin in Paris hat. Ich vermute, wir reisen dorthin. Vater war furchtbar wütend, als er nach Hause kam, und kein Zureden von Mutter oder mir konnte ihn dazu bewegen noch einmal umzudenken. Er sagte, du wärst für ihn gestorben, aber für mich und Mutter bist du es nicht. Ich werde mein Bestes tun, um in diesen unsicheren Zeiten für sie zu sorgen, und dir schreiben, wenn ich kann.

In Liebe,
Deine Schwester, Iris.

MRS. FLANNERY ÖFFNETE die Schublade der Kommode und zeigte auf die leere Dose. »Ihr Vater hat das Haushaltsgeld genommen, Sir. Ich konnte ihn nicht davon abhalten. Ich hatte einige Pfund darin, um den Fleischer und den Bäcker heute Nachmittag zu bezahlen. Er hat auch das silberne Teeservice, das Sie letzten Monat für Ihre Mutter gekauft haben, und die silbernen Kerzenständer mitgenommen.«

»Es ist nicht Ihre Schuld, Mrs. Flannery.« Rafe gab ihr aus der Brusttasche seines Mantels etwas Geld, um die Rechnungen zu begleichen.

»Miss Iris und Ihre liebe Mutter schienen sehr aufgebracht zu sein.«

»Sie reisen nach Frankreich, glaube ich.« Rafe zwang sich zu einem Lächeln. »Sie besuchen unsere Familie in Paris. Meine Mutter ist nicht begeistert von der Schiffsüberfahrt.«

»Ich kann es ihr nicht verdenken, Sir. Es kann unangenehm werden.«

Rafe verließ die Küche und ging zur Vordertür hinaus, unfähig, noch eine Minute länger vor Mrs. Flannery ruhig zu bleiben, so groß war die Wut, die ihn durchströmte. Er wollte etwas zerschlagen, am liebsten seinen Vater.

KAPITEL 10

Ellen schloss das Fenster gegen den Regen und den Lärm von den Docks und der Straße unter ihr und lächelte Bridget an, die neben ihr auf der Fensterbank saß.

»Regnet es zu Hause auch, Mammy?«, fragte ihre Tochter und beobachtete die Boote auf dem Fluss.

»Ich nähme an, das ist immer so« Ellen strich ihrer Tochter eine fettige Haarsträhne hinters Ohr. Sie brauchte eine gute Wäsche. Die brauchten sie alle.

Riona machte das Bett auf dem Boden fertig. In dem Doppelbett schlief bereits Mammy, die vom ständigen Beten erschöpft war. Seit sie Wilton Manor verlassen hatte, hatte sie mit niemandem mehr gesprochen und weigerte sich, Ellen anzuschauen. Sie brauchte nichts zu sagen, damit Ellen wusste, dass sie ihr die Schuld an Pater Kilcoynes Tod gab, und die unwürdige Beerdigung würde sie ihr nie verzeihen, ebenso wenig wie das Verlassen Irlands.

Austin und Patrick standen draußen und unterhielten sich mit drei Jungen aus der anderen irischen Familie, die im Zimmer gegenüber wohnte. Das Gasthaus schien voll zu sein mit irischen und schottischen Familien, die darauf warteten, an Bord der *Blue Maid* zu gehen.

»Was sollen wir diese zwölf Tage tun?«, fragte Riona, die sich zu Ellen und Bridget gesetzt hatte.

»Ich habe überlegt, irgendwo in der Nähe nach Arbeit für eine Woche oder so zu fragen.« Ellen war die Idee auf dem Rückweg von Mr. Hamiltons Büro gekommen. Sie hatte damit gerechnet, in ein oder zwei Tagen an Bord des Schiffes zu gehen, nicht in zwölf. »Wenn wir beide Arbeit finden, können wir uns das Nötigste kaufen oder haben etwas Geld, wenn wir in Australien ankommen.«

»Ich dachte, du sagtest, Mr. Hamilton würde uns helfen, die Dinge zu kaufen, die wir auf dem Schiff brauchen?«

»Das wird er. Aber man kann nie genug Geld haben, Riona. Ich möchte nie wieder arm sein und ich werde dafür sorgen, dass wir es nicht sein werden.« Ellen stand auf und strich ihren Rock glatt. »Ich werde hinuntergehen und den Wirt fragen, ob ich in diesem Gasthaus arbeiten kann, und wenn nicht, werde ich die Straße entlanggehen und überall fragen, wo ich etwas sehe. Ich kann nicht zwölf Tage lang untätig in diesem Zimmer sitzen.«

»Ich weiß, aber hast du die Schilder an einigen Häusern gesehen, als wir hierherkamen? Auf den Schildern stand ›Keine Iren‹ für diejenigen, die Arbeit oder eine Unterkunft suchen. *Keine Iren*, Ellen. Die wollen uns hier nicht haben.«

»Beruhige dich. Wir werden nicht ewig hier bleiben. Lass uns versuchen, eine Woche lang Arbeit zu finden, das ist alles. Ich mache alles, was ein oder zwei Schillinge einbringt. Putzen, Töpfe waschen, alles.«

Riona nickte. »Dann gehe ich am Hafen entlang und frage dort in den Gasthäusern nach.«

»Nimm Austin und Patrick mit. Sie könnten auch Arbeit

finden, und es ist besser, wenn ihr zusammenbleibt. Eine Frau, die allein unterwegs ist, ist in einer Gegend wie dieser eine leichte Beute.« Ellen nahm Bridgets Hand. »Bleib bei Oma. Sie fühlt sich nicht wohl, und du kannst ihr helfen, falls sie etwas braucht.«

Bridget straffte die Schultern. »Ich werde bei ihr bleiben, Mammy.«

»Gutes Mädchen.«

Unten trennte sich Ellen von Riona und den Jungen und ging den dunklen, schmalen Flur entlang in Richtung des hinteren Teils des Gasthauses. Sie hörte Klopfen und Rufen.

An der Küchentür blieb sie stehen und starrte in den geschäftigen Raum. Mehrere Leute arbeiteten, einige an dem großen Tisch und bereiteten das Essen zu, andere spülten die Töpfe. Ein Junge schüttete Kohle in den Herd, während ein junges Mädchen ein Huhn rupfte, was, dem Haufen Federn neben ihr nach zu urteilen, nicht das erste war, das sie an diesem Tag rupfte.

»Kann ich Ihnen helfen?«, fragte ein Mann mit grauem Schnurrbart und altem, abgenutztem Anzug, als er mit einem Korb voller Fisch vorbeikam.

»Ich wollte fragen, ob es hier Arbeit für etwa eine Woche gibt. Wir wohnen oben.«

»He, Edith«, rief der Mann.

Aus einem Schrank, der als Büro diente, quetschte sich eine große, dicke Frau heraus und watschelte in die Küche.

Ellen starrte sie an. Sie hatte in ihrem Leben noch nie jemanden gesehen, der so dick war. Die Frau aß eine Schweinefleischpastete. Der Teig blätterte auf ihrem strapazierten braunen Mieder ab. Ellen dachte, dass die Knöpfe jeden Moment aufspringen und jemandem verletzten würden.

»Sie will Arbeit. Sie kommt aus dem oberen Stockwerk«, sagte der Mann und ging zurück an die Bar.

»Nun, das ist das erste Mal, dass einer der Gäste um Arbeit bittet«, sagte die Frau. »Normalerweise sind sie zu schwach, um überhaupt die Treppe hochzusteigen, geschweige denn, dass sie arbeiten wollen.«

»Ich verlassen in zwölf Tagen mit der *Blue Maid* das Land. Meine Familie könnte zusätzliches Geld gebrauchen.«

»Sie gehören zu Mr. Hamilton, nicht wahr?«

»Ja.«

»Netter Mann. Woher kommen Sie?«

»Irland.«

»Aye, das weiß ich bereits. Ich habe Augen und Ohren. Von *wo* in Irland?"

»County Mayo.«

»Mayo?« Die kleinen Augen der Frau weiteten sich.

»Louisburgh.«

»Dann kennen Sie gewiss auch Westport.«

»Ja, ich bin vor ein paar Tagen mit der Postkutsche dort aufgebrochen.«

Das Gesicht der Frau verzog sich zu einem breiten Grinsen. »Das ist meine alte Heimat.« Sie wischte sich die Hände an ihrem Rock ab und streckte ihre Hand aus. »Edith O'Brian.«

»Ellen Kittrick.« Sie schüttelte ihre Hand.

»Können Sie Essen servieren?«

»Das kann ich bestimmt.«

»Nehmen Sie das Tablett dort drüben und bringen Sie es zu den Gästen, die am Fenstertisch im Schankraum sitzen.«

Ellen zog eine Schürze vom Haken hinter der Tür, nahm das Tablett mit den Tellern und machte sich auf den Weg zum Schankraum.

Sie arbeitete zwei Stunden lang hart, härter als sie es jemals auf dem Gut getan hatte. Die anstrengenden Tage seit ihrer Abreise von zu Hause und der Mangel an anständigem Essen ließen ihre Energie bald schwinden, aber sie war fest entschlossen, weiterzumachen.

»Mrs. Kittrick?«

Ellen blickte vom Abräumen eines Tisches auf. Ihr Herz machte einen kleinen Hüpfer, als sie den gut aussehenden Mr. Hamilton auf sie zukommen sah. Seine Erscheinung ließ viele Leute aufblicken. Keiner konnte es mit ihm aufnehmen, weder vom Aussehen noch von der Statur noch von der Klasse her.

»Sie arbeiten?« Er verbarg seine Überraschung nicht.

»Ja, Mr. Hamilton.«

»Sie sind doch gerade erst angekommen«, sagte er ungläubig.

»Jeder Pfennig hilft.«

»Ich sagte Ihnen doch, dass für Ihre Ausgaben gesorgt ist.«

»Ich verstehe das, aber wir brauchen trotzdem Geld, vor allem, wenn wir in der Kolonie ankommen.«

»Gewiss, aber Sie müssen noch einiges für Ihre Reise organisieren. Sie müssen Vorräte einkaufen und Sie und Ihre Familie müssen sich vom medizinischen Offizier untersuchen lassen. Wie wollen Sie das schaffen, wenn Sie hier arbeiten?«

»Meine Schwester und ich bekommen das schon hin.«

»Sie haben eine anstrengende Zeit hinter sich. Sie sollten sich ausruhen.«

Sie warf ihm einen fragenden Blick zu. »Ausruhen?«

»Ausruhen ... um Kraft für die Reise zu schöpfen.«

»Das können wir auch auf dem Schiff tun.«

Er hielt ihr ein schmales Büchlein hin. »Das ist für Sie zum Lesen. Es ist ein Bericht von früheren Reisenden darüber, was man auf dieser Reise mitnehmen sollte und was man mitnehmen muss, um das Leben auf dem Schiff angenehmer zu machen. Ich dachte, es könnte Ihnen helfen, wenn Sie Ihre Sachen für die Überfahrt besorgen.«

»Das ist sehr freundlich von Ihnen. Vielen Dank.«

»Vielleicht können Sie die Informationen an diejenigen weitergeben, die hier im Gasthaus übernachten und nicht lesen können?«

»Ja, das werde ich tun.«

Er blickte sich in dem schummrigen, verrauchten Schankraum um. »Mir wäre es lieber, Sie würden nicht arbeiten, Mrs. Kittrick. Sie haben schon genug durchgemacht und sollten Ihre Energie auf Ihre Familie und die lange Reise konzentrieren, die Sie vor sich haben.«

Sie versteifte sich bei der Zurechtweisung. »Meine Familie braucht mich nicht, um den ganzen Tag in einem Zimmer herumzusitzen, wenn ich hier unten etwas verdienen kann.«

»Für ein oder zwei Schillinge? Das ist die Mühe kaum wert.«

»Glauben Sie mir, Sir, wenn man nichts hat, ist alles die Mühe wert.«

»Vergeben Sie mir.« Er sah zerknirscht aus. »Ich will Ihnen nicht sagen, was Sie tun sollen. Ich mache mir nur Sorgen um meine Passagiere. Ich möchte, dass sie alle bei bester Gesundheit sind, bevor sie an Bord gehen. Australien braucht starke Menschen.«

»Ich werde dafür sorgen, dass meine Familie gut isst, Mr. Hamilton. Dank Ihnen haben sie heute Nacht ein warmes Bett und bekommen etwas zu essen. Sie geben uns einen Anstoß. Wir werden Sie nicht enttäuschen.«

»Daran habe ich nie gezweifelt, Mrs. Kittrick.« Wieder schenkte er ihr sein gewinnendes Lächeln, das eine seltsame

Wirkung auf sie hatte. »Am Ende des Berichtes befindet sich eine Liste der Geschäfte in der Nähe, in denen Sie auf Rechnung kaufen können, was auch immer Sie benötigen. Sie werden die Rechnung an mich schicken. Sie wissen, was Sie brauchen und werden Ihnen bei der Auswahl helfen.«

Sie nickte.

»Nun, ich sollte mich wieder auf den Weg machen …« Er zögerte, als wäre zu gehen, das Letzte, was er tun wollte.

»Vielleicht kommen Sie noch einmal vorbei?«, fragte sie hoffnungsvoll. Eigentlich war es dumm, denn warum sollte er?

»Das werde ich, ja, in ein paar Tagen. Aber wenn Sie vorher etwas benötigen, zögern Sie bitte nicht, in mein Büro zu kommen.«

»Ich danke Ihnen, Mr. Hamilton, für alles.«

Nachdem er gegangen war, beendete Ellen ihre Arbeit und dachte an den gut aussehenden Mr. Hamilton, bis Patrick die Bar betrat.

»Tante Riona und Austin haben Arbeit in einer Zigarrenfabrik gefunden«, erzählte er. »Der Mann wollte mich allerdings nicht. Er sagte, ich sei zu klein.« Patrick schmollte angesichts dieser Ungerechtigkeit. »Ich habe ihm gesagt, ich sei zehn, aber er hat mir nicht geglaubt. Er sagte, er hätte nur Arbeit für zwei weitere Leute.«

Ellen drückte Patrick sanft an sich. »Das macht nichts, mein Schatz. Du kannst *mir* helfen, wenn du willst?«

Mürrisch zuckte Patrick mit den Schultern. »Kann ich stattdessen zu den Ställen gehen? Sie wechseln gerade die Kutschpferde.«

»Aye, aber belästige niemanden.« Ellen folgte ihm durch den Flur, und als er auf den Hinterhof des Gasthauses hinausging, drehte sie sich um und ging zurück in die Küche. Die

Angestellten saßen an einem schmalen Tisch und aßen. Der Geruch von Essen ließ ihren Magen so laut knurren, dass die anderen innehielten und sie anstarrten.

»Sie haben den ganzen Tag noch nichts gegessen, nicht wahr?«, fragte Edith, hievte sich hoch und ging zum Herd. »Sie haben die Mittagsmahlzeit verpasst.«

»Ich bin nicht hier, um zu essen, sondern um Geld für meine Familie zu verdienen.«

»Herr Gott, wie wollen Sie das schaffen, wenn Sie nichts essen?«, schimpfte Edith und schöpfte einen dicken Eintopf in Schüsseln. »Wie viele seid ihr?«

»Sechs, aber mein ältester Sohn und meine Schwester sind arbeiten.«

Edith hielt inne. »Ihr seid anders als die anderen, die hier sonst unterkommen.« Sie stellte vier volle Schüsseln auf ein Tablett zusammen mit dicken Scheiben Butterbrot. »Nehmen Sie es. Essen Sie, dann sind Sie bereit für den abendlichen Ansturm.«

»Vielen Dank.« Ellen konnte die Freundlichkeit nicht fassen. Nachdem sie jahrelang darum gekämpft hatte, genug zu essen für ihre Kinder zu haben, jahrelang alles gegessen hatte, was sie auftreiben konnten, oder was Mrs. O'Reilly auf dem Gutshof übrig hatte, bekam sie hier Schüsseln mit dickem Eintopf, als wäre es nichts Besonderes. Doch für Ellen war er kostbarer als Gold. Diese Nacht würden ihre Kinder nicht frieren müssen, zu essen haben und sich wohl fühlen. Ihre Augen brannten, aber sie blinzelte die Tränen rasch weg. Sie durfte ihre Kräfte nicht vergeuden. Wenn sie erst einmal anfing zu weinen, würde sie nicht mehr aufhören können, denn die Erinnerung an die Beerdigung von Thomas, Malachy und jetzt Pater Kilcoyne war schwer zu überwinden.

Oben gab sie Bridget ihre Schüssel, dann Mammy, aber

Mammy drehte ihr nur den Rücken zu. Ellen öffnete das Fenster und rief Patrick, er solle nach oben kommen.

Während sie aßen, blickte Ellen immer wieder zu Mammy, die auf dem Bett lag, das Gesicht von ihnen abgewandt, und leise betete. Das Klicken ihrer Rosenkranzperlen passte zu dem der Löffel in den Schüsseln. Vielleicht würde Mammy später mit Riona und Austin essen.

Ellen arbeitete bis in die Nacht hinein, als sich das Gasthaus mit Männern von den Docks füllte, die eine Schüssel mit warmem Essen und einen Krug Bier suchten. Als sie schließlich zu Bett ging, waren Riona und Austin zurück und so schmutzig, als hätten sie in einer Kohlemine gearbeitet.

»Wie war's?«, fragte Ellen leise, zog ihre abgetragenen Stiefel aus und rieb sich die schmerzenden Füße. Sie teilte das Bett mit Riona und Mammy, während die Kinder auf der Matratze auf dem Boden schliefen.

»Gut.« Riona beendete ihr Gebet und gähnte, bevor sie in die Mitte des Bettes kroch. »Ich habe schon lange nicht mehr so hart gearbeitet. Ich kann kaum noch klar denken, so erschöpft bin ich.«

»Wollen sie, dass du morgen wiederkommst?« Ellen sprach ein schnelles Gebet und schob sich neben sie.

»Aye, sowohl ich als auch Austin. Aber niemand hat mit uns gesprochen. Sie hassen die Iren und besonders die katholischen Iren. Eine Frau spuckte mir vor die Füße, als sie es erfuhr. Ein anderer Mann nannte uns Moor-Iren, die den Engländern die ganze Arbeit wegnehmen. Ich dachte, Austin würde sich auf ihn stürzen.«

Ellen spannte sich an. »Wir können nicht zulassen, dass Austin in Schwierigkeiten gerät. Ich werde mit ihm reden.«

»Es ist nicht seine Schuld. Es ist schwer, von Leuten umgeben zu sein, die einen hasserfüllt anstarren.«

»Habt ihr etwas gegessen?«

»Man hat uns einen dünnen Brei gegeben. Er war ekelhaft, aber wir haben ihn gegessen. In der Vergangenheit haben wir schon Schlimmeres gegessen.«

»Für morgen Abend hebe ich euch etwas zu essen auf.«

Riona schmiegte sich an Ellen. »Wie geht es Mammy?«, flüsterte sie.

»Sie hat sich den ganzen Tag nicht vom Bett bewegt und auch nichts gegessen, hat Bridget mir erzählt.«

»Ich mache mir Sorgen.«

»Ich mir auch, aber bald segeln wir in ein neues Leben.«

»Jesus sei Dank. Ich hoffe nur, dass wir in Australien willkommener sind. Ich habe zur Heiligen Jungfrau gebetet, dass es so sein möge.« Riona bekreuzigte sich und blickte Ellen an, als diese nicht das gleiche tat.

Ellen schlug schnell das Kreuzzeichen, aber sie war nicht mit dem Herzen bei der Sache. In letzter Zeit hatte sie festgestellt, dass ihr Glaube schwand. Nicht dass sie das einer lebenden Seele erzählen würde, aber mit jeder Tragödie, die ihr widerfuhr, fragte sie sich, ob es wirklich einen Gott gab, der über sie wachte. Manchmal hatte sie nicht das Gefühl, dass dem tatsächlich so war. Sie konnte nicht so blind glauben, wie Mammy, Riona und Pater Kilcoyne es taten. Katholisch zu sein, konnte in New South Wales gegen sie verwendet werden. Sie würde mit ihrer Familie darüber reden müssen, in der Öffentlichkeit nicht so religiös aufzutreten, um sie vor Spott zu bewahren.

»Ich hasse die Fabrik«, murmelte Riona im Halbschlaf.

»Nur noch eine Woche oder ein wenig mehr, dann ist es vorbei. Dann haben wir ein paar Schillinge, die wir an Bord des Schiffes mitnehmen können.« Der angenehme Gedanke ließ Ellen innerhalb weniger Minuten in einen tiefen Schlaf fallen.

* * *

NOCH VOR DEM Morgengrauen war Ellen in der Küche und machte sich an die Arbeit, bevor einige der anderen Angestellten eintrafen. Edith schenkte ihr eine Tasse Tee ein und sagte ihr, sie solle ein Tablett zu ihrer Familie hinaufbringen, bevor sie sich um den Frühstücksansturm der ankommenden und abreisenden Menschen kümmerte.

Wie eine Königin, die Geschenke verteilte, nahm Ellen Schüsseln mit Haferbrei und eine Kanne Tee entgegen. Riona und Austin aßen schnell, bevor sie zur Fabrik aufbrechen mussten. Mammy lehnte das Essen ab und legte sich wieder ins Bett.

»Ist Oma krank?«, fragte Bridget vorsichtig.

»Sie ist nur müde«, antwortete Ellen und stapelte die leeren Schüsseln auf dem Tablett. »Ich werden den ganzen Tag unten sein und arbeiten. Patrick, sag den anderen Familien, die mit der *Blue Maid* reisen, dass sie zu mir kommen können, um eine Liste der Dinge zu bekommen, die sie an Bord mitnehmen sollen.«

»Ich kann sie ihnen vorlesen, Mama.« Patrick nahm das Büchlein in die Hand und studierte es. Er las ein paar Zeilen vor. »Die Vor... Vorschrift bezüglich des Gepäcks der Passagiere ist, dass in jeder Schlafkoje nur eine Kiste oder Tasche erlaubt ist, die alles für zwei Wochen Schiffsreise enthält. Nach diesen zwei Wochen haben die Passagiere Zugang zu ihren Truhen im Laderaum und können die Kleidung durch saubere ersetzen. Jeder Aus... Auswanderer sollte mit zwei Truhen, einer großen und einer kleinen, oder einer Segel-

tuchtasche ausgestattet sein, auf denen die Namen deut...
deutlich zu erkennen sind. Eine Reisetasche ist viel nützlicher
als eine Kiste.« Er grinste sie an, als Erfolg seiner Lektüre.
»Ich kann jetzt schon so gut lesen wie Austin.«

Sie zerzauste sein Haar. »Das tust du, mein Schatz. Pater
Kilcoyne wäre so stolz auf dich. All die Stunden, die er mit dir
beim Lesen verbracht hat, haben sich gelohnt.«

Als sie nach unten eilte, dachte sie an das Büchlein und die
Liste der Dinge, die sie für das Schiff kaufen und organisieren
musste. War es richtig, weiter zu arbeiten, wenn es so viel zu
tun gab? Sie wünschte sich, ihre Mammy würde wieder zu
ihrem normalen Wesen zurückkehren, denn sie brauchte sie.
Mammy könnte mit Patricks und Bridgets Hilfe leicht anfangen, die Dinge zu organisieren und in den von Mr. Hamilton
erwähnten Geschäften einkaufen gehen.

Für einen kurzen Moment fragte sie sich, ob sie Mr.
Hamilton bald wiedersehen würde, aber rasch verdrängte sie
ihn aus ihren Gedanken. Sie hatte keine Zeit, über Mr.
Hamilton nachzudenken. Ein Gentleman wie er würde ihr
keinen zweiten Blick schenken, und außerdem, was würde es
nützen, wenn er es täte? Anfang November würde sie weg
sein.

Der Geruch von abgestandenem Bier ließ sie die Nase
rümpfen, während sie die Tische säuberte und die Abfälle des
Vorabends wegräumte.

Je mehr Stunden vergingen, desto mehr Gäste kamen in
das Gasthaus, arbeitslose Hafenarbeiter, Matrosen auf Land-
gang oder Ausländer, die darauf warteten, an Bord ihrer
Schiffe zu gehen. Immer mehr Leute, vor allem Iren, kamen,
um auf das Auslaufen der *Blue Maid* zu warten. Ellen sprach
mit ihnen und gewann schnell ihr Vertrauen, da sie mit ihnen

in der irischen Sprache und nicht in Englisch sprach, was ihre Nerven etwas zu beruhigen schien.

Für den Rest der Woche übertrug Ellen Patrick kleine Aufgaben, vor allem das Tragen von Tabletts mit Essen auf die Zimmer und übertrug ihm die große Verantwortung, denen, die nicht selbst lesen konnten, aus dem Büchlein vorzulesen.

Am Abend ihres fünften Arbeitstages wurde Ellen von ihren Pflichten entbunden und sie ging dankbar mit einem Tablett mit Essen nach oben, damit Riona und Austin später essen konnten. Patrick und Bridget saßen auf dem Treppenabsatz und unterhielten sich mit anderen Kindern, aber Mammy lag immer noch auf dem Bett, die Augen geschlossen, ihren Rosenkranz zwischen den Fingern.

»Soll ich dir etwas zu essen holen, Mammy, oder etwas zu trinken?«, fragte Ellen, die neben dem Bett stand und auf ihre Mutter hinunterblickte, die immer schwächer wurde.

Mammy weigerte sich, Ellen zu beachten.

Bridget erzählte Ellen, dass ihre Großmutter kalten Tee trank, wenn sie allein waren, und etwas Brot kaute, aber nicht mehr als das aß und kaum ein Wort sprach, das nicht ein Gebet war.

»Mammy, wir haben Essen. Du musst etwas zu dir nehmen.« Ellen versuchte erneut, sie zu ermutigen.

Mammy wandte sich von ihr ab und blickte zur Wand. »Ich muss nichts weiter tun, als zu sterben und in die Arme der Heiligen Mutter aufgenommen werden.«

»Sag so etwas nicht!« Ellen seufzte vor Enttäuschung und Sorge, goss Wasser aus dem Krug in das Waschbecken und wusch sich das Gesicht. »Vielleicht hast du morgen Lust, nach unten zu gehen, Mammy?«, fragte sie über ihre Schulter. »Wir können schon mal einkaufen, was wir für die Reise brauchen. Vielleicht ein neues Kleid für dich?«

Als sie keine Antwort erhielt, trocknete sie sich das Gesicht und starrte aus dem schmutzigen kleinen Fenster über die Dächer. Die Sonne war schon vor einer Stunde untergegangen. Sie würde mit Riona sprechen müssen, damit sie Mammy überredete, aufzustehen.

Sie drehte sich um, als Austin das Zimmer betrat. Er sah müde aus und seine Kleidung war schmutzig. »Tante Riona musste noch dort bleiben.«

»Warum?«

»Mr. Lester sagte, ihre Kisten entsprächen nicht seinen Vorstellungen.«

»Geh dich waschen und dann gibt etwas zu essen für dich.«

Austin tat, wie ihm gesagt wurde. »Mr. Lester ist seltsam, Mammy.«

»Er ist schließlich kein Ire, oder? Er ist zwangsläufig seltsam.« Sie lächelte.

Ellen sah ihm zu, wie er sein Kotelett und sein Brot aß, während sie seinen Erzählungen über die Menschen, die in der Fabrik arbeiteten, lauschte.

»Ich bin froh, dass morgen unser letzter Tag ist«, sagte Austin. »Mir gefällt es dort nicht, und sie hassen uns.«

»Euer letzter Tag? Das wusste ich gar nicht. Riona hat mir nichts davon erzählt. Ihr habt doch erst fünf Tage dort gearbeitet.« Ellen starrte ihn an.

»Wir haben es erst heute erfahren, und ich bin froh, dass ich nicht dorthin zurückkehren muss. Warum hassen sie irische Katholiken, Mammy?«

»Ich weiß es nicht, mein Schatz.« Irisch und katholisch zu sein, war etwas, wofür man sich schämen musste, und Ellen mochte es nicht, wenn man sie ausgrenzte. Würde es ebenfalls solche Vorurteilen in der Kolonie geben?

Austin reichte Ellen einige Münzen aus seiner Tasche. »Ich bin bezahlt worden. Können wir mir damit Stiefel kaufen können?« Er hielt einen Fuß hoch, an dem sich die Sohle des Stiefels gelöst hatte und der nackte Fuß sichtbar wurde.

»Mr. Hamilton sagte, wir sollen kaufen, was wir brauchen, und zwar im Rahmen der Möglichkeiten. Also wirst du neue Stiefel bekommen.« Sie küsste seinen Scheitel, als er sich auf der Matratze ausstreckte. Rasch schlief er ein.

Ellen rief Patrick und Bridget herein, und während sie ihre Gebete sprachen, schaute Ellen immer wieder aus dem Fenster in die dunkle Nacht. Mammy rührte sich nicht vom Bett und öffnete auch nicht die Augen, aber Ellen bemerkte, dass sie die Gespräche um sie herum mithörte.

Da es in ihrem Zimmer keine Uhr gab, lauschte Ellen dem achtmalige Läuten der Kirchenglocken. Es gefiel ihr nicht, dass Riona so spät noch allein unterwegs war. Als die Kinder und Mammy schliefen, warf Ellen sich ihr Schultertuch über und schlich sich aus dem Zimmer.

Unten war das Gasthaus voller Männer, also ging sie durch die Hintertür hinaus und eilte die düstere, feuchte Gasse neben dem Gebäude entlang. Vom Fluss her war ein Nebel aufgezogen, und die kühle Nachtluft ließ sie frösteln.

Sie suchte die Straße ab und nahm im gedämpften Gaslicht die Gestalten wahr. Ein Mann erleichterte sich hinter einer niedrigen Mauer, ein Hund durchwühlte den Müll in der Gosse, eine Droschke rumpelte vorbei, ein Schiffshorn hallte flussabwärts und der Geruch des Meeres lag in der kalten Brise.

Ellen hatte aufgrund von Austins Beschreibungen eine vage Vorstellung davon, wo sich die Zigarrenfabrik befand, aber sie hatte keine Lust, im Dunkeln durch unbekannte Straßen zu gehen, schon gar nicht in der Nähe der Docks, wo sich die Frauen der Nacht herumtrieben und Ellen mit einer von ihnen verwechselt werden konnte.

Sie zog sich ihr Tuch über den Kopf und ging weiter die Straße hinunter in die Richtung, in die Riona auf ihrem Weg zum Gasthaus gehen sollte. In einem Haus weinte ein Baby, als sie vorbeikam. Schatten tanzten in den gedämpften Lichtern, die durch die Fenster drangen. Zwei Männer kamen an ihr vorbei und beäugten sie neugierig. Ellen hielt ihren Kopf gesenkt und bewegte sich schneller. Eine Katze sprang aus einer Gasse und sie zuckte überrascht zusammen.

Sie zögerte, weiter als bis zur nächsten Straßenecke zu gehen. Sollte sie hier warten oder umkehren? Sie fröstelte vom feuchten, kalten Nebel. Sie zögerte eine Sekunde lang und entschied sich dann, noch ein paar Minuten zu warten. Riona würde sich freuen, sie nach einem so langen Tag zu sehen.

Als die Kirchenglocken einmal läuteten und damit verkündete, dass eine weitere halbe Stunde verstrichen war, ärgerte sich Ellen über Mr. Lester, weil er Riona so lange in der Fabrik behielt. Dann, als die die Arme um sich selbst schlang, um sich zu wärmen, bemerkte sie die gebückte Gestalt, die aus dem Schatten heraus auf sie zu stolperte. Furcht machte sich in ihr breit.

Hin- und hergerissen zwischen Weglaufen und näherem Hinsehen, zögerte Ellen, bis die Gestalt ein leises Stöhnen ausstieß.

Ellen eilte auf die Person zu. »Kann ich Ihnen helfen? Sind Sie verletzt?«

»Ellen ...« Das Tuch der Frau rutschte ihr vom Kopf.

»Riona!« Ellen umarmte ihre Schwester, als diese in ihren Armen zusammenbrach. »Großer Gott, was ist passiert?«

»Bringt mich ... zurück«, murmelte Riona.

Ellen stützte ihre Schwester und trug sie halb die Straße entlang zum Gasthaus.

Riona gab keinen Laut von sich, als Ellen sie die Gasse entlangführte, vorbei an einem Paar, das sich im Hof küsste, und durch den Hintereingang.

»Nicht nach oben. Noch nicht«, weinte Riona. »Heilige Mutter, ich kann nicht nach oben zu Mammy gehen.«

»Dann eben in die Küche.« Ellen betrat die dunkle Küche.

Ellen zündete eine Lampe an und stellte sie in die Mitte des Tisches, um die Verletzungen ihrer Schwester zu begutachten. »Wer hat dir das angetan?«

Vorsichtig zog Ellen an dem Tuch, an das sich Riona klammerte, und entblößte ihr zerrissenes Oberteil. Eines von Rionas Augen war geschwollen und fast komplett geschlossen, und getrocknetes Blut klebte an ihrer aufgeplatzten Lippe. Sie hatte Blutergüsse an Hals und Nacken.

»Wollten sie dein Geld?«, fragte Ellen und schüttete das noch lauwarme Wasser aus dem Kessel in eine Schüssel, die sie auf einem Regal gefunden hatte.

»Nein …«

Eine Tür öffnete sich, und eine hochgehaltene Lampe tauchte die Küche in helles Licht. »Was ist hier los?«, rief Edith, die in der anderen Hand einen eisernen Schürhaken hielt.

»Ich bin es, Ellen.«

»Was um Himmels willen tun Sie hier?« Edith betrat die Küche.

»Meine Schwester wurde angegriffen.«

»Gott steh uns bei.« Edith stellte ihre Lampe auf eine Kommode und lehnte den Schürhaken an die Wand. »Brauchen Sie einen Arzt?«

»Nein!«, rief Riona, die am Tisch saß und das Gesicht abgewandt hatte.

»Ich habe eine Salbe im oberen Schrank neben der Tür, Ellen, nehmen Sie sie, und ich mache Wasser heiß.« Edith wuselte im Nachthemd durch die Küche und schürte die Glut des Feuers, um das Wasser zum Kochen zu bringen.

Ellen setzte sich Riona gegenüber und wischte mit einem Tuch, das sie ins Wasser hielt, vorsichtig das Blut von Rionas Lippe, was sie zusammenzucken ließ. »Wer hat das getan?«

»Es spielt keine Rolle«, flüsterte Riona mit tränenerstickter Stimme.

»Natürlich spielt es eine Rolle!« Ellen kämpfte die Wut auf den unbekannten Angreifer zurück. »Er muss gemeldet werden.«

»Sie hat recht«, sagte Edith und stellte drei Tassen ab. »Wir können nicht zulassen, dass Männer durch die Straßen streifen und Frauen angreifen.«

»Wir segeln nächste Woche nach Australien«, murmelte Riona. »Ich gehe nicht zur Polizei.«

»Wo kommen wir denn da hin, wenn eine anständige Frau nachts nicht mehr durch die Straßen gehen kann, um nach Hause zu kommen«, murmelte Edith. »Das ist schlimm.«

Ellen konzentrierte sich darauf, Rionas Gesicht und Hals zu säubern, und bemerkte die Kratzer und Striemen, die ihre Haut bedeckten. Ihr zerrissenes Mieder und der leere Ausdruck in Rionas Augen ließen sie das Schlimmste befürchten. »Süße, hat er … hat er …?«

»Ich will nicht darüber reden, Ellen.« Riona blickte zu Edith hinüber. »Kann ich ein Bad nehmen?«

»Ein Bad?« Edith starrte sie an, als hätte sie um einen goldenen Sovereign gebeten. »Nun, ja … ich meine, ich habe eine Sitzbadewanne bei den Ställen hängen.«

»Ich werde sie holen.« Ellen stand auf und wollte alles tun, damit es Riona besser ging. »Gehen Sie ins Bett, Edith. Ich bereite das Bad vor.«

»Ich setze noch ein paar Töpfe mit Wasser auf, bevor ich gehe. Die Eimer sind voll. Ich habe Ihren Patrick heute Nachmittag gebeten, sie für mich aufzufüllen.« Edith klapperte mit den Töpfen herum und schüttete noch mehr Kohle auf.

Eine Stunde später saß Riona in ein paar Zentimetern warmem Wasser. Edith war zu Bett gegangen, nachdem sie eine Kanne Tee gekocht und ein Johannisbeerkuchen für sie aufgeschnitten hatte.

Vorsichtig wischte Ellen mit dem Tuch über Rionas blassen Rücken, aus dem ihre Wirbelsäule wie ein Bergrücken herausragten. Ellen konnte die Rippen ihrer Schwester problemlos zählen, so wie sie ihre eigenen und die ihrer Kinder zählen konnte. Der Hunger hatte sie zu wandelnden Skeletten gemacht, aber sie lebten, arbeiteten und überlebten … gerade so.

Rionas leises Schluchzen brach Ellen das Herz, aber sie wusste, dass ihre Schwester weinen musste, und noch wollte sie nicht getröstet werden.

Ellen fuhr fort, sie zu waschen. Mit der Seife aus der Spülküche wusch sie Rionas kastanienbraunes Haar, das eine Nuance dunkler war und nicht den Rotton wie Ellens hatte.

Schließlich, als das Wasser kühl wurde, ermutigte Ellen Riona, sich hinzustellen und sich mit dem kleinen Handtuch abzutrocknen, das Edith bereitgelegt hatte, während Ellen Rionas Kleidung wusch. Ihr Herz setzte eine Schlag aus, als sie die Blutflecken aus dem dünnen Unterhemd wusch. Sie hatte das Blut zwischen Rionas Schenkeln gesehen, als sie in die Badewanne gestiegen war.

Ihre Schwester war vergewaltigt worden.

Unter leichtem Regen stand Rafe auf dem Hauptdeck der *Blue Maid* und begrüßte die Passagiere, die an Bord kamen. Er hatte eine Stunde mit Kapitän Leonards verbracht, um sicherzustellen, dass alles so war, wie der Kapitän es verlangt hatte. Die Ladung, hauptsächlich feine Möbel, Tee- und Tafelservice aus englischem Porzellan, verpackt in mit Stroh gefüllten Kisten, Kisten mit Wein, schottischem und irischem Whisky und Portwein sowie Leinen und Wolle aus Manchester, war im Laufe der Woche verladen und im Laderaum gesichert worden. Die Kolonie benötigte dringend hochwertige Produkte, die das Land erst in Zukunft selbst herstellen würde, und Rafe war fest entschlossen, selbst einen Anteil am kolonialen Import- und Exportgeschäft zu haben.

Die zahlreichen Kisten und Fässer mit Proviant für die lange Reise waren verstaut worden, denn es würden keine weiteren Häfen angelaufen werden.

Wie Affen auf Bäumen, kletterten einige Besatzungsmitglieder hoch in die Takelage und kontrollierten alles vor dem

Auslaufen, während andere Seeleute Gepäck und Proviant verluden. Doktor Williams, der Mediziner, den Rafe für die Reise angeheuert hatte, stand an der Reling und überprüfte die Dokumente, die ihm der Gesundheitsoffizier an Land in letzter Minute gegeben hatte.

Die *Blue Maid* sollte mit der abendlichen Flut auslaufen, und ihre Passagiere wurden aufgefordert, vor Sonnenuntergang an Bord zu kommen und sich einzurichten. Da es bereits nach Mittag war und die Schlange der Wartenden am Kai immer länger wurde, entschuldigte sich Rafe beim Kapitän und Donaldson, dem Ersten Offizier, und sagte, er werde versuchen, die Passagiere zu beschleunigen.

Am Ende des ersten Stegs kontrollierten zwei Matrosen die Passierscheine und ärztlichen Atteste. Rafe schüttelte den mehreren Familien der ersten Klasse, die an Bord gingen, die Hand und bat sie, sich zu beeilen, aber auch die Reise zu genießen, und wünschte ihnen viel Glück in New South Wales.

Die Passagiere der mittleren Klasse waren leicht zu erkennen, denn sie trugen nicht die bessere Kleidung der höheren Klasse, aber sie hatten auch nicht den ängstlichen, verfolgten Blick der ärmeren Leute. Er wies sie an, sich hinter den Passagieren der ersten Klasse aufzustellen, und wünschte ihnen alles Gute.

Weiter unten im Dock warteten die Passagiere des Zwischendecks in aller Ruhe darauf, dass ihre Papiere kontrolliert wurden, bevor sie den anderen Steg hinaufgingen, wo sie auf das Zwischendeck geführt wurden. Einige der Frauen weinten leise, während gestresste Väter die Hände ihrer kleinen, aufgeregten Kinder festhielten. Alleinstehende Frauen drängten sich zusammen und hatten Angst, als Erste das Schiff zu betreten. Er begrüßte sie, als der Nieselregen aufhörte, und nach einigen Aufmunterungen gingen sie schnell den Steg hinauf.

Rafe suchte unter den Menschen nach Mrs. Kittrick, und als er sie schließlich entdeckte, weiteten sich seine Augen vor Überraschung. Obwohl sie furchtbar dünn war, trug sie ein smaragdgrün-schwarz gestreiftes Kleid und eine einfache schwarze Haube. Sein Herz setzte einen Schlag aus. Obwohl sie nicht zu seiner Klasse gehörte, war sie in seinen Augen eine Frau sondergleichen. Neben ihr standen zwei Jungen in grauen Serge-Anzügen und glänzenden Stiefeln. Sie hielten die Hand eines kleinen Mädchens in einem dunkelblauen Kleid mit einer roten Schleife im Haar.

Als Rafe sie betrachtete, runzelte er die Stirn, denn Mrs. Kittrick stritt offensichtlich mit der älteren, ganz in schwarz gekleideten Frau, von der er annahm, dass diese ihre Mutter war. Er trat näher, um zu hören, worum es ging und ihr vielleicht helfen zu können.

»Ich sag es dir zum letzten Mal, ich gehe nicht und Riona auch nicht!«, rief die ältere Frau. »Du kannst uns nicht dazu zwingen.«

»Mammy, es ist alles arrangiert. Wir müssen in die Kolonie gehen, damit wir uns ein neues Leben aufbauen können.«

»Heilige Mutter Gottes, ich will mein *altes* Leben zurück.«

»Es existiert nicht mehr! Es ist weg, zu Staub zerfallen wie die Hütte, wie die Menschen, die wir geliebt haben und die wir zu Grabe tragen mussten!«

»Irland ist immer noch unsere Heimat, und wir werden dort besser dran sein als irgendwo anders.«

»Es ist zu spät.«

»Jesus und seine Heiligen! Hör auf das zu sagen. Wir werden zurück nach Dublin gehen und dort Arbeit finden.«

»Das ist unmöglich. Wir haben kein Geld, um zurückzugehen, Mammy.«

»Du kannst hier nicht die Entscheidung für uns alle treffen.«

»Ich versuche, das Beste für uns alle zu tun, Mammy.«

»Das ist alles deine Schuld, Ellen, und das werde ich dir nie verzeihen. Die Jungfrau Maria ist meine Zeugin. Oder bist du etwa nicht an all dem hier schuld?«

»Mammy, das ist nicht fair«, sagte eine andere Frau, Riona, wie er vermutete. Ihr Gesicht wurde von einem schwarzen Schleier bedeckt.

»Still, Kind. Ich werde meine Meinung sagen, solange ich noch atme.« Mammy wedelte mit dem Finger vor Riona, bevor sie sich wieder Ellen zuwandte. »Du hast deinen Mann in ein frühes Grab getrieben, du hast uns die Chance verwehrt, mit Colm zu leben, dein Streit mit dem Major hat meinen Bruder getötet, den einzigen Mann, der uns hätte *retten* können, und jetzt sind wir hier in diesem gottverlassenen fremden Land und Riona wurde angegriffen! *Das ist alles deine Schuld!*« Die ältere Frau sackte auf einer großen Reisetasche zusammen und rang nach Luft. Ihre Haut war fahl vor Erschöpfung.

»Genug, Mammy«, rief Riona. »Es ist nicht Ellens Schuld.«

»Doch, ist es. Und ich schwöre bei allem, was mir heilig ist, dass ich ihr nie verzeihen werde.«

Rafe fing den Blick der Schwester auf, bevor sie sich abwandte, aber nicht bevor er die Verletzungen und Prellungen in ihrem Gesicht sehen konnte. Er trat einen Schritt vor. »Mrs. Kittrick.«

Sie drehte sich um, und eine Sekunde lang sah er Erleichterung in ihren Augen, als sie ihm ein kurzes Lächeln schenkte. »Mr. Hamilton.«

Er fühlte mit ihr, denn sie hatte offensichtlich Mühe, ihre Mutter zu überzeugen, die Reise anzutreten. »Darf ich Ihnen behilflich sein?«

»Das wird nicht nötig sein, danke. Wir warten, bis wir an der Reihe sind, an Bord zu gehen.«

»Kann ich Sie kurz unter vier Augen sprechen?« Er entfernte sich ein Stück und wusste, dass sie ihm folgen würde.

»Ja, Mr. Hamilton?«

Er warf einen Blick zurück auf ihre Familie. »Ihre Schwester … Geht es ihr gut?«

»Sie wurde angegriffen.« Wut flammte in ihren blauen Augen auf.

»Sie hätten mir das melden müssen. Wo ist das geschehen? Im Gasthaus?«

»Nein, nicht im Gasthaus. Sie will mir nicht sagen, wo oder wer es getan hat. Sie weigert sich, über die Sache zu sprechen. Sie arbeitete für Mr. Lester in der Zigarrenfabrik in einer kleinen Gasse in der Nähe des Waterloo Docks.«

»Sie hat gearbeitet?«

»Ja, gearbeitet. Jeder Penny, den wir verdienen, ist ein Penny, der uns in New South Wales hilft. Es waren nur ein paar Schichten.«

»Das war es wohl kaum wert, denke ich.« Als sich ihre Lippen vor Wut zusammenzogen, wünschte er, er hätte seine Meinung für sich behalten. Er sollte nicht dazu beitragen, ihren Kummer noch zu vergrößern. »Verzeihen Sie mir. Ich verurteile Sie nicht.«

Ihre Schultern sackten in sich zusammen. »Wenn man kein Geld hat, Mr. Hamilton, ist jeder verdiente Penny es wert. Ich habe nur nicht damit gerechnet, dass meine Schwester angegriffen wird.«

»Natürlich haben Sie das nicht erwartet. Keiner würde das. Sie glauben, dass Mr. Lester der Schuldige ist?«

»Er hat sie neulich nachts länger in der Fabrik behalten, und ich fand sie verletzt und ... und ...«

Er fuhr sich mit der Hand übers Gesicht und verstand plötzlich, was sie zu sagen versuchte. Er fühlte sich schrecklich. Sie waren unter seiner Obhut. »Sie hätten sofort zu mir kommen sollen.«

»Sie wollte nicht, dass ich es jemandem erzähle.« Mrs. Kittrick strich ihren Rock glatt. »Edith, die den Gasthof betreibt, war sehr nett. Sie hat mir geholfen, die Sachen zu besorgen, die wir für die Reise brauchen, denn Riona wollte bis heute Morgen nicht das Zimmer verlassen.«

»Ich wünschte, ich hätte das gewusst.« Er schüttelte den Kopf und bedauerte, dass diese anständige Frau und ihre Familie so viel durchgemacht hatten.

Mrs. Kittrick hob ihr Kinn, Entschlossenheit stand in ihren Augen. »Gewiss. Aber ich werde all die schlimmen Dinge, die uns widerfahren sind, wieder gutmachen.«

»Daran habe ich keinen Zweifel, Mrs. Kittrick.« Er lächelte, denn er mochte sie außerordentlich.

»Ich freue mich, dass ich Sie noch vor unserer Abreise sehen kann, Mr. Hamilton, denn ich wollte Ihnen für das Geld für den Kleiderkauf danken. Zum ersten Mal seit Jahren haben wir neue Kleider und Stiefel. Bridget hat noch nie eigene Stiefel gehabt ...«

Rafe blickte auf ihr schönes Gesicht, das, obwohl es ausgemergelt war, immer noch eine ungewöhnliche Schönheit besaß, die aus der Menge hervorstach. Mit einer gesunden Ernährung und schönen Kleidern würde sie umwerfend aussehen. Plötzlich wollte er derjenige sein, der ihr all das gab. Doch es war zu spät. Sie würde heute abreisen und mit seinem eigenen Schiff ans andere Ende der Welt segeln. Wie dumm von ihm, die ganze Zeit mit Geschäften zu vergeuden, wo doch direkt vor seiner Nase die Frau war, zu der er sich hingezogen fühlte und für die er sorgen wollte. »Werden Sie mir schreiben, Mrs. Kittrick?«

»Ihnen schreiben?« Ihre Augen weiteten sich überrascht.

»Wenn es nicht zu viel Mühe macht. Es würde mich sehr interessieren, wie Sie die Reise überstanden haben und wie es in Sydney aussieht, wenn Sie dort ankommen.«

»Sicher, und natürlich werde ich Ihnen schreiben, Mr. Hamilton, nach allem, was Sie für mich und meine Familie getan haben.« Sie schaute sich besorgt um. »Ich muss Briefpapier kaufen, wenn wir ankommen …«

Er wollte ihre Hand ergreifen, doch stattdessen lächelte er. »Ich werde sofort gehen und etwas besorgen.«

»Oh.« Mrs. Kittrick starrte ihn an. »Jetzt?«

»Mammy?«

Mrs. Kittrick sah auf das kleine Mädchen hinunter, das neben ihr auftauchte. »Ich komme schon.«

»Wer ist denn diese jungen Dame?«, fragte Rafe. Das kleine Mädchen sah aus wie ihre Mutter, nur dass ihr Haar dunkel wie das Gefieder eines Raben war und nichts von dem Rotbraun ihrer Mutter hatte.

»Das ist meine Tochter Bridget. Bridget, das ist Mr. Hamilton. Es ist sein Schiff, das uns nach Australien bringen wird.«

Bridget starrte ihn mit blaugrauen Augen an und brauchte einen Moment, um ihn zu beurteilen und zu mustern.

Rafe ging vor ihr in die Hocke. »Ich bin sehr erfreut, Sie kennenzulernen, Miss Bridget.«

»Kommen Sie mit auf das Schiff?«

»Nein, aber ich wünschte, ich könnte es, nachdem ich Sie kennengelernt habe.«

Sie legte den Kopf schief und schaute ihn an. »Ich könnte Ihre Freundin sein, wenn Sie wollen.«

»Das möchten Sie? Ich würde mich sehr geehrt fühlen.«

»Haben Sie ein Pferd?«

»Nein, im Moment nicht, aber vor ein paar Jahren hatte ich eins. Es hieß Phoenix.«

»Wenn ich groß bin, werde ich ein Pferd haben, und ich werde jeden Tag darauf reiten.«

Rafe grinste zu Ellen hoch. »Sie ist sehr Zielstrebig, Ihre Tochter.«

Ellen hob die Augenbrauen. »Sie hat ein Gefühl für ihre eigene Wichtigkeit.«

Rafe richtete sich auf und bemerkte, dass sich die Schlange bewegte. »Ich werde bald zurück sein.«

Sie nickte, nahm Bridgets Hand und ging zurück zu ihrer Familie.

Rafe beobachtete, wie sie sich in die Schlange einreihte und erst mit ihrer Schwester und dann mit ihren Söhnen sprach. Sein Instinkt sagte ihm, dass sie eine gute Mutter war. Der Älteste half seiner Großmutter auf die Beine, während Ellen die Taschen trug, als der Regen wieder einsetzte.

Warum bedeutete ihm diese Frau so viel? Es war höchst seltsam. Er zog seine Hutkrempe tiefer und machte sich auf den Weg zu den Docks.

* * *

ELLEN WUSSTE NICHT, was sie auf dem Schiff erwartete. Das kleine Schiff, das sie von Dublin nach Liverpool gebracht hatte, war eng und kalt gewesen, und die Passagiere saßen auf schmalen Bänken im Dunkeln, während sie die Irische See überquerten. Doch als sie die Stufen vom Oberdeck in den Bauch des Schiffes hinunterstieg, beschlich sie ein Gefühl der Angst.

Auf dem Zwischendeck gab es auf beiden Seiten des Rumpfes dreistufige Etagenbetten, und in der Mitte stand ein langer Holztisch. Alleinstehende Männer schliefen am hinteren Ende, Familien in der Mitte und alleinstehende Frauen vorne.

Der Lärm von hundert Menschen, die sich auf engstem Raum drängten, hallte durch den Holzrumpf. Babys weinten und Kinder stritten, während besorgte Mütter versuchten, sich die Monate in dieser Enge vorzustellen.

Ellen und ihre Familie waren mit der Familie Duffy, einer anderen Familie aus Mayo, in einer ›Messe‹ untergebracht worden. Jede Messe war für die Reinigung und das Kochen der Rationen in ihrem Bereich zuständig. Die Familie Duffy bestand aus Seamus, seiner Frau Honor und ihren beiden Töchtern Caroline und Aisling im Alter von zehn und acht Jahren. Die beiden Familien hatten sich am Vortag im Gasthaus kennengelernt, als der Sanitätsoffizier kam, um sie zu untersuchen und ihnen die Erlaubnis zu geben, an Bord zu gehen.

Austin und Patrick kletterten sofort in die obere Koje, Ellen und Bridget in die nächste, und in der unteren würden Riona und Mammy schlafen. Unter dem unteren Bett waren drei Segeltuchsäcke verstaut, und Ellen wusste, dass alles, was sie neu gekauft hatten, in wenigen Tagen nach Feuchtigkeit und Meer riechen würde. Die Ersatzkleidung lag im Laderaum und würde erst in zwei Wochen nach oben gebracht werden, wenn sie sich umziehen durften.

Sie holte die Laken und Decken aus den Taschen und begann, die Betten zu beziehen. Riona bot ihre Hilfe an, aber Ellen schüttelte den Kopf und Mammy ignorierte sie einfach. Durch die Luke zum Zwischendeck drang nur wenig Licht, und da sie sich unterhalb der Wasserlinie befanden, gab es keine Fenster. Ellen wusste, dass sie so viel Zeit wie möglich an Deck verbringen würde. Nach den harschen Worten ihrer Mammy war das vielleicht gar nicht so schlecht. Mammys Schuldzuweisungen wiederholten sich immer wieder in Ellens Kopf. Der Schmerz saß tief.

Hätte sie etwas anders machen können? War es ihre Schuld, dass Malachy und Pater Kilcoyne tot waren? Innerhalb weniger Wochen hatte sie genauso wie Mammy alles verloren. Der tragische Tod ihres Großvaters, Vaters und Thomas war der Anfang gewesen. Ohne die Fischerei ihres Vaters, die sie in den Jahren der Missernten ernährt hatte, war das Ende ihres einst glücklichen Lebens schnell und gnadenlos gekommen. Wie viel von dem Schaden, den die folgenden Ereignisse anrichteten, war ihre Schuld? Da ihre Mammy sie hasste und Riona nicht bereit war, darüber zu sprechen, was mit ihr geschehen war, fühlte sich Ellen sehr allein, obwohl sie von einer Menschenmenge umgeben war.

Sie warf einen Blick auf ihre Schwester und Mammy, aber sie sahen nicht auf. Riona saß auf der Kante der unteren Koje neben Mammy und die beiden beteten mit ihren Rosenkränzen. Das war eine weitere Quelle des Ärgers für Ellen. Mammy betete ständig und schimpfte auf Ellen, weil sie es nicht tat, aber Ellen konnte es nicht. Der Gott, an den sie zu glauben gelernt hatten, hatte sich von ihr abgewandt, von ihnen allen.

Wie konnte er solche Verwüstungen wie die Missernten, die so viel Schmerz, Elend und Tod verursachten, zulassen?

Das ergab für sie keinen Sinn. Ihre beunruhigenden Fragen hatten Pater Kilcoyne oft aus der Fassung gebracht.

Als Katholikin in Irland zu leben, schien natürlich und richtig zu sein, aber Ellen wusste von den Gesprächen auf Wilton Manor und im Gasthaus, dass die breite Öffentlichkeit die ungebildeten, armen irischen Katholiken als eine Art Geißel der Gesellschaft betrachtete. Sie wusste nicht, warum, aber sie war fest entschlossen, sich nicht länger so beschreiben zu lassen.

»Würden Sie mir noch einmal die Vorschriften vorlesen, Mrs. Kittrick?«, fragte Honor Duffy, während sie die Betten machte, genau wie Ellen es tat.

Ellen unterdrückte einen Seufzer. Seit sie gestern die Familie Duffy kennengelernt hatte, fand sie Mrs. Duffy zwar etwas nervig, aber nett.

Ellen fand das Büchlein in ihrer Tasche und las noch einmal die Regeln vor. »Nummer eins. Alle Passagiere müssen um 7 Uhr aufstehen, es sei denn, der Schiffsarzt oder, falls kein Schiffsarzt anwesend ist, der Kapitän erlaubt etwas anderes. Nummer zwei. Frühstück wird von 8 bis 9 Uhr, Mittagessen um 13 Uhr, Abendessen um 18 Uhr eingenommen. Nummer drei. Die Passagiere müssen um 22 Uhr in ihren Betten sein. Nummer vier. Das Feuer wird von den Köchen der Passagiere um 6 Uhr morgens entfacht und bis 19 Uhr aufrecht erhalten, danach wird es gelöscht, sofern der Kapitän nichts anderes anordnet oder es für die Pflege von Kranken erforderlich ist. Nummer fünf. Der Kapitän bestimmt die Reihenfolge, in der die Passagierte Anspruch auf die Benutzung der Feuer zum Kochen haben. Nummer sechs. In der Abenddämmerung sind drei Sicherheitslampen anzuzünden, von denen eine die ganze Nacht in der Hauptluke brennen muss, die beiden anderen können um 22 Uhr gelöscht werden. Kein offenes Licht ist zu irgendeinem Zeitpunkt oder aus irgendeinem Grund erlaubt …«

»Ich habe Kerzen gekauft. Was für eine Geldverschwendung«, murmelte Mrs. Duffy.

»Heben Sie sie auf, wenn wir in New South Wales ankommen«, sagte eine Frau aus der Koje gegenüber. Ich bin Mrs. Moira O'Rourke, aber nennen Sie mich einfach Moira, denn wir werden zusammen wohnen. Mein Mann ist bereits in der Kolonie. Er wurde vor sieben Jahren in Ketten nach Van Diemen's Land gebracht, wurde aber inzwischen begnadigt und ist jetzt in Sydney. Von dort aus wurde sein letzter Brief abgeschickt.«

Einige Passagiere, die in der Nähe waren, schnappten nach Luft und wandten sich dann von Moira ab, aber Ellen wusste, dass einige Sträflinge für Kleinigkeiten verurteilt worden waren, wie zum Beispiel für das Stehlen von Brot, um ihre Familien zu ernähren. Nach ihrer Heirat mit Malachy und seinem Verhalten in letzter Zeit und da sie mit Colm ›verwandt‹ war, konnte sie sich kein Urteil erlauben.

Ellen wartete, bis die zaghaften Gespräche im Abteil für Verheiratete beendet waren, und fuhr dann fort, aus dem Heft zu lesen. »Nummer acht. Die Passagiere haben, wenn sie angezogen sind, ihre Betten zusammenzurollen, die Decks zu fegen, einschließlich des Raums unter den Kojen, und den Schmutz über Bord zu werfen. Nummer neun. Mit dem Frühstück wird erst begonnen, wenn dies geschehen ist.«

»Jesus, Maria und Josef, sind wir in einem Gefängnis?«, spöttelte Moira.

»Nummer zehn. Die Kehrer für den Tag werden nach dem Rotationsprinzip aus den männlichen Passagieren über vierzehn Jahren ausgewählt, und zwar im Verhältnis von fünf zu hundert Passagieren.«

»Wir Frauen sind also keine Kehrer?«, fragte Mrs. Duffy verwirrt.

»Ja, das hat sie gerade vorgelesen. Dass nur Männer diese Arbeit übernehmen« Moira runzelte die Stirn.

Ellen warf einen Blick auf Austin und beide grinsten. »Nummer elf. Die Betten sind gut aufzuschütteln und an Deck zu lüften, und die Bodenbretter, sofern sie nicht fest eingebaut sind, sind mindestens zweimal wöchentlich zu entfernen, trocken zu schrubben und an Deck zu bringen.«

»Was für ein Quatsch«, murmelte Moira und verschränkte ihre dünnen Arme vor ihrem ebenso dünnen Körper. »Und wer macht das alles, wenn wir auf See wie Korken in einer Tonne herumgeschleudert werden?«

»Mrs. O'Rourke, Sie werden den Kindern Angst machen.« Mrs. Duffy wurde bei der Vorstellung blass.

»Das wird keine leichte Reise, Mrs. Duffy. Ich habe in sieben Jahren drei Briefe von meinem Mann erhalten, und in seinem ersten Brief schrieb er, die Reise sei die Hölle auf Erden gewesen. Männer starben wie die Fliegen.«

»Mrs. O'Rourke!« Mrs. Duffy hielt Aisling die Ohren zu.

Ellen las eilig weiter. »Nummer zwölf. Zwei Tage in der Woche werden vom Kapitän als Waschtage festgelegt, aber zwischen den Decks darf keine Kleidung gewaschen oder getrocknet werden …«

Mrs. Duffy runzelte die Stirn. »Heißt das, dass wir unsere Wäsche auf dem Deck waschen müssen, vor allen Leuten?«

»Es scheint so, Mrs. Duffy.« Ellen blickte auf und war erstaunt, dass sich eine kleine Gruppe in der Nähe aufhielt, um ihr zuzuhören. Wahrscheinlich konnten die meisten der Menschen hier nicht lesen, und sie dankte Pater Kilcoyne im Stillen für seine Lehren, als sie noch ein Kind war.

Mrs. Duffy senkte ihre Stimme. »Was ist mit dieser einen

Zeit im Monat? Wie sollen wir das vor den Augen der Männer geheim halten?«

»Wir werden das schon irgendwie hinbekommen, Mrs. Duffy.«

Moira lachte. »Sie haben das alles schon gesehen.«

»Mrs. Kittrick.« Mr. Hamilton schlängelte sich durch die vielen Leute durch und steuerte direkt auf sie zu.

Moiras Augen weiteten sich. »Was haben Sie denn angestellt, Ellen, dass der Meister persönlich herkommt.«

»Austin, lies Mrs. Duffy das hier zu Ende vor.« Ellen übergab ihm das Büchlein und wandte ihre Aufmerksamkeit Mr. Hamilton zu, der eine große Kiste trug. »Sie haben uns also gefunden.«

Er lächelte nicht. Er wirkte sogar wütend. »Werden Sie hier unten zurechtkommen? Ich wusste nicht, dass es hier so eng ist. Als ich das Schiff zuvor besichtigte, war es leer und sah groß genug aus, um bequem zu sein.«

Sie spürte sein Unbehagen. Ein Gentleman wie er hatte wahrscheinlich noch nie ein Zwischendeck gesehen oder auch nur darüber nachgedacht, was es bedeutete, und sie konnte sehen, dass es ihm ein inneres Unbehagen bereitete. Sie wollte ihn irgendwie aufmuntern. »Wir haben schon Schlimmeres überlebt, Mr. Hamilton, glauben Sie mir. Wenigstens haben wir hier ein Dach über dem Kopf und tägliche Essensrationen, was uns zu Hause nicht immer vergönnt war.«

Er runzelte die Stirn. »So etwas hätte ich mir nicht für sie gewünscht.«

»Es wird wunderbar sein.« Sie schenkte ihm ein breites Lächeln, um ihn zu beruhigen, und freute sich insgeheim, dass er sich so sehr um sie sorgte.

»Ich habe Ihnen ein paar Sachen mitgebracht«, sagte er, als

die Jungen vom oberen Bett herunterkletterten. Auch Riona blickte zu ihm auf, während Mammy den Kopf gesenkt hielt und die Gebete über ihre Lippen kamen wie das Murmeln von Wasser, das über Felsen plätschert.

Mr. Hamilton stellte die Kiste auf den Tisch. »Briefpapier, Mrs. Kittrick. Papier, Tinte, Stifte und Umschläge. Ich freue mich auf Ihre Berichte über die Reise«, sagte er so laut, dass Moira und die Familie Duffy ihn hören konnten. »Persönliche Berichte werden für diejenigen, die nach Ihnen kommen, von großem Nutzen sein.« Er blickte zu den anderen Passagieren. Wenn einer von Ihnen mir schreiben und von der Reise berichten möchte, würde ich mich sehr darüber freuen.«

»Danke.« Sie verstand, was er vorhatte. Er behandelte dies als ein Geschäft, um sie vor späteren Fragen zu bewahren. Er hatte sie unter allen anderen ausgewählt, und das würde für Klatsch und Tratsch auf dem Schiff sorgen, aber das war ihr egal.

Er reichte ihr das Briefpapier. Sie bemerkte die Qualität des Papiers und dachte sofort, dass sie aufpassen musste, dass sie es nicht mit Tintenflecken beschmutzte, wenn sie ihm schrieb.

Er drehte den anderen den Rücken zu und holte weitere Gegenstände heraus. Er reichte Austin und Patrick je eine kleine braune Ledertasche, in der sich sechs Zinnsoldaten mit einem kleinen Farbset und einem kleinen Pinsel befanden. »Damit ihr euch beschäftigen könnt.«

»Danke, Sir.« Austin nickte ihm zu, während Patrick ihn verwundert anstarrte.

Ellens Kehle schnürte sich zu. So ein Geschenk hatten sie noch nie in ihrem Leben bekommen.

»Und für Miss Bridget.« Er holte eine etwa dreißig Zentimeter große Puppe hervor, die ein rosa Kleid trug und gelbe Schleifen im Haar hatte.

Bridget blieb der Mund offen stehen. Sie drückte die Puppe sanft an sich, als wäre sie so zerbrechlich wie ein neugeborenes Baby, und umarmte dann sofort Mr. Hamiltons Beine. »Ich wusste, dass Sie mein Freund sein würden.«

Mr. Hamilton drückte ihre Schulter. »Es ist mir eine Ehre, Ihr Freund zu sein.«

»Das können wir nicht annehmen, Mr. Hamilton«, flüsterte Ellen, die sich der Aufmerksamkeit ihrer Mitreisenden bewusst war, die sich wunderten, warum er die Familie mit Geschenken überhäufte.

Als hätte er den Aufruhr gespürt, schloss Mr. Hamilton die Kiste. »Da sind noch ein paar andere Dinge für Sie, Ihre Schwester und Ihre Mutter drin.«

Ellen schob die Kiste unter die untere Koje. »Ich begleite Sie nach oben an Deck.« Sie wartete seine Antwort nicht ab und bahnte sich ihren Weg durch die alleinstehenden Frauen, von denen einige Rafe Hamilton mit offener Bewunderung musterten.

An Deck angekommen, kühlten der Winterwind und die vereinzelten Regentropfen Ellens heiße Wangen ab. Sie verstand nicht, warum Mr. Hamilton ihnen Geschenke gemacht hatte, und es gefiel ihr nicht, wie ihr dummes Herz in ihrer Brust als Reaktion auf seine Freundlichkeit geklopft hatte.

Inmitten der Hektik der Seeleute, die das Schiff vorbereiteten, und des Ansturms der Passagiere, die in letzter Minute an Bord kamen, schlenderte Ellen zur Reling und blickte auf das Dock hinunter, das mit Fracht, Menschen und Pferdekutschen überfüllt war.

»Verzeihen Sie mir, wenn ich Sie in Verlegenheit gebracht

habe, Mrs. Kittrick«, sagte Rafe Hamilton, der neben ihr stand und die Szene unter ihr beobachtete.

»Das haben Sie nicht. Es ist mir nicht peinlich. Ihre Freundlichkeit ist sehr willkommen.« Es fiel ihr schwer zu atmen. Sie war sich seiner Größe, seiner Kraft, des teuren Schnitts und der Qualität seiner Kleidung bewusst. Ein gut aussehender Mann mit guten Zähnen und heller Haut, das Gesicht glatt rasiert.

»Ich wollte Ihnen nur etwas Trost spenden, nach allem, was Sie und Ihre Familie durchmachen mussten.«

»Wir sind nicht die Einzigen, die viel durgemacht haben. Wir sind von Menschen umgeben, die gelitten haben und weiter leiden. Nicht viele hier an Bord verlassen ihr Zuhause, weil sie es wollen. Die meisten von uns haben keine Wahl, entweder sie segeln in ein neues Land oder sie sterben in ihrem alten.«

»So tragisch das auch sein mag, ich glaube, Sie werden sich in der Kolonie gut machen. Ich spüre in Ihnen einen starken Geist und Entschlossenheit. Sie haben bereits solche Torturen überlebt, was mir die Gewissheit dessen gibt.«

»Ich *werde* die Chance, die man uns gegeben hat, nicht ungenutzt lassen. Das bin ich meiner Familie, Mr. Wilton und Ihnen schuldig.«

»Und Ihnen selbst«, fügte er hinzu und sah sie an. »Ich werde jeden Ihrer Briefe mit Spannung erwarten. Sie müssen mir über alles berichten, das Gute und das Schlechte, denn diese Informationen sind von unschätzbarem Wert, um die Leute zu beraten, die Ihnen folgen werden.« Er zog einen Umschlag aus seiner Jackentasche. »Ich habe dieses Empfehlungsschreiben für Sie gemacht. Damit Sie es bei zukünftigen Arbeitgebern vorlegen können. Ich nehme an, Mr. Wilton hat auch eines für Sie geschrieben?«

Ellen nickte.

Er lächelte. »Dann sollten Sie sich keine Sorgen um eine Stelle machen müssen.«

Sie hielt den Umschlag fest in der Hand, denn sie wusste, welche Macht Empfehlungsschreiben hatten. Ohne ein solches Schreiben konnte es nahezu unmöglich sein, eine Stelle zu finden. »Ich danke Ihnen, auch wenn mir diese Worte zu wenig erscheinen für all das, was Sie für mich und meine Familie getan haben.«

Ein Pfiff ertönte, und die Seeleute verdoppelten ihre Anstrengungen, als es erneut zu schütten begann.

»Ich glaube, es ist leider Zeit für mich zu gehen.« Mr. Hamilton machte immer noch keine Anstalten zu gehen.

»Ich wünschte, Sie kämen mit uns«, flüsterte sie kühn.

»Das wünsche ich mir auch, von ganzem Herzen«, murmelte er.

Sie starrte in seine blauen Augen, ihr Magen verkrampfte sich vor Aufregung und Angst. »Ich habe plötzlich Angst.«

»Das wird schon werden.« Er nahm ihre bloßen Hände in seine behandschuhten, sein schönes Gesicht war niedergeschlagen. »Ich wünsche Ihnen alles Glück der Welt, Mrs. Kittrick. Ich wünsche Ihnen eine gute Reise.«

Sie drückte seine Hände und wünschte, sie hätte ihre neuen Handschuhe angezogen, um sich als Dame zu präsentieren. Aber die Lederhandschuhe, die sie gekauft hatte, hatte sie weggelegt, damit sie keinen Schaden nahmen, bevor sie die Kolonie erreichten.

Ellen spürte eine Verbindung zwischen ihnen und war froh und traurig zugleich. Einen Gentleman wie ihn als Freund zu haben, war ein wahrer Segen, und doch schmerzte sie das bittersüße Gefühl, ihn nie wieder zu sehen.

»Danke für alles«, sagte sie leise, unfähig, den Blick abzuwenden.

Er zögerte noch einen Moment. »Sollten Sie mich jemals brauchen, schreiben Sie mir.« Er hob eine ihrer Hände an seine Lippen.

Das Kribbeln seiner Berührung stieg direkt in ihr Herz. Sie umklammerte seine Hände und wollte sie nicht loslassen.

Ein weiterer Pfiff ertönte und trennte sie voneinander.

Trotz des Regens stand Ellen an Deck und sah zu, wie er dem Kapitän und dem Ersten Offizier die Hand schüttelte, bevor er den Steg hinunterging. Auf dem Steg drehte er sich noch einmal um und winkte ihr zu, und sie winkte zurück. Sie sah ihm nach, bis er außer Sichtweite war.

KAPITEL 12

Ellen wischte sich den Schweiß von der Stirn und sah zu, wie Bridget mit Aisling, Caroline und Patrick auf dem Deck spielte. Auf der anderen Seite saß Austin mit einer Gruppe gleichaltriger Jungen, von denen einer am Tag zuvor seine kleine Schwester durch das Fieber verloren hatte. Sie alle hatten miterlebt, wie der Kapitän ein paar Worte sagte, als der in Segeltuch gehüllte Körper über die Bordwand gekippt wurde.

Die Szene löste unter den Passagieren im Zwischendeck große Bestürzung aus. Der erste Todesfall auf dem Schiff war unerwartet eingetreten. Die ersten zwei Wochen der Reise waren für die meisten Passagiere eine Zeit des Elends gewesen. Die Seekrankheit hatte viele von ihnen erwischt, sodass es ihnen unmöglich war ihre Kojen zu verlassen.

Tagelang halfen Ellen und Riona auf dem schwach beleuchteten Zwischendeck, das mit stöhnenden und weinenden Menschen gefüllt war, der Familie Duffy, Moira und allen, die Hilfe benötigten, das Leid zu lindern. Da sie ihr ganzes Leben am Meer verbracht und ihren Vater häufig auf seinem Bott begleitet hatten, machte die Seekrankheit weder Ellen noch ihrer Familie zu schaffen, und so verbrachten sie ihre Zeit damit, sich um andere zu kümmern.

In diesen ersten zwei Wochen war Ellen so beschäftigt, dass sie sich weder nach ihrem Zuhause sehnen noch um die Menschen trauern konnte, die sie verloren hatte. Das Ausleeren von Eimern mit Erbrochenem, das Waschen verschmutzter Bettwäsche und Kleidung und der Versuch, die Kranken zum Trinken zu überreden, hielten sie rund um die Uhr auf Trab und ließen ihr wenig Zeit zum Schlafen oder um sie mit ihren Kindern zu verbringen.

Doktor Williams hatte Ellen und Riona in den höchsten Tönen gelobt. Zu ihrer Erleichterung waren alle noch am Leben, wenn auch geschwächt, als die Seekrankheit nachließ. Moira kehrte am schnellsten zu ihrem alten Selbst zurück, und da sie in der Küche eines großen Hauses in Irland gearbeitet hatte, meldete sie sich freiwillig, um die Rationen zu kochen, während Riona und Ellen sich ausruhten.

Jetzt, in der brütenden Hitze, setzte sich Ellen auf eine der Kisten in der Nähe der Kombüse, die einen kleinen Schattenplatz bot, und begann damit ihren ersten Brief an Mr. Hamilton zu schreiben.

SEHR GEEHRTER MR. HAMILTON.

Heute haben die Besatzung der Blue Maid und ihre Passagiere einen Monat auf See gefeiert. Vier Wochen lang sind wir über den Atlantik gesegelt, vorbei an felsigen Inseln mit den seltsamen Namen Teneriffa und Kap Verde. Ich wünschte, wir könnten an Land gehen und sie besuchen, aber ich weiß, wie sehr der Kapitän darauf bedacht ist, dass wir schnell vorankommen.

In ein paar Tagen erreichen wir den Äquator, und die Matrosen haben erwähnt, dass zu Ehren der Überquerung eine Zeremonie stattfinden wird, auf die wir uns alle freuen können.

Gestern Mittag sind wir an einem anderen Schiff vorbeigesegelt, aber Mr. Donaldson, der Erste Offizier, erklärte uns, dass sie zu schnell unterwegs seien, um ein Boot zu ihnen zu schicken. Stattdessen schrieb er auf eine Tafel, um dem anderen Schiff unsere Daten mitzuteilen. Nachdem er die Tafel des anderen Schiffes gelesen hatte, sagte Kapitän Leonards, dass das Schiff, Ira Grey, neunundsiebzig Tage von Melbourne entfernt sei. Hätten wir ein Bott zu ihnen schicken können, hätte ich eine kurze Notiz an Sie geschrieben, damit sie diese für Sie mitnehmen.

Ich hätte schon früher schreiben sollen, aber in den ersten zwei Wochen waren meine Schwester und ich unter Deck damit beschäftigt, vielen Menschen zu helfen, die an der Seekrankheit litten. Doktor Williams war dankbar für unsere Hilfe.

Sie haben mich gebeten, Ihnen zu schreiben und Ihnen von der Reise zu berichten. Bisher hatten wir gute Winde und sind gut vorangekommen, wie mir Mr. Donaldson mitteilte, der, wie ich sagen kann, ein sehr angenehmer Mann ist, ebenso wie der Kapitän und Doktor Williams. Die Besatzung ist hilfsbereit, nur einige wenige sind nicht so eifrig, uns, die wir diese Reise noch nie gemacht haben, freundlich zu behandeln. Sie sind gewiss unserer vielen Fragen überdrüssig.

Über die unteren Decks, insbesondere die Zwischendecks, möchte ich Folgendes sagen. Es besteht ein großer Bedarf an Licht und frischer Luft. Wenn es ein System gäbe, das für frische Luft sorgen könnte, wäre das Leben unter Deck viel angenehmer.

Sie hielt inne, als die Kinder an ihr vorbeirannten. Als sie sah, wie Bridget quietschte und Patrick sie auffing, musste Ellen lächeln. Dank regelmäßiger Mahlzeiten, die die Kinder an Bord bekamen, waren sie bereits einige Zentimeter gewachsen und waren längst nicht mehr so mager wie noch vor ein paar Wochen. Sie waren immer noch zu dünn, aber Ellen konnte den Unterschied sehen. Die blasse, kränkliche Farbe ihrer Gesichter, die stumpfen Augen und das matte Haar waren verschwunden. Das Schiffsleben hatte sie verändert. Die Tage, an denen sie in der Sonne spielten und ohne schmerzende, leere Mägen schliefen, hoben ihre Laune.

Ellens Herz schwoll an vor Liebe zu ihren drei geliebten Schätzen, und sie wusste, egal was in New South Wales passierte, dass sie das Richtige getan hatte, indem sie Mayo verlassen hatte. Sie brachte ihre Kinder weg vom Hunger, der Bedrohung durch das Arbeitshaus und den Geistern der Toten.

»Da bist du ja«, sagte Riona leise und stellte sich neben sie. Die Segel des Schiffes hingen schlaff in der Hitze, ohne dass ein Lufthauch sie erfüllte.

»Ist alles in Ordnung?« Ellen zog an ihrem feuchten Kragen und sehnte sich danach, im Meer schwimmen zu können. Sie steckte das Papier, den Stift und die Tinte zurück in die kleine Leinentasche, die sie vor ein paar Tagen zusammengenäht hatte.

Schweißperlen standen auf Rionas Stirn, und sie starrte mit leerem Blick auf das Meer hinaus. »Mein monatlicher Fluch hat begonnen.«

»Meiner ebenfalls. Vor drei Tagen. Das erste Mal seit Jahren. Doktor Williams hat mit einigen der alleinstehenden irischen Frauen darüber gesprochen. Wenn man lange Zeit nicht genug isst oder hungert, kann der Körper seinen monatlichen Fluch nicht mehr ausleben. Jetzt, wo wir wieder regelmäßig essen, wird sich unser Körper wieder normalisieren.«

»Dem Herrn sei Dank.« Riona schaute Ellen an und

bekreuzigte sich. »Etwas Gutes hatte die Missernten und die Jahre des Hungerns, in denen wir uns nur von den Resten ernährten, die wir auf dem Land und im Meer sammeln konnten. Sie haben mich davor bewahrt, Lesters Kind auszutragen.«

Ellens Kopf drehte sich überrascht um. »Wie bitte?«

»Es wäre doch möglich gewesen, dass ich Lesters Kind hätte austragen müssen, wenn alles Normal und mein Körper stark gewesen wäre und nicht gehungert hätte«

»Großer Gott«, flüsterte Ellen.

Riona starrte wieder auf das Meer hinaus. »Gott oder das Schicksal, hat entschieden, dass es doch eine gewisse Gerechtigkeit gibt.« Ihr Ton war flach, und Ellen wünschte, sie könnte die Traurigkeit aus dem Gesicht ihrer Schwester wischen. Sie wünschte sich, Riona wieder lächeln und lachen zu sehen. Wann hatte überhaupt jemand von ihnen das letzte Mal gelacht?

»Dann gibt es etwas, wofür man dankbar sein kann.«

Riona atmete tief ein und hob ihr Gesicht zur Sonne, die hoch über ihr stand. »Jetzt, wo ich mit Sicherheit weiß, dass ich kein Kind bekommen werde, habe ich das Gefühl, dass ich wieder atmen kann.«

Ellen nahm Rionas Hand. »Gewiss, und du hast noch dein ganzes Leben vor dir.«

»Ich habe das Gefühl, eine zweite Chance bekommen zu haben.«

»Wir alle haben eine zweite Chance bekommen, dank Mr. Hamilton.«

»Ich glaube, du hättest auch ohne ihn einen Weg gefunden, damit wir weiterleben können, so wie du es in den letzten Jahren getan hast. Ich bin dankbar, dich als Schwester zu haben.«

Ellen schluckte die Tränen, die sich bilden wollten, hinunter. »Ich habe nicht vor, in der Kolonie nur zu *überleben*. Oh nein. Ich will, dass wir *gedeihen*. Und ich werde nicht eher ruhen, bis wir das geschafft haben.« Entschlossenheit durchströmte Ellen und ließ sie den Rücken durchdrücken.

»Wenn es jemand schaffen kann, dann du.«

Sie standen stumm beieinander, als Bridget zu Ellen lief und ihr die Schürfwunde an ihrem Knie zeigte, die sie sich bei einem Sturz zugezogen hatte. Riona kuschelte Bridget an sich und sagte, sie würden nach unten gehen und die Wunde säubern.

Ellen sah ihnen nach, bevor sie das Deck nach ihren Jungs absuchte. Austin saß immer noch in seinem Freundeskreis, während Patrick auf dem Bauch lag und mit seinen Zinnsoldaten spielte. Jedes Mal, wenn sie die Zinnsoldaten sah, musste sie an Mr. Hamilton denken. Nicht, dass die Soldaten das Einzige waren, was sie an ihn erinnerte.

In der Kiste, die er ihnen geschenkt hatte, befand sich auch duftende Seife, allerdings weigerte sich Ellen, diese zu benutzen. Sie hatte sich noch nie im Leben mit etwas so kostbaren gewaschen, und zog es vor, stattdessen die kleinen Seifenwürfel zu benutzte, die in ihrer Verpflegung enthalten waren.

Neben der Seife hatte Mr. Hamilton ihnen auch ein kleines Nähzeug und sechs weiße Taschentücher, die Riona mit den Initialen jedes Familienmitgliedes bestickt hatte, geschenkt. Ganz unten in der Kiste befanden sich drei Bücher, auch etwas, das Ellen nie besessen hatte. Bücher waren etwas Wunderbares, etwas, das nur die Wohlhabenden besaßen. Selbst Pater Kilcoyne hatte außer der Bibel nur wenige besessen.

In der schwachen Beleuchtung ihrer ersten Nacht auf dem Schiff hatte sie vorsichtig und ehrfürchtig, fast ängstlich, diese

Schätze zu berühren, die Seiten von *Eine Weihnachtsgeschichte* von Charles Dickens, *Stolz und Vorurteil* von Jane Austen und *Sturmhöhen* von Emily Bronte umgeblättert. Ellen hütete die Bücher wie Gold. Sie hatte einen Matrosen um ein Stück Segeltuch gebeten, um die Bücher darin einzuwickeln, damit sie vor der Feuchtigkeit und Wasser geschützt waren, das durch die Balken des Schiffsrumpfes drang.

Die Kiste mit den Gegenständen von Mr. Hamilton gab ihr ein Gefühl der Sicherheit. Diese wertvollen Geschenke, das wenige Geld, das sie vor der Abfahrt verdient hatten, und die neue Kleidung der Familie bedeuteten, dass sie nicht länger eine arme und verzweifelte Frau war.

In New South Wales könnte sie diese Dinge für Lebensmittel verkaufen, sollte es sich als nötig erweisen, aber sie hoffte, dass dieser Fall niemals eintreten würde. Sie hatte die Unterstützung und die Unterkunft von Mr. Emmerson, das war ein guter Anfang, und jeden Tag würde sie suchen, bis sie Arbeit fand. Nichts würde sie aufhalten. Ihre Kinder würden nie wieder hungern müssen.

* * *

ALS SIE DREI Tage später den Äquator überquerten, war die Zeremonie trotz der drückenden Hitze von Heiterkeit und Spaß geprägt. Ein hochrangiger Seemann war als König Neptun verkleidet und leitete die Veranstaltung auf einem Fass sitzend. Da alle Passagiere zum ersten Mal den Äquator überquerten, würde es zu lange dauern, jeden einzelnen mit Meerwasser zu übergießen, und so wurde beschlossen, dass aus jeder Klasse ein paar Passagiere ausgewählt wurden.

Zu seiner Freude wurde Austin ausgewählt, und Ellen klatschte, als er mit den anderen unter dem Jubel und

Gelächter der Menge herumgeführt wurde. Austin grinste, als ihm der Eimer mit Meerwasser über den Kopf gekippt wurde. Der Chefkoch in der Kombüse hatte für diesen Anlass frisches, grobkörniges Brot als Extra-Ration gebacken, und der Kapitän erlaubte den Matrosen, für jeden einen kleinen Schluck Rum auszuteilen.

Während sich die Segel des Schiffes bei einer leichten Brise bewegten, tanzten die Passagiere auf dem Deck zum fröhlichen Klang der Blechpfeifen und Fiedeln.

Ellen blieb den ganzen Tag an Deck, genoss die Spiele und plauderte mit ihren Mitreisenden. Es bereitete ihr große Freude, die Kinder lachen und mit anderen Kindern spielen zu sehen. Mit jedem Tag wurden die Jungen stärker, ihre dünnen Gliedmaßen stärker, und Bridget wurde immer lebhafter, mit einem frechen Grinsen, das jeden um sie herum ansteckte.

»Mammy weigert sich, nach oben zu kommen«, sagte Riona und stellte sich neben Ellen, die sich mit Moira und Mrs. Duffy unterhielt.

Verärgert versuchte Ellen, sich das nicht anmerken zu lassen. »Dann soll sie eben unten bleiben.« Sie war es leid, dass ihre Mutter so stur war und sich weigerte, bei irgendetwas mitzumachen. Die Kinder kümmerten sich kaum noch um ihre Großmutter, die ihre Enkel kaum noch beachtete.

»Sie ist in ihrem Elend versunken«, murmelte Riona. »Nichts wird sie aufheitern.«

»Vielleicht kehrt ihre Lebensfreude zurück, sobald sie wieder festen Boden unter den Füßen spürt«, meinte Mrs. Duffy freundlich. »Wir können es alle kaum erwarten, anzukommen und dieses Schiff zu verlassen.«

»Aye, das stimmt«, stimmte Moira zu, »aber es ist töricht,

dort unten in der Hitze und mit dieser stickigen Luft zu bleiben.«

»Soll ich versuchen, mit ihr zu reden?«, fragte Mrs. Duffy. »Sie hat gestern mit mir gesprochen.«

Moira gluckste. »Sie hat dir gesagt, du sollst sie in Ruhe lassen, Honor.«

Mrs. Duffy zog eine Augenbrauen hoch. »Trotzdem hat sie etwas gesagt. Das war der längste Satz, den sie zu mir gesagt hat, seit wir Liverpool verlassen haben.«

Ellen verbarg ein Lächeln. Die arme Mrs. Duffy versuchte, jedermanns Freundin zu sein, ob man es wollte oder nicht. Sie redete mit jedem, der in Hörweite war, und das waren in den beengten Verhältnissen da unten viele. Obwohl sie es nicht böse meinte, strapazierte ihr unablässiges Geplapper die Nerven, wenn man einfach nur seine Ruhe haben wollte – ein seltenes Gut im Zwischendeck.

»Sieh nur, wie glücklich sie sind«, meinte Riona und nickte in Richtung der Kinder, die auf dem Deck herumliefen und lachend spielten.

»Sie kommen allen in den Weg«, antwortete Ellen, aber es freute sie, dass sie die Energie hatten, einfach zu spielen. Sie mussten nicht mehr um ihr Leben kämpfen. Austin konnte sich entspannen und es genießen, einfach nur ein Junge zu sein, ohne die Verantwortung zu tragen, nach etwas Essbarem zu suchen, um seine Familie zu ernähren.

»Irland zu verlassen war die beste Entscheidung, die wir je getroffen haben«, sagte Moira.

»Wahrere Worte wurden nie gesprochen«, sagte Ellen und glaubte es von ganzem Herzen.

»Was wird uns wohl in Australien erwarten?«, murmelte Mrs. Duffy. »Ich habe Angst, dass uns das gleiche Schicksal ereilt wie in Irland und wir keine Arbeit finden werden.«

Dieser Gedanke war Ellen nie in den Sinn gekommen, so sehr war sie davon überzeugt, dass die Kolonie das gelobte Land voller Reichtum war. »Wir machen es so, wie wir wollen, dass es sein soll, Mrs. Duffy. Wenn Sie hart arbeiten, werden Sie Erfolg haben.«

»Ich wünschte, ich hätte Ihr Vertrauen.«

Riona tätschelte Mrs. Duffy den Arm. »Halten Sie sich an uns, Mrs. Duffy, denn meine Schwester hat genug Vertrauen für uns alle zusammen.«

Ellen stupste Riona spielerisch an. »Ist es nicht besser, positiv zu sein?«

»Oh, seht mal, da ist ein Seemann mit einer weiteren Flasche Rum.« Moira verschwand in der Menge, in der Absicht, ihn zu erreichen.

Erschrocken starrte Mrs. Duffy ihr nach. »Wir haben doch bereist unseren Anteil bekommen.«

»Nachdem Sie einen Monat lang mit Moira zusammengelebt haben, haben Sie gewiss bemerkt, dass sie Gelegenheiten ergreift, wenn sie kann.« Das gefiel Ellen an Moira. Die Frau lebte nach ihrem eigenen Gesetz.

Doktor Williams kam mit einem Paar aus der ersten Klasse vorbei und blieb neben Ellen stehen. »Ah, Mrs. Kittrick, wie geht es Ihrer Mutter?«

»Gut, Doktor, danke.«

»Ich habe heute Morgen bei meiner Inspektion Ihres Decks versucht, mit ihr zu sprechen, aber sie hat sich geweigert, mir ihre Aufmerksamkeit zukommen zu lassen.«

»Vergeben Sie ihr, Sir. Sie hat den Abschied von zu Hause schlecht verkraftet.«

Er nickte weise. »Melancholie ist eine schlimme Sache. Sie ist furchtbar abgemagert. Sie muss wieder zu Kräften kommen, sonst wird sie wahrscheinlich in wenigen Wochen krank werden.«

»Wir versuchen, sie zum Essen zu bewegen, aber sie nimmt nur sehr wenig zu sich.«

»Ich werde sie morgen früh wieder besuchen und mit ihr sprechen.« Er nahm seinen Hut, deutete eine Verbeugung an und ging weiter.

Ellen presste die Lippen zusammen. Melancholie. Mammy wäre wütend, wenn sie sich so beschreiben ließe. Sie wandte sich an Riona. »Ich bin gleich wieder da.«

Sie eilte hinunter und tätschelte Bridget im Vorbeigehen den Kopf, bevor sie eine Luke hinunterstieg und durch eine weitere Luke den schummrigen, feuchten Raum des Zwischendecks erreichte.

Einige Passagiere nutzten die Tatsache, dass sich fast alle auf dem Oberdeck aufhielten, um zu schlafen oder ihre Kojen einzurichten, ohne Angst haben zu müssen, über Gepäck und Mitreisende zu stolpern.

Ellen machte sich auf den Weg zu ihrem eigenen Bereich und kniete neben ihrer Mammy, die auf der untersten Koje lag. »Mammy.«

Sie rührte sich nicht.

»Mammy. Willst du nicht mit hochkommen und ein wenig Zeit mit uns allen zusammen verbringen? Die Kinder haben einen schönen Tag. Austin wurde von König Neptun mit Wasser übergossen. Das hättest du sehen sollen.«

Mammys Augenlider zuckten in ihrem dünnen, hageren Gesicht.

»Bist du es nicht leid, hier unten zu sein? Komm an Deck und atme die frische Luft. Es ist höllisch heiß, aber alles ist besser als die schwere Luft dieser dunklen Grube. Bridget würde sich freuen, dich herumzuführen. Willst du nicht wenigstens eine Stunde lang mitkommen?«

Mammy öffnete ihre Augen und starrte Ellen an. »Verschwinde«, krächzte sie.

»Bist du krank?«

»Ich wünschte, ich wäre tot.«

»Mammy!« Ellen wich erschrocken zurück. »Haben wir nicht schon genug Familienangehörige verloren?«

»Du, *du* hast mir das angetan. Ich will nach Hause.«

»Zu Hause gibt es niemanden mehr, der sich um dich kümmert, Mammy. New South Wales wird besser für uns sein, das verspreche ich dir. Ich werde hart arbeiten, und es wird dir in Zukunft an nicht fehlen, das verspreche ich dir.«

»Dafür ist es zu spät.« Sie schloss die Augen und zog sich zittrig ihr Tuch über den Kopf.

Ellen bemühte sich um Geduld und richtete sich auf. »Ich habe dich nie für einen Feigling gehalten, Mammy. Aber nun schäme ich mich für dich.«

Seufzend marschierte sie zurück zur Luke und machte sich auf den Weg zu den oberen Decks.

Riona saß im Schatten eines Sonnensegels, das die Besatzung zum Komfort der Passagiere aufgestellt hatte. Bridget saß neben Aisling, und während die beiden kleinen Mädchen sich unterhielten, warf Riona einen Blick auf Ellen, die sich unter das Sonnensegel duckte und zu den beiden gesellte. »Wo warst du?«

»Ich habe versucht, Mammy zu überreden, hochzukommen.« Die Sonne näherte sich langsam den Horizont und verschaffte ihnen eine kleine Pause von der glühenden Hitze.

»Ich mache mir Sorgen, Ellen. Ich befürchte, dass sie zu schwach ist, um die Reise zu überleben.«

»Sag so etwas nicht. Sie isst jeden Tag ein bisschen.«

Riona drehte sich von den Mädchen weg. »Sie hat sogar aufgehört zu beten. Was sollen wir tun?«

»Ich weiß es ehrlichgesagt nicht.« Ellen blickte auf den orangefarbenen Horizont und überlegte, wie sie Mammys Stimmung und Niedergeschlagenheit verbessern könnte.

»Moira sagt, wir sollten sie einfach hier hochtragen. Bitte einige Männer, sie durch die Luke zu tragen, denn sie wiegt so gut wie nichts, und hier oben könnte ihr endlich bewusst werden, dass es gar nicht so schlimm ist.«

»Mammy würde mich nur noch mehr dafür hassen.« Ellen hob ihre Röcke ein wenig an, um ihre Beine zu kühlen, als die leichte Brise etwas stärker wurde und die Segel über ihren Köpfen flatterten. Ein paar Matrosen waren hoch oben in den Takelagen und nutzten die Brise, um die Segel zu entfalten.

»Ich wünschte, wir könnten heute Nacht hier oben schlafen«, sagte Ellen leise, schloss die Augen und sehnte sich danach, im kühlen Meer zu schwimmen, wie sie es als Mädchen an heißen Sommertagen getan hatte.

»Ich habe vorhin ein paar Matrosen reden hören«, sagte Riona, während sie Bridgets Haare flocht. »Sie sagten, wenn die Winde günstig sind, dann könnten wir Australien in acht oder neun Wochen erreichen.«

»Insgesamt also drei Monate?«, überlegte Ellen. »Wir kämen Anfang Februar an.« Sie dachte an den Globus von Mr. Wilton. »Die ganze Strecke in etwas mehr als drei Monaten.«

»Es war nicht so schlimm, wie ich angenommen hatte«, sagte Riona und ließ Bridget gehen, um mit Aisling zu spielen.

»Nein, wir sind bisher gut vorangekommen und die Gezeiten waren gnädig mit uns. Unser Quartier ist zwar feucht und eng, aber wir haben zu essen und sind gesund.«

Riona bekreuzigte sich. »Und wir sind zusammen.«

KAPITEL 13

Ein Rütteln an ihrer Schulter weckte Ellen aus einem traumlosen Schlaf. Sie drehte sich in der engen Koje um und versuchte, Bridget nicht zu wecken, die sich an sie schmiegte.

»Ellen!«, erklang ein raues Flüstern.

Ellen blinzelte gegen das trübe Licht der einzigen Lampe neben der Luke, rieb sich die Augen und kam langsam wieder zu sich. »Riona?«

»Steh auf. Mammy ist nicht in ihrer Koje«, flüsterte Riona ihr eindringlich ins Ohr. »Ich bin aufgewacht und Mammy war weg.«

»Wahrscheinlich musste sie mal«, flüsterte Ellen zurück.

»Ich bin schon eine Weile wach, und sie ist nicht zurückgekommen. Nachts benutzt sie normalerweise den Topf unter unserer Koje.«

Ellen stand vorsichtig auf und legte sich ihr Schultertuch um.

Riona ergriff Ellens Arm. »Vielleicht ist sie zu Doktor Williams gegangen.«

»Das erscheint mir eher unwahrscheinlich.«

»Wo kann sie dann sein?«

»Ziehen wir uns an, dann gehen wir hoch und sehen uns um. Vielleicht ist sie rausgegangen, um etwas frische Luft zu schnappen, während alle anderen schlafen.«

Riona hielt ihr Schultertuch weit auf und schützte Ellens Privatsphäre, während diese sich anzog. Als Ellen fertig war, tat sie dasselbe für Riona, obwohl zu dieser frühen Stunde noch niemand wach war.

Sie schlichen hoch und stiegen leise die Treppe zum Oberdeck hinauf, wo der marineblaue Himmel mit den langsam verschwindenden Sternen funkelte, und eine erfrischende Brise wehte. Eine dünne graue Linie am Horizont deutete die Morgendämmerung an, als Ellen und Riona die im Schatten liegenden Decks absuchten.

»Hallo«, rief ein Matrose, von dem Ellen wusste, dass er Dick Floyd hieß, als er aus der Tür zur Kombüse kam. »Warum seid ihr so früh hier oben?«

»Wir suchen unsere Mammy«, erklärte Ellen. »Ihr geht es nicht gut, und wir glauben, dass sie hochgekommen ist, um etwas frische Luft zu bekommen.«

»Ich habe in den letzten vier Stunden Wache gehalten und niemanden gesehen«, sagte er und schob seine Mütze zurück, um sich am Kopf zu kratzen. »Ich bin mir ziemlich sicher, dass sie nicht hier oben ist.«

»Aber es kann ja nicht schaden, wenn wir uns mal umsehen. Dürfen wir?«, fragte Ellen und blickte sich um. Das Schiff knarrte und ächzte, und die Segel bauschten sich im Wind.

Er kratzte sich an seinem stoppeligen Kinn und wirkte nicht sonderlich überzeugt. »Nun gut, aber seid vorsichtig.

Ihr könnt stolpern, wenn ihr im Dunkeln über ein Deck lauft. Ich bin nicht für euch verantwortlich.«

Eine Stunde lang durchsuchten Ellen und Riona jeden Winkel des Oberdecks, bevor sie beschlossen, auch die anderen Decks abzusuchen.

Als sie immer verzweifelter wurden und die aufgehende Sonne einen weiteren warmen Tag ankündigte, kletterten sie wieder hinunter ins Zwischendeck und durchsuchten die Quartiere der alleinstehenden Frauen und der Verheirateten, während die Passagiere sich rührten und murrten.

Ellen weckte Austin und Patrick und teilte ihnen mit, dass ihre Großmutter verschwunden sei und sie ihnen beim Suchen helfen sollten. Noch schlaftrunken gingen die Jungen nach oben und begannen ihre eigene Suche.

»Ihr müsst es dem Kapitän mitteilen«, sagte Mrs. Duffy und bürstete ihr braunes Haar. »Was ist, wenn sie über Bord gefallen ist?«

»Sie wird doch nicht gesprungen sein, oder?«, fragte Moira und zog sich ihre Strümpfe an, die an den Zehen bereits Löcher hatten. »Du hast selbst gesagt, dass sie sich nicht normal verhält.«

Riona drehte sich zu ihr um. »Sag so etwas nicht!«

Moira hob entschuldigend die Hände. »Verzeih mir. War nur so ein Gedanke.«

»Nun, behalte solche Gedanken für dich!« Doch als sie sich wieder Ellen umwandte, standen Riona die Tränen in den Augen.

Ellen nahm sie in die Arme. »Wir werden sie finden.« Doch in ihrem Herzen wusste sie, dass es zu spät war. Ellens Ängste wuchsen weiter, was sie Riona jedoch nicht verriet. Sie hatten das Schiff zwei Stunden lang durchsucht. Wie konnte eine geschwächte Frau, nach einer solche Suche, noch nicht gefunden werden?

Ellen ging mit Riona zurück auf das Oberdeck, während Mrs. Duffy ihr anbot, sich um Bridget zu kümmern.

Auf dem Deck betrachtete Ellen die gespannten Segel, die sich in der Brise bewegten. Die Mannschaft kletterte in die Takelage, und während die anderen Passagiere erwachten, begann der Geruch des Frühstücks aus der Kombüse rüberzuwehen.

Moiras Worte gingen Ellen nicht mehr aus dem Kopf, als sie sich an die Reling lehnte und auf das graue Meer blickte. Oh, Mammy. Wie konntest du nur?

»Sie wäre nicht gesprungen. Es ist eine Sünde, sich das Leben zu nehmen«, murmelte Riona mit erstickter Stimme. »Sie würde uns nicht einfach so verlassen.«

»Mammy hat uns schon vor langer Zeit im Geiste verlassen.« Ellen klammerte sich an die Reling, die Wahrheit dämmerte schneller als die Sonne am rosafarbenen Himmel aufging. Mammy wäre nicht versehentlich ins Meer gefallen. Nein, in ihrem Geisteszustand wäre sie freiwillig gesprungen.

Während Riona die Suche fortsetzte, blieb Ellen an der Reling stehen und schaute auf das Meer hinunter, als ob es ihr die Antworten geben würde, die sie brauchte. War Mammy in der Nacht wirklich über Bord gesprungen? Hatte sie die Kraft, durch die Luken hochzusteigen, zur Reling zu gehen und dann tatsächlich ein Bein und dann das andere zu heben, bis sie auf der Reling stand?

Hatte sie geschrien, als sie nach vorne kippte?

Hatte sie gekämpft, als die Wassermassen über ihr zusammenschlugen?

Hatte sie ums Überleben gekämpft und bedauerte sie ihre

Entscheidung, ihre Töchter und Enkelkinder verlassen zu haben?

Oder war sie freudig und schweigend aus dem Leben geschieden?

Hatte sie sich mit ihrem Schicksal abgefunden, als sie unter das Wasser und in den Tod glitt?

»Wir konnten sie nicht finden, Mammy«, keuchte Austin und stellte sich neben sie an die Reling. »Wo können wir noch suchen? Ich habe alles abgesucht. Ich bin sogar in den Salon der ersten Klasse geschlüpft und habe mich umgesehen.«

»Danke, mein Schatz. Geh erstmal nach unten und nimm dein Frühstück ein. Und nimm Patrick mit.«

»Aber wo ist Oma?«

Ein Kloß bildete sich in ihrer Kehle. Sie drückte ihn an sich. »Es kann sein, dass sie über Nacht, über Bord gefallen ist.«

Tränen füllten seine blaugrauen Augen. »Sie hat sich bestimmt gefürchtet.«

»Sie ist jetzt bei Opa, Thomas und Pater Kilcoyne. Sie wird glücklich sein. Denk einfach nur daran.« Sie küsst ihn auf die Wange.

»Ich werde sie vermissen.«

»Das werden wir alle, mein Herz.« Sie drückte ihn wieder an sich. »Geh runter. Ich komme gleich nach.«

Wieder allein, starrte Ellen auf das tiefe Wasser hinunter. Wie muss es sich angefühlt haben, von dem kalten schwarzen Wasser verschluckt zu werden, in die Tiefe zu sinken, nach Luft zu schnappen, zu ertrinken, während sich die Dunkelheit wie ein Leichentuch über einen legte?

»Oh, Mammy.« Ellen zitterte. Der Schmerz zerriss ihr Herz.

Die Brise füllte die Segel, das Schiff gewann an Fahrt und

Ellens Haar löste sich aus seinem Knoten. Sie strich es sich hinter die Ohren und schaute sich auf dem Deck nach Riona um. Stattdessen erblickte sie Doktor Williams der aus dem Salon der ersten Klasse kam und direkt auf sie zu steuerte.

»Mrs. Kittrick, Ihr Sohn teilte mir mit, dass Ihre Mutter vermisst wird?«

Ellen konnte nur nicken.

»Das ganze Schiff muss durchsucht werden. Wenn Sie gestatten, werde ich den Kapitän in Ihrem Namen benachrichtigen.« Sein Blick hinter der Brille wurde weich und mitfühlend.

»Ich danke Ihnen.«

»Je mehr Leute suchen, desto schneller wird sie gefunden werden.« Er nickte knapp und ließ sie allein.

Ellen wusste, dass die Suche vergeblich sein würde.

Lange nachdem die Mittagsglocke geläutet hatte und alle das gesamte Schiff durchsucht hatten, wurde klar, dass Bridie entweder gefallen oder in der Nacht über Bord gesprungen war.

Der Kapitän sprach Ellen und Riona sein Beileid aus und erklärte, es sei ein Unfall gewesen. Er würde es als solchen in seinem Logbuch vermerken. Die Segel wurden eingeholt und das Schiff kam langsam zum Stillstand, während der Kapitän einen besonderen Gottesdienst abhielt. Riona weinte bitterlich. Patrick und Bridget klammerten sich an ihre Taille und weinten mit ihr. Ellen stand aufrecht, hielt schweigend Austins Hand und blickte auf den goldenen Horizont.

Als die Sonne im Westen unterging, drängten sich die Besatzung und alle Passagiere auf das Oberdeck, um die Rede des Kapitäns zu hören, um Worte des Trostes zu sprechen, und gemeinsam verneigten sie sich und beteten für die Seele von Bridie O'Mara. Außer Ellen.

In ihrem Herzen kochte eine Wut, die es ihr verwehrte, Tränen zu vergießen. Sie wusste, dass Mammy über Bord gesprungen war und nicht einfach gefallen war, wie die meisten glaubten. Sünde hin oder her, Mammy hatte sich im Tod zu ihrem Mann gesellen und nicht in einem neuen Land neu anfangen wollen.

Mammy hatte aufgegeben. Sie wollte Irland nicht verlassen und schon gar nicht in die Kolonie reisen. Sterben war für sie der einzige Ausweg gewesen. Ihr Leben hatte keinen Sinn mehr für sie gehabt. Sie wollte nicht für ihre Töchter oder Enkelkinder leben. Mammys Herz und Verstand blieben in ihrem Haus am Meer, eine Meile von Louisburgh entfernt und in ihrer geliebten Heimat Irland. Mammy hatte sich danach gesehnt, mit ihrem Mann, ihren toten Kindern und Pater Kilcoyne im Himmel zu sein, und niemand hatte sie daran hindern können, dies zu erreichen.

Ellen betete, dass Mammy nun ihren Frieden finden konnte. Dass Gott ein Auge zugedrückt hatte und auch er glaubte, dass sie letzte Nacht in den schwarzen Ozean gefallen war. Aber Ellen wusste, dass sie ihrer Mammy nie verzeihen würde, dass sie sie verlassen hatte.

* * *

ALS DER KAPITÄN das Schiff weiter nach Süden steuerte, sank die Temperatur, und der Wind wurde zu einem Orkan. Um eine schnellere Reise zu ermöglichen, segelten die Kapitäne nun tiefer in den Südlichen Ozean als zuvor, um die ›Roaring Forties‹ zu erwischen, die stürmischen Winde, die sie über das Ende der Welt zur Ostküste Australiens bringen würden.

Die Matrosen erklärten den Passagieren, wie wichtig es sei, diese Winde zu erwischen, um die Zeit auf See zu verkürzen. Nach wochenlangem Aufenthalt im engen, feuchten Zwischendeck war Ellen begierig darauf, dass diese Winde sie erreichten.

Ellen hielt sich an der mittleren Koje fest, während das Schiff von einer Seite zur anderen schaukelte, und versuchte, Bridget das Haar zu bürsten. Die Besatzung hatte das Gepäck aller Passagiere hochgebracht, damit sie sich zur Weihnachtsfeier frische Kleider anziehen konnten.

Ellen war dankbar, dass sie ein marineblaues Wollkleid, ein sauberes Unterhemd und einen Unterrock angezogen hatte, während die Jungen ihre Hosen und Flanellhemden anzogen, bevor sie sich auf den Weg machten, um ihre Freunde zu besuchen. Bridget tanzte in einem neuen, rosa-weiß gestreiften Kleid umher, von dem Ellen wusste, dass es innerhalb eines Tages schmutzig sein würde. Beim Stöbern in den Geschäften in Liverpool hatte sie sich so sehr über die Möglichkeit eines Kleiderkaufs gefreut, dass ihre praktische Natur für kurze Zeit von der reinen Freude am Kauf neuer Sachen für ihre Kinder übermannt worden war.

»Ich fühle mich wie eine Prinzessin, obwohl wir eigentlich schwarz tragen sollten«, sagte Riona und strich ihren rostfarbenen Rock und ihr Mieder mit den schwarzen Borten glatt.

»Ich habe keine schwarzen Kleider gekauft.« Ellen band schnell eine rosa Schleife in Bridgets ebenholzfarbenes Haar und schickte sie los, um mit Caroline und Aisling zu spielen. »Ich hatte es satt, Schwarz zu tragen.«

»Gewiss, es ist stattdessen besser neue Kleider zu tragen, auch wenn sie nach Meer und Feuchtigkeit riechen.«

»Der Geruch wird bald verschwinden. »

»In Irland würden wir nie so etwas Feines tragen.«

Ellen schenkte ihr ein schiefes Lächeln. »In Irland trugen

wir Lumpen. Ohne die Großzügigkeit von Mr. Hamilton täten wir das immer noch.«

»Ich werde den Segen, der uns zuteilwurde, nie als selbstverständlich ansehen.« Riona beugte sich vor und durchwühlte die Truhe. »Oh.« Sie zog einen braunen Wollrock heraus. »Mammys Kleider.«

Ellen wurde bei ihrem Anblick ganz warm ums Herz. »Wir können sie wiederverwenden, wenn wir uns eingelebt haben.«

Riona nickte und schob die Kleidungsstücke auf den Boden der Truhe. »Ich kann immer noch nicht glauben, dass sie von uns gegangen ist.«

Ellen antwortete nicht. In den wenigen Wochen seit dem Vorfall hatte sie ihre Kinder und Riona getröstet, während sie ihren Kummer ausweinten, aber sie war nicht in der Lage gewesen, ihn zu teilen. Ihr Trost bestand darin, die Bücher zu lesen, die Mr. Hamilton ihr geschenkt hatte, und ihm Briefe zu schreiben. Sie hatte bereits acht Briefe fertig, um sie bei Gelegenheit an ihn abzuschicken.

Sie sammelte alle schmutzigen Kleidungsstücke ein, packte sie in eine Leinentasche und schob sie in die Truhe, bevor sie den Deckel schloss. »Wir haben noch einen Satz frische Kleider. Die heben wir auf, für den Tag wenn wir von Bord gehen. Wir werden waschen müssen, sobald wir angekommen sind«

Das Schiff neigte sich heftig zur Seite und ließ alles und jeden nach links stürzen. Truhen stießen gegen Kojen und Beine. Einigen wurde übel, denn die Seekrankheit kehrte nach der ruhigen Fahrt über den Äquator zurück.

Riona griff nach dem Tisch, als einige Frauen erschrocken aufschrien, als das Schiff in die entgegengesetzte Richtung kippte. »Das Waschen macht mir nichts aus, denn es bedeutet, dass wir von diesem Schiff runterkommen.«

»Wo sind die Jungs?« Ellen sah sich auf dem schwach beleuchteten Deck um. »Ich will nicht, dass sie da oben sind, wenn das Schiff so schaukelt.«

Gemeinsam blickten sie und Riona sich um, um zu sehen, ob die Jungs in die Kojen ihrer Freunde gegangen waren. Der Geruch von Erbrochenem stieg Ellen in die Nase, als sie sich im Quartier der alleinstehenden Männer umsah.

»Ein paar von den Jungs sind oben an Deck«, sagte Moira, die ihren engen Raum betrat, als Ellen zurückkam. »Ich habe sie gesehen, als ich aus der Kombüse kam. Zum Abendessen gibt es heute Pökelfleisch und Reis, meine Freunde. Aber nur, wenn der Kapitän erlaubt, dass die Feuer weiter brennen. Es zieht ein Sturm auf, deshalb essen wir um zwölf statt um eins. Ich schlage vor, ihr esst alles auf, denn es könnte sein, dass wir heute Abend kein Abendessen bekommen.«

Ellen eilte zur Luke und machte sich eilig auf den Weg zum Oberdeck.

An Deck raubte ihr der eisige Wind den Atem, riss ihr die Haare aus dem engen Knoten und peitschte sie ihr in die Augen. »Austin! Patrick!«, rief sie, aber ihre Stimme wurde vom Wind weggetragen.

Ihre Jungs waren schon oft mit ihrem Vater auf See gewesen und kannten die Gefahren eines Sturms. Und erst vor ein paar Monaten hatte einer ihren Urgroßvater, ihren Großvater und ihren kleinen Bruder aus dem Leben gerissen.

Das Schiff kippte erneut, und das laute Krachen der an den Rumpf schlagenden Wellen übertönte die Rufe der Matrosen, die die Segel in den Takelagen verstauten, die im Sturm gefährlich schwankten.

Als Ellen einen Kistenstapel in der Nähe der Kombüse umrundete, entdeckte sie eine kleine Gruppe von Jungs, die die Mannschaft dabei beobachteten, wie sie hoch oben kletterte. Das Schiff schwankte erneut, und die Jungen jubelten. Wellen von schäumendem Meerwasser überfluteten das Deck.

Erschrocken über die Gefahr, in der sie schwebten, eilte Ellen auf die Gruppe zu und packte Austin und Patrick am Arm. »Geht unter Deck, ihr Narren, bevor ihr über Bord gespült werdet. Habe ich nicht schon genug um die Ohren, ohne dass ihr beide euch hier der Gefahr aussetzt?«

»Aber Mammy«, begann Austin zu protestieren, aber sie zog ihre Söhne nur grob mit sich, als eine weitere Welle über den Bug brach und sie alle mit Meerwasser bespritzte.

»Du solltest es besser wissen, Austin Kittrick, als deinen Bruder in Gefahr zu bringen. Kommt jetzt!« Sie wandte sich an die anderen Jungen und schrie gegen den Wind. »Du, Hamish, geh unter Deck, deine Mammy sucht nach dir. Es geht ihr nicht gut genug, um hierher zu kommen.« Ellen warf den beiden anderen Jungen einen Blick zu, der sie ebenfalls zur Luke rennen ließ.

»Da oben tobt bereits das Unwetter«, sagte Ellen zu den anderen, als sie wieder herunterkam. »Ich würde mich nicht hinaufwagen, wenn es nicht unbedingt nötig ist.«

Als ihnen das Mittagsmahl gebracht wurde, war es kalt und nicht wirklich gar. Der Reis war noch ein wenig hart und die halben Tassen Tee kaum warm.

»Nein, ich habe mir nicht die größte Mühe gegeben, aber es war schon harte Arbeit, zu kochen, wenn die ganze Kombüse von einer Seite auf die andere geworfen wurde.« Moira lachte und stocherte in ihrem Essen herum. »Ich könnte schwören, dass der größte Teil des Essens auf dem

Boden der Kombüse liegt und der Koch flucht, wie er nur kann, weil seine Töpfe und Pfannen hin und her rutschen.«

»Du hast das großartig gemacht, Moira«, sagte Ellen. »Wir sind dir dankbar.«

Das Schiff kippte erneut, und alle Teller und Tassen rutschten und krachten über den Tisch, gehalten von den Rändern, die an der Kante entlanglief. Alle versuchten, nach ihren Sachen zu greifen, aber nicht bevor eine Tasse schwarzen Tees, die zum Glück kühl war, über Bridgets Schoß schwappte.

»Mein Kleid!«, jammerte sie.

Ellen und Riona beeilten sich, sie zu beruhigen und den Tee mit einem Tuch zu entfernen.

»Wir werden es waschen, mein Schatz«, krächzte Riona.

»Ich will es jetzt waschen!«, schluchzte Bridget und schob ihren Teller verärgert von sich.

Ellen klopfte ihr auf die Beine. »Du hörst jetzt sofort mit dem Gejammer auf, junge Dame. Iss auf. Ich will nicht sehen, dass du Essen verschwendest. Ist es nicht erst ein paar Monate her, dass wir nichts mehr hatten? Iss und hör auf, über dein Kleid zu reden. Wir werden es bald waschen.«

»Sei nicht so streng, Ellen«, sagte Riona. »Sie ist doch nur ein kleines Ding, und sie liebt ihr neues Kleid.«

Ellen antwortete nicht, als das Schiff sich wieder zur Seite neigte und Schreie die Luft erfüllten. Die Frau auf Moiras Seite, Mrs. Mullen, erbrach sich, und der saure Geruch wehte über den Tisch.

Dankbar, dass sie mit dem Essen fertig war, räumte Ellen die Teller und Tassen ab und stellte sie in einen Eimer, um sie an Deck zu bringen und zu reinigen, sobald der Sturm vorbei war.

»Ich wette, die Wellen sind jetzt riesig«, erklärte Austin Patrick.

»Größer als ein Haus!«, fügte Patrick hinzu.

»Passt nur auf, dass ihr das Zwischendeck nicht verlasst, bis der Sturm vorbei ist, verstanden?« Ellen wedelte drohend mit dem Finger mit ihnen.

Mürrisch kletterten die Jungen in die obere Koje und redeten von großen Wellen und ihren Lieblingsmatrosen in der Mannschaft.

»Was ist los mit dir?«, fragte Riona.

»Nichts.«

»Du verlierst in letzter Zeit sehr schnell die Fassung.«

Ellen drehte sich zu ihr um. »Wie könnte es anders sein, nach allem, was passiert ist? Die Jungs waren an Deck, als sich ein Sturm zusammenbraute, ohne sich der Gefahr überhaupt bewusst zu sein! Sie hätten innerhalb eines Wimpernschlags über Bord gespült werden können.«

»Aber es ist nicht geschehen«, sagte Riona ruhig. »Du hast sie rechtzeitig gefunden, und sie sind in Sicherheit.«

»Sie dürfen nicht aus den Augen gelassen werden. Ich kann sie nicht auch noch verlieren.« Ellen wandte sich ab und holte die Kiste hervor, die Mr. Hamilton ihnen geschenkt hatte. Es war so gut wie unmöglich, ihren letzten Brief an ihn zu Ende zu schreiben, aber wenn sie eine Stunde lang lesen könnte, würde sie das vielleicht von dem Sturm ablenken.

Ellen kletterte in die mittlere Koje und schlug ›Stolz und Vorurteil‹ auf, das Buch, das sie vor ein paar Tagen auf dem Oberdeck angefangen hatte zu lesen. Doch das schwache Licht im Zwischendeck machte es ihr schwer, die Worte erkennen zu können.

Sie verstaute das Buch wieder in der Kiste, als sich das

Schiff bedrohlich zur Seite neigte. Die Schreie wurden durch das Rütteln und Ächzen des Holzes übertönt.

»Wir werden sterben!« Mrs. Duffy bekreuzigte sich und fiel auf die Knie, um zu beten.

»Reiß dich zusammen, Honor«, schnappte Moira und klammerte sich an ihrer Koje fest, als das sich Schiff in die andere Richtung neigte.

Ellen kletterte aus ihrer Koje und streckte den Jungen über ihr die Hand entgegen. »Kommt hierher zu mir in meine Koje. Ihr könntet leicht aus der oberen Koje herausgeschleudert werden«, sagte sie zu Austin und Patrick. »Riona, kommst du mit Bridget zurecht?«

»Ja«, antwortete Riona und kletterte mit Bridget in ihre untere Koje. »Wir werden uns eine Geschichte für dein Püppchen ausdenken, nicht wahr, mein Schatz?«

»Wir müssen unsere Sachen vom Boden aufsammeln.« Ellen warf eilig ihre wenigen Wertsachen auf die mittlere Koje. »Austin pack alles in die Kiste und lass sie nicht los!«

Weitere Wellen erschütterten das Schiff. Alles, was nicht gesichert war, kippte auf die andere Seite, auch die nicht geleerten Nachttöpfe. Urin und Erbrochenes schwappten über den Holzboden und sickerten in heruntergefallene Decken, Kissen und Kleider. Kisten, die gerade erst aus dem Laderaum geholt worden waren, krachten gegen die Kojen und gegen jeden, der dumm genug war, noch zu stehen. Passagiere, die sich nicht festhielten, verloren das Gleichgewicht und fielen auf die Tische oder die gegenüberliegenden Kojen, wobei sie sich Knie und Köpfe aufschlugen. Kinder weinten und jammerten, während verängstigte Eltern versuchten, sie zu beruhigen.

Meerwasser lief an den Wänden und den Treppen zu den Luken hinunter. Die alleinstehenden Frauen kauerten zusammen und weinten, während sich das Wasser um ihre Füße sammelte.

Der Bug richtete sich gefährlich auf. Habseligkeiten fielen nach hinten und krachten auf den Gang zwischen den Kojen und dem langen Tisch. Seamus Duffy zog Honor gerade noch rechtzeitig hoch und in die Koje, bevor eine kleine Truhe auf sie stürzte. Sie schluchzte an seiner Brust, während sich die Mädchen an sie klammerten.

Dann sank das Schiff abrupt. Ein dumpfer Aufprall erschütterte den Rumpf. Die Balken ächzten unter Protest. Schreie erfüllten die Luft, die sich zu den Geräuschen von Würgen und Beten gesellten.

»Wenn das so weitergeht, landen wir bald auf dem Meeresgrund«, murmelte Moira und grinste Ellen an.

Ellen starrte sie an. Die Frau schien sich durch nichts aus der Ruhe bringen zu lassen.

Ein lauter Knall ließ sie aufspringen und aufschreien.

»Was war das, verdammt noch mal?«, fragte Moira mit großen Augen.

»Die Luken! Sie schließen die Luken!«, schrie Seamus Duffy, als diese geschlossen wurden und sie in Dunkelheit hüllte, die nur durch den schwachen Dunst von drei Lampen durchbrochen wurde.

Protestschreie ertönten. Das Geschrei wurde immer intensiver und lauter.

»Sie schließen immer die Luken, wenn ein Sturm aufzieht, Mammy«, sagte Austin. »Das ist schon in Ordnung. Ein Matrose hat mir erklärt, dass sie so verhindern, dass das Wasser in das Schiff eindringt.«

»Natürlich, uns wird nichts passieren.« Ellen starrte auf das aufgewirbelte Wasser, das den Boden bedeckte, und hoffte, dass es stimmte. »Der Sturm wird bestimmt bald weitergezogen sein.«

»Ich wünschte, du könntest uns vorlesen, Mammy«, sagte Patrick und hielt ›Eine Weihnachtsgeschichte‹ in der Hand.

»Wenn ich die Buchstaben erkennen könnte, würde ich es tun, mein Schatz.« Ellen küsste ihn auf den Scheitel.

Die Schreie und Rufe wurden lauter, als das Schiff heftig schaukelte, als würde es von der Hand eines Riesen herumgewirbelt. Wasser strömte durch Risse in den Luken, und der Geruch des Meeres stieg Ellen in die Nase.

Das Geräusch von etwas, das über ihren Köpfen zerbrach, mischte sich in das Chaos der umhergeschleuderten Gegenstände in den Kojen. Der Schiffsrumpf ächzte und bebte, und immer mehr Wasser strömte die Treppe hinunter. Ein Kind wurde aus seinem Bett geschleudert und schlug mit dem Kopf auf dem Tisch auf. Seine Mutter zog es weinend zu sich, während Blut aus der Wunde lief.

Noch einmal erklomm das Schiff eine Welle, wodurch alles und jeder nach hinten kippte, bevor es in das Tal stürzte und sie alle nach vorn schleuderte.

Caroline fiel von der Koje neben Ellen. Seamus wollte sie auffangen, verlor aber das Gleichgewicht und fiel kopfüber auf den Boden.

Ellen sprang auf, um zu helfen, und rutschte dabei auf dem nassen Boden aus. Sie zog Caroline zu sich und brachte sie zurück in die Arme ihrer Mutter, während Seamus den Kopf schüttelte, um seine Sinne zu klären.

»Vielen Dank, Mrs. Kittrick.«

»Wir müssen uns wahrscheinlich an den Pfosten der Koje festbinden«, scherzte Ellen und betrachtete die Beule, die sich auf seiner Stirn bildete.

»Wir werden doch nicht sterben, oder, Mammy?«, flüsterte Patrick.

»Nein, mein Schatz. Ich werde nicht zulassen, dass euch etwas passiert, das verspreche ich.« Ellen betete, dass sie dieses Versprechen halten konnte.

Zwölf Stunden lang waren sie im Zwischendeck eingesperrt, während das Meer sie wie einen Kieselstein am Strand hin- und herwarf. Jedes Mal, wenn Ellen glaubte, das Schlimmste hinter sich zu haben, wurden sie von einer weiteren Welle erschüttert. Sie ermunterte die Kinder zum Schlafen, denn sie bekamen weder zu essen noch zu trinken, und es war zu dunkel und zu riskant, um irgendetwas zu unternehmen.

Schließlich, als ein neuer Tag anbrach, ließ der Sturm allmählich nach, bis es ruhig genug war, damit die Luken geöffnet werden konnten. Ein schwaches Licht und kalte Luft drangen in ihr Quartier ein.

Ellen wachte steif und verkrampft auf. Ihre Beine hatte sie in der Nacht angezogen, um Austin, Patrick und der Kiste, die sie die ganze Nacht neben sich stehen hatte, mehr Platz zu geben.

Vorsichtig setzte sie sich auf und schwang ihre Beine über den Rand. Das Wasser stand mehrere Zentimeter hoch. Das Meer hatte sich so weit beruhigt, um das Stehen weniger tückisch zu machen.

Das eiskalte Wasser weckte Ellen vollständig auf, als ihre Füße den Boden berührten. Sie zitterte. Sie schaute zu Riona und Bridget, und stellte fest, dass beide noch schliefen.

»Bei Gott, was für ein verdammtes Chaos«, murmelte Moira und kletterte aus ihrer Koje.

Ellen starrte auf die Zerstörung. Menschen schliefen in feuchten Betten. Kleidung und Habseligkeiten lagen überall herum. Truhen waren umgestürzt, ihr Inhalt in das trübe Wasser verschüttet. Der Geruch von Urin und Erbrochenem schien so stark zu sein, dass sie ihn schmecken konnte.

»Das Schiff muss gereinigt werden.« Ellen hob ein Männerhemd auf, das zu ihren Füßen schwamm.

Müde begann Ellen, die ihr am nächsten liegenden Gegenstände zu sortieren, während Moira es ihr gleich tat. Mrs. Mullen wachte ebenfalls auf, war aber von der Seekrankheit so schwach, dass sie kaum den Kopf heben konnte.

»Ich gehe hinauf in die Kombüse und hole ein paar Krüge frisches Wasser, falls es noch welches gibt.« Moira schlängelte sich durch das Chaos zur Luke.

Ellen schöpfte einen Eimer voll mit Wasser und stellte ihn neben der Treppe ab. Mehrere alleinstehende Frauen wachten auf und stöhnten über den Zustand ihrer Quartiere.

Während Ellen das durchnässte Bettzeug aufhob, kam Doktor Williams die Treppe hinunter und zu ihr hinüber, wobei er sich ein Taschentuch vor die Nase hielt.

»Gibt es verletzte, Mrs. Kittrick?«

»Es sind noch nicht alle wach, Doktor. Aber es gibt bestimmt ein paar Beulen und blaue Flecken.« Sie nickte zu seinem Taschentuch. »Riechen wir so schlimm?«

»Entsetzlich, meine Liebe. Wie haben Sie das überstanden? Da oben war es schon schlimm genug.« Er deutete auf das Oberdeck.

»Wir hatten keine andere Wahl, als es durchzustehen.«

Der Arzt blickte sich um. »Etwas wichtiges lehrt uns das Ganze. Alles muss vor dem nächsten Sturm festgezurrt werden.«

»Einschließlich uns.«

»Es ist bedauerlich, aber es muss getan werden.« Behutsam bahnte er sich seinen Weg durch die Quartiere der Verheirateten zu den alleinstehenden Männern, wo er diejenigen, die dazu in der Lage waren, aufforderte, nach oben zu gehen und der Besatzung zu helfen, den Schaden am Schiff zu beheben.

Ellen schöpfte weiter Wasser, bevor der Drang nach frischer Luft zu groß wurde. Sie nahm zwei volle Eimer mit schmutzigem Wasser in die Hand und bahnte sich ihren Weg zum Oberdeck. Oben an der Treppe traf sie auf Moira.

»Der Koch hat die Feuer angezündet. Wir werden bald etwas Warmes zu essen haben«, sagte Moira. Sie hielt Ellen eine Tasse Tee hin.

»Lass mich das loswerden.« Ellen trat auf das Deck hinaus und wurde vom eisigen Wind überrascht. Das Schiff stürzte durch die Wellen und machte das Gehen schwer.

Die Temperatur war seit gestern gesunken. Überall um sie herum lagen die Trümmer des Sturms, zerbrochene Kisten, zerrissene Segeltücher und baumelnde Taue von der Takelage darüber. Der Himmel sah immer noch wütend und aufständisch aus, und die Wellen mit ihren weißen Spitzen ragten aus dem grauen, ungezähmten Meer heraus. Das Schiff segelte schneller als auf der gesamten Reise zuvor. Die Segel waren entfaltet worden und blähten sich auf, fingen den Sturm ein und ließen das Schiff mit Leichtigkeit durch das Wasser gleiten.

Sie taumelte zurück zu Moira und nahm den Tee dankbar entgegen. Obwohl ihr so kalt war, dass sie zitterte, war es eine großartige Abwechslung zu der feuchten, stickigen Luft unter Deck.

»In ein paar Wochen sind wir also in dem neuen Land«, sagte Moira und beobachtete, wie die Mannschaft an Deck herumlief und die Kisten, die sich gelöst hatten, aufräumte und befestigte.

»Was wirst du tun, wenn wir ankommen?«, fragte Ellen.

»Meinen Mann finden und sehen, ob wir uns noch mögen.« Moira grinste. »Es ist schon so lange her, dass ich nicht einmal sicher bin, ob ich noch weiß, wie er aussieht.«

»Bist du aufgeregt?«

»Ja. Und du?«

Ellen strich sich das Haar hinters Ohr und dachte kurz an all das, was sie in Irland zurückgelassen hatte, verdrängte es aber wieder aus ihren Gedanken. »Wird es nicht großartig sein, noch einmal von vorne anzufangen?«

»Aye. Ich hoffe, ich kann Arbeit finden. Es wäre ein Albtraum, erneut zu hungern.«

»Mr. Emmerson ist verpflichtet, uns zu helfen. Mr. Hamilton sagte, er würde es tun.«

»Du hältst viel von Mr. Hamilton, nicht wahr?« Moira grinste. »Ich habe gesehen, wie viele Briefe du an ihn geschrieben hast.«

Ellen trank den Tee aus und reichte Moira die Tasse. »Ich halte viel von jedem, der mir hilft, meine Kinder am Leben zu erhalten.« Damit nahm sie die Eimer und ging vorsichtig zurück unter Deck, um mit den Aufräumarbeiten fortzufahren.

Mr. Hamilton ging ihr nicht aus dem Kopf, und sie dachte an sein charmantes Lächeln, als sie die Treppe ins Zwischendeck hinunterstieg. Als ihr allerdings der üble Geruch entgegenschlug, waren alle angenehmen Gedanken verschwunden. Wie viel sie ihm in ihrem nächsten Brief mitzuteilen hatte!

KAPITEL 14

$\mathcal{I}$n den nächsten vier Wochen segelte der Kapitän das Schiff durch weitere Stürme und Orkane. Eisberge wurden gesichtet, aber keine anderen Schiffe. Die Besatzung sprach davon, dass sie immer weiter gen Süden segelten, bis mindestens fünfundfünfzig Grad Süd, um die Krümmung der Welt zu nutzen und die Entfernung zu verkürzen. Trotz des Eises, das sich wie ein feiner weißer Mantel auf das Schiff legte, behielt der Kapitän die vollen Segel bei. Das Schiff segelte schneller und verringerte die Entfernung.

Als die Temperatur unter den Gefrierpunkt sank, legte Ellen den Kindern so viele Kleiderschichten an, wie sie nur konnte. Die Passagiere litten an Erkältungen und Fieber, und ihre Kleider waren kaum getrocknet, als der nächste Sturm aufzog und die Zwischendecks erneut überflutete. Drei Passagiere starben während des letzten wütenden Sturms. Ein Herr in der ersten Klasse starb an Herzversagen, und in der Eheka-jüte starb eine Frau bei der Geburt mit ihrem Baby. Sie wurden ohne Zeremonie auf See beigesetzt, während die Stürme das Schiff verwüsteten.

Die Todesfälle brachten die Stimmung der Passagiere auf einen neuen Tiefpunkt. Nach zweieinhalb Monaten auf See hatten sie genug von den schmutzigen, überfüllten Unterkünften, den Stürmen und der fehlenden Privatsphäre. Von dem schlecht gekochten Essen, der Seekrankheit und der winterlichen Feuchtigkeit.

Weihnachten und der Beginn des neuen Jahres 1852 trugen wenig dazu bei, sie aufzumuntern.

Ellen nahm ihren neunundzwanzigsten Geburtstag kaum zur Kenntnis, aber Riona erzählte es Moira und Mrs. Duffy, und die wünschten ihr alles Gute. Riona schaffte es, ein kleines Geschenk für sie anzufertigen, ein quadratisches Stück Kattun mit einem Rand aus gestickten Blumen und ihrem Geburtsdatum. Das Geschenk rührte Ellen zutiefst. Dass sie das unter so bedrückenden Bedingungen getan hatte, ohne dass Ellen es mitbekam, bedeutete ihr sehr viel.

Sie segelten so schnell nach Osten, wie die Winde es zuließen, bis Kapitän Leonards schließlich unter großer Aufregung aller Passagiere anordnete, die Kursrichtung auf Nordost zu ändern und wieder in die ›Roaring Forties‹ aufzusteigen, und sie endlich die Südküste Australiens ansteuerten.

Je näher sie dem Ende der Reise kam, desto nervöser und aufgeregter wurde Ellen. Endlich klarte das Wetter auf, sodass Ellen das Bettzeug und die Kleidung hochbringen konnte, um sie auf dem Oberdeck in der Sonne zu lüften.

Andere Passagiere taten dasselbe, und jeder erdenkliche Platz an Deck war mit Kissen, Laken und gewaschener Kleidung belegt. Die Matratzen wurden an die frische Luft geschleppt und konnten dort endlich trocknen. Das Zwischendeck war leer und wurde gekehrt und geschrubbt.

Kaputte Kojen wurden von den Schreinern des Schiffes repariert, der lange Esstisch abgeschliffen und persönliche Gegenstände weggeräumt.

Ellen saß auf einer Kiste auf dem Oberdeck, nähte einen Riss in Bridgets rosafarbenem Kleid und lächelte, während die Kinder auf dem Deck spielten. Sie wieder im Sonnenschein spielen zu sehen, erfüllte sie mit großer Zufriedenheit nach den schrecklichen stürmischen Tagen, an denen sie fest damit gerechnet hatte, dass das Schiff auf den Meeresgrund sinken würde. Es war schwer, vor den Kindern tapfer zu bleiben, aber sie hielt ihr falsches Selbstvertrauen aufrecht, indem sie ihnen Geschichten aus ihrer Kindheit erzählte.

»Das ist die letzte Wäsche, die aufgehangen werden musste«, sagte Riona und trat neben sie. »Ich habe das Gefühl, dass meine Strümpfe nicht mehr zu flicken sind, und eines von Patricks Hemden hat einen Fleck, den ich nicht herausbekomme.«

»Sobald ich Arbeit gefunden habe, werde ich unsere Kleidung ersetzen.« Ellen hielt das Kleid hoch und begutachtete ihre Arbeit.

»Bist du sicher, dass es Arbeit geben wird?«

»Ja. Es stand doch in der Zeitung, weißt du noch? Sie suchen Arbeiter. Sie würden das nicht drucken, wenn es nicht wahr wäre. Mr. Hamilton sagte mir, dass die Kolonie Leute von Beruf und guter Moral braucht.«

»Was ist, wenn Mr. Hamilton sich geirrt hat? Schließlich dreht sich sein Geschäft um Fracht, nicht um Menschen.«

»Das gehört zusammen«, murmelte Ellen. »Dass du dir Sorgen machst, ist normal, aber ich werde nicht zulassen, dass uns etwas daran hindert, glücklich zu sein.« Ellen grinste. »Wer weiß, vielleicht findest du ja einen Ehemann!«

Riona schüttelte den Kopf. »Nein. Nicht, nachdem was mit

Lester geschehen ist. Ich will keinen Mann, und sie werden mich auch nicht wollen. Aber du könntest wieder heiraten.«

Ellen schüttelte den Kopf und seufzte. »Nein, ich werde nicht noch einmal heiraten. Einmal ist mehr als genug für mich. Ich will mein Leben und das der Kinder selbst in die Hand nehmen. Ich will die Entscheidungen treffen.« Sie beobachtete die Kinder, aber ihre Gedanken wanderten zu dem gutaussehenden Mr. Hamilton. Einen Gentleman zu heiraten, würde ihre Meinung ändern, denn ein wohlhabender Mann würde ihr und den Kinder Sicherheit bringen. Doch das war nur eine Fantasie. Mr. Hamilton gehörte der Vergangenheit an. Alles, was sie jetzt interessierte, war die Zukunft. »Ich möchte nur, dass die drei glücklich und sicher sind und nie wieder hungern müssen.«

»Sie werden nie wieder Hunger leiden müssen. Nicht wie zu Hause, und nicht, wenn es so viel Arbeit gibt, wie du glaubst. Wir werden es schon schaffen.« Riona sah auf, als ein Matrose etwas aus der Takelage rief. »Was hat er gesagt?«

Ellen richtete sich auf und starrte in die Richtung, in die der Matrose zeigte. »Da ist etwas im Wasser.« Sie ging zur Reling und blickte auf das Wasser.

»Er sagt, es sei ein Hai.« Riona schloss sich ihr mit großen Augen an. »Kannst du ihn sehen?«

»Sieh mal, Mama.« Austin kam zu ihr. »Siehst du die Haie?«

Ellen sah fasziniert zu, wie sich mehrere Haie auf die aufgedunsene Gestalt eines großen Wals stürzten. So etwas hatte sie noch nie gesehen.

»Wunderschön, nicht wahr?«, fragte Mr. Donaldson, der an ihre Seite trat.

»Ich bin mir nicht sicher …« Ellen konnte ihren Blick nicht von den Haien abwenden, die sich in den Wal stürzten.

»So große Mäuler und ihre Zähne zerreißen das Fleisch so schnell.«

»Diese Zähne sind scharf wie Rasierklingen«, fügte Mr. Donaldson hinzu. Er blickte zu den Segeln hinauf, die sich ein wenig blähten. »Der Wind wird schwächer. Wir müssen unsere Fahrt verlangsamen müssen.« Er rieb sich die Hände und lächelte. »Aber ich werde einige Männer bitten, ein paar Seile über die Bordwand zu werfen. Vielleicht gibt es dann frischen Fisch zum Abendessen!«

»Solange sie keinen Hai fangen«, stieß Riona erschrocken hervor.

»Aber, aber, Miss O'Mara, Hai schmeckt köstlich«, sagte er und entfernte sich von ihnen.

Ellen stupste Riona an. »Er wäre ein guter Ehemann für dich.«

Riona errötete. »Sei still.«

»Er ist ein guter, anständiger Mann.«

Die Farbe wich aus Rionas Gesicht. »Bin ich jetzt nicht schmutzige Ware? Kein Mann wird mich wollen.«

»Hörst du dir eigentlich selbst zu?«, tadelte Ellen sie. »Du wurdest angegriffen. Das war nicht deine Schuld. Nicht jeder Mann ist ein Teufel wie Lester. Wenn du einen guten, anständigen Mann triffst, wird er es entweder verstehen oder sich aus dem Staub machen, und wenn er letzteres tut, dann war er nicht der Richtige für dich.«

»Du sagst es, als wäre es einfach. Ist es aber nicht. Außerdem ist Mr. Donaldson ein Seemann, Ellen, der sein Leben in den Gefahren der Weltmeere verbringt. Ich werde nie einen Seemann heiraten. Hat mir die See nicht schon genug genommen? Ich werde froh sein, wenn ich nie wieder ein Schiff oder das Meer zu Gesicht bekomme!« Riona eilte davon.

Ellen seufzte und starrte auf das Wasser hinunter. Die Haie und der Walkadaver waren im Kielwasser des Schiffes zurückgetrieben. Sie konnte Riona ihre Gefühle nicht verdenken. Obwohl sie ihr ganzes Leben lang am Meer gelebt hatte, wollte Ellen ihm ebenfalls nur den Rücken zukehren. Nach dieser Reise würde sie nie wieder auch nur einen Fuß auf ein Schiff setzen. Sie würde sich in der Kolonie durchsetzen oder untergehen.

* * *

Zwei Wochen später hallte der Ruf »Land in Sicht« über das Schiff.

Ellen, Riona und die Kinder schlossen sich dem Rest der Passagiere an, die zur Reling an der Steuerbordseite eilten, um nach schier endlosen Wochen endlich wieder Land zu sehen.

In der Ferne sah man eine smaragdgrüne Linie am Horizont unter schweren Wolken.

»Ist das Australien?«, fragte Austin.

Ein vorbeilaufender Matrose blieb stehen und richtete das Tau auf seiner Schulter aus. »Nein, Junge, das King Island. Aber auf der Heckseite könnt ihr bald das Festland sehen, falls der Nebel uns nicht erwischt, was er aber wahrscheinlich tun wird.«

»Wir sind also bald in Sydney?«, fragte Austin aufgeregt.

»Nein, bis wir Sydney erreichen, werden noch ein paar Tage vergehen, Junge.«

Getreu der Prophezeiung des Matrosen zog ein dichter Nebel auf, als sie langsam in die Bass-Straße segelten. Die Temperatur sank und ließ die Passagiere frösteln, aber sie hielten sich trotzdem auf dem Oberdeck auf, in der Hoffnung, der Nebel würde sich lichten und sie würden das Festland sehen. Doch je weiter der Tag voranschritt, desto dichter wurde der Nebel. Der Kapitän ordnete an, in regelmäßigen Abständen ein Horn zu blasen, denn die Bass-Straße war die Hauptverkehrsader für die Schifffahrt von Melbourne nach Sydney, und viele Schiffe waren in den unruhigen Gewässern unterwegs.

Die Nacht brach herein, und die Passagiere gingen müde unter Deck, enttäuscht, kein Land aus der Nähe gesehen zu haben.

In den nächsten drei Tagen regnete es stark. Die Quelle von Süßwasser, die Eimer und Fässer füllte, hob die Stimmung ein wenig. Sie würden Wasser haben, um sich und einige ihrer Kleider zu waschen, bevor sie in ein paar Tagen in Sydney ankamen. Die Kinder machten ein Spiel, bei dem sie Wasser in Becher sammelten, um zu sehen, wer das meiste Wasser hatte, und tranken es dann in einem Wettstreit aus.

Die Passagiere wurden von der Besatzung angeregt, ihre Quartiere aufzuräumen und ihre Habseligkeiten zu sortieren. Abwechselnd wurden die Kisten hochgeholt und die Kleidung geordnet. Beschwerte Säcke mit Abfällen und nicht mehr benötigten Gegenständen wurden über Bord geworfen.

»Schneidest du mir die Haare, Riona?«, fragte Ellen eines Morgens, als sie nur noch wenige Tage von Sydney entfernt waren. Ellen hatte an diesem Morgen ihre Truhe erhalten und sortierte die Kleidung aus. Sie war überrascht, wie sehr die Kinder während der Reise gewachsen waren. Austins und Patricks Hosen waren jetzt an den Beinen ein paar Zentimeter zu kurz. Es erfüllte Ellen mit Stolz, dass ihre Söhne dank der regelmäßigen und ausgiebigen Mahlzeiten wuchsen, nachdem sie jahrelang nur mit einem mindesten an Nahrung am Tag überlebt hatten.

»Dir das Haar schneiden? Bist du verrückt geworden?«
Rionas Augen weiteten sich vor Schreck.

»Doch nicht alles«, spottete Ellen. »Nur die Spitzen. Sie sind verfilzt und sehen schrecklich aus. Ich möchte einen guten Eindruck auf Mr. Emmerson machen.«

»Heilige Jungfrau und alle Heiligen mögen uns retten! Du wirst doch dein Haar unter der Haube tragen, oder? Mr. Emmerson wird es nicht sehen. Binde es einfach hoch.«

»Das werde ich, aber die Spitzen müssen trotzdem geschnitten werden. Aber gut. Ich werde jemand anderen bitten, es zu tun!«, schnauzte Ellen.

»Gib mir die Schere!« Riona schnappte sich die Schere aus Ellens Hand. Die Stimmung der Passagiere wurde immer gereizter, je näher sie dem Ende der Reise kamen. Zu lange waren sie eingesperrt gewesen, ohne die Erleichterung einer gewissen Privatsphäre.

»Nur die Spitzen«, warnte Ellen. Ihre Nerven lagen blank vor Anspannung.

In ein paar Tagen würde sie Mr. Emmerson gegenüberstehen, und so viel hing davon ab, ob er sie genug mochte, um ihr zu helfen, irgendwo eine Stelle zu finden. Würden die Menschen in New South Wales ebenfalls eine Abneigung gegen katholische Iren haben? Würde es wieder Schilder geben, auf denen ›Keine Iren‹ stand?

Von den Gesprächen der Matrosen wusste sie, dass in New York und Boston ähnliche Schilder auf den Straßen zu sehen waren. Die Iren waren zu Tausenden dorthin ausgewandert und überschwemmten die Städte mit Menschen, die um Arbeit und Wohnraum bettelten. Mancherorts lebten sie wie Ratten in Kellern, bettelten auf der Straße oder griffen zu illegalen Aktivitäten, um über die Runden zu kommen. Erwartete sie das gleiche Schicksal in Sydney? Hatte sie einen

Fehler gemacht? Hätte sie zuerst versuchen sollen, in Dublin Arbeit zu finden? Dort waren es wenigstens ihre Leute. Oder hätte sie in Liverpool bleiben sollen, in der Nähe von Mr. Hamilton?

Die Gedanken und Sorgen wirbelten immer heftiger in ihrem Kopf herum, je näher sie Sydney kamen.

Als sich am nächsten Tag die Nachricht verbreitete, dass wieder Land gesichtet worden war, eilte Ellen nach oben. Über Nacht hatte ein stetiger Südwind die Fahrt entlang der Küste von New South Wales beschleunigt. Und nun, da die Morgendämmerung angebrochen war, herrschte große Aufregung unter der Besatzung und den Passagieren, als das Schiff nahe genug an das Land heranfuhr, um das dunstige Grün der Küstenlinie zu erkennen.

Mehrere weiße Vögel flogen über die Masten hinweg. Ihre Schreie hatte man seit Monaten nicht mehr gehört. Jubelschreie erfüllten die Luft, Frauen weinten vor Freude, Männer schüttelten sich die Hände und Kinder rannten kreischend umher.

»Australien, Mammy.« Austin starrte mit großen Augen auf die zerklüfteten Klippen. »Wir haben es geschafft. Wir sind den ganzen Weg hierher gesegelt.«

Ellen spürte, wie ihr die Tränen in den Augen brannten. »Ja, wir haben es geschafft, Liebling.«

Er sah Ellen mit Stolz in den Augen an. »Du hast uns gerettet, Mammy.«

Sie drückte ihn an sich. »Es gibt nichts, was ich nicht für dich und deine Geschwister tun würde.«

Bridget blickte erstaunt zu den Vögeln hinauf. »Schau mal, Mammy. Die Vögel.«

»Ich sehe sie, mein Schatz.« Während sie die Vögel beobachtete, bemerkte Ellen, dass die Mannschaft oben in der

Takelage beschäftigt war. Die Segel flatterten und knatterten im Wind.

Riona trat neben Ellen, Tränen liefen ihr über die Wangen. »Wenn Mammy doch nur noch leben würde …«

»Sie lebt in uns weiter«, murmelte Ellen, die sich nicht mit der Traurigkeit aufhalten wollte. Nicht heute. Sie klatschte in die Hände. »Also los, bewegt euch, wir haben viel zu tun.«

Am Abend hatte der Kapitän das Schiff bis zur Öffnung des großen Hafens gesegelt und wartete dort auf den Lotsen, der an Bord kommen sollte. Die steife Brise stand nicht zu ihren Gunsten, und so beschloss man, auf See zu warten und am nächsten Tag in den Hafen einzufahren.

Die Aufregung an Bord verlieh dem Schiff eine ausgelassene Atmosphäre, und die Passagiere sangen und tanzten auf dem Oberdeck, wohl wissend, dass es ihre letzte Nacht an Bord sein würde. Der Kapitän gab der Besatzung und den Passagieren eine doppelte Ration Rum und Essen zum Abendessen.

»Sind Sie bereit, morgen an Land zu gehen, Mrs. Kittrick?«, fragte Mr. Donaldson.

»Das bin ich in der Tat.« Sie lächelte und sah Patrick zu, wie er Bridget zur Musik eines Fiedlers und einer Blechpfeife herumwirbelte.

Mr. Donaldson zog an einer Pfeife. »Der Gesundheitsbeauftragte wird morgen früh an Bord kommen und damit beginnen, alle zu untersuchen. Zum Glück sind wir bei guter Gesundheit, dank des Kapitäns und seiner schnelleren Route. Es gab nur wenige Todesfälle. Ich habe schon schlimmere Reisen mitgemacht, glauben Sie mir.«

»Wir hatten wirklich Glück. Dennoch werde ich froh sein, von diesem Schiff zu kommen. Ich bin begierig darauf, mein neues Leben zu beginnen.«

Moira kam auf die beiden zu. »Wollen Sie nicht mit mir tanzen, Mr. Donaldson?«

»Wie könnte ich das ablehnen, Madam?« Er lachte, nahm ihre Hand und schloss sich den anderen an, die sich auf dem Deck tummelten.

Mrs. Duffy nahm Donaldsons Platz neben Ellen ein. »Morgen beginnt also unser neues Leben, Mrs. Kittrick.«

Ellen warf einen Blick auf die andere Frau, die im Laufe der Wochen zu einer Art Freundin geworden war. »So ist es.«

»Der Jungfrau Maria sei Dank, die uns auf dieser langen Reise beschützt hat. Ich muss sagen, Sie haben sich in den letzten drei Monaten sehr verändert, aber das haben wir wohl alle.«

»Sie sind der Meinung ich hätte mich verändert?«, fragte Ellen. »In welcher Hinsicht?«

»Sie sind aufgeblüht, Mrs. Kittrick. Sie sehen gesund aus. Dadurch, dass Sie die Tage in der Sonne verbringen und nicht immer Ihre Haube tragen, hat Ihr Haar einen kupferfarbenen Ton angenommen.«

»Ich konnte meine Haube nicht tragen, weil ich Angst hatte, dass der Wind sie mir runterreißt«, sagte Ellen und grinste.

»Sie wurden nicht wie viele von uns von der Seekrankheit heimgesucht, die nach Jahren des Hungers einige von uns fast umgebracht hätte.«

»Wie ich bereits erwähnt habe, hatte mein Vater ein Boot. Freuen Sie sich darauf, das Schiff zu verlassen, Mrs. Duffy?«

»Eigentlich nicht. Natürlich bin ich froh, von Bord zu gehen, aber ich habe Angst vor dem, was als Nächstes kommt. Seamus hat mit einigen Mitgliedern der Besatzung und einigen alleinstehenden männlichen Passagieren gesprochen, die hier in diesem Land Familie haben. Sie wissen, dass es in

Sydney Arbeit gibt. Die Stadt wächst, und Seamus kann an den neuen Gebäuden mitarbeiten.«

»Das hilft Ihnen doch gewiss, Ihre Sorgen zu schlichten, oder?«

»Ich versuche es. Ich würde gerne ein Häuschen haben und ein paar Hühner halten.«

Ellen lächelte. »Hühner. Was für wunderbare Geschöpfe sie doch sind und so nützlich für eine Familie. Ich vermisse die, die ich hatte.«

Mrs. Duffy lachte nervös. »Ich weiß, dass Sie mir gesagt haben, dass Sie Arbeit finden wollen, aber haben Sie keine Angst als alleinstehende Frau in ein unbekanntes Land zu gehen und möglicherweise keine Arbeit zu finden?«

»Es gibt immer Arbeit, wenn man nur gut genug sucht. Es ist nicht wie in Irland. Hier gibt es keine Hungersnot. Dies ist ein neues Land.«

»Es wird immer noch von den Engländern regiert. Sie hassen die Iren weiterhin. Wie soll jemand von uns Erfolg haben, wenn das über uns schwebt?«

Ellen hielt inne und ihre Augen wurden trüb von den Träumen, die in ihrem Kopf umherwirbelten. »Ich werde es schaffen, Mrs. Duffy. Ich werde nie wieder Hunger leiden oder einen leeren Geldbeutel haben, und meine Kinder werden glücklich und gesund sein.«

»Das ist der Traum, den wir alle teilen, Mrs. Kittrick, aber er ist nicht immer leicht zu erreichen.«

Ellen hob ihr Kinn und sah Mrs. Duffy stirnrunzelnd an. »Ich werde mein Leben dem Ziel widmen, es zu erreichen.«

Mrs. Duffy wandte den Blick ab, als sei ihr Ellens Leidenschaft unangenehm. »Wir müssen in Kontakt bleiben, Mrs. Kittrick, denn die Kinder scheinen eine sehr enge Freundschaft geschlossen zu haben. Ich würde mir für Caroline und

Aisling wünschen, dass sie Gleichgesinnte heiraten, wie wir es sind, und junge Männer, die dem wahren Glauben angehören, wie Austin und Patrick.«

Ellen erstarrte. Sie wollte nicht, dass ihre Söhne die Duffy-Mädchen heirateten, deren Eltern keine Ambitionen hatten. Sie wollte etwas Besseres für Austin und Patrick und auch für Bridget. »Der wahre Glaube bringt uns vielleicht nicht den Trost, den wir uns wünschen, Mrs. Duffy.«

»Wie meinen Sie das?« Die andere Frau schaute finster drein.

»Ich werde mein neues Leben nicht an die Teile meines alten Lebens binden, die meinem Erfolg in der Kolonie im Wege stehen könnten.«

Mrs. Duffy schnappte nach Luft. »Sie wollen die wahre Religion aufgeben?«

»Wenn es nötig ist, werden ich das und meine Familie wird nicht mehr Irisch sprechen.«

Mrs. Duffy sah aus, als würde sie in Ohnmacht fallen. »Heilige Jungfrau Mutter. Sie wollen Ihren Kindern ihre Kirche und ihre Muttersprache verwehren?«

Ellen stand auf und genoss die kühle Brise auf ihrem Gesicht, während die Sonne unterging. Der Himmel färbte sich orange, und das Wasser glitzerte, als wäre es mit tausend Juwelen besprenkelt. »Ich werde *alles* tun, was nötig ist, um meinen Kindern das Beste für ihr Leben zu geben, Mrs. Duffy.«

* * *

ELLEN LEHNTE sich an die Reling und atmete den seltsamen Geruch ein, während das Schiff langsam durch den Hafen fuhr. Die Sonne schien intensiv auf sie herab. Man hatte ihnen gesagt, dass es auf dieser Seite der Welt Sommer sei. Sommer im Februar! Das schien lächerlich. Aber die Hitze war keine Lüge. Ellen hatte ihr Wollkleid gegen ein Leinenkleid ausgetauscht und darauf bestanden, dass Riona und die Kinder sich ebenfalls leichtere Kleidung anzogen.

Sie sah sich um und versuchte, sämtliche Details dieser neuen Welt in sich aufzunehmen. Sandsteinfelsen ragten aus baumbewachsenen Klippen am Rande des Wassers hervor. Üppige olivgrüne Bäume bedeckten das trockene Land, das zu kleinen Buchten und Sandstränden hinunterlief. Hier und da tauchten kleine Holzhütten auf einer Lichtung auf, bevor sie von noch mehr Wald verschluckt wurden.

Große Schiffe, wie das, auf dem sie segelten, lagen an verschiedenen Stellen im Hafen vor Anker oder waren auf dem Weg aufs offene Meer, wahrscheinlich zurück nach England. Kleinere Boote befanden sich nahe der Küste, und Ellen konnte Männer sehen, die mit Netzen fischten, so wie es ihr Vater getan hatte. Über ihnen tauchten und segelten Vögel und erfüllten die Luft mit ihren Schreien.

»Was ist das für ein Geruch?«, fragte Riona und hielt Bridgets Hand fest.

»Das ist Eukalyptus, Miss«, erklärte ihr ein Seemann, der an ihnen vorbeiging. »Die einheimischen Bäume haben ein Öl, das für verschiedenen Zwecke angewendet werden kann. Die Schwarzen benutzen es für medizinische Zwecke.«

»Die Schwarzen?« Riona blinzelte verwirrt.

»Die Aborigines, die Eingeborenen.«

»Ich wusste nicht, dass es Eingeborene gibt. Ellen, wusstest du es?«, quietschte Riona.

»Die, die man in der Stadt antrifft, sind relativ harmlos«, fügte der Seemann hinzu. »Bei denen weiter im Landesinneren bin ich mir nicht sicher. Aber ich bezweifle, dass Sie diese überhaupt zu Gesicht bekommen werden.« Er ging weiter und wandte sich seiner Arbeit zu. Ellen dachte über die neuen Informationen nach, die er ihnen gegeben hatte.

»Riona, ich glaube, wir müssen herausfinden, wie wir ein Stück Land pachten können«, sagte Ellen.

»Mein Gott, Ellen, wir sind doch noch gar nicht angekommen. Wir wissen nicht einmal, ob wir heute Nacht ein Dach über dem Kopf haben werden, geschweige denn, ob wir Land pachten können. Wir haben nicht einmal Geld, um etwas zu pachten!«

»Nicht jetzt sofort, aber sobald wir arbeiten und unseren Lohn gespart haben, werden wir es tun. Ich will wieder einen Hof bewirtschaften.«

»Lass uns erst einmal ankommen und herausfinden, wo wir werden wohnen können, bevor du größere Pläne schmiedest.«

Ellen antwortete nicht. Sie würde Mr. Emmerson fragen. Er würde wissen, wie sie ein Stückchen Land pachten konnte. Ihr Magen schmerzte vor Aufregung. Bald würde sie den Mann treffen, der ihnen hoffentlich zu einem Neuanfang verhelfen würde. Was, wenn er ein schrecklicher, unfreundlicher Trottel von einem Mann war?

Der Lotse steuerte das Schiff weiter in den Hafen, und Ellen war von den Gebäuden, die in Sichtweite kamen, angenehm überrascht. Die Häuser, die sie jetzt sahen, waren aus Ziegeln gebaut und besaßen gepflegte Gärten. Eine Kutsche rumpelte über einen unbefestigten Weg, der in bevölkerte Straßen führte. Lagerhäuser und Gebäude drängten sich an das Ufer. Zahlreiche Boote und Schiffe unterschiedlicher Größe füllten die Bucht, die das Zentrum von Industrie und Handel zu sein schien.

Ellen betrachtete aufgeregt das Ufer. Sie hatten es

geschafft. Sie waren sicher am anderen Ende der Welt angelangt. Sie hatte nicht gewusst, was sie erwarten würde, aber ihr Blick auf die sich ausbreitende Stadt Sydney war besser, als sie gehofft hatte.

Den Rest des Tages mussten sie warten, bis der Gesundheitsbeauftragte und sein Assistent an Bord kamen, um alle Passagiere und Besatzungsmitglieder auf Fieber und andere Krankheiten zu untersuchen. Ellen war stolz darauf, dass ihre Familie bei bester Gesundheit war. Ihre mageren Körper und die graue Haut der Hungerjahre waren verschwunden, und die Tage, die sie auf dem Oberdeck in der Sonne verbracht hatten, hatten für eine gesunde Bräune gesorgt. Ellen wusste, dass sie in ihren besten Kleidern noch nie besser ausgesehen hatten.

Da sie gesund waren, gab der Kapitän den Befehl, das kleine Ruderboot zu Wasser zu lassen und die Passagiere der ersten Klasse von Bord gehen zu lassen. Die Post wurde eingesammelt, und Ellen füllte den Postsack mit zehn Briefen, für die sie einen Teil ihrer gesparten Münzen opferte. Sie hatte neun Briefe an Mr. Hamilton und einen an Mr. Wilton geschrieben.

Die Abfertigung der Passagiere verlief langsam. Obwohl sie Tage Zeit gehabt hatten, sich vorzubereiten, waren einige Passagiere mit ihren Vorbereitungen im Verzug. Dazu gehörte die Familie Duffy, da Honor Duffy ständig ihre Truhe ein- und auspackte und nach Gegenständen suchte.

Ellen nutzte dies aus und ließ ihr Gepäck und ihre Familie auf dem Oberdeck warten.

»Ich sehe, Sie warten darauf, an Land zu gehen, Mrs. Kittrick?«, sagte Doktor Williams lächelnd.

»Das tun wir, Sir.«

Er hielt ihr die Hand hin und sie schüttelte sie. »Ich wünsche Ihnen alles Gute, Mrs. Kittrick.«

»Danke, Doktor. Das wünsche ich Ihnen ebenfalls.«

Eine halbe Stunde später, als die brennende Sonne sich bereits dem Horizont näherte, gab der Kapitän den Befehl, dass das letzte Boot für diesen Tag Passagiere an Land bringen würde. Der Rest der Passagiere würde am Morgen an Land gehen können, denn es war zu gefährlich, in der Dunkelheit von Bord zu gehen.

Ellen schritt auf Mr. Donaldson zu. »Können wir bitte als Nächste gehen? Wir haben den ganzen Nachmittag gewartet.«

Mr. Donaldson, der ein wenig müde und gestresst aussah, überprüfte seine Liste und nickte. »Sind Sie wirklich sicher, dass Sie alles haben, Mrs. Kittrick? Ist nichts mehr im Laderaum?«

»Wir sind bereit.«

Er gab den Matrosen Anweisungen, und innerhalb weniger Minuten wurde Ellen und ihrer Familie in das kleine Boot geholfen. Nachdem Moira und eine weitere Familie sowie das gesamte Gepäck im Boot verstaut waren, ruderten die Matrosen zum Ufer.

Im orangefarbenen Licht des Sonnenuntergangs kamen die weiß getünchten Gebäude immer näher, bis Ellen schließlich den hölzernen Steg betrat.

Land. Australien.

Ihre Beine zitterten, und die Kinder lachten, als sie alle wie Betrunkene auf das Zollgebäude zu stolperten.

Nachdem sie den Zoll passiert hatten, führte Ellen die Familie aus dem Gebäude hinaus zur Straße. Sie hielt einen Griff ihrer Truhe und Riona den anderen, während Austin die beiden Reisetaschen trug und Patrick angewiesen wurde, Bridgets

Hand nicht loszulassen. Zahlreiche Pferdefuhrwerke fuhren die Straße hinauf und hinunter, Lageristen schoben Schubkarren, während Herren mit Zeitungen unter dem Arm vorbeieilten.

Es war laut, und der Geruch des Meeres mischte sich mit dem Gestank des Mülls in den Gossen, und in der Brise roch Ellen, dass in einem der Gasthäuser etwas gekocht wurde.

»Wohin sollen wir gehen, Ellen?«, fragte Riona besorgt. »Es wird schon dunkel.«

»Ich hatte erwartet, dass Mr. Emmerson uns abholt.« Ellen drehte sich um und blickte zurück zum Zollgebäude. »Glaubst du, wir haben ihn da drinnen verpasst?«

»Es war so viel los, dass es gut möglich sein kann, ja.«

»Jesus, Maria und Josef!«, ärgerte sich Ellen. »Ich muss wieder rein. Du bleibst hier. Ich beeile mich.«

»Mrs. Kittrick!« Moira winkte ihr zu, als sie das Gebäude verließ.

»Moira, haben Sie Mr. Emmerson gesehen?«

»Ja, er ist hier.« Moira winkte über ihre Schulter ins Gebäude. »Er holt gerade die letzten Nachzügler ab, und dann gehen wir alle zum Regierungsgebäude die Straße hinauf, wo wir untergebracht sind.«

Ellen sackte vor Erleichterung zusammen. »Ich hatte schon befürchtet, wir würden heute Nacht auf der Straße schlafen müssen.«

»Nein, Mr. Emmerson ist sehr nett. Er wird sich um uns kümmern. Da ist er ja.«

Ellen sah sich in der Menge der Mitreisenden um und reckte den Hals, um zu sehen, ob sie jemand neues erkannte. »Ist die Unterkunft weit entfernt?«

»Nein, ich glaube nicht.« Moira hob ihre Tasche hoch.

»Wir brauchen einen Wagen«, sagte Ellen.

»Meine Damen, lassen Sie mich ihnen helfen«, sagte eine Stimme hinter ihnen.

»Oh, Mr. Emmerson, was für ein Gentleman Sie doch sind«, gurrte Moira. »Ellen, das ist Mr. Emmerson. Mr. Emmerson, Mrs. Ellen Kittrick.«

Ellen starrte in das Gesicht eines Mannes, der viel jünger war, als sie erwartet hatte. In ihrer Vorstellung war Mr. Emmerson Ende fünfzig, hatte einen grauen Bart und einen etwas runden Bauch.

»Alistair Emmerson, zu Ihren Diensten, Madam.« Er lächelte breit, wobei ein Grübchen in seiner linken Wange zum Vorschein kam. Seine grünen Augen leuchteten fröhlich, und als er seinen Hut absetzte, sah sie dunkelblondes Haar, das den Ton von nassem Stroh besaß.

»Ich freue mich, Sie kennenzulernen, Mr. Emmerson.«

»Es tut mir leid, dass ich Sie nicht im Gebäude gefunden habe, Mrs. Kittrick. Es ist ziemlich voll da drin, nicht wahr? Wo ist Ihre Familie?«

»Dort drüben.« Sie zeigte auf die Stelle, wo sie ihre Schwester und ihre Kinder an der Straße standen.

»Gut, gut. Wir bringen Sie besser in ihre Unterkunft, bevor es dunkel wird.«

Ellen folgte der Gruppe und teilte sich das Gewicht der Truhe mit Riona, wobei sie sorgfältig auf die Kinder achtete, die müde und hungrig wurden.

Ein paar Straßen weiter hielt Mr. Emmerson an und deutete ihnen an, ein lagerhausartiges Gebäude aus Sandsteinblöcken zu betreten. Drinnen duftete es herrlich nach köchelndem Eintopf, der Ellen das Wasser im Mund zusammenlaufen ließ.

Mr. Emmerson stand auf einem erhöhten Podest an einem Ende des langen Raums, in dem zahlreiche Tische und Bänke standen. »Meine Damen und Herren, ich bitte um Ihre Aufmerksamkeit. Erstens: Willkommen in Sydney. Ich freue mich sehr, dass Sie gut angekommen sind. Mr. und Mrs. Weston, die dort drüben neben dem Erfrischungstisch stehen, haben hier die Verantwortung und wohnen nebenan, sollte es einen Notfall geben. Es gibt drei Stockwerke in diesem Gebäude. Alleinstehende Männer übernachten in diesem Stockwerk, Ehepaare und Familien im mittleren und oben die alleinstehenden Frauen. Alle Betten sind mit sauberem Bettzeug ausgestattet. Die Mahlzeiten werden dreimal am Tag serviert, ähnlich wie auf dem Schiff, das Sie gerade verlassen haben.« Er lächelte, in einer Hand hielt er ein Blatt Papier. »Die Waschgelegenheiten befinden sich hinten durch die Tür dort.«

»Er ist gutaussehend, nicht wahr?« Moira stupste Ellen an.

Ellen bedeutete ihr zu schweigen und hörte Mr. Emmerson zu.

»Ich werde morgen früh wiederkommen, um mit Ihnen über Arbeitsstellen und andere wichtige Dinge zu sprechen, aber jetzt ist es schon spät, und Ihr seid sicher müde und hungrig. Mr. und Mrs. Weston werden Ihnen helfen und Ihnen während ihrer ersten Nacht Unterstützung bieten. Bitte genießen Sie die vorbereitete Mahlzeit. Gute Nacht.« Er stieg vom Podest und ging durch die Menge, die sich in Gruppen aufteilte.

Ellen wies die Kinder an, sich an den nächsten Tisch zu setzen, und sie würde ihnen etwas zu essen bringen.

»Ich werde dir helfen«, sagte Riona.

»Ich denke, du solltest besser hochgehen und uns ein paar Betten suchen. Nimm Austin mit. Ich schicke Patrick hoch, sobald er gegessen hat, damit er dir helfen kann.«

»Machst du dir Sorgen, dass wir oben keinen guten Platz

haben werden?« Riona blickte sich um. »Alle sind nur mit dem Essen beschäftigt.«

»Gut, dann können wir uns die besten Plätze aussuchen, am besten so weit wie möglich von der Tür entfernt.«

»Dann gehe ich mal hoch.« Riona schnappte sich einige ihrer Taschen. »Was hältst du von Mr. Emmerson? Er war nicht das, was ich erwartet hatte.«

»Ich weiß«, meinte Ellen. »Ich dachte, er wäre alt, fett und selbstgefällig!« Sie grinste. »Wo sind sein Schnurrbart und sein Stock?«

»Ich habe zwar einen Stock, aber leider keinen Bart«, sagte eine amüsierte Stimme hinter Ellen.

Sie fuhr herum, und die Hitze stieg ihr in die Wangen. »Gott und seine Heiligen! Ich wollte nicht unhöflich sein, Sir. Verzeihen Sie mir.« Ellen überlegte, ob sie auf die Knie fallen und ihn um Vergebung bitten sollte.

»Ich versuche auch, nicht allzu fett zu werden.« Emmerson zwinkerte ihr zu.

»Mr. Emmerson, es tut mir leid, wirklich.«

»Ich verstehe den Witz, Mrs. Kittrick.« Sein jungenhaftes Lächeln ließ seine Augen funkeln. »Was ist das Leben, wenn man nicht lachen kann, vor allem über sich selbst?«

Sie nickte und hoffte, dass sie ihre Chancen, seine Hilfe zu bekommen, nicht zunichte gemacht hatte.

»Meinen Notizen zufolge sollten Sie zu sechst sein?« Er blickte auf das Blatt Papier in seiner Hand. »Aber auf dem Schiff informierte mich Doktor Williams, dass Ihre Mutter auf der Reise verstorben sei.«

»Das ist sie, ja.«

Er verbeugte sich. »Mein aufrichtiges Beileid, Mrs. Kittrick. Das muss sehr schwer für Sie gewesen sein.«

»Ich danke Ihnen, Sir.«

»Ich hoffe, Sie schlafen gut. Ich wünsche Ihnen eine gute Nacht.«

»Was für ein reizender Mann«, sagte Riona und beobachtete, wie er einigen Männern an der Tür die Hand schüttelte, bevor er ging.

»Komm jetzt, wir müssen uns einrichten.« Ellen sah ihm ebenfalls nach und fragte sich, welche Möglichkeiten sich ihnen die kommenden Tage bieten würden.

KAPITEL 15

Rafe verließ die Bank und ging die London Road entlang in Richtung der Docks. Der kurze Spaziergang in der frischen Februarluft würde ihm helfen, nach einem Morgen voller Besprechungen einen klaren Kopf zu bekommen.

Da sein Kredit bei der Bank gesichert war, hatte er ein weiteres Schiff gechartert und mit Fracht beladen. Es war finanziell sinnvoll, zwei Schiffe gleichzeitig in Betrieb zu haben. Während das eine auf dem Weg nach Australien sein würde, würde sich das andere bereits auf dem Rückweg befinden. Und jetzt, da im Süden der Kolonie Gold gefunden worden war, suchte die Regierung händeringend nach mehr Männern, um diejenigen zu ersetzen, die in den Busch gegangen waren, um ihr Glück mit der Goldsuche zu machen. Er könnte leicht ein Dutzend Schiffe füllen, aber er musste langsam anfangen und eine solide Geschäftsstruktur aufbauen. Zu diesem Zeitpunkt gierig zu sein, wäre zu gewagt, zu riskant, etwas, was sein Vater getan hätte.

Er stürmte die Treppe zu seinem Büro hinauf und traf Pollard am oberen Ende der Treppe.

Pollard nahm ihm Hut und Mantel ab. »Sir, Sie haben einen Besucher, Mr. Milford.«

Rafe hielt inne, dann öffnete er die Tür. »Milford? Das ist eine wirklich angenehme Überraschung.«

»Rafe.« Milford schüttelte seine Hand und klopfte ihm auf den Rücken. »Lange nicht mehr gesehen, mein Freund. Du siehst gut aus.«

»Mir geht es auch gut. Wie geht es dir und deiner Familie?« Rafe wies auf den Stuhl gegenüber seinem Schreibtisch, froh, seinen langjährigen Freund zu sehen. »Es ist bestimmt schon ein Jahr vergangen, seit ich dich das letzte Mal im Club gesehen habe.«

»Ja, kann sein. Mayfair ist ohne dich verloren«, scherzte Milford.

Rafe grunzte amüsiert. »Unwahrscheinlich. Was führt dich nach Liverpool?«

»Mein Vater. Ich soll die Kontrolle über das Schifffahrtsgeschäft in New York übernehmen, ob ich will oder nicht. Ich segle morgen früh dorthin.« Milford zuckte mit den Schultern. »Ich wusste immer, dass ich irgendwann England verlassen muss, aber der Abschied fällt mir schwer. Meine Geliebte ist auch nicht gerade glücklich darüber.«

»Das kann ich mir vorstellen.«

Milford lachte. »Nun, ich werde bald ersetzt werden, da mache ich mir keine großen Sorgen.«

Pollard klopfte an die Tür und brachte ein Tablett mit Kaffee herein, das er auf einen kleinen Tisch stellte, bevor er sich diskret wieder zurückzog.

Während Rafe den Kaffee einschenkte, stand Milford am

Fenster und betrachtete die Schiffsszene. »Wie gefällt es dir, hier zu leben und nicht in London?«

»Ich mag den Mangel an Klatsch und Tratsch.« Rafe nahm seinen Kaffee und setzte sich hinter seinen Schreibtisch. »Hier kann ich mich einfach auf das konzentrieren, was ich zu tun habe. Keine Probleme, die gelöst werden müssen.«

»Apropos Probleme …«, seufzte Milford.

Ein beunruhigendes Kribbeln lief Rafe über den Rücken. »Was ist geschehen?«

»Ich habe vor zwei Tagen deine Schwester getroffen.«

»Iris? Du hast sie in Paris gesehen?«

»Nein, sie sind vor einem Monat nach London zurückgekehrt. Ich habe Iris zufällig auf der Oxford Street getroffen.« Milford nippte an seinem Kaffee.

»Sie sind seit einem Monat wieder in England und ich hatte keine Ahnung.«

»Ich denke, das war so gewollt, mein Freund.«

»Du kannst mir gleich alles erzählen, was du weißt«, sagte Rafe und wappnete sich gegen das, was noch kommen würde.

»Iris hat vor zwei Wochen Edgar Porter-Denning geheiratet.«

»Nein!« Rafe konnte es nicht fassen. »Porter-Denning ist älter als mein Vater. Sie waren zusammen auf der Universität. Warum sollte sie *ihn* heiraten, und das so schnell? Sie sind erst vor drei Monaten nach Paris gegangen. Warum hat Iris mir nicht geschrieben? Ich hätte doch etwas tun können.«

Milford hob die Hände. »Iris bat mich, dir zu sagen, dass du nicht wütend werden sollst. Die Ehe ist vollzogen und kann nicht annulliert werden …«

Rafe verstand, was er meinte, und fluchte leise vor sich hin. »Dieser Bastard hat sie ausgenutzt.«

»Nein, nach allem, was ich gehört habe, hat Iris es freiwillig getan, vielleicht nicht gerade ohnmächtig vor Freude, aber sie trat anstandslos vor den Altar.«

»Aber warum?« Rafe konnte es nicht verstehen.

»Da ist noch etwas …«

»Natürlich.« Rafe stöhnte und fuhr sich mit der Hand durch die Haare.

»Drew hat sich in Paris in Schwierigkeiten gebracht. Er wurde wegen Betrugs bei einem Kartenspiel verhaftet. Sie flohen alle zurück nach London. Es scheint, dass Porter-Denning ihnen geholfen hat. Alles, was er im Gegenzug für die Hilfe verlangte, war, Iris zu heiraten, da er einen Erben brauchte. Sie willigte ein. Ihr neuer Mann hat sie alle auf seinem Anwesen bei Watford untergebracht. Iris sagte, sie würde dir schreiben, sobald sie kann und alles erklären.«

»Ich kann es nicht glauben.« Rafe ließ sich gegen seinen Stuhl sinken. »Meine Familie ist wieder einmal Ziel von Klatsch und Tratsch in den Londoner Salons geworden.«

Milford trank noch einen Schluck Kaffee. »Leider ist dein Bruder eigensinnig und egoistisch. Er tut, was ihm gefällt, ohne an den Schaden zu denken, den er der Familie zufügen kann. Iris mag gut geheiratet haben und ist jetzt in Sicherheit, aber dein Vater und Drew werden denken, dass sie damit wieder tun und lassen können, was sie wollen. Es tut mir leid, alter Freund.«

»Mir fehlen die Worte dafür.« Rafe zuckte verzweifelt mit den Schultern. »Wenn ich der Meinung bin, dass sie nicht noch tiefer sinken können, beweisen sie, dass sie es mühelos schaffen. Dass Drew wegen Betrugs verhaftet wurde … und die liebe Iris einen alten Mann heiraten musste, um die Familie zu retten …«

»Es ist nicht deine Schuld, Rafe.«

»Ich habe so oft versucht, zu helfen. Ich habe sie hierher

gebracht, weil ich dachte, eine neue Stadt würde ihnen helfen, sich zu ändern. Als sie dann weggingen, war ich froh über den Frieden.«

»Dein Vater und dein Bruder werden sich nicht ändern. Du hast versucht, ihre Ausschweifungen zu zügeln, aber es hat nichts gebracht. Sie sind entschlossen, sich selbst zu ruinieren. Sei froh, dass Iris eine gute Ehe eingegangen ist und in Sicherheit ist.« Milford stellte seine Tasse auf dem Tablett ab. »Ich muss gehen, alter Freund, ich habe noch viel zu erledigen, bevor ich an Bord des Schiffes gehe.«

Rafe schüttelte seine Hand. »Pass gut auf dich auf. Genieß New York und alles, was es zu bieten hat.«

»Hm, ich würde lieber in die Kolonie segeln und mich dort am Goldrausch beteiligen.«

»Du? In der Erde wühlen?« Rafe lachte. Er hatte noch nie gesehen, dass Milford auch nur den kleinsten Schmutzfleck aufwies.

»Nun, vielleicht nicht ich persönlich, aber ich würde jemanden dafür bezahlen, es für mich zu tun. Mir gefällt der Gedanke, über Land zu schreiten, das noch niemand betreten hat.«

Die Vorstellung davon, ließ Rafe innehalten. So etwas wäre gewiss aufregend.

»Sollte ich allerdings nicht nach New York gehen, würde mich mein Vater leicht enterben, und ich genieße meinen Luxus zu sehr, als dass ich das zulassen würde.«

Rafe gluckste. »Gute Reise, mein Freund, und danke, dass du mir die Nachricht von meiner Familie überbracht hast.«

Milford nickte ernsthaft. »Vergiss sie, Rafe. Such dir eine hübsche Frau, heirate und ziehe ein paar Söhne groß. Im Leben kann es nicht nur darum gehen, Geld zu verdienen, oder zumindest solltest du beides gleichzeitig tun. Lebe wohl.«

Rafe trat ans Fenster, nachdem Milford gegangen war, und dachte an Iris, aber auch an Mrs. Kittrick. War sie sicher in Sydney angekommen? Was machte sie jetzt gerade? Es würde noch drei Monate dauern, bis er von Emmerson hörte, dass die *Blue Maid* angekommen war. Hatte Mrs. Kittrick ihm geschrieben? Dachte sie an ihn, wie er an sie dachte?

Er starrte hinaus auf die zahlreichen Schiffsmasten. Auf die Möwen, die sich gegen die graue Wolkendecke abhoben. Unten auf der Straße ging ein Mann vorbei, der einen Handkarren mit einer Truhe und einigen Reisetaschen schob. Der Mann war auf dem Weg in ein Abenteuer, wahrscheinlich ging er heute an Bord eines Schiffes, das ihn weit über die Meere bringen würde, um neue Orte kennenzulernen und neue Menschen zu treffen, um andere Speisen und Kulturen zu probieren.

Plötzlich fühlte sich Rafe eingeengt, begrenzt. Er hatte die Britischen Inseln und einige Teile Frankreichs bereist, aber in den letzten fünf Jahren war er so sehr damit beschäftigt gewesen, den Reichtum seiner Familie zu retten und ihren finanziellen Status mit neuen Geschäftsideen wiederherzustellen, dass er vergessen hatte, was es hieß, sich einfach zu entspannen und sein Leben zu genießen. Wann war er das letzte Mal mit Freunden auf die Pirsch gegangen oder hatte sich eine Vorstellung im Theater angesehen?

Er war zweiunddreißig Jahre alt, und jeden Abend verließ er das Büro, ging nach Hause und arbeitete in seinem Arbeitszimmer, wobei er die Mahlzeiten an seinem Schreibtisch von einem Tablett aß. Seit Iris und seine Mutter nach Paris gegangen waren, hatte er auf jegliche Unterhaltungen verzichtet. Er hatte keine Geliebte, und die wenigen

Geschäftsleute, die er in Liverpool kannte, unterhielten weder ihn noch er sie. Sie trafen sich tagsüber in Clubs und besprachen Geschäfte, bevor sie wieder getrennte Wege gingen. Er hatte sich so sehr darauf konzentriert, den Ruf und den Reichtum der Familie wiederherzustellen, dass er vergessen hatte, wirklich zu leben.

Wenn er so weitermachte, würde er als einsamer alter Mann sterben.

Er tippte tief in Gedanken versunken mit den Fingern an den Fensterrahmen. Milford hatte recht. Er sollte eine Frau finden und heiraten, ein paar Söhne großziehen …

Mrs. Kittrick kam ihm in den Sinn. Ihr hübsches Gesicht und diese schönen Augen, die zu ihm sprachen, ohne dass sie es merkte.

Doch sie war am anderen Ende der Welt.

Sie war dort, wohin *sein* Schiff sie brachte …

* * *

»SEHE ICH ANSTÄNDIG AUS?«, fragte Ellen Riona.

»Hörst du eigentlich, was du gerade sagst? Ja, du siehst gut aus.«

Ellen strich ein letztes Mal ihren Rock glatt, richtete die Spitze an ihrem Hals und atmete tief ein. »Wünscht mir Glück.«

»Ich bete zur heiligen Mutter, dass du eine Anstellung findest.«

»Was habe ich dazu gesagt, so offen über Religion zu sprechen?«

»Hör auf. Was kann es schaden, dir alles Gute zu wünschen?«, schnauzte Riona.

Ellen schloss verärgert die Augen. Egal, wie oft sie es sagte,

Riona weigerte sich, ihr Vorhaben, weniger Irisch zu sein, zu übernehmen.

In den drei Tagen seit ihrer Ankunft waren Ellen und ihre Familie durch die ganze Stadt gelaufen, um sich mit den Straßen und der Lebensweise hier vertraut zu machen. Sie hatte zwei weitere Briefe an Mr. Hamilton geschrieben, in denen sie ihn über ihre Ankunft und ihre Unterkunft in Sydney informierte. Sie hoffte, er würde sich freuen, so viele Briefe von ihr zu erhalten

Als sie durch die Straßen ging, fielen ihr auch mehrere Schilder auf, auf denen stand, dass Iren sich gar nicht erst darum bemühen sollten, nach Arbeit oder Unterkunft zu fragen. Genau wie in Liverpool hatten die Iren den Ruf, trunksüchtig und faul zu sein. Das bestärkte Ellen in ihrem Entschluss, ihre Muttersprache nicht zu verwenden und die offensichtlichen Zeichen ihres Katholizismus zu verbergen.

»Benehmt euch«, sagte sie zu Austin und Patrick. »Und passt auf eure Schwester auf.«

Ellen gab den Kindern einen Kuss, band sich ihre Haube über das frisch gewaschene Haar, schlüpfte in ihre Handschuhe und machte sich auf den Weg zur Treppe.

»Viel Glück, Ellen«, rief Moira von ihrem Bett aus.

»Für dich auch, Moira. Ich hoffe, du erfährst heute etwas über deinen Mann.« Ellen lächelte und ging die Treppe hinunter, gerade als Mrs. Duffy nach oben kam. »Guten Morgen, Mrs. Duffy.«

»Mrs. Kittrick.« Mrs. Duffy nickte steif. »Ich sehe, Sie sind auf dem Weg nach draußen?«

»Ja, ich mache mich wieder auf die Suche nach Arbeit. Als ich gestern mit Mr. Emmerson sprach, sagte er, dass ich leicht eine Stelle in einem der Hotels finden könnte, besonders in denen, die Essen servieren. Wenn ich dort kein Glück habe, soll ich es in einigen Privathäusern am Hafen versuchen und mich um eine Stelle als Haushälterin bewerben.«

»Möge Gott Ihnen eine solche Chance geben.«

»Ich verlasse mich lieber auf meine eigenen Fähigkeiten, als es Gott zu überlassen«, entgegnete Ellen, und die andere Frau wandte sich steif ab.

Draußen schimpfte Ellen über sich selbst, weil sie Mrs. Duffy verärgert hatte. Die arme Frau hatte es nicht verdient. Mrs. Duffy hielt an ihrer Religion fest wie ein Kind an seiner Lieblingsdecke. Es gab ihr Sicherheit, und Ellen hatte kein Recht, ihr deswegen ein Vorwurf zu machen, schließlich war Mammy auch so gewesen. Wenn ihr eigener Glaube schwand, und das tat er, dann musste sie trotzdem Rücksicht auf andere nehmen.

Ellen eilte die Cumberland Street entlang, weg vom Hafen, bog um eine Ecke und stieß geradewegs mit einem Mann zusammen.

»Meine Güte, ich bitte um Verzeihung, Madam.«

»Verzeihen Sie mir!«

Sie sprachen beide auf einmal.

Ellen lächelte Mr. Emmerson an. »Ich habe nicht darauf geachtet, wo ich hingehe.«

»Ich auch nicht, Mrs. Kittrick. Ich habe die Zeitung gelesen, wofür man mich zur Rechenschaft ziehen sollte. So etwas kann ich auch bequem zu Hause tun. Es ist jedoch ein Zufall, dass wir uns getroffen haben, denn ich war auf dem Weg zu Ihnen.«

»Zu *mir*?«

»In der Tat. Wissen Sie, meine Haushälterin hat mich verlassen, Mrs. Kittrick. Sie hat sich entschlossen, einen Mann zu heiraten, genauer gesagt den Lieferanten des Metzgers, und sie sind zu den Goldfeldern jenseits von Melbourne aufgebrochen. Dort unten entstehen anscheinend überall Zeltstädte. Diese erstrecken sich weit ins Landesinnere.«

»Oh.« Ellen wusste nicht, was sie darauf antworten sollte. Sie wusste von dem Goldrauschfieber, das die Kolonie erfasst hatte.

»Ich habe also momentan keine Haushälterin mehr und habe an Sie gedacht.«

Hoffnung blühte in ihr auf. »Danke.«

»Würden Sie mich zu meinem Haus begleiten? Ich kann Ihnen alles zeigen und wir können darüber sprechen, ob es für Sie geeignet ist, wenn es Ihnen recht ist.«

»Ja, danke, Sir.«

Sie gingen gemeinsam zurück zum Hafen.

»Mein Haus ist nicht weit entfernt, es liegt in der Lower Fort Street«, erklärte er ihr, während sie nach links abbogen und die Argyle Street in Richtung Westen gingen. »Ich habe mein Haus gekauft, als ich vor drei Jahren hierher kam. Es ist klein, aber für meinen derzeitigen Lebensstil in Sydney vollkommen ausreichend. Natürlich möchte ich auf dem Stück Land, das ich besitzt, ein schönes Haus bauen.«

»Sie haben auch Land?«, fragte Ellen ihn eifrig.

»Ja, fünfhundert Morgen wurden mir letztes Jahr zugesprochen. Ich habe eine große Rinderherde, die dort mit einem Mann umherzieht, der auf sie aufpasst.«

»Wie wird einem Land zugesprochen, Mr. Emmerson? Ich wünsche mir, selbst welches zu haben.«

»Vor zwanzig Jahren oder mehr wurden Landzuteilungen an freie Siedler und einige ehemalige Sträflinge vergeben. Heute muss man in den meisten Fällen etwas für die Regierung getan haben oder eine Person mit gutem Ruf sein, um solche Landzuweisungen zu erhalten. Der Rest des Landes muss gekauft werden.«

»Ich verstehe.« Enttäuschung erfüllte sie. Die Landzuteilungen waren nicht für Leute wie sie gedacht, aber wenn sie sparen und mit der Zeit selbst Land kaufen konnte …

»Mein Importgeschäft ist erfolgreich, und durch meine Kontakte konnte ich vor einiger Zeit einen Zuschuss beantragen. Da Mr. Hamilton und ich das Auswanderungsprogramm durchführen, plane ich, meinen Landbesitz zu vergrößern. Die Regierung ist sehr zufrieden mit mir, denn ich habe meine Dienste bei vielen Expeditionen ins Landesinnere angeboten. Wenn man sich für die Regierung nützlich macht und viele wichtige Freunde hat, hat man die Möglichkeit, hier voranzukommen, und das habe ich auch vor, Mrs. Kittrick.«

Ellen blickte ihn an und erkannte, dass sich hinter dem freundlichen, jungenhaften Äußeren ein kluger Geschäftsmann verbarg.

Emmerson blieb vor einem Lattenzaun, der ein zweistöckiges Haus mit roten Ziegeln umgab, stehen. Schindeldachziegel, kleine Sprossenfenster und ein rauchender Schornstein vervollständigten das Bild. Neben dem Haus verlief ein unbebautes Grundstück, auf dem ein Pferd weidete, bis hinunter zum Wasser.

»Millers Point befindet sich zu unserer Linken, und Dawes Point befindet zu unserer Rechten. Von den Fenstern im Obergeschoss kann man den Hafen überblicken.« Emmerson öffnete das kleine Tor und führte sie zur Haustür, die er mit einem Schlüssel öffnete.

Das Haus war in der Tat einfach. Ein quadratisches Wohn- und Esszimmer befand sich zu beiden Seiten des Flurs. Hinter der Treppe befanden sich die schmale Küche und die Speisekammer mit einer Treppe, die in den Keller hinunterführte. In einem Anbau neben der Hintertür befand sich eine Spülküche, und im hinteren Garten befanden sich der Abort und ein kleiner Stall. Im Obergeschoss gab es drei Schlafzimmer und auf dem Dachboden war Platz für ein paar Einzelbetten.

»Ich dachte, Ihre Kinder könnten sich den Dachboden teilen, während Sie und Ihre Schwester sich dieses Schlafzimmer teilen würden«, sagte Emmerson und öffnete die Tür zu einem großen Schlafzimmer. »Das andere Schlafzimmer gehört mir, und das mittlere Zimmer dient als Abstellraum, fürchte ich.«

»Das ist schön.« Ellen folgte ihm die Treppe hinunter. Das Haus war nicht so groß wie Wilton Manor, aber es war dreimal so groß wie ihr Cottage in Irland.

»Als Haushälterin spart man sich die Miete für eine Unterbringung. Es gibt eine gute römisch-katholische Schule gleich die Straße hinauf. Ich würde Ihrer Schwester nichts berechnen. Sie könnte Ihnen entweder helfen, und ich würde sie bezahlen, oder sie könnte sich eine andere Stelle suchen …«

»Das scheint perfekt zu sein, Mr. Emmerson.«

»Ich bin ein vielbeschäftigter Mann und bin von morgens bis abends außer Haus. Ich würde Sie also bei der Arbeit nicht stören und bräuchte Sie nicht jeden Moment des Tages auf Abruf.«

Ellen nickte und dachte schnell nach, während sie sich im Wohnzimmer umsah. »Ich würde die Stelle sehr gerne annehmen, danke.«

Er lächelte breit. »Ausgezeichnet. Jetzt habe ich einen Termin in der King Street, aber hier sind die Schlüssel. Sie können Ihre Familie hierher bringen und sich einrichten. Ich werde heute Abend zurück sein.«

»Soll ich Ihnen etwas zu essen machen?«, fragte Ellen und nahm den Schlüssel entgegen.

»Das wäre sehr schön. Ich werde um sieben Uhr zu Hause sein.«

Allein im Haus, nahm sich Ellen die Zeit, noch einmal alle Zimmer zu besichtigen. In Emmersons Schlafzimmer fiel ihr das ordentlich gemachte Doppelbett mit dem grün-roten Bettbezug auf und das Buch mit den Gedichten auf dem kleinen Tisch neben seinem Bett. Im Kleiderschrank befand sich seine gesamte Kleidung, und auf einer Schublade lagen seine Rasierutensilien sowie ein Waschbecken und eine Schüssel. Alles war ordentlich und aufgeräumt.

Unten, in der Küche, befand sich in den Schränken schlichtes weißes Porzellangeschirr. Eine Teekanne aus Steingut stand auf dem schmalen Tisch, der an die Wand geschoben worden war. Der Herd glühte vor sich hin und Ellen legte Holzstücke nach. Wenn sie später eine Mahlzeit kochen wollte, brauchte sie ein gutes Feuer.

Als Nächstes schloss sie die Speisekammer auf und notierte sich, welche Lebensmittel es auf Vorrat gab: Tee, Zucker, Hafer, Melasse, Salz und Mehl. Als sie die Kellertür öffnete, ging sie ein paar Stufen hinunter und konnte sehen, dass die Regale durch den Lüftungsschlitz in der hinteren Wand schwach beleuchtet waren. Unten an der Treppe lag ein Sack Kartoffeln, und an einem Haken darüber hing eine Schinkenkeule.

Damit war das Abendbrot gesichert.

Als sie ihren Blick durch das Haus schweifen ließ, durchfuhr Ellen ein Schauer der Erregung. Sie hatte eine bezahlte Stelle und ein Zuhause für ihre Kinder und Riona. Sie würde sich die Finger wund arbeiten, um Mr. Emmerson zu gefallen, der ihr diese unglaubliche Chance gab.

* * *

RAFE BETRAT sein Haus und schüttelte sich den Regen von Hut und Mantel.

»Guten Abend, Sir«, begrüßte ihn sein Dienstmädchen und nahm ihm seine nassen Sachen ab. »Das Abendessen wird in einer halben Stunde fertig sein, Sir. Das Feuer ist in Ihrem Arbeitszimmer angezündet.«

»Danke.« Rafe begrüßte die Wärme im Raum, als er in das Arbeitszimmer ging. Der Regen war kalt und ein eisiger Sturm wehte von der Küste herüber.

Er holte die Post von seinem Schreibtisch, stellte sich mit dem Rücken zum Feuer und schaute die Umschläge durch, bis er Iris' Handschrift erkannte.

12. Februar 1852.

GELIEBTER BRUDER,

ich vermute, dass du dich inzwischen mit deinem guten Freund Mr. Milford getroffen hast und er dir meine Neuigkeiten mitgeteilt hat. Bitte lass dich davon nicht entmutigen.

Als ich alle Fakten betrachtete, wurde mir klar, dass meine Chancen, eine gute Ehe zu führen, in den letzten Jahren stark gesunken sind, und in den letzten Wochen noch weiter, seit Drew in Paris verhaftet wurde. Es ist unwahrscheinlich, dass eine Heirat aus Liebe mein Schicksal sein wird. Ich bin fast siebenundzwanzig Jahre alt, Rafe. Ich bin kein junges Mädchen mehr, das voller Träume ist.

Die Heirat mit Edgar hat viele Menschen glücklich gemacht.

Außerdem möchte ich gerne Mutter werden und ein eigenes Heim haben. Durch die Heirat mit Edgar bin ich sogar Herrin über zwei Häuser, Cherrybank, Edgars Landsitz, und sein Londoner Stadthaus. Und ich hoffe, so Gott will, dass ich bald mit einem Kind gesegnet sein werde, das ich lieben und für das ich sorgen kann. Vor allem aber habe ich Sicherheit – ein seltenes Gut in unserer Familie, meinst du nicht auch?

Edgar bewundert und respektiert mich. Auf seine Art liebt er mich, und damit bin ich zufrieden. Er braucht eine Frau und wünscht sich sehnlichst einen Sohn. Wenn ich ihm diesen Wunsch erfülle, dann ist mein Leben etwas wert. Er war Vater und Drew ein guter Freund. Wieder einmal sind sie schuldenfrei. Vater verspricht, sich zu ändern. Die Zeit wird es zeigen.

Drew ist in die Armee eingezogen worden. Edgar hat darauf bestanden, als er seine Schulden abbezahlt hatte. Hoffentlich wird es ihm helfen, sich zu ändern. Wenn Drew seine Ausbildung abgeschlossen hat, wird ihn die Armee vielleicht weit weg von London und dem Einfluss der Spielhöllen schicken. Wir können nur dafür beten.

Mama geht es, soweit es ihr zerbrechlicher Zustand zulässt, sehr gut. Die Flucht aus Paris hat sie in vielerlei Hinsicht zerrüttet, und ich fürchtete, wir würden sie auf dem Weg zurück nach England zu Grabe tragen müssen. Sie hat sich in Edgars Anwesen erholt, aber ich spüre, dass ihre Zeit auf Erden sich dem Ende zuneigt. Deshalb möchte ich dich einladen, uns auf Cherrybank zu besuchen. Mama würde sich genauso freuen, dich zu sehen, wie ich es tun würde, und ich möchte, dass du Zeit mit Edgar verbringst, der freundlich und rücksichtsvoll ist. Vielleicht würde es dich dann beruhigen, dass ich keine schreckliche Entscheidung getroffen habe.

In Liebe, deine Schwester,

Iris.

RAFE FALTETE DEN BRIEF ZUSAMMEN. Seine Schwester war keine törichte Frau. Sie würde die Situation abwägen und erkennen, wie viel Gutes sie durch eine Heirat mit Porter-

Denning tun konnte. Wie konnte er es ihr verübeln, dass sie sich absichern wollte? Dennoch plagten ihn Schuldgefühle, weil er nicht in der Lage gewesen war, ihr Sicherheit zu geben und glücklich zu machen, ebenso wie Mutter. Er hatte sich sehr bemüht, aber offensichtlich nicht genug. Vater hatte gesiegt.

Seine Hände ballten sich zu Fäusten bei dem Gedanken an seinen selbstgefälligen Vater, der ohne jede Sorge im Salon von *Cherrybank* saß und wusste, dass er für immer ein Zuhause bei seiner Tochter haben und im Luxus leben würde.

Und Mama … Liebe, süße Mama. Zerbrechlich und erschöpft von der Sorge, mit einem Spieler verheiratet und Mutter eines weiteren zu sein. Er musste sie wiedersehen, bevor es zu spät war und sie für immer für ihn verloren war. Er würde morgen abreisen, ein oder zwei Tage mit Iris und Mama verbringen und dann England verlassen, so wie er es geplant hatte.

KAPITEL 16

Ellen hängte mehrere weiße Laken und Tischtücher auf und blinzelte in das grelle Sonnenlicht, das sich auf dem Wasser spiegelte. Sie war bereits vor dem Morgengrauen aufgestanden, um der brütenden Hitze zu entgehen. Der Waschtag war schon schwer genug, ohne dass sie ihn bei steigenden Temperaturen verbringen musste. Das Schrubben und Spülen des Wäschestapels würde den ganzen Vormittag in Anspruch nehmen, und danach hatte sie noch so viel zu tun.

Mr. Emmerson bewirtete jede Woche viele Leute, und bei so viel Kochen und Putzen hatte sie nie Zeit für sich. Aber er bezahlte sie gut. Außerdem hatte sie die Möglichkeit, ihm zuzuhören und viel von ihm zu lernen. Er gab gerne sein Wissen über die Stadt und das Leben in der Kolonie weiter, das Ellen sich für die Zukunft aufbewahrte.

Der Hafen glitzerte in der Märzsonne, schillernd und blau. Kleine Schiffe kreuzten von Bucht zu Bucht, während etwas links von ihr größere Boote ihre Ladung in die Lagerhäuser an den Ufern entluden.

Der plötzliche Knall einer Kanone ließ sie zusammenzucken. Die Soldaten feuerten auf die Batterie im Osten.

»Das hat mich erschreckt!«, rief Bridget und lachte, während sie am Zaun stand und Pepper, Mr. Emmersons Pferd, fütterte.

»Daran sollten wir uns inzwischen gewöhnt haben, oder?« Ellen schnappte sich den leeren Korb und ging zurück zum Waschzuber.

Kurz darauf war der Korb voll mit Mr. Emmersons sauberen, nassen Hemden. »Bridget, lass Pepper in Ruhe und komm und hilf mir.«

»Wann bekomme ich Reitstunden?« Die Augen ihrer Tochter leuchteten vor Aufregung.

»Das werden wir sehen. Jetzt legst du all die dunklen Kleider in die Wanne und schwenkst sie mit dem Stock«, wies Ellen an und trug den Korb zu der Leine, die zwischen dem Stall und dem Schuppen gespannt war.

Während Ellen die Hemden aufhing, dachte sie an Emmersons Ankündigung von gestern Abend, als er nach dem Abendessen in die Küche kam. Er nahm seine Mahlzeiten allein im Esszimmer zu sich, doch sobald er fertig war, kam er in die Küche, um mit Ellen und ihrer Familie zu sprechen.

Zuerst war Ellen überrascht gewesen, dass er Zeit mit ihnen verbringen wollte, aber kurz darauf, merkte sie, dass er sich einsam fühlte. Er unterhielt sich gern mit der ganzen Familie, hörte den Kindern zu, wenn sie von ihrem Schultag erzählten oder davon, wie Riona sich beim Einkaufen verlaufen hatte, oder er lobte Ellen dafür, dass sie wieder ein leckeres Essen zubereitet hatte und das Haus noch nie so sauber gewesen war.

Gestern Abend hatte er die Reitstunden für Bridget erwähnt. Ihr Geburtstag war nächste Woche, und als er das ankündigte, dachte Ellen, ihre Tochter würde vor Überraschung in Ohnmacht fallen. Sie liebte Pferde und war Pepper sehr zugetan.

Doch wenn sie darüber nachdachte, konnte Ellen nicht umhin, sich zu fragen, warum Emmerson ihre Tochter verwöhnen sollte. Ebenso verunsicherte sie es ein wenig, dass er in diesem Moment mit den Jungen in der Stadt war, um eine kürzlich aus Indien eingetroffene Fracht zu inspizieren, die er an verschiedene Geschäfte nicht nur in Sydney, sondern auch im Süden in Melbourne und vielleicht sogar in Neuseeland weiterverkaufen wollte.

Dass er die Jungen in seine Geschäfte einbeziehen wollte, bereitete ihr einige Sorgen. Sie freute sich, dass ihre Kinder eine besondere Behandlung erfuhren, aber diese Freundlichkeit galt auch für sie. Sie hatte gesehen, wie er sie ansah, wie begierig er darauf aus war, sich mit ihr zu unterhalten. Was hatte das alles zu bedeuten? Sie war seine Haushälterin. Warum war er so freundlich?

»Ich habe heute Morgen in einem Schaufenster eine Anzeige gesehen«, sagte Riona, als sie aus dem Haus kam. »Für abendliche Nähkurse.«

»Du kannst doch schon nähen. Mammy hat es uns als kleine Mädchen auf ihren Knien beigebracht.«

»Das hier ist fortgeschrittener, mit Schwerpunkt auf Hutmacherei.« Rionas enthusiastischer Tonfall war nicht zu überhören.

»Willst du an den Kursen teilnehmen?«

»Ja, das will ich. Es kostet eine kleine Gebühr, aber ich gebe kaum etwas von meinem Lohn aus, den mir Mr. Emmerson zahlt. Der Unterricht findet am frühen Abend statt, also nachdem ich hier mein Tagewerk beendet habe.«

»Wenn es das ist, was du tun möchtest«, meinte Ellen und lächelte.

»Ja, und ich werde neue Leute kennen lernen. Es wäre schön, ein oder zwei Freunde zu haben.«

»Ja, das wäre es.«

»Der erste Kurs ist heute Abend.«

»Dann wünsche ich dir viel Spaß.«

»Kommst du nicht mit?«

»Nein. Ich bin abends zu müde.« Ellen begann, die Hose zu schrubben. »Könntest du es dann Bridget beibringen?«

»Ja, ich werde ihr alles beibringen, was ich dort lerne.«

»Ich will Reitunterricht!«, rief Bridget und blickte sie mürrisch an.

»Du, mein Mädchen, wirst auch nähen lernen«, meinte Ellen streng. »In deinem Alter konnten deine Tante und ich bereits sehr gut nähen.«

»Komm, Bridget.« Riona hielt ihr die Hand hin. »Du kannst mir helfen, meine Körbe auszupacken. Wir werden einen Tee kochen und die Bügeleisen aufheizen, denn bei dieser Hitze werden die Laken und die Kleidung im Handumdrehen trocken sein.«

Nach einer weiteren Stunde des Schrubbens, Spülens und Aufhängen der Wäsche fühlte sich Ellens Rücken an, als würde er entzweibrechen. Sie wischte sich mit dem Unterarm den Schweiß von der Stirn, kippte die Wanne um und ließ das Wasser in den harten, trockenen Boden einsickern.

»Mrs. Kittrick.« Emmerson kam aus dem Haus und runzelte die Stirn. »Sie sehen ziemlich erschöpft aus. Das viele Waschen ist zu viel für Sie. Ab nächster Woche werden wir jemanden einstellen, der diese Arbeit übernimmt. Was meinen Sie dazu?«

Müde nickte Ellen. »Ich meine dazu, dass das die beste

Nachricht ich, die ich heute zu hören bekommen habe, Mr. Emmerson.«

Er strahlte. »Ausgezeichnet. Austin und Patrick haben ein paar junge Leute getroffen, die sie von der Schule her kennen, und sind mit ihnen vor die Tür gegangen.«

»Haben sie sich benommen?«

»Das haben sie. Hervorragend sogar. Eine Ehre für Sie, Madam. Austin ist sehr interessiert an dem Geschäft und stellt viele Fragen.«

»Vielleicht wird er ja bald ein Lehrling?« Ellen stellte die Wanne in die Ecke des Stalls.

Emmerson rieb sich die Hände. »In der Tat. Ich esse heute Abend mit Freunden zu Abend. Es ist also nicht nötig, eine Mahlzeit für mich einzuplanen.«

»In Ordnung, Mr. Emmerson.«

Er zögerte einen Moment. »Ich habe mich gefragt, Mrs. Kittrick, ob Sie daran interessiert wären, mich auf mein Land im Süden zu begleiten? Sie hatten einmal erwähnt, Sie seien sehr am Grundbesitz auf dem Land interessiert.«

Ellens Augen weiteten sich vor Überraschung. »Sie möchten, dass ich Sie zu Ihrem Besitz begleite?«

»Ja. Ich könnte Ihnen zeigen, wie es dort aussieht, wenn Sie einverstanden sind. Wir könnten auch Austin mitnehmen, wenn Sie möchten.« Sein Gesichtsausdruck war hoffnungsvoll.

»Nichts täte ich lieber, Mr. Emmerson.«

Seine Schultern entspannten sich sichtlich. »Fabelhaft! Bridgets Geburtstag ist am Dienstag. Deshalb werden wir erst am Mittwoch abreisen. Ich werde mit den Vorbereitungen beginnen. Ich werde eine Kutsche und einen Fahrer für die Dauer der Reise mieten. Das Wetter ist seit Wochen trocken, also werden wir nicht im Schlamm stecken bleiben. Die

Straßen sind nicht befestigt und bekanntermaßen unbequem. Aus Erfahrung schlage ich vor, wir nehmen uns ausreichend Kissen mit. Guten Tag, Mrs. Kittrick!« Er ging und pfiff dabei eine fröhliche Melodie.

In der Küche saß Ellen am Tisch und wusste nicht, was sie sagen sollte.

»Du siehst vielleicht aus«, sagte Riona, während sie das Gemüse für das Mittagessen schnitt. »Dein Gesicht ist rot und ganz verschwitzt. Zum Waschen ist es draußen viel zu heiß.«

»Es ist bereits alles erledigt.«

»Bridget ist nach draußen gegangen, um bei den Jungs zu sein.« Riona schenkte ihr ein Glas Wasser ein. »Was hat Mr. Emmerson gewollt?«

»Er sagte, er wolle eine Frau einstellen, die die Wäsche macht. Ich habe auch so, genug andere Arbeiten zu verrichten.«

»Was für ein guter und freundlicher Herr er doch ist.« Riona seufzte. »Wie kann so ein Mann nicht schon verheiratet sein?«

»Er hat mich gebeten, ihn nächsten Mittwoch aufs Land zu begleiten.«

»Dich?« Riona starrte sie an. »Wieso?«

»Er weiß, wie sehr ich an Land interessiert bin.«

»Wir haben kein Geld für Land.«

»Nein, aber mit Mr. Emmersons Kontakten könnten wir etwas bekommen, das viele Tagesritte entfernt liegt. Ich habe in der Zeitung gelesen, dass sie das Land in den Weiten des Landes erschließen wollen.«

»Bleib vernünftig, Ellen. Sie würden kein Land an mittellose Iren geben.«

»Aber sie *könnten*, Riona, *könnten*!« Ellen stand auf und

schritt in der Küche hin und her. »Und falls sie es tun, muss ich wissen, was ich dafür tun muss. Wir sind hier nicht in Irland, wo man Kartoffeln in den Boden stecken kann und Monate später eine Ernte hat. Nein, dieses Land ist anders. Es ist heiß und trocken. Hier verdient man mit Rindern und Schafen sein Geld.«

»Rinder und Schafe. Hast du den Verstand verloren?«, spottete Riona. »Wir können uns mit den paar Schillingen, die wir haben, nicht einmal *eine* Kuh oder *ein* Schaf kaufen. Was sollten wir also mit dem Land machen, das sie uns geben?«

»Heilige Mutter Gottes, musst du immer das Haar in der Suppe suchen?«

»Weil das nur Träumereien sind, Ellen.« Riona schlug das Messer auf das Schneidebrett. »Warum kannst du nicht dankbar für das sein, was wir bereits haben? Sieh nur, wie viel Glück wir hatten, seit wir von zu Hause weg sind. Mr. Wilton, Mr. Hamilton und jetzt Mr. Emmerson. Niemand hat so viel Glück.« Sie bekreuzigte sich hastig. »Du arbeitest für einen guten, freundlichen Mann. Wir haben ein Dach über dem Kopf und bekommen jeden Tag Essen auf den Tisch. Du wolltest in dieses Land kommen, um ein besseres Leben zu beginnen, und wir haben es. Warum strebst du nach etwas, das unerreichbar ist?«

»Wer sagt, dass ich nicht träumen darf? Warum soll ich für einen Mann arbeiten, wenn ich vielleicht mein eigenes Haus haben kann? Stell dir vor, wir könnten ein Haus haben, das uns gehört, Riona. Uns allein. Kein Pächter. Keiner, der uns rausschmeißt, wenn es ihm beliebt. Unser Land. Unser Zuhause. Warum sollte ich das nicht wollen?« Wütend stürmte Ellen aus der Küche. Sie wollte nicht, dass die Kinder sie sahen, und schritt über das leere Grundstück zum Wasser.

Zwischen Millers Point und Dawes Point gab es einen

Weg entlang der Küste, auf dem man spazieren gehen konnte. Ellen bog nach links in Richtung Millers Point ab, und nachdem sie die zahlreichen Lagerhäuser hinter sich gelassen hatte, suchte sie sich einen Platz auf einer Wiese zwischen zwei Anlegern und starrte auf die Boote auf dem Wasser.

Ihr Gemüt beruhigte sich ein wenig, obwohl sie sich immer noch über Rionas Bemerkungen ärgerte. War es so schlimm, dass sie über ihr eigenes Leben bestimmen wollte?

»Mammy!«

Ellen drehte sich um und sah Austin, der den Weg entlanglief. Er ließ sich neben ihr ins Gras plumpsen.

»Ist alles in Ordnung?« Sie blickte ihn besorgt an.

»Ja, ist es. Ich habe dich gesehen und wollte dich begleiten.«

»Ich brauchte eine Minute für mich allein, Liebling.«

Austin legte sich auf den Rücken und schloss die Augen. »Ich finde es gut, dass Mr. Emmerson uns heute Morgen mitgenommen hat.«

Sie grinste, als er die Andeutung, zu gehen, nicht befolgte. »Er ist ein guter Mann.«

»Der Beste.«

»Er möchte, dass du und ich nächste Woche mit ihm aufs Land fahren.«

Austin setzte sich schnell auf und machte große Augen. »Wirklich? Aufs Land?«

»Ja.«

»Das wäre toll, nicht wahr?« Er klang bereits so erwachsen. An seinem nächsten Geburtstag würde er bereits dreizehn Jahre alt werden. Er war kein kleiner Junge mehr.

Ellen blickte wieder auf das Wasser. »Eines Tages haben wir vielleicht unser eigenes Land.«

»Das hoffe ich, Mammy, denn ich weiß, dass du es möchtest, aber ich hätte gern ein großes Haus hier in Sydney.«

»Das möchtest du?« Das überraschte sie. »Du würdest in der Stadt bleiben?«

»Jawohl. Ich möchte ein reicher Gentleman wie Mr. Emmerson werden, mit einer eigenen Kutsche und Dienern. Du könntest bei mir leben, Mammy. Ich würde mich um dich kümmern. Wir könnten Kuchen essen und ins Theater gehen.«

Sie konnte nicht über seine Träume lachen, denn es waren seine, genau wie sie ihre hatte.

* * *

»Halte die Zügel sanft in der Hand, Bridget«, wies Mr. Emmerson sie an. »Du brauchst nicht daran zu ziehen.«

Gerührt sah Ellen zu, wie Mr. Emmerson Bridget auf dem freien Gelände neben dem Haus ihre erste Reitstunde gab.

Er begann damit, dass er selbst auf Pepper ritt und Bridget alle Teile des Zaumzeugs erklärte, die man für ein Pferd brauchte. Dann hatte er sie hochgehoben, damit sie vor ihm im Sattel saß, und drehten mehrere Kreise, während die Familie zusah.

Jetzt war er abgestiegen und Bridget saß allein auf Pepper, nachdem er ein langes Seil am Zaumzeug des Pferdes befestigt hatte.

Ellen hatte Bridget noch nie so glücklich gesehen. Dank der reichhaltigen und regelmäßigen Ernährung in den letzten Monaten, war ihr kleines Mädchen gewachsen. Ihr ebenholzfarbenes Haar fiel dicht und seidig über ihren Rücken. Ohne Vorurteile wusste Ellen, dass ihre Tochter unglaublich hübsch war.

»Ich will das Pepper schneller läuft!«, rief Bridget, ohne auch nur das geringste Anzeichen von Angst.

»Nein. Zuerst musst du lernen, wie man richtig reitet.«

»Ich kann richtig reiten.« Bridget reckte störrisch ihr Kinn, was Ellen ärgerte.

»Du wirst auf Mr. Emmerson hören, junge Dame, oder du steigst ab. Geburtstag hin oder her, du wirst tun, was man dir sagt.«

»Vielleicht wäre eine Tasse Tee ganz nett, Mrs. Kittrick?«, schlug Mr. Emmerson von der Mitte des Platzes aus vor.

»Geh. Ich passe auf sie auf«, sagte Riona zu Ellen und lehnte sich neben sie an den Zaun. »Mr. Emmerson wird es schon schaffen.«

»Sie ist zu eigensinnig.«

Riona grinste. »Das hat sie gewiss von ihrer Mammy«

»Kann ich auch reiten lernen, Mammy?«, fragte Patrick.

»Natürlich kannst du das.« Ellen wandte sich wieder an Mr. Emmerson. »Könnten Patrick und Austin auch einmal reiten, Mr. Emmerson?«

»Gewiss. Selbstverständlich«, antwortete er fröhlich.

»Nein. Nicht sie, nur ich!«, rief Bridget.

Ellen biss die Zähne zusammen und versuchte ihr Temperament zu zügeln. »Sie wird sich gleich eine Ohrfeige einfangen.«

»Mach dir einen Tee, Ellen. Lass sie in Ruhe«, seufzte Riona. »Es ist ihr Geburtstag. Hatte sie jemals einen so besonderen Tag? Sie ist mit Hunger und Armut aufgewachsen. Soll sie doch den heutigen Tag ganz für sich haben.«

Später bestand Mr. Emmerson darauf, dass sie den Tisch im Esszimmer benutzten, um die Geburtstagsleckereien zu essen, die Ellen und Riona zubereitet hatten. Salate, Aufschnitt, Marmeladen und Kuchen bedeckten den Tisch.

»Das ist zu viel Essen.« Riona runzelte die Stirn und betrachtete den Tisch, während die Kinder aßen und mit Mr. Emmerson lachten.

»Ja, vielleicht ist es das«, stimmte Ellen zu. »Aber sieh dir doch an, wie glücklich sie sind. Das habe ich mir selbst versprochen, für sie zu tun. Ich will die Erinnerungen an unsere altes, feuchtes, dunkles Hütte mit seinen leeren Regalen auslöschen. Ich möchte, dass sie vergessen, dass sie jemals gekochte Brennnesseln oder Seetang essen mussten.«

»Noch vor sechs Monaten waren wir obdachlos und ohne jegliche Hoffnung. Wer hätte für möglich gehalten, dass wir jetzt in einen anderen Land sind und uns die Bäuche vollschlagen, bis wir fast platzen?« Riona schüttelte erstaunt den Kopf.

»Ich hielt es für möglich.« Ellen nippte an ihrem Tee. »Und das ist erst der Anfang. Alle unsere Geburtstage werden ein Fest sein. Du wirst schon sehen.«

In der Morgendämmerung des nächsten Tages, übergab Ellen ihre Tasche dem Kutscher der gemieteten Kutsche, der sie zusammen mit Mr. Emmersons kleinem Koffer befestigte. Austin streichelte voller Aufregung die beiden Pferde.

Nachdem sie schnell gefrühstückt hatte, verabschiedete sich Ellen von Riona, Patrick und Bridget. »Passt auf euch auf. Bereitet eurer Tante keinen Kummer«, sagte sie und wandte sich der Kutsche zu.

Mr. Emmerson kam als Letzter aus dem Haus und verabschiedete sich ebenfalls mit einem breiten Lächeln.

Bridget umarmte impulsiv sein Bein. »Ich werde Sie vermissen, Mr. Emmerson.«

Seit ihrer Reitstunde am gestrigen Nachmittag auf Pepper war Bridget so glücklich wie schon lange nicht mehr.

»Pass gut auf Pepper auf, liebes Mädchen.« Er tätschelte ihr den Kopf. »Können wir aufbrechen, Mrs. Kittrick?«

»Ja, Mr. Emmerson.«

»Dann lasst uns fahren.« Er reichte ihr die Hand, um ihr in die Kutsche zu helfen, dann half er Austin und stieg schließlich selbst ein.

Sie verließen in gleichmäßigem Tempo die Stadt in Richtung Südwesten nach Ashfield. Als die Gebäude und belebten Straßen den offenen Feldern, der Landwirtschaft und den unbefestigten Straßen wichen, lehnte sich Ellen entspannt zurück. Eine Woche lang würde es keine Arbeit für sie geben, die sie verrichten musste. Die Vorstellung gefiel ihr.

»Wenn wir gut vorankommen, sollten wir heute Abend in einem Gasthaus an der Straße, die durch Glenfield führt, übernachten«, sagte Mr. Emmerson. »Wir haben einen weiten Weg vor uns, und ich möchte die Pferde nicht zu sehr ermüden. Mein Land liegt in den Bergen, und der Weg dorthin ist zum Teil sehr steil. Die Pferde werden ihre Kräfte benötigen.«

»Können Sie mir etwas mehr über Ihr Land erzählen, Mr. Emmerson?«

»Meine fünfhundert Morgen liegen im südlichen Camden-Bezirk, in der Nähe des Dorfes Berrima. Ich habe das große Glück, dass es von einer guten Wasserversorgung durchzogen ist und dass ich ausgezeichnete Weideflächen habe. Der Boden ist reichhaltig, und ich habe vor, einige Felder zu pflügen.«

»Aber ein Haus haben Sie dort noch nicht?«, erkundigte sich Ellen.

»Nein. Einer meiner Gründe dieser Reise ist es, die Fläche des Hauses entsprechend dem Plan, den ich erst vor ein paar Wochen habe zeichnen lassen, abzustecken. Ich werde, wenn ich kann, örtliche Bauunternehmer beauftragen, um so bald wie möglich mit dem Bau zu beginnen. Ich freue mich schon sehr darauf.« Mr. Emmerson schaute auf seiner Seite aus dem Fenster, und Ellen tat dasselbe auf ihrer und betrachtete die verschiedenen Farmen, an denen sie vorbeikamen.

Austin stellte Mr. Emmerson Fragen zu dem, was sie sahen, und Ellen hörte seinen Antworten ebenso gespannt zu wie ihr Sohn.

Sie übernachteten im Gasthaus von Glenfield, bevor sie am nächsten Tag im Morgengrauen aufbrachen und sich auf den Weg in die kleine Stadt Campbelltown machten. Dort machten sie eine Pause, um die Pferde zu versorgen und selbst etwas zu essen und zu trinken, und wandten sich dann nach Westen in Richtung Camden, wo sie eine weitere Nacht in einem Gasthaus verbrachten.

Am nächsten Morgen brachen sie erneut auf, fuhren durch Cawdor und fuhren die gefährlich steilen Hänge des Razor-back-Gebirges hinauf.

Nach zwei Tagen in der Kutsche mit Mr. Emmerson lernte Ellen den Mann immer besser kennen. Er war sehr belesen und abenteuerlustig. Die Stunden der Fahrt füllte er mit Geschichten über seine Expeditionen, bei denen er mit Mitgliedern der Vermessungsbehörden unbekannte Wälder erkundete.

Mr. Emmerson unterhielt Ellen und Austin mit Beschreibungen von Tälern und Schluchten, einzigartigen Tieren und der Vogelwelt. Er sprach mit Bewunderung und einem Hauch von Sehnsucht von seinen Eltern in England.

»Werden sie irgendwann hierherreisen, um Sie zu besuchen?«, fragte Ellen.

»Nein, meine Mutter ist zu krank und mein Vater war schon ein alter Mann, als ich geboren wurde. Er ist jetzt in den Siebzigern und ziemlich festgefahren in seinen Gewohnheiten. Eine Reise ans andere Ende der Welt wäre zu viel für die beiden.«

»Sie sind ein Einzelkind?«

»Ja, das bin ich. Ein spätes Kind für meine Eltern, als sie dachten, sie würden nie Kinder haben«, sagte er wehmütig. »Sie vergöttern mich und ich sie.«

»Sie sind gewiss sehr traurig darüber, dass Sie nicht bei Ihnen sind.«

»In der Tat. Aber mein Vater hat mich ermutigt, zu reisen und etwas aus mir zu machen. Er ist der vierte Sohn und konnte mir nie ein finanzielles Erbe bieten, wie es meine Cousins haben. Ich besuchte Harrow und dann Oxford und dachte daran, Schulmeister zu werden oder zum Militär zu gehen. Leider habe ich nichts von alledem getan, denn auf meinen Reisen nach dem Abschluss in Oxford lernte ich Rafe Hamilton in Paris kennen, und wir reisten einige Monate lang zusammen. Wir trennten uns in Lyon. Ich reiste weiter nach Athen, aber Rafe musste wegen familiärer Probleme nach England zurückkehren, dennoch blieben wir in Kontakt und beschlossen, gemeinsam ins Geschäft zu gehen. Ein Cousin von mir, Robin, reiste in die Kolonie und bat mich, ihn zu begleiten. Das tat ich, und Rafe und ich beschlossen, ein Import- und Exportgeschäft zwischen der Kolonie und England aufzubauen.«

»Ist Robin noch in der Kolonie?«

»Ja. Er ist letztes Jahr gen Süden nach Melbourne gereist. Ich bin in der glücklichen Lage, dort einen Kontakt für das Geschäft zu haben.«

Austin zappelte unruhig auf seinem Platz. Nach zwei Tagen in der Kutsche begann er sich zu langweilen. »Erzählen Sie uns mehr von Ihren Ausflügen in die Wildnis, Mr. Emmerson.«

Emmerson grinste. »Himmel, Junge, ich dachte, ich hätte bereits über alle erzählt.«

Die Kutsche wurde langsamer, und der Kutscher, Higgins, rief ihnen etwas zu.

Stirnrunzelnd lehnte sich Emmerson aus dem Fenster. »Was ist los, Higgins?«

»Ein Ochsenkarren ist vor uns liegen geblieben, Sir. Ich bin mir nicht sicher, ob wir ihn umfahren können.«

»Verflucht.« Emmerson stieg aus der Kutsche.

Ellen und Austin folgten ihm und blickten sich interessiert um.

Vor ihnen, auf halber Höhe der ersten Steigung des Gebirgszuges, befand sich ein Ochsenkarren auf dem zerfurchten Feldweg. Der Fahrer fluchte, während er seinen Wagen mit Haushaltswaren entlud.

»Können wir ihm helfen?« Ellen ging mit Mr. Emmerson und Higgins näher an den Unfallort heran.

»Das würde uns einige Stunden aufhalten.« Mr. Emmerson grüßte den Fahrer des Ochsenkarrens. »Mein guter Mann, Sie scheinen Probleme zu haben.«

»Jawohl, Sir. Die Achse brach in einer Spurrille.« Er sprach zwischen zusammengebissenen Zähnen auf einer Tonpfeife. Er kratzte sich am Kopf. »Ich weiß nicht, was ich tun kann. Ich kann diese Ladung nicht am Wegesrand liegen lassen und Hilfe holen. Sie wird von Dieben gestohlen werden, bevor ich zurück bin.«

»Wenn wir es schaffen an Ihnen vorbeizukommen, fahren wir bis zum nächsten Dorf und schicken Ihnen Hilfe«, sagte Mr. Emmerson und ging um die herumstehenden Möbeln und Kisten herum.

»Lasst uns ihm helfen, alles an den Wegesrand zu bringen«, schlug Ellen vor. »Austin, nimm die Tasche da drüben.«

»Danke, gute Frau«, sagte der Fahrer des Ochsenkarrens.

Sie machten sich daran, die Straße zu räumen, während die Hitze anstieg. Ellen bemerkte die feinen Waren, die transportiert wurden, und fragte sich, welcher Familie sie gehörten.

Hinter ihnen kam ein weiterer Wagen die Straße hinauf, und der Fahrer hielt an, um ihnen zu helfen. Mit vereinten Kräften gelang es den Männern, das hintere Ende des Wagens zu verschieben, sodass die Kutschen wieder passieren konnten. Der Mann schirrte sein Ochsengespann ab und ließ die Tiere, nachdem er sie angekettet hatte, über die Grasebene am Fuße des Hügels streifen.

»Ich danke euch.« Der Mann schüttelte allen die Hand. Als er zu Ellen kam, lüftete er zudem seinen Hut. »Sehr freundlich von Ihnen, gute Frau.«

»Viel Glück. Wir werden jemanden zu Ihnen schicken.«

»Sir.« Higgins kam auf Mr. Emmerson zu. »Ich halte es für das Beste, wenn wir die Pferde auf dem Weg zum Pass entlasten. Es ist sehr steil, und die Hitze könnte ihnen zu schaffen machen.«

»In der Tat. Wir werden zu Fuß gehen.« Emmerson sah Ellen an. »Es sei denn, Sie wollen lieber in der Kutsche fahren?«

»Nein. Die Pferde sind wichtig. Wir werden alle zu Fuß gehen.« Ellen raffte ihre Röcke und ging den gewundenen Weg hinauf.

Die heiße Sonne brannte auf sie herab, und so gingen sie im Gänsemarsch am Rand des Weges und versuchten, unter den überhängenden Bäumen zu bleiben. Die Pferde mühten sich den Abhang hinauf, der auf einer Seite steil abfiel. Durch die Lücken in den Bäumen konnte Ellen einen Blick auf das kleine Dorf Cawdor und die teils in den Wäldern verschwindenden Bauernhöfe werfen.

Am Bergpass angelangt machten sie eine Rast. Ellen saß unter einem Eukalyptusbaum, während Emmerson ihr eine Kanne mit kaltem Tee brachte. Eine Eidechse huschte durch das lange Gras und ließ sie zusammenzucken. Sie lachte verlegen auf.

»Sie haben das großartig gemacht, Mrs. Kittrick«, sagte Emmerson.

Sie schenkte ihm ein erschöpftes Lächeln und fächelte sich mit einem kleinen belaubten Zweig, den Austin ihr reichte, Luft ins Gesicht. »Ich bin froh, dass wir es geschafft haben.«

»Sieh mal, Mammy, Kängurus!« Austin zeigte auf den nächsten Hügel, wo eine Gruppe von etwa fünf Kängurus im Schatten eines Baumes lag.

»Sind sie nicht wunderbar?« Ellen betrachtete die einheimischen Tiere. »Sie scheinen sich nicht vor uns zu fürchten.«

»Nicht aus dieser Entfernung, aber wenn wir uns ihnen weiter nähern würden, dann würden sie davon springen«, erklärte Emmerson.

»Mammy, kann ich bitte vorne bei Higgins mitfahren?«, fragte Austin.

»Ich bin mir nicht sicher.«

»Es wird gewiss nichts passieren, Mrs. Kittrick, solange er sich festhält.« Higgins grinste.

Als sie weiterfuhren, sah Mr. Emmerson Ellen an. »Sie müssen sich keine Sorgen um Austin machen. Higgins wird auf ihn aufpassen.«

»Ich mache mir keine Sorgen um Austin. Er ist vernünftig genug, um sich festzuhalten. Zweifellos wird er jede Minute davon genießen.« Sie verfluchte sich dafür, dass sie wieder in ihren Akzent verfiel. Seit ihrer Ankunft hatte sie ihr Bestes getan, um möglichst akzentfrei zu sprechen.

Als hätte Mr. Emmerson es bemerkt, lächelte er. »Vermissen Sie Ihr Zuhause?«

»Nein, eigentlich nicht. Ich vermisse die Menschen. Meinen Sohn Thomas, Mammy, meinen Vater und Pater Kilcoyne und all die anderen, die diese Welt bereits verlassen haben.«

»Nicht Ihren Mann?«

Sie dachte einen Moment lang nach und merkte, dass sie schon lange nicht mehr an ihn gedacht hatte. »Nein. Malachy hat sich sehr verändert, als die Seuche uns heimsuchte. Nicht, dass es seine Schuld gewesen wäre. Er fühlte sich belastet, weil er nicht für seine Familie sorgen konnte. Er fing an zu trinken …«

»Ah. Ein böser Fluch, der viele heimsucht.«

Als die Kutsche bergab schneller wurde, wurde Ellen auf dem Sitz hin und her geschleudert. Sie hielt sich an der Kutschenwand fest, wurde aber dennoch heftig durchgeschüttelt.

»Heilige Jungfrau!«, rief sie, als sich die Räder der Kutsche über eine Spurrille hoben und sie fast umkippten.

Sie hörte, wie Higgins die Pferde beruhigte, und die Bremse quietschte heftig, als er sie betätigte. Ellen betete, dass Austin sich gut festhielt.

Endlich, am Fuße des Gebirgszuges, atmete sie erleichtert aus.

»Wir haben es geschafft, Mrs. Kittrick«, sagte Mr. Emmerson und wirkte ebenso erleichtert wie sie. »Wir werden in Picton eine Rast einlegen und uns eine Stunde ausruhen, bevor wir nach Myrtle Creek weiterfahren.«

In der ruhigen Stadt Picton hielten sie auf der Hauptstraße. Mr. Emmerson berichtete einem Polizisten von dem Unfall des Ochsenkarren, während Ellen und Austin sich im Gasthaus *George IV.* erfrischten und eine einfache Mahlzeit, Hammelragout, zu sich nahmen.

»Myrtle Creek ist nicht weit entfernt, etwa acht Meilen. Wir werden die kommende Nacht dort verbringen«, sagte Mr. Emmerson und trank ein Ale. »Morgen reisen wir weiter nach Süden, und wir sollten es bis nahe an die Grenze des Argyle-Landes und nach Berrima selbst schaffen.«

»Kann ich wieder bei Higgins mitfahren?«, fragte Austin und aß hungrig seinen Eintopf.

»Wenn Higgins einverstanden ist«, antwortete Ellen.

»Sie bereuen doch nicht Ihren Entschluss, mich zu begleiten, Mrs. Kittrick?«

Ellen schenkte ihm ein warmes Lächeln. »Nein, Mr. Emmerson. Ich bin mehr als froh, hier zu sein.«

Seine grünen Augen nahmen einen dunkleren Ton an. »Ich bin ebenfalls froh, dass Sie hier sind.«

Ihr Lächeln verblasste, und sie wandte sich wieder ihrem Essen zu. Sie hatte das Verlangen in seinen Augen gesehen. Der Gedanke schockierte sie ein wenig. War es möglich, dass Emmerson sie begehrte? Das war doch unmöglich, oder? Nicht seine Haushälterin. Nicht, wenn er einer der begehrtesten Junggesellen in Sydney war. Es sei denn, er wollte eine Mätresse. Wollte er mehr? Oder machte sie sich zu viele Gedanken?

Kopfschmerzen pochten in ihrem Schädel, als sie in die Kutsche stiegen. Sie schloss die Augen und war dankbar, dass Mr. Emmerson während der Fahrt zum nächsten Gasthaus kein Wort sprach.

Unheilvolle Wolken begrüßten sie am nächsten Morgen. Die Temperatur war gegenüber der Hitze des Vortages gesunken, und Ellen war mehr als dankbar dafür. Ihre Kopfschmerzen hatten den ganzen Abend über angehalten. Sie war früh zu Bett gegangen und hatte eine unruhige Nacht hinter sich.

»Sie sehen blass aus, Mrs. Kittrick«, bemerkte Emmerson, als sie Myrtle Creek verließen.

»Meine Kopfschmerzen haben die ganze Nacht nicht nachgelassen. Ich glaube, das liegt daran, dass ich gestern ein wenig zu viel Sonne abbekommen habe, als wir den Weg zum Bergpass hinaufgingen.«

»Das tut mir sehr leid. Ich hätte Sie nicht darum bitten sollen.« Emmerson sah erschrocken aus. »Ich wollte nicht, dass Sie sich in irgendeiner Weise unwohl fühlen. Verzeihen Sie mir.«

»Es geht mir gut, Mr. Emmerson. Das Frühstück hat mich gestärkt.«

»Morgen werden wir uns den ganzen Tag ausruhen, das verspreche ich.«

»Ich bin stärker als ich aussehe, Mr. Emmerson. Ich habe schon Schlimmeres durchgemacht, glauben Sie mir.«

»In der Tat, Sie sind die stärkste Frau, die ich kenne.« Wieder erfüllte Bewunderung seinen Blick.

Ellen schaute auf die vorbeiziehende Landschaft und wusste nicht, was sie denken sollte.

Die Siedlung Bargo war nicht mehr als ein paar Hütten und ein paar Bauernhöfe. Sie hielten nicht an. Bald ersetzten dichte Wälder oder *Busch*, wie ihn die Einheimischen nannten, das offene Ackerland, und der Feldweg wurde stellenweise schmal. Der Weg wurde von groben Holzbrücken oder steinigen Bächen unterbrochen wurde, die sie leicht überqueren konnten.

Angesichts der eintönigen Bäume und Sträucher und des

Schaukelns der Kutsche war Ellen bald eingeschlafen. Die unruhige Nacht forderte ihren Tribut, und sie gab sich dem wohltuenden Schlaf hin.

Plötzlich wurde sie so heftig nach vorn geschleudert, dass sie auf Mr. Emmersons Schoß landete. »Heilige Mutter Gottes!«

»Mrs. Kittrick, geht es Ihnen gut?«

»Mr. Emmerson, es tut mir so leid.« Sie schob von ihm herunter und auf ihren eigenen Platz.

»Higgins! Was zum Teufel treiben Sie da für ein Spielchen?«, bellte Emmerson aus dem Fenster. »Verzeihen Sie meine Ausdrucksweise, Mrs. Kittrick.«

Ellen rieb sich die angeschlagenen Knie und schaute aus dem Fenster auf die Bäume und das Gestrüpp.

Ein Reiter kam in Sicht, sein Gesicht mit einem roten Taschentuch bedeckt. »Raus aus der Kutsche!«

Ellen unterdrückte einen Schrei und schlug sich die Hände vor den Mund.

»Bleiben Sie hier«, flüsterte Emmerson, bevor er die Tür öffnete und ausstieg. »Was hat das zu bedeuten?«

»Das ist ein Raubüberfall, mein guter Mann.« Der Reiter winkte Mr. Emmerson mit einer Pistole zu. »Wer ist noch da drin? Alles raus aus der Kutsche. Und zwar sofort.«

»Was wollen Sie? Geld? Ich habe Geld.« Emmerson griff in seine Westentasche.

»Keine Bewegung!« Der Reiter trieb sein Pferd näher an Emmerson heran. »Halten Sie Ihre Hände so, dass ich sie sehen kann.« Er bemerkte auch Ellen. »Steig aus der Kutsche aus, Weib!«

Langsam, mit zitternden Beinen, stieg Ellen die Stufe hinunter, die Hände erhoben. Sie hatte von Emmerson Geschichten über Bushranger gehört und darüber, wie furchterregend die Banditen waren, aber sie hatte das nicht ernst genommen, zumindest nicht, dass sie jemals einen sehen würde.

Als sie die Kutsche verlassen hatte, zählte sie drei weitere Männer, alle auf Pferden, alle mit Pistolen oder Gewehren, die sie auf sie gerichtet hatten. Alle Männer trugen einen langen Bart und hatten Tücher vor dem Gesicht.

Sie warf einen Blick auf Austin, der immer noch neben Higgins saß und verängstigt aussah. Sie musste für Austin tapfer sein. Austin durfte nichts passieren.

»Danny, lass uns sehen, was diese Leute haben, das wir ihnen abnehmen können.« Der Anführer wandte sich an den Reiter auf der anderen Seite der Kutsche, der schnell abstieg und das Gepäck öffnete.

Ellen betrachtete die Männer der Reihe nach und nahm Details auf, die sie sich später für den Polizisten zu merken hoffte. Sie hatte nichts Wertvolles in ihrer Reisetasche, nur Kleidung zum Wechseln und Hygieneartikel. Sie könnten den ganzen Tag suchen und nichts finden. Aber sie hatte ein kleines Portemonnaie im Ärmel, in dem ein paar Schillinge von ihrem letzten Lohn steckten.

Emmerson lächelte sie beruhigend an. Sein Gesichtsausdruck zeigte nur leichte Sorge. »Machen Sie sich keine Sorgen.«

»Hört auf zu reden!« Der Anführer hob seine Pistole und zielte direkt auf Emmersons Kopf.

Mit zitternden Beinen konzentrierte sich Ellen auf Austin und hoffte, dass er keine Dummheiten machte.

»Hier ist nicht viel, Eddie.« Der andere Bushranger, Danny, ging zu Emmerson hinüber und nahm ihm seine Taschenuhr und seine lederne Brieftasche ab. »In der Brieftasche sind ein paar Pfundnoten.« Er reichte sie an Eddie weiter und stellte sich dann vor Ellen. »Ich will alles, was du hast, Weib.«

»Ich habe nichts.« Sie sah ihm in die Augen und bemerkte seinen irischen Akzent. Sie blickte zu Eddie, dem Anführer, auf und versuchte, sich ihre Nervosität nicht anmerken zu lassen. »Ich bin nur eine Haushälterin.« Sie sprach mit ihrem Akzent, von dem sie versuchte, ihn loszuwerden, um von der hiesigen Gesellschaft nicht abgestempelt zu werden.

»Ahh, ein Mädchen aus der alten Heimat.« Eddie stützte seine Pistole auf seinen Oberschenkel. »Woher kommst du, Missus?«

»Mayo und Sie?«

»Connemara. Von wo in Mayo?«

»Louisburgh.«

»Ah, ich war schon mal in Louisburgh.« Er lehnte sich in seinem Sattel zurück. »Ich bin aus Tully. Dan kommt aus Galway. Wir sind vor zwanzig Jahren als Jungen in Ketten hierhergekommen und haben seitdem auf die eine oder andere Weise eine Strafe abgesessen.«

»Möge die Heilige Mutter euch beschützen.« Ellen bekreuzigte sich rasch.

Eddie sah sie an und deutete auf Emmerson. »Ist er dein Herr?«

»Ja.«

»Behandelt er dich gut?«

»Ja, das tut er. Er hat mich und meine Familie bei sich aufgenommen. Er gibt uns Arbeit und bezahlt uns anständig.« Ellen schluckte. »Er ist ein guter Mann.«

»Für einen Engländer?«, schnaubte Eddie.

»Aye. Ich werde Sie nicht anlügen.«

»Du könntest dich uns anschließen. Meine Frau werden?«

Ein Kribbeln der Angst lief ihr über den Rücken. »Das da

oben ist mein Sohn, und ich habe noch zwei weitere Kinder in Sydney. Sie brauchen mich.«

Eddie schien die Situation abzuwägen, und Ellen fragte sich, ob er sie einfach mitnehmen würde. Sie konnte von den vier Männern leicht entführt werden. Mr. Emmerson und Higgins trugen keine Waffen und würden sie nicht aufhalten können. Keiner würde sie wiederfinden.

»Ich würde dich gut behandeln.«

Ihr Mund wurde trocken. »Mir wäre es lieber, Sie würden uns gehen lassen. Ich bin eine Mutter und sie haben zu Hause bereits genug gelitten. Werden Sie uns gehen lassen?

Er hielt inne. »Sicher, aber wir brauchen Geld, Kleine. Wir sind am Verhungern.«

Ellen nahm den kleinen Segeltuchbeutel aus ihrem Ärmel und warf ihn ihm zu. »Da sind insgesamt drei Schilling und sechs Pence drin. Nicht viel, ich weiß, aber es gehört Ihnen. Und die Brieftasche haben Sie auch. Gehen Sie ins Gasthaus in Bargo, an dem wir gerade vorbeigekommen sind, und kaufen Sie sich etwas zu essen.«

»Na, sieh mal einer an. Jemand behandelt uns anständig. So etwas erleben wir selten.« Eddie steckte den Beutel ein. »Wohin wollt ihr?«

»Nach Süden an die Grenze des Argyle-Landes.«

»Wie ist dein Name?«

»Ellen.«

Er berührte mit der Spitze seiner Pistole den Rand seines Hutes. »Gute Reise, liebe Ellen.«

Er riss sein Pferd herum und galoppierte davon, nicht weiter als eine Staubwolke hinter sich lassend.

Ellen stolperte ein wenig und erreichte die Kutsche, bevor ihre Beine nachgaben.

»Mammy!« Austin sprang vom hohen Sitz herunter und schlang seine Arme um ihre Taille.

»Ruhig, mein Schatz. Es geht mir gut.« Sie drückte ihn an sich.

»Mrs. Kittrick, Ihr Mut ist bewundernswert.« Mr. Emmerson half ihr in die Kutsche und hielt ihre Hand länger fest als nötig. Es sah so aus, als wollte er noch mehr sagen, aber er hielt sich zurück, als Austin sich neben sie setzte und ihren Arm hielt.

»Bushranger, Mammy«, sagte Austin ungläubig. »Patrick wird mir nicht glauben.«

Sie küsste seinen Scheitel. »Nein, das wird er nicht. Ich bin nur froh, dass Bridget nicht bei uns war, sonst hätte sie ihnen bestimmt etwas zu sagen gehabt.« Sie versuchte zu scherzen, um die angespannte Atmosphäre aufzulockern und den besorgten Gesichtsausdruck ihres Sohnes zu beruhigen.

Nachdem ihr Gepäck wieder gesichert war, fuhren sie weiter, ohne zu sprechen, immer noch geschockt darüber, dass sie überfallen worden waren.

Ellen starrte auf ihre geballten Hände und atmete tief durch. Der Vorfall wiederholte sich in ihrem Kopf. Wie leicht hätte das auch anders ausgehen können. Hätten diese Männer auf sie geschossen und sie zum Sterben auf der Straße zurückgelassen?

Als sie in der Hitze und im Staub unterwegs waren und nur das Buschland vor Augen hatten, nickte Austin an Ellens Schulter ein.

»Sie sind die mutigste Frau, die ich kenne, Mrs. Kittrick«, sagte Mr. Emmerson leise, mit Respekt im Ton. »Ich weiß nicht, was passiert wäre, wenn Sie nicht in der Lage gewesen wären, vernünftig mit ihnen zu reden.«

»Ich musste meinen Sohn beschützen, Sir. Mütter tun fast alles, um ihre Kinder zu schützen.«

»Was für eine gute Mutter Sie sind, Mrs. Kittrick. Ich fühle mich geehrt, Sie zu kennen. Und Sie als Freundin zu betrachten, ist etwas, das ich sehr schätze.«

»Vielen Dank, Mr. Emmerson. Das ist sehr nett von Ihnen.« Seine Worte berührten sie.

»Was für Neuigkeiten ich Rafe und meinen Eltern mitteilen muss. Wie mutig, sich mit den Bushrangern anzufreunden. Was für ein Glück, dass diese Männer und Sie aus Irland kamen. Es ist erstaunlich.«

Ellen wandte sich ab und schloss die Augen. Vor ihrem geistigen Auge dachte sie an Rafe und fragte sich, wie er wohl auf die Bushranger reagiert hätte. Irgendwie dachte sie, er hätte sich mehr gewehrt als Emmerson.

Der Regen am nächsten Tag, zwang sie dazu, drinnen zu bleiben, wofür Ellen dankbar war. Als Irin hatte ihr der Regen nie etwas ausgemacht, aber sie hatte den Bewohnern des Gasthauses mit einem halben Lächeln zugehört, als sie sich darüber beklagten, dass sie auf der Straße stecken geblieben waren oder ihre Kleidung nicht trocknen konnten.

Sie brauchte jedoch eine Ausrede, um etwas Zeit außerhalb von Mr. Emmersons Gesellschaft zu haben. Und der Regen bot die perfekte Gelegenheit, stundenlang in ihrem Zimmer zu bleiben, einen Brief an Riona zu schreiben und ihre und Austins Unterwäsche in der Schüssel auf dem Tisch zu waschen. Die freundliche Wirtin hatte bereitwillig selbstgemachte Seife bereitgestellt und das Feuer angezündet. Ellen hatte ihre Wäsche zum Trocknen auf dem Gestell vor den Flammen aufgehängt. Austin kam und ging, pendelte zwischen Higgins im Stall und dem Gespräch mit Emmerson unten im Gemeinschaftsraum.

Auch wenn Ellen bisher nur wenig von Berrima gesehen

hatte, liebte sie das Dorf bereits. Die größeren Niederschlagsmengen und die kühleren Temperaturen in dieser Gegend waren mit den britischen Grafschaften vergleichbar, nicht mit der Hafenstadt und ihren Küsten.

Von ihrem Schlafzimmerfenster aus blickte Ellen auf die weitläufige Grünfläche in der Mitte des Dorfes und beobachtete die Menschen, die eilig umherliefen und versuchten, nicht in den Schlamm zu treten, den der Regen hinterlassen hatten. Die Hauptstraße war breit, und es herrschte reger Verkehr im Dorf. Ein schwer beladener Ochsenwagen rumpelte vorbei. Ellen hoffte, dass das Gespann, dem sie auf dem Weg hierher begegnet waren, geholfen worden war. Sie dachte flüchtig an die Bushranger, schob den Gedanken aber rasch wieder beiseite.

Eine leichte Brise ließ die Vorhänge sich bewegen und die Sonne lugte zwischen Wolken hervor, als wolle sie Ellen dazu einladen, das Zimmer zu verlassen.

Stattdessen setzte sie sich an den Tisch am Fenster und begann mit einem Brief an Mr. Hamilton.

Lieber Mr. Hamilton,

Ich hoffe, dieser Brief erreicht Sie bei guter Gesundheit.

Ich schreibe Ihnen aus dem Victoria Inn in Berrima, einem hübschen kleinen Dorf, das einige Tagesreisen von Sydney entfernt liegt. Mr. Emmerson hat mich und Austin eingeladen, mit ihm zu reisen, da er seinen Besitz in diesem Teil des Landes besichtigen wollte. Er weiß um mein Interesse an Land.

Ein paar Meilen nördlich von hier, in Mittagong, befindet sich das Eisenwerk, das Sie meiner Meinung nach zukünftigen Reisenden gegenüber erwähnen sollten, wenn es um Arbeit geht.

Die Gegend hier wirkt sehr fruchtbar. Die Farmen gedeihen bei guten Böden und Niederschlägen. Davon hat mir gestern Abend beim Abendessen ein Einheimischer erzählt, der in der Nähe wohnt und auf ein Bier ins Gasthaus gekommen war. Er und Mr. Emmerson sprachen über viele Dinge, die einem Neuankömmling helfen könnten. Diese Gegend wird von Jahr zu Jahr stärker besiedelt und wäre ein weiteres Gebiet, das Sie den Reisenden empfehlen können. Zweifellos wird Mr. Emmerson dies in seinen Briefen an Sie erwähnen, und es wird gewiss nicht nötig sein, dass ich die Dinge wiederhole, von denen ich nicht so viel Ahnung habe wie Mr. Emmerson.

Ich hoffe, dass es nicht mehr lange dauern wird, bis meine letzten Briefe Sie erreichen. Wie überrascht werden Sie sein, wenn Sie einen Brief erhalten, in dem steht, dass ich für Mr. Emmerson als seine Haushälterin tätig bin. Ich werde diesen Brief morgen abschicken, denn die Postkutsche kommt zweimal pro Woche in dieses Dorf, und die nächste Abfahrt ist am Morgen.

Die Kinder und meine Schwester sind alle bei guter Gesundheit. Bridget hat bei Mr. Emmerson mit dem Reitunterricht begonnen, und sie hat eine natürliche Begabung, wie Mr. Emmerson sagt.

Ich glaube, dieses Land würde Ihnen gefallen ...

DIE TÜR ÖFFNETE sich und Austin kam voller Energie und guter Laune herein. »Mammy, wir brechen zu Mr. Emmersons Land auf.«

»Wann?«

»Jetzt. Er lässt Higgins die Pferde vorbereiten. Er sagte, ich solle nachfragen, ob du mitkommen willst oder ob du dich noch ausruhen möchtest.«

»Ich komme sehr gerne mit.« Ellen setzte ihre Haube auf und band die Bänder zusammen. »Ausruhen!« Ellen schnaubte verächtlich. »Bin ich eine dieser Dame, die sich ausruhen muss?«

Austin lachte. »Ich habe Mr. Emmerson gesagt, dass du deine Kleider sortierst und einen Brief an Tante Riona schreibst.«

Unten angekommen, lächelte Ellen Mr. Emmerson an. »Ich bin gespannt auf Ihr Land, Mr. Emmerson.«

»Ich habe die Kutsche vorbereiten lassen, aber ich fürchte, wir müssen ein Stück zu Fuß gehen, Mrs. Kittrick. Es ist eine Schande, dass Sie nicht reiten können, denn auf dem Lande ist das eine sehr geschätzte und nützliche Fähigkeit.«

»Ich bin mein ganzes Leben lang überall zu Fuß gegangen, Mr. Emmerson. Ich bin sicher, dass ich es schaffen werde.«

Sie nahmen die Straße, die sie vor zwei Tagen nach Berrima geführt hatte, in nördlicher Richtung, aber als sie den Gipfel des Hügels am Eingang des Dorfes erreicht hatten, wies Emmerson Higgins an, nach rechts auf einen kaum erkennbaren Weg abzubiegen.

»Fahren Sie bitte nach Osten, Higgins«, rief Emmerson ihm zu, wobei er den Kopf aus dem Fenster hielt, um die Grenzmarkierungen sehen zu können.

»Sind Eingeborene hier ein Problem, Mr. Emmerson?«, fragte Ellen.

»Nein. Diejenigen, die sich in der Gegend aufhielten, wurden vor Jahren weiter nach Westen zurückgedrängt, als die Siedler kamen und mit der Landwirtschaft begannen. Die wenigen, die man sieht, sind freundlich genug, aber sie bleiben unter sich und machen niemandem Ärger.«

Entlang des Weges befanden sich einige Bauernhöfe, die aber bald zwischen einheimischen Bäumen verschwanden.

»Von hier aus müssen wir laufen, Mrs. Kittrick, Austin.« Emmerson nahm eine Ledertasche mit und führte sie über einen Weg durch die Bäume. »Weiter östlich und den Hügel hinunter befindet sich das Gebiet namens Bong Bong, das einem Mr. Oxley gehört. Um es zu erreichen, müssen Sie einen ziemlich steilen Hügel hinuntergehen. Die östliche Grenze meines Landes endet jedoch nicht dort.«

Auf einer leichten Anhöhe bog Emmerson an einem markierten Baum rechts ab. Als er durch dichtes Gestrüpp und Bäume schritt, blieb er stehen und starrte geradeaus.

Ellen stellte sich neben ihn und holte tief Luft. Vor ihr lag hügeliges Weideland mit kniehohem Gras. An einigen Stellen wuchsen Bäume, aber das Land eignete sich hervorragend dazu, Vieh zu weiden.

»Das ist nur der erste Abschnitt meines Landes, Mrs. Kittrick.«

»Es ist wunderschön …«

»Und das hier ist nicht einmal das beste Stück. Kommen Sie.« Er schritt durch das Gras in Richtung Süden, und sie folgten ihm, gespannt darauf, wohin er sie führen würde.

Nach einigen hundert Metern breitete sich eine beeindruckende Aussicht vor ihnen aus.

Ellen dachte, ihr Herz würde stehen bleiben. Vor ihr erstreckte sich ein Tal, wo sich ein breiter Fluss wie ein graues Band durch das Weideland schlängelte. Unten am Ufer graste eine große Herde langhorniger Rinder. In der Nähe war ein weißes Zelt aus Segeltuch aufgeschlagen.

»Das ist der Wingecarribee-Fluss. Er markiert die südliche Grenze meines Landes. Mir gehört das Land vom Weg bis zum Fluss. Der Mann, den ich angestellt habe, um auf mein Vieh aufzupassen, wohnt in dem Zelt, das Sie dort unten sehen, aber ich denke, dass der beste Platz für mein Haus hier am Rande dieses Hangs wäre. Was meinen Sie dazu, Mrs. Kittrick?«

Ellen überlegte kurz und ging ein paar Schritte, um die Aussicht und den Standort zu beurteilen. »Ich denke, Mr. Emmerson, dass dies der perfekte Ort für ein wunderschönes Haus ist.«

Er strahlte sie an. »Ausgezeichnet. Möchten Sie die Zeichnung des Hausplans sehen?«

Austin und Ellen drängten sich um ihn, als er ein zusammengerolltes Blatt Papier aus der Tasche holte. Als er es ausbreitete, zeigte es ein Haus mit quadratischem Grundriss, mit einem kleinen Innenhof in der Mitte und Veranden, die um die gesamte Außenseite verliefen. Ellen betrachtete die sechs Schlafzimmer – drei auf jeder Seite, mit Ankleidezimmern. Das Esszimmer und der formelle Salon befanden sich auf der Rückseite des Hauses, von wo aus man einen Blick auf das Tal hatte. An der Vorderseite befanden sich ein Frühstücksraum, die breite Eingangshalle und ein Arbeitszimmer. An der Seite des Hauses befand sich, durch einen Flur zwischen zwei der Schlafzimmer erreichbar, ein Anbau für die Wirtschaftsräume, einschließlich der Küche, der Speisekammer und eines kleinen Speiseraums für die Bediensteten. Jedes Zimmer hatte einen Kamin und große Fenster.

Ellen wusste, dass es ihr Spaß machen würde, in einem so schönen Haus zu arbeiten. »Es wird ein prächtiges Haus sein, Mr. Emmerson.«

»Es freut mich außerordentlich, dass es ihnen so gefällt, Mrs. Kittrick.« Er wandte sich an Austin. »Sollen wir die Fläche abstecken?«

Während Austin und Emmerson auf und ab gingen und Pflöcke in den Boden schlugen, saß Ellen im Gras und genoss die Aussicht. Ein so herrliches Stück Land zu besitzen, war der Stoff, aus dem Träume gemacht waren, zumindest ihre. Zugegeben, sie würde nie ein so prestigeträchtiges Stück

Land besitzen, aber wenn sie eines Tages irgendwo ein paar Morgen besitzen könnte, wäre das immer noch die Krönung ihres Lebens – das und ihre Kinder in einem vom Hunger geplagten Land am Leben erhalten zu haben.

Bald sah sie, wie der Mann, der sich um die Rinder kümmerte, sein Pferd sattelte und zu ihnen hinaufritt, und wies Mr. Emmerson darauf hin.

»Ah, Thwaite. Ja, er ist ein guter Mann, Mrs. Kittrick. Ein ehemaliger Sträfling, aber klug und vernünftig. Eigentlich eine Verschwendung ihn als Hirten einzustellen, wirklich. Er kann lesen und schreiben. Ich würde ihn gerne eines Tages zu meinem Verwalter machen, wenn er bleibt.« Mr. Emmerson schüttelte Thwaite die Hand, nachdem der Mann abgestiegen war. »Mrs. Kittrick, bitte erlauben Sie mir, Ihnen Mr. Thwaite vorzustellen.«

»Sind Sie der Meinung, dass sich Rinder hier besser machen als Schafe, Mr. Thwaite?«, fragte Ellen.

»Beiden machen sich sehr gut, Mrs. Kittrick, aber die Rinder sind leichter zu versorgen, wenn der Herr des Landes nicht hier ist.«

Sie warf einen Blick auf die Herde in der Ferne. »In Irland hatten wir keine Rinden mit solchen Hörnern. Sie sehen wirklich beeindruckend aus.«

Mr. Thwaite schwoll vor Stolz an. »Ich kümmere mich sehr gut um sie. Die Weiden hier sind unübertroffen.«

»Haben Sie seit Ihrem letzten Brief Tiere verloren?«, fragte Mr. Emmerson.

»Nein, Sir. Wir haben vor etwa einem Monat eines der Kälber verloren, wie Sie wissen, aber die anderen wachsen gut.«

»Die Bauarbeiter werden in den nächsten Tagen hier sein, Mr. Thwaite, um mit dem Haus zu beginnen.« Mr. Emmerson zeigte ihm die Pläne. »Ich zahle Ihnen einen Zuschlag, wenn Sie ein Auge auf sie werfen können.«

»Gewiss, Sir.« Thwaite nickte. »Ich werde jeden Abend vorbeikommen und den Fortschritt überprüfen. Wenn es Probleme gibt, werde ich Sie informieren.«

»Ausgezeichnet. Ich werde jemanden mit der Leitung des Baus beauftragen müssen, bis ich zurückkehren kann, aber es ist klug, einen weiteren Mann zu haben, dem ich vertrauen kann. Ich habe gehört, dass einige der Steinmetze faul sein können. Ich habe Stein aus dem Steinbruch in Joadja gekauft. Er sollte innerhalb von einer Woche hier eintreffen.«

»Ich werde alles im Auge behalten, Sir.«

»Wenn Sie es schaffen, sich gut um alles zu kümmern, Thwaite, werde ich Sie zu meinem Verwalter machen.«

»Vielen Dank für Ihr Vertrauen, Sir. Sie können sich auf mich verlassen.«

Ellen ließ die beiden allein, um weiter über das Vieh und die Zukunftspläne zu sprechen, und schlenderte zu Austin, der im Gras saß und das Tal überblickte.

»Es ist schön hier, Mammy.« Austin kaute auf einem Grashalm herum.

Sie setzte sich neben ihn. »Aye, da kann ich nicht widersprechen. Es ist wunderschön.«

»Es ist nicht wie zu Hause, aber es ist fast genauso schön.«

»Irland liegt in der Vergangenheit, mein Schatz. Wir müssen an die Zukunft denken.«

»Das tue ich und mir gefällt es hier.« Austin zupfte an einem weiteren Grashalm. »Ich möchte eines Tages wie Mr. Emmerson sein. Ein Haus auf einem Hügel bauen. Eine Rinderherde, eine Kutsche und ein Haus in Sydney haben. Dann wäre ich reich.«

»Und das wirst du. Da bin ich mir sicher.«

»Glaubst du das wirklich?«

»Ja, wenn du hart arbeitest und vernünftig bist. Ein dummer Mensch kann kein Vermögen machen, Austin, das können nur intelligente Menschen.«

»Wie Mr. Emmerson.«

»Ja, und Mr. Hamilton, und andere.«

»Aber nicht mein Vater.«

Ellen seufzte. »Doch, er war auch so ein Mann, auf seine eigene Art und Weise. Dein Vater war ein einfacher Mann mit einfachen Bedürfnissen. Das Cottage und unser Stückchen Land waren alles, was er je wollte.«

Austin blinzelte gegen die Sonne. »Wenn ich jemals Land haben sollte, werde ich nicht zulassen, dass irgendjemand es mir wegnimmt.«

Sie griff nach seiner Hand und drückte sie. »Das werde ich auch nicht, mein Sohn, das werde ich auch nicht.«

* * *

ZURÜCK IN SYDNEY, fühlte Ellen sich ein wenig unruhig. Sie arbeitete hart und kümmerte sich um Mr. Emmerson und sein Haus, aber sie glaubte, dass etwas anders war. Wenn Mr. Emmerson zu Hause war, verbrachte er viel Zeit damit, mit ihr über sein Land zu sprechen.

Oft lud er sie abends ein, mit ihm im Vorderzimmer zu sitzen, während Riona in der Ecke strickte oder nähte. Er wollte Ellens Meinung zu fast allem hören, was er plante. Obwohl sie sich darüber freute, dass er sie zu solchen Diskussionen über seinen Besitz einlud, empfand Ellen ein Gefühl der Unzufriedenheit. Sie wollte ihre eigene Zukunft, ihr eigenes Land planen. Sie fragte ihn, ob er sich für sie um eine

Landzuweisung bemühen würde. Er sagte zu, aber bis jetzt hatte sich noch nichts ergeben.

Als der März in den April und dann in den Mai überging, wich die Hitze des Sommers den kühlen Herbsttagen. Der Wechsel der Jahreszeiten ließ Ellen ein wenig mutlos werden. Sie hatte keinen einzigen Brief von Mr. Hamilton erhalten und beschloss, ihm nicht mehr zu schreiben. War sie so töricht gewesen zu glauben, dass ein Gentleman wie er weiterhin Briefe von ihr erhalten wollte? Sie hatte ihm so viele Briefe geschrieben, in denen sie ihm ihre Gedanken über die Überfahrt, die Ankunft und das Leben in Sydney schilderte. War es zu viel des Guten gewesen? Er bekam schließlich auch Briefe von Mr. Emmerson. Vielleicht hatte er, als er sie gebeten hatte zu schreiben, erwartet, dass sie nur über die Reise mit seinem Schiff schreiben würde. Darüber hinaus würde er wahrscheinlich kein Interesse an ihren Gedanken oder Erfahrungen haben. Sie bedeutete ihm nichts. Hatte sie sich die Gefühle, die er möglicherweise für sie hegte, nur eingebildet?

Sie musste aufhören, so viel an ihn zu denken und ihre Gefühle, was ihn anbetraf, in den Griff bekommen. Das würde mit der Zeit geschehen, da war sie sich sicher.

Sie ging in ihr Zimmer und räumte die restlichen Schreibwaren weg, die er ihr am Tag ihrer Abreise aus Liverpool gekauft hatte. In die Kiste legte sie auch die Bücher, die durch die ständige Lektüre auf dem Schiff schon etwas ramponiert und verwittert aussahen.

Sie schloss den Deckel und schob die Kiste unter ihr Bett. Ein Gefühl des Verlustes erfüllte sie. Sie hatte Mr. Hamilton sehr gemocht. Es war ein Tagtraum gewesen zu glauben, dass ein Mann wie er jemals eine Frau wie sie haben wollen würde.

Unten hörte sie die Kinder von der Schule nach Hause kommen. Riona begrüßte sie in der Küche.

Ellen stand auf und holte tief Luft. Die Kinder waren die einzigen, an die sie denken musste. Solange sie glücklich waren, würde auch sie glücklich sein.

Sie gesellte sich zu ihrer Familie in die Küche und begann mit der Zubereitung des Abendessens. Sie hörte zu, wie Austin über die Mathematik sprach, die er gerade lernte, während Patrick die Zeichnung beschrieb, die er seiner Lehrerin vom Hafen gegeben hatte. Danach verlangte Bridget, dass man ihr Gehör schenkte, da sie eine Geschichte darüber zu erzählen hatte, wie sie von einem größeren Mädchen umgestoßen worden war und sich die Knie aufschürft hatte.

Der Lärm und die Ablenkung waren so groß, dass Ellen nicht hörte, wie Mr. Emmerson die Küche betrat, bis sie sich vom Herd wegdrehte und ihn in der Tür stehen sah. »Oh, Mr. Emmerson.«

»Verzeihen Sie die Störung, Mrs. Kittrick, aber könnte ich Sie bitte kurz sprechen?« Er sah angespannt aus, seine Körperhaltung war ungewöhnlich steif.

»Ja, gewiss.« Ellen nahm ihre Schürze ab und blickte Riona an. »Sorge dafür, dass sie ruhig sind. Er sieht wütend aus«, flüsterte sie.

Erschrocken nickte Riona und hielt Bridget an sich gedrückt, während das Mädchen davon sprach, wie sie das größere Mädchen zurückgestoßen hatte.

Ellen, die befürchtete, etwas falsch gemacht zu haben, betrat den vorderen Raum, die Hände hinterm Rücken verschränkt, und betete im Stillen, dass sie nicht gleich entlassen und zum Teufel geschickt wurde.

Er stand da und starrte auf ein Gemälde an der Wand. »Schließen Sie die Tür, bitte.«

Sie tat es und stellte sich ihm angespannt gegenüber.

Er drehte sich um, und als er ihren besorgten Gesichtsausdruck sah, wurden seine Züge augenblicklich weicher. »Mrs. Kittrick, bitte schauen Sie nicht so besorgt.«

»Habe ich etwas falsch gemacht?«

»Nein …«

»Oder die Kinder? Sind sie zu laut? Ich werde dafür sorgen, dass sie still sind, solange sie im Haus sind. Ich verspreche es! Sie werden nicht einmal merken, dass sie hier sind.«

Er machte einen Schritt auf sie zu. »Es sind nicht die Kinder. Bitte nehmen Sie Platz.«

Sie stöhnte auf. »Platznehmen?« Er hatte schlechte Nachrichten für sie, sie wusste es.

»Bitte?« Er deutete auf das Sofa.

Ellen setzte sich auf die Kante des Sofas.

»Nun.« Emmerson fuhrt sich übers Gesicht, als wüsste er nicht, wie er anfangen sollte. »Wissen Sie, mir ist etwas sehr Wichtiges klar geworden …« Er setzte sich auf den Stuhl neben dem Kamin und warf ihr einen kurzen Blick zu, bevor er wieder aufstand. »Die Sache ist die …«

Ellen ballte die Hände in ihrem Schoß zu Fäusten.

»Mrs. Kittrick, ich habe beschlossen, dass ich sehr gerne heiraten möchte.« Sein angespanntes Lächeln passte zu seinen abgehackten Bewegungen. »Ich bin zu dem Schluss gekommen, dass mein Leben ohne Frau und Kinder ziemlich leer ist, besonders bei den Plänen, die ich habe. Welchen Sinn hat es, ein großes Haus zu bauen, nur um allein darin zu leben?«

Sie holte tief Luft. Er wollte sie wissen lassen, dass sie bald auch für seine neue Frau arbeiten würde. Es sei denn, die neue

Frau würde sie und ihre Familie nicht wollen. Natürlich wollte sie das nicht. Welche junge Frau würde ihr Eheleben mit einer irischen Großfamilie unter ihrem Dach beginnen wollen? Panik überkam sie. Sie würde sich eine andere Stelle suchen müssen.

»Was denken Sie, Mrs. Kittrick?«

Erschrocken stellte sie fest, dass er weiter geredet hatte und sie nicht zugehört hatte. »Worüber, Sir?«

»Zur Ehe.«

»Oh, ja, sicher, sie kann wunderbar sein. Sehr sogar. Ein wahrer Segen.« In ihrer Verzweiflung klang ihr Akzent hart und provinziell.

Er strahlte. »Genauso sehe ich es auch.«

Plötzlich ließ er sich vor ihr auf ein Knie sinken.

Sie starrte ihn an, als er ihre Hände in die seinen nahm.

»Wollen Sie mir die große Ehre erweisen, mich zu heiraten, Mrs. Kittrick?«

»*Ich?*«, krächzte Ellen.

Emmerson blinzelte. »Ja, Sie. Sie sind es, die ich zu heiraten wünsche.«

»Mich?« Sie konnte nicht glauben, dass sie richtig gehört hatte. »Sie meinen wirklich mich?«

»Ja, meine Liebe. Sie. Die wunderbarste Frau, die ich je kennengelernt habe.« Er klang aufrichtig.

Doch Ellen konnte es nicht glauben. »Ich bin Ihre Haushälterin, Sir.«

»In der Tat, aber ist das von Bedeutung?«

»Für mich nicht, aber vielleicht für Sie, Ihre Familie und Freunde. Ich bin Irin und gehöre nicht Ihrer gesellschaftlichen Schicht an.«

»Sie sind intelligenter als viele Frauen aus meiner Klasse, die ich kenne. Und das ist nicht übertrieben.«

»Aber diese Leute würden mich nie akzeptieren.« Ihre Gedanken wirbelten durcheinander.

»Das werden sie, solange Sie sich wie eine Dame und eine vertrauenswürdige Ehefrau benehmen, und ich habe volles Vertrauen, dass Sie das tun werden.«

Ellen starrte in seine grünen Augen und sah ihn zum ersten Mal als Mann und nicht als ihren Arbeitgeber. Alistair Emmerson. Einer der prominentesten Männer in Sydney. Ein erfolgreicher Geschäftsmann. Ein Mann, der in Oxford studiert hatte und der Freunde in der Regierung hatte. Er wollte sie als seine Frau – nicht als seine Geliebte – als seine *Frau*!

»Sind wirklich sicher, dass Sie das wollen?«, platzte sie heraus.

Er lächelte, sein Grübchen kam zum Vorschein. »Ich bin mir absolut sicher. Ich habe darüber nachgedacht, seit ich Sie zum ersten Mal getroffen habe. Eine starke, kluge Frau, die weiß, was sie vom Leben will, ist in meiner Gesellschaft eine Seltenheit. Die Flamme, die in Ihnen brennt, hat mich sofort angezogen. Die Tatkraft, der Eifer, erfolgreich zu sein. Wie kann ein Mann eine solche Frau ignorieren?«

»Aber ich habe Kinder …«

»Ja. Kinder, deren Gesellschaft ich wirklich genieße und von denen ich glaube, dass sie mich ebenfalls mögen.«

»Das tun sie.«

»Und Sie? Mögen Sie mich?«, fragte er fast flehentlich.

Sie schlug die Hände vors Gesicht.

»Sie fühlen nicht dasselbe«, sagte er leise.

Sie blickte auf. »Nein. Nein, das ist es nicht … ich …«

»Ich habe Sie mit meinem Antrag wohl sehr überrascht.«

»Ja, das haben Sie. Ich hätte so etwas nie erwartet.«

»Aber er ist nicht völlig unwillkommen?«

Sie lächelte zittrig und versuchte ihre Gedanken zu ordnen. Dieser feine Mann wollte sie heiraten. »Nein, Mr. Emmerson, er ist nicht unwillkommen.«

Er führte ihre Hände an seine Lippen und küsste sie. »Ich verstehe, dass Sie mich nicht lieben. Aber vielleicht werden Sie mit der Zeit Gefühle für mich entwickeln.«

»Sie sind ein freundlicher und anständiger Gentleman. Jemand, von dem ich weiß, dass ich mich darauf verlassen kann, dass er mich und meine Kinder gut behandeln wird.«

»Oh, das werde ich«, unterbrach er sie. »Ich werde Ihre Kinder wie meine eigenen behandeln.« Er runzelte die Stirn. »Ich verstehe, dass dies eine komplizierte Entscheidung für Sie ist. Dennoch glaube ich, dass es für Sie von großem Vorteil wäre, meine Frau zu werden. Sie würden die Herrin über alle meine Besitztümer sein. Ihre Kinder würden in einem Lebensstil aufwachsen, der alles übertrifft, was Sie wahrscheinlich je für möglich gehalten hätten. Um all das zu erhalten, verlange ich nur, dass Sie mir eine treue und liebevolle Ehefrau sind. Verlang ich zu viel?«

Ellen nahm sich viel Zeit, um über alles nachzudenken, was er sagte. Sie würde seine Ehefrau sein. Sie dachte daran, was das mit sich bringen würde, wie zum Beispiel die Aktivitäten im Schlafzimmer. Könnte sie mit diesem Mann schlafen? Seine Hände sie berühren lassen und mehr? Sie liebte ihn nicht. Würde sie es mit der Zeit tun?

Als Mrs. Emmerson würde sie für dieses Haus und den Landsitz in Berrima verantwortlich sein und eine Stellung in der Gesellschaft einnehmen. Austin und Patrick würden wie Gentlemen erzogen werden, Bridget wie eine Dame. Nie wieder würden sie die Angst verspüren, vielleicht ohne ein Dach über dem Kopf dazustehen. Sie würden nie wieder ohne

Stiefel auskommen müssen und ihre Kleidung würde ihnen immer passen und nicht zu kurz oder löchrig sein.

Wenn sie dies tat und sich bereit erklärt, die Frau dieses Mannes zu werden, würden ihre Kinder nie wieder hungern müssen.

Sie würde die Frau eines Großgrundbesitzers sein …

Sie schaute ihn an und betrachtete sein Gesicht. Er war gütig, das wusste sie, und auf seine Art auch gutaussehend. Sie dachte kurz an Mr. Hamilton, schüttelte den Gedanken aber sofort wieder ab. Er gehörte der Vergangenheit an, genauso wie Malachy.

»Mr. Emmerson …« Sie holte tief Luft. »Mr. Emmerson, es wäre mir eine Ehre, Ihre Ehefrau zu werden.«

Sein Freudenschrei ließ sie aufschrecken. Er drückte sie an sich und küsste sie dann auf die Lippen. »Ich werde dich bis zu meinem Todestag glücklich machen, Ellen, das verspreche ich dir.«

Sie lächelte über sein übertriebenes Verhalten. »Ich hoffe, dass ich Sie ebenfalls glücklich machen kann, Mr. Emmerson.«

»Ich bestehe darauf, dass du mich Alastair nennst. Ich werde sofort den Reverend aufsuchen.« Er hielt inne. »Kannst du in einer anglikanischen Kirche heiraten?«

Ellen versteifte sich. Sie war katholisch. Spielte es eine Rolle, in welcher Kirche sie heirateten? Sie wollte seine Sicherheit, und die Religion spielte für sie keine Rolle. Vielleicht würde sie dafür in der Hölle enden, aber solange sie auf der Erde war, würde sie alles tun, um ihre Kinder zu beschützen und ihnen das bestmögliche Leben zu bieten, das sie ihnen geben konnte.

»Es spielt keine große Rolle für mich, in welcher Kirche ich Sie … dich heirate, Alistair. Ich bin sicher, dass Gott mich nicht zu hart verurteilen wird. Vielleicht können wir auch Pater Joyce von der Schule der Kinder zur Hochzeit einladen, damit auch er uns seinen Segen gibt?« Würde das ausreichen, um die Schuldgefühle zu lindern, die sie an diesem Tag empfinden würde?

»Ich werde mich darum kümmern, Liebste. Ich werde sofort hingehen und um eine Audienz bei ihm bitten und ihm die Situation erklären.« Er küsste sie erneut und hielt inne, um ihr in die Augen zu sehen. »Du hast mich unglaublich glücklich gemacht, Ellen. In diesem Moment bin ich der glücklichste Mann auf der gesamten Welt.«

Nachdem er das Haus verlassen hatte, ging sie zurück in die Küche. Die Kinder waren zum Spielen hinausgegangen.

Riona schälte Kartoffeln. »Und? Waren es schlechte Nachrichten? Du warst ziemlich lange fort. Ich habe die Kinder rausgeschickt, damit sie sich um Pepper kümmern.«

Ellen setzte sich an den Tisch, immer noch schockiert von der Wendung der Ereignisse. Aber jetzt wusste sie, dass es viel schwieriger sein würde, Riona die Neuigkeit zu überbringen, als Mr. Emmerson das Ja-Wort zu geben. »Der Verlauf des Gesprächs war unerwartet.«

»Er schmeißt uns doch nicht raus, oder?«

»Nein ... Stattdessen hat Mr. Emmerson um meine Hand angehalten.«

Riona bleib der Mund offen stehen. »Du scherzt.«

»Nein.«

»Heilige Mutter Gottes!« Riona schnappte nach Luft. »Das ist unmöglich.«

»Er will mich zur Frau nehmen und die Kinder wie seine eigenen behandeln.«

»Er ist ein Protestant! Du *kannst* ihn nicht heiraten. Allein die Vorstellung ist lächerlich!«

Unruhig sprang Ellen vom Stuhl auf und ging zum Herd. »Erinnerst du dich an den zweiten Winter mit der Krautfäule? Wie wir alle gelitten haben, als es im Dorf eine Suppenküche gab, die Essen ausgab, wenn man Protestant wurde? Erinnerst du dich daran, wie Mammy und Pater Kilcoyne uns von dort ferngehalten haben?«

»Ja …«

»Mammy und du sagtet mir, ich solle nicht zu diesen Suppenküchen gehen, obwohl meine Kinder hungrig seien. Ich bin nicht gegangen. Ich habe meinen Glauben nicht aufgegeben, aber ich habe meine Kinder leiden sehen. Welche Mutter verweigert ihren Kindern Brot und Suppe? Ich habe mir geschworen, dass ich das nie wieder tun würde. Ich habe geschworen, nie wieder die Religion über das Wohlergehen meiner Kinder zu stellen. Also ging ich zu Mr. Wilton, einem protestantischen Engländer, und als die Seuche immer schlimmer wurde und die Hungersnot anhielt, waren Mr. Wiltons Essensreste gar nicht so schlecht, oder?«

»Wir konnten immer noch Katholiken sein, wenn wir das Essen von Mr. Wilton aßen. Er hat nicht verlangt, dass wir konvertieren«, verteidigte sich Riona.

»Das Prinzip ist dasselbe.« Frustriert wünschte sie sich, ihre Schwester würde ihre Gefühle in dieser Sache verstehen.

»Das ist wichtig, Ellen. Wir sind katholisch.«

»Du denkst, ich wüsste das nicht! Aber wie hat uns unsere Religion gerettet, als unser Volk zu Tausenden starb, ohne dass etwas in ihrer Macht lag, um etwas daran zu ändern? Warum hat Gott so viele Unschuldige streben lassen, antworte mir!«

»So kannst du nicht reden, das ist ein Sakrileg!« Riona starrte sie an.

»Ich rede so, wie ich es für richtig befinde, Schwester.«

»Du musst sofort in die Kirche gehen und um Vergebung beten. Du musst beichten!« Riona zog ihre Schürze aus. »Wir werden zu Pater Joyce gehen. Er wird wissen, was zu tun ist. Wir müssen mit ihm beten.«

Ellen verschränkte die Arme vor der Brust. »Beten? *Beten?* Wozu soll Beten gut sein? Ich habe mein ganzes Leben lang gebetet, und trotzdem wurden mir meine Geschwister genommen, dann mein geliebter Thomas, mein Vater und mein Großvater, mein Zuhause und der Mann, den ich geheiratet habe. Meine Gebete sind nie erhört worden. Also werde ich meinen Atem nicht mit Gebeten verschwenden.«

Riona bekreuzigte sich schnell. »Der Herr hat uns durch die Missernten und den Hunger gebracht. *Er* rettete uns durch sein gesegnetes Kind, Jesus.«

»*Ich* habe uns gerettet.«

»Nein … Oh heilige Jungfrau Mutter, beschütze uns vor den Sünden meiner Schwester.« Riona kramte in ihrer Schürzentasche und holte ihren Rosenkranz heraus.

Ellen verhärtete ihr Herz angesichts der Verärgerung ihrer Schwester. »Ich werde zu den Protestanten konvertieren, und die Kinder werden es auch tun.«

»Das kannst du nicht tun!« Riona sah aus, als würde sie gleich in Ohnmacht fallen.

»Es ist immer noch derselbe Gott.«

»Du wendest dich wegen eines Mannes von allem ab, woran wir glauben?«

»Nein, nicht wegen eines Mannes, sondern für die Chance, ein gutes Leben zu führen. Wenn es bedeutet, dass meine Kinder nie wieder hungern müssen, wenn ich Protestantin werde, dann werde ich es tun.«

»Dafür musst du ihn nicht heiraten. Wir haben einen sehr

angenehmen Ort zum Wohnen und verdienen ein gutes Einkommen. Den Kindern geht es gut.«

»Willst du, dass ich ihnen die Möglichkeit auf ein Leben, wo sie nicht um jedes bisschen kämpfen müssen, verwehre? Als Emmersons Kinder wird es ihnen an nichts fehlen.«

»Außer dem wahren Glauben.«

»Wenn sie zu diesem Glauben zurückkehren wollen, wenn sie älter sind, können sie das, aber jetzt werden sie eine Ausbildung und ein schönes Zuhause mehr zu schätzen wissen.«

»Du verkaufst deine Seele!« Weinend rannte Riona aus dem Haus.

Seufzend setzte sich Ellen wieder hin und ließ den Kopf hängen. Sie schämte sich dafür, dass sie sich mit Riona gestritten und ihr solche Dinge gesagt hatte. Sie war eine schreckliche Katholikin, aber die Umstände hatten sie dazu gebracht. Früher war sie genauso gläubig gewesen wie der Rest ihrer Familie, aber auch das gehörte der Vergangenheit an. Zu viel Kummer und Schmerz hatte sie von ihrer Kirche, von Gott, von allem außer dem Glauben an sich selbst weggeführt.

KAPITEL 18

Die kühlen Herbsttage im Mai verwirrten Ellen und ihre Familie. In Irland herrschte Frühling im Mai. Das Wetter wurde wärmer, die Tage länger und das Land öffnete sich zur Wiedergeburt. In Sydney bedeutete der Mai kürzere Tage, kühlere Abende und häufige Regenschauer, die eine Wohltat für die Hitze des Sommers waren.

Ellen nahm Alistairs Arm, nachdem sie das Register unterschrieben hatten, und schritt unter dem Lächeln von Alistairs Freunden, die die hübsche Sandsteinkirche Garrison Church an der Ecke der Argyle Street füllten, den Gang zurück.

Als sie aus der Kirche traten, begrüßte die Sonne sie und weitere Gratulanten warfen Rosenblätter auf das Brautpaar. Als die Menschen die Kirche verließen und erst die Hand des Pfarrers und dann die von Alistair und Ellen schüttelten, lächelte sie und plauderte, erleichtert, dass sie es hinter sich hatten.

Der letzte Monat hatte ihr viele bange Momente beschert, als sie über ihre Entscheidung, Alistair zu heiraten, nachdachte. Die Kinder hatten die Idee einer Ehe mit Alistair gut aufgenommen. Sie mochten ihn und er mochte sie, und sie wusste, dass die Kinder sich schnell an ihr neues Leben gewöhnen würden. Riona hingegen war ein Ärgernis. Eine Woche lang sprach Riona nicht mit ihr, nachdem Ellen ihr gesagt hatte, dass sie Alistair heiraten würde, und auch während der wochenlangen Hochzeitsvorbereitungen sagte sie kaum ein Wort.

Alistair stellte Ellen ein großzügiges Taschengeld zur Verfügung, damit sie alles kaufen konnte, was sie brauchte. Die Kinder und sie selbst bekamen alle neue Kleider. Riona allerdings weigerte sich Alistairs Großzügigkeit anzunehmen.

In ihrer neuen Position als Alistairs Verlobte gehörte es dazu, eine Reihe von gesellschaftlichen Veranstaltungen zu besuchen, bei denen sie Alistairs Freunde kennenlernte. Eine Aufgabe, die sie zunächst ängstigte, da sie sich fragte, wie gut man sie in dieser elitären Gesellschaft aufnehmen würde. Allerdings stellte sich bald heraus, dass die meisten von Alistairs Freunden sie bewunderten und ihre Frauen ermutigten, sich ihr gegenüber höflich zu verhalten, insbesondere diejenigen, die auf Alistairs Geschäfte angewiesen waren.

Ihre Sorge, akzeptiert zu werden, beunruhigte sie immer noch ein wenig. Die Damen der Stadt überhäuften sie nicht unbedingt mit Einladungen zu Teepartys, aber Alistair meinte, sie würden sie bald in ihren Kreis aufnehmen. Schließlich gab es in der höheren Gesellschaftsschicht in der Kolonie nicht wenige, die Leichen im Keller hatten. Nicht alle Blutlinien waren rein, und viele konnten Vorfahren nennen, die in Ketten hierhergebracht worden waren, nicht dass sie über solche Dinge in der Öffentlichkeit sprachen.

Als Ellen dies hörte, beruhigte sie sich ein wenig. Sie mochte aus der armen Arbeiterklasse stammen, aber zumindest war sie nicht in Ketten hierhergekommen. Dennoch wusste sie, dass es ein langer Weg sein würde, um in den Reihen der Leute aufgenommen zu werden, mit denen Alistair verkehrte. Und obwohl diese Leute die Hochzeitseinladungen annahmen, hatte Ellen das Gefühl, dass die meisten eher aus Neugierde kamen als aus echtem Interesse an ihrer glücklichen Hochzeit.

Ellen stellte eine Köchin und ein Hausmädchen ein, damit sie mehr Zeit hatte, sich auf den gewaltigen Sprung in die Rolle einer mit einem erfolgreichen Geschäftsmann verheirateten Frau vorzubereiten. Die Anprobe neuer Kleider, die Anschaffung neuer Stiefel, Hauben, Handschuhe und Unterwäsche für sich und die Kinder nahm jede Woche mehrere Stunden in Anspruch. Dann bestand Alistair darauf, dass sie Abendessen und Gartenpartys, Theaterabende und Musikkonzerte besuchten. Sonntags, nach der Kirche, nahm er sie alle mit auf eine Hafenrundfahrt oder auf einen Spaziergang im Park rund um das Government House. Er wollte, dass die Gesellschaft sie als eine Familie ansah und akzeptierte.

Die Kinder gediehen in ihrem neuen Leben. Sie blühten auf und lachten, und Ellen wusste, dass sie die richtige Entscheidung getroffen hatte, Alistair zu heiraten, als sie sah, wie sie sich über die Geschenke freuten, die Alistair ihnen regelmäßig machte.

»Geht es dir gut, meine Liebe?«, fragte Alistair sie, als ihre Gäste sich auf den Weg zu ihren Kutschen machten.

»Ja, ich bin wirklich glücklich.« Sie konnte seine Frage ehrlich beantworten. Als seine Frau war die Armut zu einem entfernten Schrecken der Vergangenheit verblasst.

»Das Hochzeitsfrühstück findet in *Houghton's Tea House* statt«, sagte Alistair zu einem seiner Freunde, dessen Namen Ellen vergessen hatte. »Wir sehen uns dort.«

Ellen suchte in der abreisenden Menge nach Riona, konnte

sie aber nirgends entdecken. Sie hoffte, dass sie zum Hochzeitsfrühstück kommen würde, aber Rionas Laune schwankte so stark, dass Ellen nie sicher sein konnte, was gerade in ihr vor sich ging.

»Wollen wir gehen?« Alistair nahm Ellens Arm und Bridgets Hand, die in ihrem weißen Volantkleid mit blauer Satinschärpe unglaublich erwachsen aussah.

»Ich weiß nicht, wo Riona ist.« Ellen blickte sich um.

Alistair seufzte unglücklich. »Ich wünschte, sie würde sich an unserem besonderen Tag für dich freuen.«

»Ich weiß, aber es ist schwierig für sie. Ich habe einen Protestanten geheiratet und das wird sie mir nie verzeihen.« Ellen glaubte, sie zu sehen, wie sie den Hügel hinunter auf ihr Haus zuging. »Da ist sie. Ich gehe zu ihr und rede mit ihr.«

»Liebste, wir haben Gäste, die im Teehaus auf uns warten.«

»Nimm die Kinder und fahrt schonmal ohne uns. Schick die Kutsche für uns zurück. Ich muss mit ihr reden, Alistair, sonst kann ich den Tag nicht genießen.«

Er küsste sie auf die Wange. »Beeil dich bitte. Ich möchte meine schöne Braut vorführen.«

»Das werde ich.« Sie lächelte und freute sich über die Komplimente, die er ihr jeden Tag machte.

Er rief nach den Kindern, und sie stiegen in die Kutsche. Ellen winkte ihnen zu und lief dann den Hügel hinunter in Richtung Haus. Sie wusste nicht, wie sie Riona überreden sollte, sie zu begleiten. Sie konnten beide unglaublich stur sein.

Vor dem Haus stand eine Kutsche. Daneben unterhielt sich Riona mit einem großen Mann in einem zinngrauen Anzug und Zylinder.

Ellen runzelte die Stirn. Hatte sich ein Gast verirrt?

Dachten sie, das Hochzeitsfrühstück würde im Haus stattfinden? Sie beschleunigte ihre Schritte und hob den Saum ihres blassblauen Rocks an. Ihr Hochzeitskleid war das schönste, das sie je besessen hatte. Noch nie hatte sie einen so zarten, blassen Blauton getragen, und noch nie hatte sie solch zarte Spitze an Kragen und Ärmeln getragen. Außerdem hatte sie ihr Haar mit mehreren blauen Bändern geschmückt. Sie hatte auf eine Haube verzichtet, was die vielen Ehefrauen zweifellos kommentieren würden, aber heute wollte sie sich wieder jung fühlen. Nicht, als hätte sie bereits neunundzwanzig Winter erlebt und sei Mutter von drei Kindern. Daher hatte sie ihr Haar locker gewellt und mit Rosenknospen und Bändern geschmückt, um dieses Gefühl zu bekommen.

Ellen trat näher an ihre Schwester und den Herrn heran und schirmte ihre Augen gegen das Sonnenlicht ab, während sie sich näherte.

»Ellen ...«, rief Riona ihr zu, aber Ellen starrte den Mann an.

Das konnte nicht sein.

Sie blinzelte erneut. Bildete sie sich das nur ein?

Ein weiterer Schritt machte klar, dass sie sich nicht geirrt hatte. Rafe Hamilton stand dort und unterhielt sich mit Riona.

Er sah sie, als sie sich näherte. Er starrte sie an, während sie nicht die Augen von ihm abwenden konnte. In diesem einen Blick fühlte sie sich von allen Gefühlen und Gedanken befreit. In einem Moment fühlte sie sich schwerelos. Die eine Person, von der sie nie erwartet hatte, sie wiederzusehen, stand direkt vor ihr, so gut aussehend wie eh und je.

Er war hierher gereist!

Sie hätte nie gedacht, dass er so etwas tun würde.

»Ich nehme an, Glückwünsche wären angebracht«, sagte er schlicht. Sein Gesicht war verschlossen, unleserlich.

»Ja …« Ihr Herz klopfte heftig in ihrer Brust. So oft hatte sie an ihn gedacht, von seinem charmanten Lächeln geträumt und gehofft, er würde ihr schreiben. Doch keine Briefe waren angekommen. Nicht ein einziges Mal hatte sie etwas über ihn erfahren. Hätte es etwas geändert, wenn er es getan hätte? Er war ein Geschäftsmann. Jemand, der ihrer Familie geholfen hatte. Sie war für ihn nichts weiter als ein Passagier auf seinem Schiff.

Ellen straffte die Schultern und sammelte ihre Kräfte. »Es ist eine Überraschung, Sie hier zu sehen, Mr. Hamilton.«

»Es war eine spontane Entscheidung, Mrs. Kitt… Emmerson …« Sie konnte sehen wie sein Puls unter der Haut an seinem Hals pochte.

Er war der erste, der sie Mrs. Emmerson nannte, und es klang seltsam in ihren Ohren.

»Alistair wird sich unglaublich freuen, dass Sie gekommen sind.« Ihre Worte klangen flach.

»Das hoffe ich. Es war eine lange Reise.«

Riona blickte zwischen den beiden hin und her. »Warum bist du nicht im Teehaus, Ellen?«

»Ich bin gekommen, um zu sehen, warum du hergekommen bist«, antwortete Ellen steif.

»Ich habe mir die Naht einer meiner Handschuhe aufgerissen. Ich bin hergekommen, um mir mein anderes Paar zu holen.«

»Du hättest mich dir ein neues Paar kaufen lassen sollen.« Ellen konnte Mr. Hamilton nicht ansehen. Sie konzentrierte sich auf Riona und flehte ihre Schwester im Stillen an, ihr irgendwie zu helfen. Wie sie das hätte tun sollen, wusste Ellen nicht. Sie wusste nur, dass ihr Herz von einem unvorstellbaren Bedauern darüber erfüllt war, dass sie nicht mehr frei war.

»Ich kann Sie beide in meiner Kutsche mitnehmen.« Mr. Hamilton winkte in Richtung der gemieteten Kutsche.

Ellen rief sich zur Ordnung und erinnerte sich an ihre Manieren. »Sie müssen uns begleiten, Mr. Hamilton. Alistair wird sich gewiss ungemein freuen, Sie dabei zu haben.«

In diesem Moment kam Alistairs Kutsche die Straße entlang gerollt. »Oh, da ist die Kutsche.« Ellen drehte sich um und wollte einsteigen. »Sie können gerne Ihre gemietete Kutsche bezahlen, Mr. Hamilton, und mit uns fahren.« Sie stieg ein und setzte sich, wobei sie darauf achtete, nur auf ihre Hände und den glänzenden Ehering an ihrem linken Ringfinger zu blickte.

Riona und Mr. Hamilton saßen kurz darauf mit ihr in der Kutsche, und sie fuhren schweigend in Richtung Teehaus.

Irgendwie schaffte Ellen es, den Tag zu überstehen. Alistair nahm Mr. Hamilton komplett in Beschlag und stellte ihn all seinen Freunden vor, während Ellen mit deren Frauen plauderte und sich um die Kinder kümmerte, bis Bridget müde wurde.

»Ich bringe sie nach Hause«, sagte Riona und ergriff Bridgets Hand.

»Ich komme mit.« Ellen schaute sich nach Austin und Patrick um.

»Nein, du bleibst bei deinem neuen Mann«, sagte Riona knapp. Ihr Ton verriet Ellen, dass sie ihr noch nicht vergeben hatte.

Alles, was Ellen wollte, war nach Hause zu gehen und sich hinzulegen. Sie war erschöpft vom Lächeln und von der Geselligkeit, während sie die ganze Zeit über Mr. Hamiltons Blicke auf sich spürte.

»Liebste.« Alistair trat an ihre Seite. »Ich glaube, es ist Zeit, dass wir nach Hause gehen. Die Gäste machen sich ebenfalls bereits auf den Heimweg. Ich habe Rafe zum Abendessen eingeladen, und er hat zugesagt.«

Überrascht schaute Ellen über Alistairs Schulter hinweg zu Mr. Hamilton. »Wie schön«, log sie.

»Er würde ein Nein auch nicht akzeptieren«, fügte Mr. Hamilton hinzu. »Auch wenn ich Alistair gesagt habe, dass es bis morgen warten kann.«

»Unsinn!« Alistair strahlte. »Ich habe dich schon seit Jahren nicht mehr gesehen, und wir haben viel zu bereden.«

»Das kann warten, mein Freund.« Mr. Hamilton unterdrückte ein Lachen.

Sie wurden daran gehindert, weiter darüber zu sprechen, als weitere Gäste kamen, um sich zu verabschieden.

Als Ellen mit der Verabschiedung fertig war, bemerkte sie Bridget, die neben Mr. Hamilton stand.

»Sie haben mir mein Püppchen geschenkt«, sagte Bridget und lächelte zu Mr. Hamilton hoch.

»Haben Sie sie immer noch, Miss Bridget?«

»Ja. Sie schläft auf meinem Bett.«

»Ich freue mich, dass sie Ihnen Trost spendet.«

»Ich lerne jetzt auch reiten.«

»Wirklich? Nun, das ist eine lohnende Fähigkeit, die man lernen sollte. Jede junge Dame sollte reiten können.«

»Werden Sie eines Tages mit mir reiten?«

»Nichts würde mir mehr Freude bereiten, Miss Bridget.«

Bridget legte ihre Hand in die von Mr. Hamilton, als Ellen neben sie trat. »Mr. Hamilton und ich werden reiten gehen.«

»Ich glaube, dir fehlt noch ein wenig Erfahrung, meine Süße.« Ellen strich ihrer Tochter eine dunkle Haarsträhne aus dem Gesicht.

»Ich denke nicht!« Bridget funkelte sie an.

»Sei jetzt still. Benimm dich.« Ellens Augen trafen die von Mr. Hamilton. »Sie übertreibt.«

»Sie weiß, was sie will, wie ihre Mutter.«

Bridget rannte zu ihren Brüdern an die Tür.

»Ich freue mich, dass Sie sich in der Kolonie gut eingelebt haben«, sagte Mr. Hamilton.

»Wir haben sehr viel Glück gehabt. Mr. Emmerson war ein wahrer Freund.«

»Und jetzt Ihr Mann.«

Ellen blinzelte. »Sie missbilligen es?«

»Es ist nichts, was mich etwas angeht.«

»Stimmt.«

»Aber ich hoffe für Sie beide, dass Ihre Entscheidung nicht übereilt getroffen wurde.« Er verbeugte sich leicht und machte auf dem Absatz kehrt.

Allein gelassen, verkrampfte sich Ellens Herz. Sie wusste nicht, ob sie wütend sein oder den Tränen nachgeben sollte, die ihr in den Augen brannten.

Als sie das Teehaus verließen, das sich in einem angesehenen Hotel befand, drehten sich Ellens Gedanken um die bevorstehende Nacht.

Im Haus ermutigte sie Alistair, mit Mr. Hamilton einen Spaziergang am Hafenufer entlang zu machen, während sie die Köchin informierte, dass ein Gast zum Abendessen bleiben würde.

Austin und Patrick besuchten ihre Freunde in der Nachbarschaft, während Bridget am Küchentisch saß und leise mit ihrer Puppe spielte.

Im vorderen Zimmer ging Ellen auf und ab, ihre Gedanken wirbelten in ihrem Kopf umher, bis Riona hereinkam. Sie beobachtete ihre Schwester, die am Fenster saß und ihre Näharbeiten aufnahm. »Können wir diesen Streit bitte begraben, Riona?«

Schweigen breitete sich zwischen ihnen aus, bevor Riona ihre Näharbeit beiseitelegte. »Ich weiß nicht, ob ich dir jemals verzeihen kann, Ellen. Du hast dich gegen die wahre Religion gestellt. Wie soll ich damit leben?«

»Das musst du selbst entscheiden, nicht wahr? Du kannst es entweder akzeptieren oder deine Familie hinter dir lassen.«

»Am Ende habe ich keine Wahl«, flüsterte sie schmerzhaft. »Ich kann nicht ohne euch leben.«

»Es tut mir leid, dass ich dich verletzt habe.«

»Ich sorge mich um deine und die Seelen der Kinder, nicht um meine eigenen Gefühle. Ich habe morgens und abends zur Heiligen Mutter gebetet, dass du zur Vernunft kommst, aber meine Gebete wurden nicht erhört.« Riona seufzte und wandte sich dann Ellen zu. »Aber heute wurde mir klar, dass du, selbst wenn du Mr. Emmerson nicht geheiratet hättest, Mr. Hamilton, einen anderen Protestanten, geheiratet hättest, wenn er dich gefragt hätte.«

Ellen staunte. »Was?«

»Ich bin deine Schwester. Ich kenne dich besser, als du denkst. Ich weiß, wie sehr du Rafe Hamilton magst. Du hast es sogar vor dir selbst gut versteckt. Aber als ich dein Gesicht sah, als du ihn nach der Hochzeit gesehen hast ... Du sahst erschüttert aus, genauso wie er.«

»Ich ... Ich ...«

»Christus und all seine Engel, versuche ja nicht, es zu leugnen. Du bist in ihn verliebt, seit du ihn auf Wilton Manor kennengelernt hast und er in dich.«

»Das ist nicht wahr.«

»Doch, das ist es. Ein Blinder kann es sehen. Mr. Hamilton hält sehr viel von dir. Warum sonst würde ein Gentleman seine Zeit und seine Kutsche zur Verfügung stellen, um das Hausmädchen eines Freundes zu ihrem toten Ehemann im Leichenschauhaus zu bringen? Sag es mir. Warum sollte er uns eine Kiste mit schönen Dingen für die Reise kaufen und sonst niemandem?« Riona schüttelte den Kopf. »Ich habe vielleicht selbst keine Erfahrung, was die Liebe angeht, aber ich erkenne sie, wenn ich sie sehe.«

Ellen setzte sich abrupt hin. Ihre Beine waren zu schwach, um sie weiterhin zu halten.

Riona blickte sie traurig an. »Du liebst ihn, nicht wahr?«

»Ich glaube schon, ja.«

»Dann hättest du Mr. Emmerson nie heiraten dürfen.«

»Alistair weiß, dass ich ihn nicht liebe. Ich hätte nie gedacht, dass Mr. Hamilton hierher kommen würde. Er hat nie auf meine Briefe geantwortet ...«

»Wie sollte er auch, wenn er drei Monate auf einem Schiff war? Er muss Liverpool nur wenige Wochen nach uns verlassen haben.«

»Das konnte ich doch nicht wissen.« Ellen schoss in die Höhe und lief im Zimmer auf und ab, ihr Herz und ihre Gedanken waren in Aufruhr.

»Als ich ihm erzählte, dass du heute Morgen geheiratet hast, wurde er leichenblass. Armer Mann. Er ist um die halbe Welt gereist, nur um zu erfahren, dass du und Mr. Emmerson verheiratet seid.«

»Wir können nicht mit Sicherheit sagen, dass er irgendwelche Gefühle für mich hegt.« Ellen spürte wie ihr übel wurde. Mochte Mr. Hamilton sie so sehr, wie sie ihn mochte? Sicherlich nicht ... aber wenn doch ...

»Sei still«, schnauzte Riona. »Du hast doch Augen im Kopf, oder? Im Teehaus konnte er kaum etwas anderes tun, als dich zu beobachten.«

»Meinst du, Alistair hat es bemerkt?«

»Alistair?« Riona starrte sie an. »Alistair? Gott im Himmel! Dieser Mann kann nichts anderes tun als dich anzustarren. Er ist vernarrt in dich, aber du erwiderst seine Gefühle nicht, oder? Du bist in Rafe Hamilton verliebt.«

Ellen starrte aus dem Fenster und beobachtete die Jungen, die den Hügel hinunterliefen. »Mr. Hamilton wird bald nach England zurückkehren und aus meinem Leben verschwinden. Alistair wird uns geben, was wir brauchen.«

»Ist es das, was dein Herz will?«

»Es ist nicht von Bedeutung, was mein Herz will, sondern meine Kinder. Für sie habe ich Alistair geheiratet.«

Männerstimmen waren zu hören, und sie sah, wie die Jungen zu Alistair und Mr. Hamilton rannten. Ihr dummes Herz machte einen Hüpfer beim Anblick der vier Männer – ihre Söhne, die sie anbetete, den Mann, den sie geheiratet hatte, und den Mann, den sie liebte.

Riona stand auf und trat an Ellens Seite. »Du bist meine Schwester. Ich bin nicht einverstanden mit dem, was du getan hast, nicht, dass es jetzt noch von Bedeutung wäre, aber ich werde dir zur Seite stehen. Ich habe jeden Tag viel gebetet und mit Pater Joyce gesprochen, um mich angesichts dieser große Veränderung in unserem Leben zu beruhigen. Vielleicht verstehst du es.«

»Es tut mir leid, Riona. Ich wollte dir nie wehtun.«

»Ich weiß, dass du das nicht wolltest. Aber du bist zu eigensinnig, Ellen. Das hat Mammy immer gesagt.« Sie lächelte grimmig. »Ich kann weder dich noch die Kinder verlassen. Ihr seid meine Familie und alles, was ich auf dieser Welt habe. Ich werde nicht immer mit dem einverstanden sein, was du tust oder was du denkst, aber ich werde zu dir stehen.«

Ellen umarmte sie, Tränen brannten in ihren Augen, doch sie wagte nicht, ihnen freien Lauf zu lassen, aus Angst, dass sie nicht wieder aufhören konnte. Dieser Tag war mit zu vielen Emotionen belastet, die sie gerade noch in den Griff bekam.

»Ich werde mich immer um dich kümmern«, sagte Ellen heiser, als sie sich aus der Umarmung löste.

Als die anderen hereinkamen, setzte Ellen ein Lächeln auf und zeigte, dass sie eine gute Gastgeberin war.

Während des gesamten Abendessens, an dem auch die Kinder teilnahmen, worauf Alistair bestand, da er wusste, wie sehr sie daran gewöhnt waren, mit Ellen und Riona zu essen, herrschte eine fröhliche und lustige Atmosphäre. Die Kinder wurden ermutigt, sich mit den Erwachsenen zu unterhalten, und Austin verstand es ausgezeichnet, sie mit Geschichten über seine Freunde und Beobachtungen der Umgebung zu unterhalten.

Nach dem Abendessen brachte Riona die Kinder nach oben ins Bett und ließ Alistair und Mr. Hamilton etwas Zeit, um Portwein zu trinken. Währenddessen ging Ellen in die Küche, um Mrs. Lawson, der Köchin, und Dilly, dem Hausmädchen, für ihre Bemühungen zu danken.

Ellen blieb länger als nötig in der Küche und ging dann nach draußen, um etwas kühle Abendluft zu schnappen. Sie wollte nicht in den Salon und zu Mr. Hamilton zurückkehren. Seine Ankunft hatte ihre sorgfältig geordneten Gedanken durcheinander gebracht. Wie sollte sie sich in seiner Gegenwart verhalten? Wie konnte sie ihre Gefühle nicht offenbaren? Je weniger Zeit sie in seiner Gegenwart verbrachte, desto besser für ihren Seelenfrieden und ihre Ehe.

Schließlich konnte sie es nicht länger hinauszögern und betrat den Salon, als Mr. Hamilton gerade seinen Hut aufsetzte.

»Liebste, Rafe geht«, sagte Alistair. »Es war für uns alle ein anstrengender Tag.«

Ellen stellte sich ein Stück hinter Alistair. »Ich freue mich, dass Sie eine sichere Reise von Liverpool aus hatten, Mr. Hamilton. Die See kann tückisch sein.«

»Ich halte es für klug, sie selbst zu erleben, damit ich diejenigen, die wir auf unseren Schiffen mitnehmen, besser helfen kann.«

»Werden Sie lange in Sydney bleiben?«

Seine Augen bohrten sich in ihre. »Nein. Ich denke nicht. Ich habe Pläne, nach Melbourne zu reisen. Der Goldrausch auf dem Land sorgt dort für eine Bevölkerungsexplosion, und Alistair und ich sollten das Geschäft auch in dieser wachsenden Stadt ausbauen.«

Alistair nahm Ellens Hand. »Vielleicht gibt es einen Grund für mich, in der nächsten Woche mit Rafe nach Melbourne zu reisen. Wäre das sehr rücksichtslos von mir als frisch vermählter Mann?«

Sie lächelte zur Beruhigung. »Ich verstehe das vollkommen. Ich habe hier genug zu tun.«

»Bin ich nicht der glücklichste Mann auf Erden, Rafe, dass ich eine solche Frau an meiner Seite habe?« Alistair grinste.

Ellen sah, wie an Rafes Kiefer ein Muskel zuckte. »In der Tat. Die meisten Männer werden dich beneiden. Gute Nacht.« Er verbeugte sich und verließ das Haus.

»Was für ein Tag.« Alistair nahm Ellen in seine Arme. »Sollen wir uns zurückziehen, Ehefrau?«

Ihre Muskeln spannten sich an. »Natürlich.«

»Du gehst nach oben und ich schließe das Haus ab.«

Im Schlafzimmer zog Ellen sich aus und wusch sich im Schein der Lampe. Während sie den Lappen in das warme Wasser tauchte, das Dilly ihr vorhin gebracht hatte, versuchte

Ellen, nicht an das zu denken, was ihr bevorstand. Als sie im Vorfeld der Hochzeit darüber nachgedacht hatte, hatte sie sich keine Sorgen gemacht. Der sexuelle Akt war für sie nichts Neues, und sie mochte Alistair und glaubte, dass sie ihm ihren Körper gerne zur Verfügung stellen würde. Vielleicht würde es nicht die wilde Hingabe sein, die sie mit Malachy gehabt hatte, als sie jung und verliebt waren, aber sie hatte keinen Zweifel daran, dass es mit Alistair angenehm genug sein würde …

Aber das war vor Rafes Ankunft gewesen.

Sie legte sich ins Bett, wartete auf Alistair und lächelte, als er die Tür öffnete. »Ist alles in Ordnung?«, fragte sie.

»Ja, Mrs. Lawson und Dilly sind nach Hause gegangen.«

Schnell zog sich Alistair aus und löschte die Lampe. In der Dunkelheit nahm er sie in seine Arme. »Ich liebe dich, Ellen. Du musst es nicht erwidern, denn ich weiß, dass du dazu noch nicht so weit bist.«

»Du bist mir wichtig, Alistair.«

»Das ist für den Moment mehr als genug.« Er küsste sie innig, und sie erwiderte den Kuss.

Er drückte sie sanft auf den Rücken und begann zarte Küsse auf ihrem Körper zu verteilen. Ellens Leidenschaft stieg und sie schloss ihre Augen. Es war so lange her, dass sie von einem Mann geliebt worden war.

Alistair wurde immer drängender, schob ihr Nachthemd hoch. Er atmete in kurzen, schnellen Zügen. Er küsste ihre Brüste und seine Erregung stieg.

Ellen wollte, dass er langsamer wurde, aber er war in seiner eigenen Lust versunken und drang schnell in sie ein. Mit geschlossenen Augen bewegte sich Ellen zu seinen Stößen, aber es fühlte sich fremd an. *Er* fühlte sich fremd an. Alistair war nicht Malachy, der einzige Mann, der sie erregt hatte, und Alistair war nicht Rafe, der Mann, nach dessen Berührung sie sich sehnte.

Binnen Sekunden war es vorbei, und Alistair lag keuchend neben ihr. »Danke, Liebste. Du hast mich unglaublich glücklich gemacht.«

»Das freut mich, Alistair«, flüsterte sie.

Während er schlief, stieg sie aus dem Bett und wusch sich.

Sie setzte sich ans Fenster und ließ den Tränen freien Lauf.

KAPITEL 19

»Ich glaube, Mrs. Gardner-Hill ist sehr daran interessiert, dich kennenzulernen, Liebste«, sagte Alistair eine Woche später zu ihr, als sie in der Kutsche auf dem Weg zum Gardner-Hill-Anwesen, welches sich auf der anderen Seite von Sydney befand, saßen.

»Ich freue mich auch darauf, sie kennenzulernen«, antwortete Ellen und richtete ihre seidenen Abendhandschuhe. Das silbergraue Satinkleid, das sie trug, war das teuerste, das sie je besessen hatte, aber Alistair wollte, dass sie sich an diesem Abend, dem ersten gesellschaftlichen Anlass, an dem sie als Ehepaar teilnahmen, von ihrer besten Seite zeigte.

»Sie ist Mitglied vieler Ausschüssen verschiedener Wohltätigkeitsorganisationen in der Stadt, und ich bin mir sicher, dass sie sich wünschen wird, dass auch du Mitglied wirst.«

Sie blickte Alistair im Licht einer gut beleuchteten Taverne an. »Ich bin durchaus dazu bereit, einer Reihe von Wohltätigkeitsorganisationen beizutreten, aber ich habe die

Kinder, die mich beschäftigen, zudem noch das Haus und das Anwesen in Berrima.«

»In der Tat. Aber bald werden Austin und Patrick auf das Internat der King's School in Parramatta gehen, und dann bleibt nur noch Bridget zu Hause. Das wird dir viel Zeit verschaffen, bis zu dem Zeitpunkt, wenn wir unsere eigenen Kinder haben.« Er lächelte.

Ellen starrte auf die dunkle Straße. Der Gedanke an weitere Kinder bereitete ihr gemischte Gefühle. Alistair ein eigenes Kind zu schenken, wäre eine wunderbare Sache, nach allem, was er für sie getan hatte. Doch die Vorstellung, wieder ein Kind zu bekommen und zu gebären, ließ sie erschaudern. Sie war neunundzwanzig Jahre alt. Es war sieben Jahre her, dass sie Bridget zur Welt gebracht hatte, und sie war noch ein Baby gewesen, als die Kartoffelfäule ausbrach. Ellens Erinnerungen an Bridgets Babyjahre waren voller Leid und Sorgen.

Natürlich war es etwas anderes, mit Alistair verheiratet zu sein und ein Kind von ihm zu bekommen. Sie wusste, dass er alles für sie tun würde, aber sie wusste auch, dass es andere Dinge gab, die sie erreichen wollte, wie zum Beispiel Alistair zu ermutigen, seinen Landbesitz zu vergrößern.

Ebenso hatte sie keine Lust, ihre Tage bei einer Tasse Tee mit den wohlhabenden Damen von Sydney zu verbringen. Allein der Gedanke daran missfiel ihr. Wie sehr würde sie sich langweilen, wenn sie tagein, tagaus Frauen besuchte, die sie nicht kannte?

Allein in der Woche, seit sie mit Alistair verheiratet war, hatten sie an zwei Abendessen teilgenommen, und sie hatte vier Ehefrauen bei vier verschiedenen Gelegenheiten in ihrem Haus empfangen.

Sie wusste, dass die Freundschaft mit den Ehefrauen von

Alistairs Freunden zu ihrer Rolle als seine Gattin gehörte, aber sich jeden Tag hinzusetzen, um Belanglosigkeiten auszutauschen, war nicht die Art, wie sie ihr Leben verbringen wollte. Sie war es gewohnt, beschäftigt zu sein. Jetzt fühlte sie sich müßig und nachlässig. Sie hatte eine Köchin und ein Dienstmädchen, die sich um das Haus kümmerten, und da die Jungen bald zur Schule gehen würden, würde sie sich nur noch um Bridget kümmern müssen, und Riona tat mehr als ihren Teil.

Ihr Wunsch war es, zum Landsitz in Berrima zu reisen und den Bau ihres neuen Hauses zu beaufsichtigen, den Boden für die Gärten vorzubereiten und einen Obst- und Gemüsegarten anzulegen. Jedes Mal, wenn sie über das Land blickte, das nun ihr gehörte, wollte sie wohlgenährte Tiere grasen sehen.

»Du bist so still, meine Liebe.« Alistair drückte ihre Hand.

»Ich habe nur nachgedacht. Ich habe gehört, dass der Generalinspektor Sir Thomas Mitchel heute Abend ebenfalls zu Gast sein wird«, sagte Ellen. »Ich denke, wir sollten mit ihm über die Vermessung des Landes auf der anderen Seite deiner Grenze bei Berrima sprechen. Wir sollten es kaufen, bevor es jemand anderes tut. Ich habe in der Zeitung gelesen, dass im Argyle-Land Grundstücke vermessen werden, um es für mehr Menschen zu erschließen. Wir sollten schnell handeln.«

»Dazu haben wir noch viel Zeit. Sir Thomas wird sich in Kürze auf den Weg nach England begeben. Die Vermessung von Grundstücken wird nicht seine Priorität sein.«

»Dann sollten wir mit seinem Assistenten sprechen. Es sei denn, du kannst eine Audienz bei Gouverneur FitzRoy bekommen?«

»Liebste, ich habe es dir gesagt. Landzuweisungen werden nicht einfach hingeworfen wie Essensreste an Hühner. Es gibt einen Prozess. Viele fordern, dass es keine Zuschüsse mehr geben und stattdessen Land gekauft werden soll, egal wer man ist.«

»Dann lass uns welches kaufen.«

Er lächelte nachsichtig. »Wir haben mehr als genug Land.«

»Wir können nie genug Land haben, Alistair.« Sie beherrschte sich, doch jedes Mal, wenn sie den Kauf von Land erwähnte, unterbrach er sie, als würde er mit einem einfältigen Kind reden.

»Ich habe andere Unternehmungen, die mein Kapital brauchen.« Er küsste sanft ihren Handrücken. »Der Bau des Hauses in Berrima hat begonnen. In der Zwischenzeit werde ich meine geschäftlichen Aktivitäten hier in Sydney und in Melbourne ausbauen. Der Kauf von Grundstücken in Sydney ist rentabler als der von Land im Nirgendwo. Schafzuchtbetriebe erfordern ein enormes Kapital. Ich würde lieber Immobilien oder Land in Sydney kaufen und Häuser bauen, um sie zu vermieten oder zu verkaufen.«

»Aber …«

»Da wären wir.« Alistair öffnete die Tür, als die Kutsche an der Auffahrt zum Stehen kam, die von Gartenbeeten umgeben war, von denen Ellen selbst im Dunkeln erkennen konnte, dass sie weitläufig und gut gepflegt waren.

Ellen machte sich auf die zahlreichen Fragen gefasst, die bei jeder Veranstaltung an sie gerichtet wurden. Sie war es leid, über den Brand, die Hungersnot und ihr Leben in Irland zu sprechen. Dadurch fühlte sie sich den anderen Frauen gegenüber fremd, als gehöre sie nicht dazu, obwohl sie wusste, dass es tatsächlich so war. Diese Frauen hatten nie gehungert und waren auch nie arm oder verzweifelt gewesen. Wie sollten sie das verstehen? Sie gehörte nicht in ihre Gesellschaft, und jedes Mal, wenn sie sprach und ihr irischen Akzent zum Vorschein kam, verstärkte sie diesen Eindruck nur noch.

In dem großen Ballsaal versammelten sich die wohlhabenden Bürger Sydneys in Gruppen, unterhielten sich leise und nippten an ihren Getränken. Köpfe drehten sich zu Alistair und Ellen, aber sie hielt ihren Rücken gerade und lächelte mit erzwungener Freundlichkeit. Sie tat dies für Alistair, für ihre Kinder, die eines Tages in diese Gesellschaft eintreten würden, die so sehr im Gegensatz zu ihrem früheren Leben stand.

»Alistair und Mrs. Emmerson. Wie schön, dass Sie zu meinem kleinen Ball kommen konnten«, schwärmte Mrs. Gardner-Hill und zog damit mehr Aufmerksamkeit auf sich, als Ellen wollte. »Und Ihr Kleid, Mrs. Emmerson, wunderschön. Wer hat diese Kreation erschaffen? Madame Franklin in der Pitt Street, die sich auch um meine Kleider kümmert?«

»Nein, nicht Madame Franklin, sondern Mrs. Haggerty in der Cumberland Street.« Ellen lächelte süß, wohl wissend, dass ihre Gastgeberin und die anderen anwesenden Damen nicht im Traum daran denken würden, sich in diese zwielichtigen Ecken Sydneys zu begeben. Aber genau dort hatte Ellen eine großartige Schneiderin gefunden, ebenfalls eine Irin. Ihr Kleid war das atemberaubende Ergebnis von Mrs. Haggerty, einer ehemaligen Strafgefangenen aus Dublin.

»Nun ...« Mrs. Gardner-Hill schien ein wenig schockiert zu sein. »Sie müssen Madame Franklin aufsuchen und sich von ihrem Können bezaubern lassen. Sie ist die Beste in der Kolonie, das versichere ich Ihnen.«

»Danke, aber ich werde mit Mrs. Haggerty weitermachen. Sie braucht eher Kundinnen als Madame Franklin. Sie ist eine Witwe mit einem blinden Sohn.«

Das Gesicht der älteren Frau verzog ihr Gesicht zu einer Grimasse. »Tatsächlich? Wenn Sie mich entschuldigen würden, es sind weitere Gäste eingetroffen.«

»Liebste …«

Ellen seufzte. »Es tut mir leid, Alistair, aber sie kontrolliert mich nicht.«

»Nein, aber sie *glaubt* gerne, dass sie alle feinen Damen hier kontrolliert.«

»Ich bin nicht besonders gut darin, mich zu verstellen«, flüsterte Ellen.

Alistair grinste. »Gott bewahre!«

Nach der langwierigen Vorstellungsrunde machte sich Ellen auf den Weg zum Erfrischungstisch, während Alistair mit einigen Geschäftsfreunden sprach. Ihre Wangen schmerzten vom Lächeln, und ihre Kehle war wie ausgedörrt von dem ständigen höflichen Geplauder, das sie seit einer Stunde ertragen musste, immer darauf bedacht, nicht zu irisch zu klingen oder etwas zu sagen, das sie oder Alistair in Verlegenheit bringen könnte.

»Mrs. Emmerson.« Ein Mann trat mit einem höflichen Lächeln an ihre Seite. Er war klein und hatte einen schütteren Haaransatz. Er bedeutete dem Diener, zwei Gläser Rotwein zu bringen, und reichte Ellen eines. »Ich bin höchst erfreut, Sie kennenzulernen, Madam.«

»Es tut mir leid, aber wir wurden einander noch nicht vorgestellt.« Ellen durchforstete ihr Gedächtnis, um herauszufinden, ob sie sich schon einmal begegnet waren.

»Jonas Paynter.« Er deutete eine Verbeugung an. »Ihr Mann und ich machen Geschäfte miteinander. Ich hoffe sogar, noch ein wenig mehr mit ihm zu tun zu haben. Er hat gerade im Gespräch erwähnt, dass Sie gerne mehr Land kaufen würden.«

Damit hatte er ihr Interesse geweckt. »Das will ich tatsächlich, Mr. Paynter.«

»Ich verkaufe meinen Besitz und kehre nach England zurück. Ich habe Emmerson die Chance gegeben, ein erstes Angebot zu machen, bevor ich einen Makler beauftrage, es für mich zu verkaufen.«

»Ich verstehe, und wo befindet sich Ihr Land, Sir?«

»Balmain. Ich habe fünf Morgen Land auf der Nordseite mit Blick auf Goat Island.«

»Oh, in Sydney?« Sie konnte ihre Enttäuschung nicht schnell genug verbergen, und er runzelte die Stirn.

»Ihnen gefällt Balmain nicht?«

»Das ist es nicht. Verzeihen Sie mir. Ich hatte angenommen, Ihr Besitz läge weiter auf dem Land, das ist alles.«

»Leider nein. Meine Pläne waren, Reihenhäuser entlang der Nicholson Street zu bauen. Wenn ich nicht wegen des Todes meines älteren Bruders nach England zurückgerufen worden wäre, hätte ich meine Pläne weiterverfolgt.«

»Sie kehren nicht in die Kolonie zurück?«

»Nein. Wie stehen Sie dazu, meine fünf Morgen zu erwerben?«

Sie schaute ihm in die Augen. »Was hat Alistair gesagt?«

»Er sagte, wenn wir, Sie und ich, ein Geschäft aushandeln können, dann wird er dem Kauf zustimmen.«

»Dass *wir* ein Geschäft aushandelt?« Ellen stellte sich auf die Zehenspitzen, um nach Alistair Ausschau zu halten. Sie sah ihn in der Ecke des Raumes. Er bemerkte ihren Blick und lächelte. Er hob sein Glas in ihre Richtung und nickte ihr zustimmend zu.

Aufregung stieg in ihr auf. Ellen hob ihr Kinn und blickte Mr. Paynter direkt an. »Nun, dann lassen Sie uns über das Geschäft reden und sehen, ob wir diese Nacht zu einer unvergesslichen machen können.«

Er lachte laut, sodass die Leute in der Nähe sich zu ihnen umdrehten.

Eine halbe Stunde später fühlte sich Ellen erheitert und erschöpft. Nach vielen Verhandlungen und dem Hin und Her mit Angeboten und Gegenangeboten besaß Ellen nun fünf Morgen Land in Balmain. Sie hoffte, dass Alistair mit dem von ihr erzielten Preis zufrieden sein würde.

»Sie sehen heute Abend bezaubernd aus, Mrs. Emmerson«, murmelte Mr. Hamilton hinter ihr.

Ellen wirbelte herum, und ihr Herz setzte einen Schlag aus. »Alistair hat nicht erwähnt, dass Sie heute Abend anwesend sein werden.«

»Ich habe ihm gesagt, dass ich nicht kommen würde.«

»Aber Sie haben ganz offensichtlich Ihre Meinung geändert.« Sie freute sich immer noch über die Begegnung mit Mr. Paynter und konnte sich ein breites Lächeln nicht verkneifen, als sie Mr. Hamilton hier sah. Dies könnte sich vielleicht doch noch zu einem wundervollen Abend entwickeln.

»Ja.« Er schaute betrübt drein, ohne den Blick von ihr zu abzuwenden.

Die Musik begann zu spielen, und er streckte seine Hand aus. »Darf ich bitten?«

Ellen wich panisch zurück und verschüttete dabei fast ihr Getränk.

Mr. Hamilton runzelte die Stirn. »Ist es Ihnen unangenehm, mit mir zu tanzen?«

»Nein, nein, das nicht.«

»Was dann?«

Hitze stieg ihr in die Wangen. »Ich kann nicht tanzen, zumindest nicht zu dieser Musik.«

Er blickte hinter sich zu den Paaren, die elegant über die Tanzfläche glitten. Dann nickte er und verstand ihren Hintergrund. »Natürlich. Kommen Sie, lassen Sie uns spazieren gehen. Es gibt gewiss Gartenwege, auf denen wir spazieren gehen können.«

Gemeinsam gingen sie durch die offenen Flügeltüren auf eine breite, mit Laternen beleuchtete Veranda.

In der Ferne hallte das Geräusch der Wellen, die an das Ufer der kleinen Bucht schlugen, in der stillen Nacht wider.

»Ich kann mir vorstellen, dass sich dieses Leben sehr von dem ihn Irland unterscheidet«, sagte er, während sie an anderen Gästen vorbeischlenderten, die am Geländer der Veranda standen.

»Manchmal glaube ich, dass es nur ein Traum ist und ich jeden Moment auf meiner feuchten Strohmatratze in meiner Hütte aufwache und den Gestank von fauligen Kartoffeln rieche«, sagte sie leise.

»Sie haben seitdem einen weiten Weg zurückgelegt, und das in sehr kurzer Zeit. Jetzt sind Sie mit einem bedeutenden Mann aus der Kolonie verheiratet …«

»Da haben Sie recht, Alistair war einer der begehrtesten Junggesellen der Stadt.«

»Damit war er der ideale Geschäftspartner für mich.« Mr. Hamilton starrte in den Sternenhimmel. »Er wurde von Müttern umschwärmt, die ihre Töchter unbedingt mit ihm verheiraten wollten, und auch von Vätern, die wussten, dass er einen ausgeprägten Geschäftssinn hatte.«

»Und doch war es eine irische Bäuerin, die ihn für sich beanspruchte.« Ellen wagte es nicht, ihn anzuschauen. »Wie müssen sie mich doch alle hassen.«

»Niemand könnte Sie hassen. Die Menschen bewundern Sie. Ich habe gesehen, wie sie Sie beobachtet haben, zuerst auf Ihrer Hochzeit und dann gerade eben im Ballsaal. Die Männer sind fasziniert von Ihnen. Frauen beneiden Sie. Wie konnte eine irische Frau, eine wunderschöne noch dazu, Alistair Emmerson in die Falle locken?«

»In die Falle locken?«, spottete sie. »Das hört sich nicht nett an. Es erinnert mich an ein Kaninchen, das in einer Falle sitzt. Ich habe Alistair nicht in die Falle gelockt.«

»Nein, und das macht es für die Leute noch interessanter. Sie wollen wissen, was an Ihnen so faszinierend ist.«

Sie zuckte mit den Schultern. »Es gibt nichts Faszinierendes an mir.«

»Das sehe ich anders. Vom ersten Moment an, als ich Sie traf, sah ich etwas in Ihnen. Einen Kampfgeist, eine Entschlossenheit, einen Mut, den man nicht ignorieren konnte. Darüber hinaus verbarg sich hinter Ihrem Beschützerinstinkt eine beeindruckende Sinnlichkeit. Eine solche Kombination verdreht einem Mann den Kopf.«

Hatte sie ihm den Kopf verdreht? Das wollte sie unbedingt wissen.

Ellen nahm seine Worte auf, während sie einige Sandsteinstufen hinunter auf einen Kiesweg gingen. Ein Paar ging vor ihnen. Ein Vogel rief von den Bäumen, während das immerwährende Geräusch der Wellen, die über den Sand rauschten, die Luft erfüllte.

Der Spaziergang mit Mr. Hamilton erhöhte ihre Aufmerksamkeit. Ihre Nerven waren angespannt, ihr Magen verkrampfte sich wegen etwas, das sie nicht benennen konnte. Der Mann, von dem sie so viele Monate lang geträumt hatte, stand neben ihr, und sie war ihm jetzt ebenbürtig. Keine Angestellte mehr. Es war ein berauschendes Gefühl.

Sie räusperte sich, ihre Lippen waren trocken. »Ich hätte nie erwartet, Sie hier zu sehen.«

»Als ich Sie auf Wilton Manor kennenlernte, hatte ich auch nicht erwartet, diese Reise irgendwann anzutreten. Vielleicht wäre es eines Tages dazu gekommen, aber es war nicht in meinen unmittelbaren Plänen, dies zu tun.«

»Warum haben Sie es dann getan?«

»Weil meine Familie mich zur Verzweiflung trieb. Meine Schwester heiratete einen viel älteren Mann, um sich abzusichern, um sich vor Armut zu schützen und um die Chance auf ein besseres Leben zu haben als das, das sie unter der Obhut meines unfähigen Vaters führte. Plötzlich war ich für sie und meine Mutter nicht mehr vonnöten. Sie waren sicher und gut versorgt. Ich fühlte mich am Ende ...«

An einer Aussichtsplateau mit Blick auf den Hafen hielten sie inne.

Mr. Hamilton starrte geradeaus. »Ich erkannte auch, dass etwas in meinem Leben fehlte, etwas, das die Geschäfte mir nicht geben konnten.«

»Und was war das?«

»Eine Frau.«

Sie beobachtete ein Boot, das langsam übers Wasser glitt, auch wenn sie es nicht bewusst wahrnahm. Eine Welle der Verzweiflung schwappte über sie hinweg wie die Flut über den Sand unter ihnen.

»Eine Frau, von der ich gehofft hatte, dass Sie es sein würden«, murmelte er.

Sie blickte ihn an, schockiert und ungläubig.

Weitere Gäste kamen vorbei, und einige blieben in ihrer Nähe stehen und genossen die Aussicht.

Ellen wandte sich wieder dem Weg zu, ihr Kopf schwirrte und ihr Herz schmolz bei seinen Worten dahin.

»Mrs. Emmerson.« Mr. Hamilton eilte hinter ihr her. »Verzeihen Sie mir, ich hätte das nicht sagen dürfen.«

Sie blieb stehen und starrte ihn im schummrigen Licht an. »Sie wollten mich?«

»Ja. Ich glaube, das wollte ich vom ersten Moment an, als ich Ihnen begegnete.« Er fuhr sich mit der Hand durch sein dunkles Haar.

»Um Ihre Mätresse zu werden?«, warf sie ein.

»Nein! Um meine Ehefrau zu werden.«

»Eine Bäuerin? Eine irische Bäuerin, die Ihnen Tee serviert hat?« Sie konnte ihm nicht glauben.

»Ich sah mehr als das. Ich sah eine starke Frau voller Entschlossenheit und Kraft. Eine Frau, die ich für ihren Mut und ihren Verstand bewunderte.«

Sie erschauerte über seine Worte. »Ich hatte keine Ahnung …«

»Ich hätte meine Absichten deutlich machen sollen, aber ich war mir damals nicht sicher, was ich empfand.«

»Wenn ich es gewusst hätte … Wenn Sie es wenigstens angedeutet oder geschrieben hätten …« Die Angst legte sich wie eine eisige Hand um ihr Herz.

»Sie fühlen dasselbe?« Er schien überrascht zu sein.

»Ja, Gott steh mir bei.«

Lachen drang von der Veranda herüber.

Ellen schloss ihre Augen in bittersüßer Qual.

»Ich wünschte, ich hätte etwas gesagt, bevor du abgereist bist«, sagte er. Sie blickte ihn mit großen Augen an, als er plötzlich zu einer persönlicheren Anredeform wechselte. »Ich hatte vor, abzureisen, sobald ich meine Angelegenheiten in Ordnung gebracht habe. Ich wollte dich überraschen. Ich hätte nie erwartet, dass du innerhalb weniger Monate nach deiner Ankunft hier heiraten würdest. Naiv von mir, nehme ich an. Du bist wunderschön und jeder Mann würde dich begehren.«

»Ich dachte, Sie … du wärst unerreichbar für mich … ein Traum … etwas, das ich nie haben könnte … Ich hätte nie gedacht, dass du mich ebenfalls wollen könntest.« Sie wollte weinen, aber sie unterdrückte die Emotionen, die in ihr wüteten. »Ich habe Alistair geheiratet weil ich mir Sicherheit wünschte …«

»Ich verstehe deine Beweggründe, wirklich. Ich mache dir keinen Vorwurf, dass du deine Situation verbessern wolltest, nach allem, was du durchgemacht hast. Meine Schwester hat das Gleiche getan. Ich verstehe das.«

»Alistair ist ein guter Mann, und er kümmert sich um meine Kinder …« Ellen konnte nicht stillstehen. Sonst hätte sie ihn berührt, und das durfte nicht geschehen.

»Was für ein Pech.« Er seufzte, als sie sich umdrehten und zum Haus zurückgingen, während Musik zu ihnen herüberwehte.

»Wie hattest du vor, mich zu finden?«, fragte Ellen leise. »Ich hätte überall in der Kolonie sein können.«

»Ich bin davon ausgegangen, dass Alistair Informationen darüber haben würde, wohin die Passagiere nach ihrer Ankunft gegangen sind. Ich hätte alles getan, um dich aufspüren zu können.«

»All die Briefe, die ich dir geschrieben habe …« Verzweiflung erfüllte sie. »Du hast sie nie erhalten.«

»Die habe ich leider verpasst. Sie werden jetzt in meinem Büro in Liverpool liegen.« Er sah so untröstlich aus, wie sie sich fühlte. Sein schönes Gesicht schien voller Sehnsucht und Traurigkeit zu sein.

»Was werden wir tun?«, flüsterte sie, als sie die anderen auf der Veranda sah und befürchtete, nicht mehr mit ihm sprechen zu können.

»Du bist mit einem meiner guten Freunde verheiratet, einem Mann, den ich respektiere. Es gibt nichts, was wir tun können. Ich werde nach England zurückkehren und wir werden einander vergessen.« Sein Tonfall verriet den Schmerz, unter dem auch sie litt.

Sie nickte. Er hatte recht. Es gab nichts, was man tun konnte.

Rafe straffte die Schultern und trat einen Schritt zurück. »Wollen wir reingehen?«

»Ja.« Sie ging vor ihm her, während der drückende Schmerz in ihrer Brust sie nach Luft ringen ließ.

Auf der Veranda wandte sie sich ab und ging auf eine andere Tür zu. Verließ ihn, verließ den Mann, den sie nie würde haben können.

* * *

»Sieh mal, Mammy!«, rief Bridget, während sie auf dem weißen Pony Princess auf und ab hüpfte, während es über die Wiese neben dem Haus lief.

»Du machst das so gut, meine Süße.« Ellen klatschte.

»Übe so, wie ich es dir gezeigt habe, Bridget«, wies Alistair sie an. »Hebe das rechte Bein an. Genau so.«

»Sie wird in kürzester Zeit durch die Gegend jagen«, tadelte Riona.

Alistair grinste. »Sie wird die beste Reiterin in der Kolonie sein, ihr werdet schon sehen.«

»Sie hat den Erfolgswillen ihrer Mutter«, sagte Rafe und beobachtete Bridget.

Ellen blieb stumm. Seit ihrem Geständnis auf dem Gardener-Hill-Ball letzte Woche fühlte sie sich antriebslos und unruhig. Selbst der Kauf des Grundstücks in Balmain war nicht so befriedigend, wie er hätte sein sollen. Sie war damit beschäftigt, Austin und Patrick auf ihre Einschulung in Parramatta in ein paar Tagen vorzubereiten. Gemeinsam mit Alistair und den Jungen hatte sie das Schulgebäude besichtigt, traf den Schulleiter und kaufte ihnen neue Kleidung und Bücher. Die Aufregung der Jungen überdeckte ihre eigene innere Verzweiflung darüber, dass sie einen Mann liebte, der ihr nur ein Freund sein konnte und der bald wieder nach England segeln würde, um nie wieder zurückzukehren.

»Das reicht jetzt, liebes Mädchen«, rief Alistair Bridget zu. »Wir müssen uns verabschieden.«

Ellen wich zurück, als Bridget das Pony neben ihnen zum Stehen brachte, und Alistair hob sie aus dem Sattel. »Geh dir die Hände waschen, Liebling«, befahl sie.

»Austin, würdest du bitte Princess zu Pepper auf die Weide führen?« Alistair gab Austin die Zügel des Ponys in die Hand.

»Komm schon, Patrick, du kannst helfen.«

Patrick runzelte die Stirn. »Ich will auch mal.«

Austin klopfte ihm auf die Schulter. »Mr. Emmerson ... Papa hat uns versprochen, dass wir nachmittags in Parramatta Reitstunden nehmen, wenn wir mit dem Unterricht fertig sind. Wir werden auf richtigen Pferden reiten, nicht auf einem Pony.«

Ellen sah zu, wie ihre Jungen, die so schnell erwachsen wurden, Princess wegführten. Sie würde sie vermissen, aber ihre Ausbildung war wichtig. Austin benahm sich bereits so, als wäre er in Alistairs Gesellschaftliche Schicht hineingeboren worden. Sie hatte bereits bemerkt, wie er Alistairs Art und Sprache nachahmte.

»Wir sollten bald aufbrechen, Rafe«, sagte Alistair, als sie zurück ins Haus gingen. »Der Kapitän hat mir gesagt, dass alle bis drei Uhr an Bord des Schiffes sein sollen.«

»Alles ist gepackt und in der Kutsche.« Rafe blickte Ellen von der Seite an.

Ihr wurde flau im Magen bei dem Gedanken, dass er heute abreisen würde. »Hast du alles, Alistair?« Sie zwang sich, zu lächeln, obwohl sie am liebsten geweint hätte.

»Ich werde einfach nach oben gehen und noch einmal nachsehen.«

Riona blieb an der Tür zum vorderen Wohnzimmer stehen. »Ich werde Bridget und die Jungs holen, damit sie sich verabschieden können.«

Als sie mit Rafe allein war, konnte Ellen ihn nur anstarren. Es waren nur noch wenige Minuten, in denen er in ihrem Leben war. Wie sollte sie das schaffen?

»Ich wünsche dir alles Gute, Ellen.« Rafe nahm ihre Hände und küsste sie.

Ein leises Stöhnen entrang sich ihren Lippen. »Geh nicht«, flüsterte sie.

»Ich kann nicht bleiben und zusehen, wie du dein Leben als die Frau eines anderen führst.«

Sie drückte seine Hände, sehnte sich danach, in seinen Armen zu liegen, seine Lippen auf ihren zu spüren.

»Auf Wiedersehen, Mrs. Lawson, Dilly«, hörte sie Alistair im Flur sagen.

Ellen riss sich von Rafe los und versuchte, ihre Fassung zurückzuerlangen.

»Sind wir so weit?«, fragte Alistair.

Ellen trat vor den beiden hinaus in den Sonnenschein.

Higgins setzte sich auf den Kutschbock und plauderte mit Riona und den Kindern.

Während Rafe sich verabschiedete, umarmte Alistair Ellen. »Ich sollte innerhalb eines Monats zurück sein, je nachdem, wie gut Rafe und ich unsere Geschäfte in Melbourne abwickeln. Wenn es uns gelingt, Verträge abzuschließen, müssen wir Bankkonten einrichten und so weiter.«

»Ich verstehe. Mach dir keine Sorgen um uns, wir kommen schon zurecht. Riona und ich werden die Jungs nach Parramatta bringen. Ich werde dir schreiben und dich wissen lassen, wie sie sich einleben, sobald du mir die Adresse deiner Unterkunft mitgeteilt hast.«

»Schreib mir und Teile mir alles über die Bauunternehmer mit, die du für das Balmain-Land beauftragt hast. Sollte es dir zu viel werden, dann lass den Bau der Häuser bis zu meiner Rückkehr ruhen.«

»Ich werde es schaffen«, murmelte sie und lächelte, um ihn zu beruhigen.

»Ich weiß, dass du es schaffst. Habe ich nicht die beste Frau in Sydney geheiratet?« Alistair küsste sie kurz und wandte sich dann den Kindern zu, die er umarmte und ebenfalls küsste.

Rafe kam zu ihr, berührte sie aber nicht. »Leben Sie wohl, Ellen.«

Eine einzelne Träne rollte über ihre Wange und sie wischte sie eilig weg. »Gute Reise«, flüsterte sie und blickte durch die verschwommene Sicht in sein schönes Gesicht.

Die Kinder riefen zum Abschied, als Alistair und Rafe in die Kutsche stiegen.

Riona stellte sich neben Ellen. »Alistair liebt diese Kinder, als wären es seine eigenen.« Sie lächelte liebevoll. »Ich glaube, er hat dich nur geheiratet, um ihr Vater zu sein.«

Riona sah Ellen an und seufzte. »Das war ein Scherz. Es ist eine großartige Sache, dass er sie so liebt.« Riona hackte sich bei ihr ein und tadelte sie. »Hör auf, um Mr. Hamilton zu *trauern*«, flüsterte sie. »Es ist erledigt, vorbei. *Vergiss ihn.*«

Ellen unterdrückte ein Schluchzen und nickte. Ihr Herz mochte gebrochen sein, aber niemand würde es je erfahren. Sie straffte ihre Schultern und ging zurück ins Haus.

KAPITEL 20

An einem kühlen Junitag, an dem der Wind vom Hafen herüberwehte und Ellens Haar aus ihrer Haube zog, ging sie mit Mr. Delahunt, dem Bauunternehmer, den sie engagiert hatte, über das Grundstück in Balmain.

»Diese Pläne sind sehr detailliert, Mrs. Emmerson.« Delahunt klopfte die gerollten Pläne gegen seine Hand. »Ende nächster Woche werden wir das Fundament fertig haben.«

»Sehr gut, Mr. Delahunt.« Ellen hielt inne und beobachtete, wie seine Männer die Fundamente für die Reihenhäuser aushob. Sie hatte den Architekten beauftragt, eine Reihe von fünf Häusern auf beiden Seiten der Nicholson Street zu entwerfen. Jedes Haus hatte zwei Zimmer im Erdgeschoss und drei Schlafzimmer im Obergeschoss, jeweils mit angeschlossener Küche und Spülküche sowie einem eigenen Wasserklosett.

»Wenn der Winter anbricht, kann es natürlich zu Verzögerungen kommen.« Er half ihr über einen Abwassergraben.

»Bis Weihnachten möchte ich, dass die Mieter hier wohnen können.«

»Weihnachten?« Er kratzte sich am Kopf. »Das ist machbar, nehme ich an.«

»Wenn Sie das schaffen, Mr. Delahunt, erhalten Sie einen Bonus. Aber ich will, dass alles solide gebaut wird, damit sie hundert Jahre oder länger halten. Ich habe keine Zeit, mir das Gejammer der Mieter über undichte Dächer und dergleichen anzuhören.«

»Ich setze meinen Ruf darauf, dass diese Häuser hundert Jahre oder länger halten und kein einziger Tropfen Wasser in sie eindringen wird, Mrs. Emmerson.«

»Gut. Denn dies wird nicht die letzte Immobilie sein, die ich … ich meine, mein Mann und ich, bauen lassen werden.« Sie ging zurück zur Kutsche. »Ich werde Sie nächste Woche wegen der nächsten Zahlung wieder kontaktieren, Mr. Delahunt. Wenn Sie irgendwelche Sorgen haben, kommen Sie zu mir nach Hause.«

»Wird gemacht, Mrs. Emmerson. Bis nächste Woche.«

»George Street, bitte, Higgins.« Ellen kletterte in die Kutsche und hob das Bündel Papiere, das auf dem Sitz lag, auf ihren Schoß. Heute hatte sie Besprechungen mit der Bank, einem Grundstücksmakler und Alistairs Anwalt, außerdem einen Nachmittagstee mit Mrs. Gardner-Hill und ihren Freundinnen, auf den Ellen sich absolut nicht freute. Dann hatte sie einen Termin zur Anprobe eines Kleides bei Mrs. Haggerty und musste einen Brief an Alistair aufgeben, der geschäftlich in Melbourne blieb.

Alistairs Briefe trafen alle paar Tage ein, in denen er ihr mitteilte, wie sehr er sie und die Kinder vermisste. Er schrieb auch über die hektische Betriebsamkeit in Melbourne. Der Goldrausch hatte Tausende von Menschen aus der ganzen Welt in die neue Siedlung geführt und in kürzester Zeit eine Stadt entstehen lassen, in der die Gebäude in einem rasanten Tempo errichtet worden waren. Alistairs Enthusiasmus für das Wachstum seines Unternehmens leuchtete auf jeder Seite, die er schrieb. Er und Rafe hatten ein Büro angemietet und waren damit beschäftigt, einen zukünftigen Verwalter zu suchen, der die Importe beaufsichtigen sollte, die Rafe nach seiner Rückkehr nach England schicken würde. Sie waren auch dabei, Rohstoffe wie Wolle für den Export nach England zu beschaffen.

In seinem letzten Brief schrieb Alistair, dass er hoffte, ins Landesinnere zu den Goldgräbern reisen zu können, um mit eigenen Augen das Fieber zu sehen, das die Männer ergriffen hatte. Offenbar war Rafe von dieser Idee nicht sehr begeistert und kehrte vielleicht früher als erwartet nach England zurück …

Während Higgins durch die Straßen der Stadt fuhr, zog Ellen den Brief aus ihrem Retiküle, den sie vor zwei Wochen von Rafe erhalten hatte. Sie hatte ihn so oft gelesen, dass sie die Worte auswendig kannte.

LIEBSTE ELLEN.

Dies ist der einzige Brief, den ich Dir schreiben werde.

Ich erlaube mir diesen einen egoistischen Akt, um meine Gefühle zu Papier zu bringen, und dann wirst Du nie wieder etwas von mir hören.

Ich liebe Dich.

Du wirst für immer meine wahre Liebe sein, diejenige, deren Nähe ich mir über alles wünsche.

Wir können nicht zusammen sein, das akzeptiere ich, aber mein Herz gehört Dir, bis es aufhört zu schlagen.

Rafe.

. . .

Wɪᴇ ᴅᴇʀ Mᴀɴɴ sᴇʟʙsᴛ, war der Brief kurz und nicht übermäßig dramatisch. Er hatte geschrieben, wie es ihn seinem Herzen aussah, ohne die blumige Prosa eines Dichters, aber diese einfachen Worte waren genug. Sie konnte damit leben, immer nur diesen Brief zu haben.

Die Kutsche wurde langsamer und Ellen steckte den Brief wieder weg. Sie packte ihre Sachen zusammen und stieg mit Hilfe des Portiers der Bank den Absatz die Kutschentreppe hinunter.

»Ich werde etwa eine Stunde brachen, Higgins.« Sie nickte dem Portier dankend zu und wollte gerade die Bank betreten, als sie hörte, wie ihr Name aufgerufen wurde.

Sie schaute sich auf der belebten Straße um, sah denjenigen aber nicht, der sie gerufen hatte, bis ein Wagen vorbeifuhr und sie auf der anderen Seite der breiten Straße Moira O'Rourke vom Schiff erblickte. Sie winkte und sah erschrocken zu, wie Moira sich einen Weg über die stark befahrene Straße bahnte und zu ihr herüberkam.

»Moira!«

»Ich habe dich zuerst gar nicht erkannt.« Moira lachte. »Sieh dich an, eine richtige, feine Dame bist du nun.« Sie trat einen Schritt zurück und betrachtete Ellens marineblau-weiß gestreiftes Kleid. »Du bist eine Augenweide.«

»Wie geht es dir?«, fragte Ellen. Sie bemerkte das Grau in Moiras Haar und ihr hageres Gesicht. Ihr brauner Rock hatte einen Fleck, und sie trug ein grobes Schultertuch. Sie sah genauso ungepflegt aus wie damals, als sie sie zum ersten Mal auf dem Schiff gesehen hatte.

»Nicht so gut wie dir, wie es scheint!« Moira lachte.

»Wohnst du in der Nähe?«

Ein müder Ausdruck zog über ihr Gesicht. »In letzter Zeit schon, wenn es Ihrer Majestät beliebt.«

Ellens Augen weiteten sich vor Schock. »Im Gefängnis?«

»Aye, sicher. Es ist nicht das Leben, das ich erwartet hatte.«

»Was ist passiert?«

»Wie viel Zeit hast du?«, fragte Moira amüsiert.

»Komm, die Straße hinauf gibt es einen Teeladen. Lass uns dorthin gehen.«

Es dauerte nicht lange, da saßen sie an einem Tisch und bekamen Tee und Zitronenkuchen serviert.

Ellen wartete, bis Moira ihr Stück Kuchen aufgegessen hatte und gab ihr dann ihr eigenes Stück, das sie nicht gegessen hatte.

»Willst du es nicht?«

»Nein. Ich habe gerade erst gegessen«, log Ellen und sah Moira beim Essen zu. Als Moira ihre erste Tasse ausgetrunken hatte, schenkte sie noch mehr Tee nach. »Warum bist du im Gefängnis gelandet?«

Moira lehnte sich in ihrem Stuhl zurück und schluckte den Bissen hinunter, den sie gekaut hatte. »Prostitution.«

Ellen starrte sie an. »Warum? Wo ist dein Mann?«

«Tot.«

«Tot? Oh, Moira.«

»Er war krank, als ich ankam. Wir konnten ein paar Monate zusammen verbringen, aber ...« Moira starrte in ihre Tasse. »Es war nicht dasselbe. Wie sollte es auch so sein, nach all den Jahren der Trennung?«

»Es tut mir so leid, das zu hören.«

»Tja, so spielt das Leben, nicht wahr?« Sie nippte an ihrem Tee und lächelte dann Ellen an. »Es ist schön, dich zu sehen. Wie geht es den Kindern und Riona?«

»Allen geht es gut. Die Jungs wachsen wie Unkraut und Bridget ist eine richtige Dame geworden.«

»Und du bist verheiratet?« Moira deutete auf den Ehering an Ellens Finger.

»Ich habe Alistair Emmerson geheiratet.«

»Emmerson, der blonde Kerl aus der Unterkunft?«

»Ja.«

»Jesus, Maria und Josef. Wer hätte das gedacht? Er sieht definitiv gut aus. Wir wussten alle, dass er sich in dich verguckt hat, warum hätte er dich sonst gebeten, seine Haushälterin zu werden?« Moira grinste.

»Hast du noch Kontakt mit jemanden vom Schiff?«

»Nein. Mit niemanden. Ich habe die Unterkunft wenige Tage nach deiner Abreise verlassen. Ich habe meinen Mann gefunden, indem ich mich umgehört und seine alte Adresse besucht habe. Er hatte eine Unterkunft, nur eine Straße weiter.«

»Es tut mir so leid, dass er gestorben ist, Moira. Das muss schwer für dich gewesen sein.«

»Ich habe es überlebt.«

»Was wirst du jetzt tun?«

»Ich werde versuchen, irgendwo eine Stelle zu bekommen. Ich habe mich in jedem Gasthaus umgehört, ob sie eine Köchin oder ein Dienstmädchen suchen. Es ist ein Albtraum, in dieser Stadt Arbeit zu finden. Die Leute sagen, ich soll in den Busch gehen und einen einsamen Bauern suchen, der eine Frau braucht. Ich denke definitiv darüber nach.«

»Wo wohnst du?«

Moira blickte auf ihre schmutzigen Hände hinunter. »Wo immer ich nachts einen Platz finde.«

»Oh, Moira.«

»Ich werde gewiss bald Arbeit finden.«

»Bestimmt, aber bis dahin bleibst du bei uns.«

»Nein«, sagte sie und schlug verlegen den Blick nieder.

»Mr. Emmerson wird mich sicher nicht in seinem Haus haben wollen.«

»Er ist verreist. Du kannst auf dem Dachboden schlafen. Die Jungs sind jetzt im Internat.«

»Internat?« Moiras Augen weiteten sich. »Höre sich das einer an! Ihr lebt das Leben von richtig feinen Leuten, nicht wahr? Nicht, dass es mich wirklich überrascht. Von uns allen auf dem Schiff warst du diejenige, von der wir dachten, dass sie sich in der Kolonie gut machen würde.«

»Ich habe gerade erst angefangen, Moira.« Ellen lachte. »Ich würde mich freuen, wenn du mit mir nach Hause kommst. Riona und Bridget werden sich freuen, dich wiederzusehen. Ich bin so beschäftigt, dass Riona sich ein wenig einsam fühlt, und du wärst eine großartige Gesellschaft für sie. Würdest du bei uns bleiben, bis du wieder auf den Beinen bist?«

»Ich werde arbeiten, ohne Widerworte. Ich bin kein Almosenempfänger.«

»Ich habe bereits eine Köchin und ein Dienstmädchen, aber ich könnte eine Freundin gebrauchen.« Ellen lächelte.

»Sicher, und mit mir hast du eine fürs Leben.« Tränen glitzerten in Moiras Augen. »Du bist eine gute Frau, Ellen, auch wenn du einen Protestanten geheiratet hast und anders sprichst als früher.« Sie lachte.

* * *

EINIGE TAGE später saß Ellen im Salon eines großen Hauses an der Elizabeth Bay, trank Tee und lauschte den langweiligen Gesprächen, die um sie herum geführt wurden. Sie war von Mrs. Percival, der Frau eines Richters, zum Tee mit einigen Damen der Gesellschaft eingeladen worden. Ellen ging nur ungern hin, aber sie musste das Spiel mitspielen. Sie hatte Bridget mitgebracht, denn ihre Tochter musste lernen, wie sich junge Damen in fremden Häusern zu benehmen hatten.

Es überraschte Ellen sehr, zu sehen, wie Bridget sich an ihre neue Rolle als Tochter eines Gentleman anpasste. Sie spielte mit den anderen Kindern im Garten hinter dem Salon und hielt sich wacker, während einige der größeren Mädchen entschieden, was sie spielen sollten.

Ellen behielt Bridget genau im Auge, um auf ihre Wutausbrüche vorbereitet zu sein. Sie saß in der Nähe der Balkontür, die zum Garten hinausführte, und hörte Bridgets fordernden Tönen zu, dass Cynthia Percival nicht noch einmal die Prinzessin sein könne, da sie schon zweimal dran gewesen sei.

Ellen wollte gerade aufstehen und eingreifen, als sie von Mrs. Percival angesprochen wurde, einer kleinen Frau mit einem kleinen Verstand.

»Mrs. Emmerson, was ist Ihre Meinung zu diesem Thema?«

»Welchem Thema? Verzeihen Sie mir, ich habe den Kindern zugehört.« Ellen wendete den Damen ihre Aufmerksamkeit zu.

»Sträflingsbedienstete.«

»Ich weiß wenig über sie.«

»Sträflinge mit einem guten Führungszeugnis erhalten eine bedingte Strafentlassung und können eine private Anstellung finden. Wir haben im Laufe der Jahre mindestens zehn dieser Leute beschäftigt, aber jetzt fordern sie höhere Löhne.«

»Ich habe keine solchen Bediensteten, Mrs. Percival, daher kann ich zu diesem Problem nichts sagen.«

»Seien Sie dankbar, dass Sie keine haben. Undankbare Schufte«, schimpfte Mrs. Percival. »Warum sollten sie, der

Abschaum der Gesellschaft, mehr Geld bekommen? Es ist noch gar nicht so lange her, dass sie in Ketten lagen und umsonst gearbeitet haben. Es war schon ärgerlich genug, dass wir die Schurken durchfüttern mussten.«

Ellen spannte sich angesichts des Tons der Frau an. »Wenn sie jetzt frei sind, verdienen sie doch sicher einen anständigen Lohn für einen anständigen Arbeitstag?«

»Eine anständige Arbeit? Das ist genau der Punkt, Mrs. Emmerson, sie arbeiten nicht. Müßige, faule Diebe.«

Die anderen Frauen nickten zustimmend.

»Ich bezweifle, dass sie alle faule Diebe sind«, murmelte Ellen und bemerkte Bridget, die mit vor Wut geröteten Wangen mit dem Finger vor Cynthia Percivals Nase wedelte.

»Das sind sie aber, Mrs. Emmerson. Stellen Sie auf keinen Fall einen ein. Begehen Sie nicht denselben Fehler wie ich.« Mrs. Percival nickte weise. »Sie werden Sie ausrauben, während Sie schlafen.«

»Haben sie Sie ausgeraubt?« Ellen stand auf, den Blick auf Bridget gerichtet.

»Das haben sie, indem sie nicht hart genug gearbeitet haben oder mehr Essen genommen haben, als ihnen zugeteilt wurde. Haben *Sie* Mitleid mit diesen Schurken?«

Eine andere Frau keuchte, und die Frau, die neben Mrs. Percival saß, Mrs. Hinch, flüsterte etwas.

Ellen runzelte die Stirn. »Was haben Sie gesagt, Mrs. Hinch?«

»Nichts.«

»Doch, das haben Sie.«

Mrs. Hinch erbleichte. »Ich … Nun, ich …«

»Sie sagte, dass Sie aufgrund Ihrer Herkunft vielleicht mit den Sträflingen sympathisieren.« Mrs. Percivals Augen verengten sich mit kaum verhohlener Abneigung.

»Meiner Herkunft?« Ellens Wut fing genauso wie die ihrer Tochter an zu köcheln. »Ich mag Irin sein, Mrs. Percival, aber weder ich noch einer meiner Verwandten kam in Ketten hierher.«

»Vielleicht wurden sie stattdessen direkt in Irland gehängt«, kicherte eine Frau namens Mrs. Pole.

Ein allgemeines Gekicher erfüllte den Raum.

In diesem Moment wusste Ellen, dass sie in dieser Gesellschaft niemals akzeptiert werden würde. Die Tatsache, dass sie mit Alistair verheiratet war, überdeckte lediglich die Risse der Klassenunterschiede.

Bridget schrie auf und gab Cynthia eine Ohrfeige. Ellen eilte nach draußen, schnappte sich ihre Tochter und zog sie weg.

»Sie soll sich entschuldigen«, schnauzte Mrs. Percival Ellen an. »Sie hat keine Manieren, aber das ist ja auch kein Wunder, nicht wahr?«

Rasender Zorn erfüllte Ellen. »Manieren? Kümmern Sie sich um Ihr eigenes egoistisches Kind, bevor Sie mit Steinen nach meinem werfen, Sie unhöfliche, arrogante, engstirnige Närrin! Ich bin vielleicht Irin und war vor meiner Heirat arm, aber ich bin lieber so wie ich bin, als eine von euch hochnäsigen, rückgratlosen *Eejits* zu sein!«

Ellen zog Bridget hinter sich her, als sie durch das Haus und zur Kutsche stürmte.

»Nach Hause, Higgins!«, befahl sie und schob Bridget in die Kutsche.

Weinend schlug Bridget die Hände in den Schoß. »Es tut mir leid, Mammy.«

Ellen holte tief Luft und versuchte, sich zu beruhigen. »Es ist nicht alles deine Schuld. Cynthia ist ein böses Mädchen.«

Bridget wischte sich die Tränen von den Wangen. »Sie hat

an meinen Haaren gezogen und gesagt, ich sei ein Bauer. Was ist ein Bauer?«

»Sie meint damit eine arme Person, so wie wir zu Hause in Irland.«

»Aber wir sind nicht mehr arm.« Bridget runzelte die Stirn und starrte zu Ellen hoch. »Wir haben Essen und Kleidung und ich habe ein Pony.«

»Nein, wir sind nicht mehr arm. Aber es wird immer Leute geben, die uns nicht mögen werden, weil wir einmal arme Iren waren.«

»Nun, ich mag sie nicht.«

»Du musst sie nicht mögen, meine Süße, du musst nur so tun, als ob du sie magst.«

»Warum?«

Ellen dachte einen Moment lang nach. »Weil du eines Tages einen Mann heiraten willst, der zu dieser Gesellschaft gehört. Einen Mann mit Geld und Ansehen. Ich möchte, dass du eine gute Ehe eingehen kannst, Bridget, damit du nie schuften musst, bis du umfällst oder deine Kinder frieren und hungern siehst. Deshalb tun wir so, als würden wir diese Leute mögen.« Während sie sprach, fragte sich Ellen, ob sie gerade Bridgets Chancen ruiniert hatte, irgendwann einen angesehenen Ehemann zu finden. Mrs. Percival und ihre Schar von Krähen würden in ganz Sydney über ihren Ausbruch tratschen. Hatte sie zu viel Schaden angerichtet?

Sollte sie schreiben und sich bei Mrs. Percival entschuldigen? Ihr Herz sagte nein, aber ihr Verstand sagte ja. Sie musste die Brücken reparieren, die sie an diesem Morgen zerstört hatte. Wenn nicht um ihrer selbst willen, dann um der Kinder willen. Sydneys Gesellschaft war klein, und niemand vergaß hier etwas. Sie hatte Alistair für die Zukunft der Kinder geheiratet. Hatte sie sie gerade ruiniert?

Seufzend lehnte sie den Kopf in den Sitz zurück und ärgerte sich über sich selbst, weil sie das Spiel nicht mitgespielt hatte. Sie musste lernen, ihre Meinung für sich zu behalten. Doch plötzlich verwarf sie den Gedanken. Warum sollte sie sich für diese dummen Frauen ändern, die keinen einzigen vernünftigen Gedanken fassen konnten?

Nein, sie würde sich nicht ihren Launen beugen. Ihre Kinder würden es in dieser Gesellschaft zu etwas bringen, und sie brauchte keine Mrs. Percival, die ihr dabei half. Nein, sie würde es allein schaffen.

Geld war es, was die Aufmerksamkeit der Leute auf sich zog. Geld brachte Prestige. Geld verschaffte Respekt. Geld. Land. Wenn sie erst einmal mehr Land und Geld besaß als Mrs. Percival, würde man nie wieder auf sie oder ihre Familie herabblicken.

Ellen nahm Bridgets Hand und küsste sie auf den Scheitel. »Alles wird gut, mein Täubchen. Dafür wird deine Mammy schon sorgen.«

KAPITEL 21

»Schaut euch nur an!« Moira gluckste. »Heilige Jungfrau Maria, ihr seid ja schon zwei hübsche junge Männer.« Sie drückte Austin und Patrick an sich.

Ellen sah lächelnd zu. Austin und Patrick waren für eine Woche aus dem Internat in Parramatta zurückgekehrt, da in der Schule das Scharlachfieber ausgebrochen war. Sie waren nur vier Wochen weg gewesen, aber sie war überrascht, wie sehr sie gewachsen waren.

»Es ist schön, dich zu sehen, Moira«, sagte Austin.

»Ja, deine Mammy war so nett und hat mir einen Platz zum Wohnen angeboten.«

»Wollen wir essen?« Ellen geleitete sie zum Esstisch, während Dilly Terrinen mit Gemüse brachte.

»Ich gehe und helfe Mrs. Lawson.« Moira verließ die beiden und kehrte in die Küche zurück, wo sie sich am wohlsten fühlte. Sie und Mrs. Lawson verstanden sich gut und teilten sich die Aufgaben in der Küche.

Riona saß zwischen den Jungen und schaute sie liebevoll

343

an. »Ich habe euch so sehr vermisst. Erzählt mir alles, was ihr in euren Briefen nicht geschrieben habt.«

Während sie den Hammelbraten aßen und den Jungen zuhörten, wie sie von der Schule, ihren Lehrern und Mitschülern erzählten, prasselte der Regen gegen die Fenster.

Austin stand auf, um mehr Holz in das Feuer zu legen, wodurch es im Raus wohlig warm war. »Die Reitstunden sind meine Lieblingsbeschäftigung. Wir haben zweimal in der Woche am Abend eine Stunde und samstags ein paar Stunden Reitunterricht.« Er schaute Patrick an. »Er ist so gut darin, Mammy. Du solltest ihn sehen.«

»Das werde ich. Wir kommen alle auf einen Besuch vorbei, wenn Alistair nach Hause kommt.« Ellen goss noch mehr Soße auf ihren Teller.

»Wir können jederzeit ein Boot nehmen«, fügte Riona hinzu. »Es ist keine lange Fahrt den Fluss hinauf nach Parramatta. Wir sollten es tun, dann sehen wir die Jungs öfter.«

Ellen nippte an ihrem Glas Wasser. »Die Jungs sind unter der Woche im Unterricht, aber vielleicht an einem Samstag? Ich würde gerne Parramatta sehen. Ich habe schon viel darüber gehört. Es gibt dort in der Nähe Grundstücke, die bald zum Verkauf stehen.«

Gerade als Riona etwas erwidern wollte, hörten sie einen Tumult an der Eingangstür.

»Was ist das?« Ellen stand auf und verließ den Raum.

Im Flur starrte sie auf Rafe, der mit Alistair hereinkam. Der Schock, Rafe wiederzusehen, wurde bald von der Sorge über Alistairs grauenhafte Erscheinung überwunden.

»Heilige Mutter Gottes. Was ist passiert?«

»Holt einen Arzt.« Rafe trug Alistair in die vordere Stube, während sich die Familie hinter Ellen drängte.

»Ich kümmere mich darum.« Riona scheuchte die Kinder aus dem Zimmer und rief dabei nach Dilly.

Ellen kniete eilig neben Alistair. Sein Gesicht war gerötet und sein Blick glasig. Sie starrte auf die Schiene an Alistairs linkem Bein.

»Alistair?«

»Er wird nicht antworten. Er ist kaum bei Bewusstsein. Wir müssen ihn nach oben bringen.«

Gemeinsam legten sie je einen Arm um Alistair und hievten ihn die Treppe hinauf und auf das Bett. Moira kam mit einer heißen Bettpfanne und half ihnen, ihn zu entkleiden und es ihm bequem zu machen.

»Ich mache uns einen Tee«, sagte Moira und schloss die Tür hinter sich.

»Was ist passiert?«, fragte Ellen Rafe, während sie sich um Alistair kümmerte, der schmerzerfüllt stöhnte.

Rafe zog seinen Hut und den nassen Mantel aus. »Vor zwei Wochen waren wir mit ein paar neuen Geschäftsfreunden auf der Jagd. Ein Känguru sprang zwischen den Bäumen hervor und direkt vor Alistairs Pferd und es warf ihn ab. Das Pferd stürzte auf Alistair und brach ihm das Bein.«

»Warum hast du mir nicht geschrieben und es mir erzählt?«

»Das hatte keinen Sinn. Alistair wollte nach Hause kommen. Ich war bereit, nach England zu segeln, aber an dem Morgen, an dem Alistair nach Sydney segeln sollte, bekam er Fieber. Er weigerte sich, seine Reise zu verschieben. Ich wusste, dass ich meine Pläne absagen und mit ihm gehen musste, denn mit jeder Stunde, die verging, wurde es schlimmer. Wir waren erst ein paar Stunden auf dem Meer, als sein Fieber unkontrollierbar wurde.« Rafes angespannter

Gesichtsausdruck verriet seine Sorge. »Letzte Nacht dachte ich, wir würden ihn verlieren.«

Ellen keuchte. »Gütiger Gott.«

»Der Arzt riet ihm, nicht zu reisen, aber er war entschlossen, sich zu Hause zu erholen.« Rafe fuhr sich mit der Hand durch die Haare. »Ich hätte nie erwartet, dass es ihm auf der Rückreise so viel schlechter gehen würde.«

»Er hätte in Melbourne bleiben sollen, wo er war, und nicht die Heimreise riskieren. Warum hast du ihn in seinem Zustand auf das Schiff gehen lassen?«

»Ich habe versucht, es ihm auszureden, aber er ist stur …«

Ellen hörte die Erschöpfung in Rafes Stimme. »Es ist nicht deine Schuld. Du siehst erschöpft aus.«

»Ich habe in den letzten drei Tagen so gut wie nicht geschlafen. Auf dem Schiff gab es niemanden außer mir, der sich um ihn kümmern konnte. Wir wussten nicht, welche Art von Fieber er hat und ob es auf andere übergreifen würde. Ich habe es geschafft, ihn am Leben zu erhalten, und als wir gerade anlegten, habe ich die Regeln gebrochen und ihn direkt vom Schiff geholt und hierher gebracht. Wären die Behörden an Bord gekommen, hätten sie ihn in Quarantäne gesteckt. Ich glaube aber nicht, dass sein Fieber ansteckend ist, eher eine Art Infektion.«

»Danke, dass du ihn nach Hause gebracht hast.«

»Er ist mein Freund. Ich konnte ihn nicht verlassen und nach England segeln. Ich musste ihn zu dir zurückbringen.«

Sie wollte ihn umarmen, ihm Kraft und Trost spenden, denn er sah aus, als würde er gleich umfallen. »Du musst dich ausruhen.«

»Ich werde mir eine Unterkunft suchen, sobald der Arzt da war.«

Einige Stunden später saß Ellen auf einem Stuhl neben

Alistair und wischte ihm den Schweiß von der glühend heißen Stirn. Im Haus war es still. Die Dämmerung war hereingebrochen. Riona war unten und las den Kindern leise vor.

Der Arzt hatte erklärt, dass Alistair schweres Blutfieber hatte und völlige Ruhe brauchte. Die Wunde, die der gebrochene Knochen verursacht hatte, hatte sich entzündet. Der Arzt hatte es geschient und mit Senf-Umschlägen behandelt. Und im Moment konnten Ellen ihn nur mit kühlenden feuchten Tüchern, Schlucken von Wasser und Bettruhe pflegen.

Ellen spülte das Tuch in der Schüssel mit Wasser aus und legte es auf Alistairs Stirn. »Schlaf«, murmelte sie, obwohl er seit seiner Ankunft nicht mehr aufgewacht war.

Sie lehnte sich im Stuhl zurück und beobachtete ihn. Er sah dünner aus als bei seiner Abreise. Sie hielt seine Hand und wünschte sich, er würde die Augen öffnen und für sie lächeln.

Die Tür öffnete sich und Moira brachte ihr eine Tasse Tee und ein Butterbrot herein. »Abendbrot«, flüsterte sie.

»Danke schön. Ist unten alles in Ordnung?«

»Ja, Bridget ist ein wenig besorgt. Sie weicht nicht von Rionas Seite. Mr. Hamilton ist gegangen und hat gesagt, dass er morgen früh wieder herkommt.«

Ellen nickte. Rafe wiederzusehen, nachdem sie sich damit abgefunden hatte, dass er aus ihrem Leben verschwunden war, hatte die kaum verheilte Wunde wieder aufgerissen.

»Wie geht es ihm?«

»Er ist noch nicht aufgewacht.«

»Nun, möge der gesegnete Herr über ihn wachen und ihm einen heilenden Schlaf schenken.« Sie bekreuzigte sich.

Ellen blickte Alistair an. »Er ist jetzt zu Hause. Wir können uns um ihn kümmern.«

Nach einer anstrengenden Nacht, in der sich Alistair stöhnend im Schlaf hin und her wälzte, döste Ellen schließlich kurz vor der Morgendämmerung ein, als Alistairs Fieber endlich sank.

Als die Krähen und Elstern den neuen Tag ankündigten, wechselte Ellen mit Moiras Hilfe vorsichtig die Bettwäsche. Danach fiel Alistair endlich in einen ruhigeren Schlaf. Sein Bein war zwar immer noch rot und geschwollen, aber nicht mehr so heiß wie zuvor. Und aus der Stelle, die der Arzt gerichtet hatte, tropfte kein Eiter mehr.

Ellen schlief lange und als sie aufwachte, stellte sie fest, dass Riona die Kinder zu Pater Joyce gebracht hatte, um für Alistairs rasche Genesung zu beten. Moira war einkaufen und Dilly brachte Ellen eine Schüssel mit frischem, warmem Wasser zum Waschen. Sie schrubbte sich sauber und zog sich dann frische Kleidung an.

Sie bürstete sich gerade die Haare, als sie im Spiegel bemerkte, dass Alistair sie beobachtete.

Sie drückte seine Hand. »Du bist wach.«

»Ich bin zu Hause?«

»Ja, Rafe hat dich nach Hause gebracht. Dir ging es sehr schlecht und du hattest Fieber wegen einer Infektion in deinem Bein.«

»Jetzt, wo ich bei meiner Familie bin, wird es mir sicher bald wieder besser gehen.«

»Die Jungs sind von der Schule zurück. Sie wollen dir unbedingt erzählen, wie es ihnen dort ergangen ist.«

»Schick sie rein ...«, krächzte er.

»Noch nicht. Sie werden bald zurück sein. Riona ist mit ihnen ausgegangen. Wir wollten dass es im Haus keinen Lärm gibt, damit du in Ruhe schlafen kannst.«

Er schloss die Augen. »Es tut mir leid, dass ich dir Sorgen bereitet habe.«

»Ruh dich einfach aus. Ich möchte, dass du wieder zu Kräften kommst.« Sie küsste seine mittlerweile wieder kühle Stirn. »Ich gehe hinunter in die Küche und hole dir einen Tee. Außerdem musst du etwas von dem Tonikum nehmen, das der Arzt dagelassen hat. Mrs. Lawson hat dir auch eine Rinderbrühe gemacht.«

Kurz darauf kam der Arzt vorbei und war äußerst erfreut, dass Alistairs Fieber gesunken war. Er verband das Bein und legte die Schiene neu an. Er ließ eine Flasche Laudanum da, um Alistairs Schmerzen zu lindern.

Die kleine Uhr in der Stube schlug zweimal, als Ellen den Arzt nach seinem Besuch verabschiedete. Sie ging nach oben und setzte sich zu Alistair ans Bett.

»Du hast den Arzt gehört. Kein Aufstehen. Dein Bein muss heilen, und das kann es nicht, wenn du dich nicht schonst.«

»Ja, Liebste.« Alistair nahm ihre Hand. »Ist Rafe vorbeigekommen?«

»Nein. Er sagte, er würde heute Vormittag kommen.«

Alistairs Augenbraue hob sich. »Heute Vormittag? Und er ist nicht gekommen?«

»Nein.«

»Vielleicht hat er sich angesteckt, Ellen.« Alistair setzte sich mühsam auf.

»Um Himmels willen, leg dich hin. Wo willst du denn hin?«

»Wir müssen schauen, wie es ihm geht, Ellen.«

Ihr wurde flau im Magen. »Das werden wir nicht. Dein Fieber war eine Folge der Infektion in deinem Bein, nichts anderes.«

»Wenn er sagte, er würde heute Vormittag kommen und noch nicht da war, dann ist er vielleicht krank und hat niemanden, der sich um ihn kümmert.« Alistair sah besorgt aus.

»In Ordnung, beruhige dich. Er sah sehr erschöpft aus, als er dich herbrachte.«

»Geh zu ihm, Ellen. Er hat mir das Leben gerettet. Ohne ihn hätte ich die Heimreise nicht überlebt. Vielleicht ist er jetzt selbst krank.«

»Ich weiß doch gar nicht wo er wohnt.«

»Er wohnt bestimmt im selben Hotel wie beim letzten Mal. Er war sehr zufrieden mit ihnen.«

»Das *Star Inn*?«

»Ja. Geh dorthin und vergewissere dich, dass es ihm gut geht. Ich könnte nicht damit leben, sollte ihm etwas zustoßen. Er sollte jetzt auf dem Heimweg nach England sein.«

»Ich werde gehen. Aber versprich mir, dass du dieses Bett nicht verlässt.«

»Ich verspreche es.« Er schloss die Augen, müde und erschöpft von dem Gespräch.

Ellen zog schnell ihren Mantel und ihre Handschuhe an und setzte ihren Hut auf.

Unten blieb sie in der Küche stehen, um Mrs. Lawson zu sagen, dass sie ausgehen würde.

Auf der Straße hielt eine Droschke an, und Ellen dachte, es sei Rafe der endlich kam. Stattdessen war es Moira, die mit Körben voller Einkäufe zurückkam.

»Ich bin bald wieder da«, sagte Ellen und stieg in die Droschke.

Auf dem Weg durch die Stadt raste Ellens Herz. Was, wenn Rafe krank war wie Alistair?

In der Pitt Street wurde der Fahrer langsamer, und sie

bezahlte ihn. Das *Star Inn* war eine gute Unterkunft, und sie wusste, dass die gehobene Gesellschaft oft dort einkehrte.

Sie ging zur Rezeption und lächelte den jungen Mann ruhig an. »Guten Tag. Ich wollte fragen, ob ich mich nach einem Ihrer Gäste erkundigen darf, Mr. Rafe Hamilton?«

»Ja, Mr. Hamilton wohnt bei uns, Madam.«

»Er ist ein guter Freund meines Mannes, Alistair Emmerson. Mein Mann ist derzeit krank. Wir machen uns Sorgen, dass sich Mr. Hamilton vielleicht angesteckt hat, da er uns nicht besucht hat, wie er es versprochen hatte.«

»Oh, ich verstehe.« Der junge Mann zog die Stirn in Falten. »Ich habe Mr. Hamilton den ganzen Tag nicht gesehen.«

»Darf ich hochgehen und sichergehen, dass es Mr. Hamilton gut geht?«

»Natürlich, Madame. Wir möchten nicht, dass einer unserer Gäste krank ist und nicht die nötige Hilfe bekommt.«

»Ich danke Ihnen. Ich werde sofort zurückkommen, sollte ich Ihre Hilfe benötige.«

»Zimmer drei, Madam. Das erste Zimmer rechts am oberen Ende der Treppe.«

»Danke.« Ellen eilte zur Treppe, bevor er seine Meinung änderte oder sie von jemandem gesehen wurde, der sie kannte. Wenn die Leute wüssten, dass sie das Zimmer eines Mannes betrat, mit dem sie nicht verheiratet war, würde die Gerüchteküche überkochen.

* * *

RAFE RUNZELTE DIE STIRN, als er aufwachte. Das Klopfen verstummte nicht und weckte ihn vollends. Er fluchte und drehte sich um. Das Klopfen wurde lauter und eindringlicher.

Er warf die Decke zurück und stolperte aus dem Bett. Sein Kopf war noch vom Schlaf benebelt. Das Zimmer war schummrig und die Vorhänge waren zugezogen. Er stolperte über seine Stiefel und stieß dann gegen seine Truhe.

Er schnappte sich ein Hemd und zog es sich rasch über. Ohne an seinen unbekleideten Zustand zu denken, öffnete er die Tür einen Spalt.

Die Überraschung verschlug ihm für einen Augenblick die Sprache. Ellen? Er rieb sich die Augen, um klar sehen zu können. »Ellen?«

Ellen betrat rasch das Zimmer und schloss die Tür. »Geht es dir gut?« Sie berührte seine Stirn, Panik stand ihr ins Gesicht geschrieben. »Ist dir heiß? Du fühlst dich nicht heiß an. Wie fühlst du dich? Unwohl? Ich werde einen Arzt rufen.«

»Nein ... Was? Ellen ...« Er rieb sich das Gesicht und versuchte, seinen benebelten Verstand in die Realität zurückzuholen. »Ich bin nicht krank.«

»Bist du sicher?«

»Ja, ich glaube schon.« Er fühlte sich nicht krank.

»Warum bist du dann heute Morgen nicht gekommen, wie du es versprochen hast?« Sie starrte ihn an. »Ich habe den ganzen Tag gewartet!«

»Verzeih mir. Es scheint, als hätte ich die ganze Nacht und den ganzen Tag geschlafen.«

Ellen schaute ihn an, als ob sie ihm nicht glauben würde. »Du hast also kein Fieber?«

»Nicht im Geringsten. Ich war einfach nur erschöpft.«

»Der heiligen Mutter sei Dank.« Sie sackte leicht zusammen. Erleichterung war in ihrem schönen Gesicht zu sehen.

»Geht es dir nicht gut?« Er umschloss ihren Ellbogen, um sie zu beruhigen.

»Doch, mir geht es gut. Ich dachte, du wärst krank, als du

nicht gekommen bist. Alistair hat mich wegen dir in Panik versetzt.«

»Wie geht es ihm?« Plötzlich erinnerte er sich an seinen Freund.

»Er ist aufgewacht. Sein Fieber ist gesunken und sein Bein sieht schon besser aus.«

»Ausgezeichnet.« Erleichterung durchströmte ihn. Er lächelte, als er sah, dass die Farbe in ihre Wangen zurückkehrte. »Du siehst aus, als bräuchtest du einen Schluck von irgendetwas.« Er wurde sich seines aufgeknöpften Hemdes und der geöffneten Hose bewusst, in der er geschlafen hatte. Ellens Blick flackerte zu seiner Brust. Verlangen durchfuhr seine Leistengegend.

Begierde ließ ihre Augen sich verdunkeln, als ihr Blick von seinem Gesicht wieder zu seiner Brust wanderte. Sie wollte ihn genauso sehr wie er sie, und dieses Wissen jagte ihm einen Schauer über den Körper, den er nicht verbergen konnte.

Ohne darüber nachzudenken, zog er sie an sich und küsste sie mit einer Leidenschaft, die er kaum kontrollieren konnte. Schon so lange hatte er sich nach dieser erstaunlichen Frau gesehnt. Zu lange hatte er sich danach verzehrt, sie in seinen Armen zu halten. Er liebte sie mit jeder Quäntchen seines Seins.

»Ellen ...«, hauchte er und schnappte nach Luft, dann hob er sie in seine Arme und trug sie zum Bett.

Er wusste, dass sie aufhören mussten. Aber in diesem Moment zählte nichts und niemand außer der Intensität seiner Liebe, als er ihr die Kleider abstreifte, bis sie nackt vor ihm lag.

Er schloss die Tür ab, dann kehrte er zum Bett zurück und zog sich langsam aus, ohne seinen Blick von ihrem herrlichen

Körper zu nehmen, von dem er schon so lange geträumt hatte. »Du bist atemberaubend schön.«

Sie streckte die Hände nach ihm aus. »Lass mich alles vergessen.«

Er brauchte keine weitere Ermutigung. Er würde sie ganz und gar Sein machen. Seine Frau. Seine Liebe.

STUNDEN SPÄTER WARF der Sonnenuntergang Schatten in den Raum. Rafe küsste sie. Ellen lag ausgestreckt auf ihm, während sie ruhig und erschöpft dalagen. Sie hatten beide ihre Gedanken an alles, was sich außerhalb des Zimmers und des Bettes befand, beiseitegeschoben.

In seinen Armen hatte sie sich in seiner Liebe gesonnt, in seiner Lust, in seinen leisen Bitten, sie möge ihn berühren, ihn schmecken und ihn ganz machen. Sie tat es. Zusammen waren sie eine Person, teilten dieselben Gedanken und fühlten dieselben Empfindungen.

Aber sie mussten es beenden, und der Gedanke traf ihn wie ein Schlag mitten ins Gesicht. Sie war schon seit drei Stunden von zu Hause weg. Und so sehr er sie auch liebte, er wusste, dass sie zurückmusste.

Als ob sie gleichzeitig zu demselben Schluss gekommen wären, hielten sie sich noch fester umschlungen, denn sie wussten, dass dies das Ende war.

»Ich liebe dich von ganzem Herzen«, flüsterte sie.

»So wie ich dich liebe.« Er küsste sie innig, sein Körper verlangte nach ihr, wieder und für immer.

Zitternd und mit Tränen, die stumm über ihre Wangen liefen, zog Ellen sich an.

»Ich werde zum Haus kommen und mich von euch allen verabschieden«, murmelte Rafe, und seine Stimme klang heiser vor Schmerz, wie er es noch nie erlebt hatte.

Mit einem letzten eindringlichen Blick schenkte Ellen ihm ein zaghaftes Lächeln und verließ den Raum.

Als er eine Stunde später im Haus ankam, um Alistair zu besuchen, hatte er sein Gepäck dabei. Es war ihm gelungen, eine Fahrkarte für ein Schiff zu kaufen, das mit der Abendflut nach England segeln würde. Sein eigenes Schiff war mit einer Ladung Wolle und Flachs innerhalb von zwei Wochen nach seiner Ankunft wieder ausgelaufen. Diesmal würde er mit einem schnellen Klipper fahren, der ihn hoffentlich bis zum Ende des englischen Sommers nach Liverpool bringen würde.

Dilly öffnete ihm die Tür, und er betrat die Stube. Er freute sich darauf, Ellen zu sehen, aber nur Riona war da.

»Mr. Hamilton.«

»Ich bin gekommen, um Alistair zu besuchen, sollte er wach sein.«

»Das ist er. Er hat den Jungen zugehört, was sie alles über die Schule zu berichten hatten. Gehen Sie ruhig nach oben, ich werde Ihnen einen Tee zubereiten.«

»Ich werde nicht lange bleiben. Ich hatte das Glück, eine Fahrkarte für ein Schiff zu bekommen, das noch heute Abend ausläuft.«

»Oh. Nun, wir alle werden Sie vermissen.«

»Danke.« Er wollte fragen, wo Ellen war, aber er wusste, dass er sich zurückhalten musste.

»Meine Schwester ist nicht da, fürchte ich. Sie liebt es, den Sonnenuntergang über den fernen Hügeln zu beobachten.« Rionas wachsamer Blick verriet ihm mehr als ihre Worte. Ellen hatte nie vorgehabt, sich zu verabschieden.

Er nickte steif und stieg die Treppe hinauf. Im Schlafzimmer wurde er von den Kindern herzlich begrüßt. Ellens

Jungs waren gewachsen, und ihm schmerzte der Gedanke, sie nicht zu Männern heranwachsen zu sehen.

Bridget kam sofort zu ihm. »Werden Sie mir morgen beim Reiten zusehen?«

»Nein, mein liebes Mädchen.« Seine Stimme stockte, und er hustete leicht. »Ich kehre heute Abend nach England zurück.«

»Heute Abend?«, krächzte Alistair vom Bett aus. »Schon so bald?«

»Ja.« Eine Welle von Schuldgefühlen überkam ihn. Er hatte seinen guten Freund entehrt und fühlte sich wie ein Schuft. Er wünschte, er wäre ein besserer Mensch. Aber das konnte er nicht sein, wenn es um Ellen ging. Er liebte sie, aber er hätte stärker sein und sich nicht seinem Verlangen hingeben sollten. Er musste hart daran arbeiten, ihr Geschäft zu einem großen Erfolg zu machen, um es vielleicht irgendwann wieder gutmachen zu können.

»Ein amerikanischer Klipper läuft heute Abend nach London aus. In meiner Unterkunft habe ich erfahren, dass ein Herr nicht in der Lage ist, die Reise anzutreten, und er hat mir seine Fahrkarte angeboten. Außerdem habe ich viel für unsere Unternehmen zu tun, mein Freund. Wir haben in Melbourne eine Menge geplant, nicht wahr?« Rafe trat näher an das Bett heran. »Je eher ich nach Hause komme, desto eher kann ich unsere Pläne in die Tat umsetzen.«

»Werden Sie zurückkommen, Mr. Hamilton?«, fragte Austin.

Rafes Herz schlug ihm bis zum Hals und er kämpfte gegen die Emotionen an, als er Austin ansah. »Ich weiß es nicht. Zumindest nicht in naher Zukunft.«

»Werden Sie mir schreiben?« Bridget legte ihre Hand in

seine und sah ihn mit einem Gesicht, das dem ihrer Mutter so ähnlich war, hoffnungsvoll an.

»Das werde ich.« Er schluckte hart und drehte sich schnell zu Alistair um. »Erhol dich gut und bleib danach gesund. Ich werde schreiben, sobald ich wieder in Liverpool bin.«

»Auf Wiedersehen, mein Freund.« Alistair schüttelte seine Hand. »Gute Reise, und wer weiß, vielleicht bringe ich diesen widerspenstigen Haufen eines Tages zurück nach England.« Er grinste fröhlich.

Rafe bekam kein Ton heraus. Er hörte, wie sich irgendwo unten eine Tür schloss, und sein Atem stockte. War Ellen nach Hause gekommen?

»Ich begleite Sie hinaus, Mr. Hamilton«, sagte Austin.

Als er zu der gemieteten Kutsche ging, wurde Rafe nervös und hoffte verzweifelt, dass Ellen zurückgekehrt war, damit er sie noch einmal sehen konnte. Es fiel ihm schwer, einen weiteren Schritt zu tun und sie zu verlassen.

Er schüttelte Austins Hand. »Pass auf deine Mutter auf, junger Mann.«

»Das werde ich, Sir. Auf Wiedersehen.«

Mit einem letzten Blick auf die dunkler werdende Küste ignorierte Rafe all seine Instinkte, sich umzudrehen und sie zu suchen. Stattdessen stieg er mit gebrochenem Herzen in die Droschke. Das Pferd lief los, und er schloss die Augen.

KAPITEL 22

»*M*ir gefällt das weiße Sprenkelmuster«, sagte Riona und hielt eine Stoffbahn in Mrs. Haggertys Salon hoch.

Ellen wandte sich von der Musterung eines Paars Ziegenhandschuhe ab. »Ja, das ist hübsch für den Sommer.«

Ellen schlenderte durch den Laden und versuchte sich auf die Stoffe und Accessoires um sie herum zu konzentrieren, aber ihre Gedanken waren ganz woanders. Sie dachte an Dinge, die wichtiger waren als Kleider und Handschuhe.

Sie hatte die Woche nach Rafes Abreise damit verbracht, sich um Alistairs Bedürfnisse zu kümmern und zu versuchen, die Schuld, ihn betrogen zu haben, wiedergutzumachen.

Aber in der darauffolgenden Woche glaubte sie, sie würde völlig den Verstand verlieren, wenn sie das Haus nicht verlies und etwas unternahm. Dann kam ihr eine Idee. Da Alistair wegen seines gebrochenen Beins nicht in sein Büro gehen konnte, würde sie sich um seinen Papierkram kümmern und hatte ein provisorisches Büro im Schlafzimmer eingerichtet.

Zuerst hatte Alistair sich dagegen gesträubt, doch als er

merkte, wie hilfsbereit sie war und dass sie ein Händchen für Geschäfte hatte, bezog er sie bald in alle seine Unternehmen ein.

In den letzten sieben Wochen hatte sie seine Geschäftspartner in verschiedenen Unternehmen und Produzenten besucht, Leute, deren Produkte Alistair kaufte, um sie nach England zu verschiffen. Sie sammelte Informationen aus den Lagern und trug diese in die Geschäftsbücher ein. Sie traf sich mehrmals wöchentlich mit dem Bauunternehmer, da die Reihenhäuser nun Gestalt annahmen, und stellte sich den Schiffskapitänen vor, die im Hafen anlegten und möglicherweise Waren in die und aus der Kolonie verschiffen konnten.

Sie war so beschäftigt, dass sie nur wenige Stunden pro Nacht schlief, meist in dem Stuhl, in dem sie während der Arbeit saß. Je mehr sie sich selbst antrieb, desto weniger dachte sie an Rafe und ihr gebrochenes Herz und desto mehr Geld verdiente sie für die Familie.

Alistair war stolz auf ihren Intellekt und ihren Geschäftssinn. Er leitete sie an und erklärte ihr die Dinge, was ihr das nötige Wissen vermittelte, wie sie sich den Herren der Stadt gegenüber verhalten musste. Seine Geduld und Ermutigung brachten sie dazu, ihm zu gefallen und ihn stolz zu machen.

Die Ladentür öffnete sich, und Mrs. Percival und Mrs. Gardner-Hill traten ein. Ihre Gesichter zeigten Erstaunen und Befangenheit darüber, dass man sie in einem Viertel der Unterschicht der Stadt erwischte.

»Mrs. Gardner-Hill, ich wusste gar nicht, dass Sie hier Kundin sind.« Ellen legte fragend den Kopf schief.

»Wir wollten die Arbeit von Mrs. Haggerty näher in Augenschein nehmen«, antwortete Mrs. Gardner-Hill. »Nachdem ich Ihr Kleid auf meinem Ball gesehen hatte, beschloss ich, mich selbst hierher zu wagen, um die Qualität zu beurteilen. Allerdings ist diese Seite der Stadt furchtbar rau, und ich fürchtete um mein Leben, als wir in die Cumberland Street einbogen.«

»Lassen Sie sich wegen der Gegend nicht von Mrs. Haggertys außerordentlichen Fähigkeiten ablenken.« Ellen nickte der Näherin zu, die aus einem Hinterzimmer kam, nachdem sie eine andere Kundin vermessen hatte. Ellen stellte die Frauen vor.

»Guten Tag, meine Damen.« Mrs. Haggerty, eine große Frau unbestimmten Alters, trat hinter den Ladentisch, um etwas in ihr Geschäftsbuch zu schreiben.

Mrs. Percival hielt sich ein Taschentuch vor die Nase. »Ich kann die Kanalisation bis hierher riechen.« Sie warf Ellen einen bösen Blick zu. »Ich nehmen an, Sie fühlen sich wohl in diesem Viertel, Mrs. Emmerson?«

Ellen lachte spöttisch auf. »Ja, das tue ich. Unter anständigen, hart arbeitenden Menschen zu sein, die sich gegenseitig helfen, erinnert mich an zu Hause.« Sie warf der anderen Frau einen bösen Blick zu, denn sie wusste, dass sie in den Salons von Sydney Klatsch und Tratsch über sie verbreitet hatte. Seit jenem Nachmittag, hatte sie keine weiteren Einladungen zum Tee erhalten, und gestern hatte Ellen gesehen, wie zwei Bekannte die Straße überquerten, um ihr aus dem Weg zu gehen. Sie hatte wegen ihres Ausbruchs so genannte Freunde verloren und damit vielleicht die Zukunft ihrer Kinder, die in die erstklassige Gesellschaft aufgenommen werden sollten, gefährdet. Allerdings fühlte sie sich so niedergeschlagen wegen Rafes Abreise, dass sie sich nicht so sehr darum kümmerte, wie sie es vielleicht sollte.

»Wem darf ich zuerst helfen?« Mrs. Haggerty durchbrach die angespannte Atmosphäre.

»Meine Schwester und ich werden morgen zurückkehren,

Mrs. Haggerty«, sagte Ellen plötzlich. »Kümmern Sie sich um Mrs. Gardner-Hill und Mrs. Percival, die, wie ich höre, Ihr Fachwissen noch dringender brauchen als wir, denn unsere Kleiderschränke sind bereits voll von Ihrer herrlichen Arbeit. Schönen Tag noch.«

Draußen vor dem Laden begann Riona zu lachen. »Das war gemein, Ellen.«

»Oh, sie haben es verdient, besonders Mrs. Percival, die überhebliche Hexe. Aber sie wird den Tag bereuen, an dem sie der Meinung war, auf mich herabblicken zu müssen, denn die Zeit wird kommen, in der ich ihr und allen anderen zeigen werde, dass ich ihnen gleichgestellt bin.«

»Du warst diejenige, die in ihre Gesellschaft eintreten wollte«, sagte Riona, als sie auf dem Weg nach Hause waren.

»Ich will das Beste für meine Kinder. Was diese Frauen von mir denken, kümmert mich nicht.«

»Es ist ein und dasselbe, Ellen, und das weißt du auch.« Zwei Männer, die an der Wand eines Gasthauses lehnten, pfiffen ihnen nach, als sie vorbeigingen.

Ellen ergriff Rionas Arm, da sie wusste, dass ihre Schwester nach Lesters Übergriff in solchen Situationen schlecht reagierte. »Einfach weitergehen.«

Am Ende der Straße hielten sie an, um einem Hirten zu erlauben, seine Schafherde zum Hafen hinunter zu treiben. Schafsmist verschmutzte das Kopfsteinpflaster, und aus der Gerberei ein paar Gassen weiter wehte der Gestank von Urin herüber.

»Heilige Mutter Maria. Diese Stadt ist ein einziges Drecksloch.« Riona hob ihre Röcke, um sie nicht zu beschmutzen. »Auf den Landstraßen zu Hause mussten wir so etwas nie ertragen.«

Ellen schwieg und versuchte, den Inhalt ihres Frühstücks bei sich zu behalten.

»Ich fände es gut, wenn wir nach Parramatta fahren und die Jungs am Samstag besuchen. Wir sollten mit dem Boot auf dem Fluss zu ihnen fahren.« Riona machte einen großen Schritt über einen Wassergraben, der gleichzeitig als Latrine für die Nachbarhäuser diente.

»Was meinst du?«, fragte Riona, als Ellen nicht antwortete.

Der Geruch der offenen Kanalisation war zu viel, Ellen drehte sich um und erbrach sich in die Büsche vor einer kleinen Hütte.

»Heilige Jungfrau, Ellen.« Riona klopfte ihr auf den Rücken.

Ellen krümmte sich und wollte einfach nur heulen, weil sie sich so elend fühlte.

Riona reichte ihr ein Taschentuch. »Jesus, Maria und Josef, geht es dir gut?«

Ellen richtete sich auf und wischte sich den Mund ab. »Tut mir leid.«

»War es der Geruch, oder hast du etwas falsches gegessen?«

Ellen ging langsam weiter, und kämpfte gegen das Bedürfnis an, sich wieder zu übergeben.

Riona nahm ihren Arm. »Du wirst dich besser fühlen, sobald wir diesen Gestank hinter uns gelassen haben. Kein Wunder, dass Mrs. Gardner-Hill über diese Gegend die Nase rümpft. Sie ist wirklich nicht angenehm. Aber ich nehme an, wir können es leichter ertragen als sie.«

Während Riona über die Vorteile des Landlebens gegenüber der Stadt redete, dachte Ellen nur daran, dass sie ihre monatliche Blutung nicht gehabt hatte. Nicht mehr, seit sie mit Rafe zusammen gewesen war.

Es war gerade mal neun Wochen her, dass er zurück nach England gereist war. Sie hatte jeden Tag gezählt.

Neun Wochen, in denen sie sich nach ihm gesehnt hatte.

Neun Wochen, in denen sie ihr Leben ohne ihn gelebt hatte.

Wenn sie ein Kind bekam, war es von ihm. Der Gedanke erregte und ängstigte sie. Sie hatte ihre monatliche Blutung zuletzt bekommen, als Alistair in Melbourne war, also konnte das Baby nicht von ihrem Mann sein. Wegen Alistairs gebrochenem Bein und seinem geschwächten Zustand nach dem Fieber hatten sie seit seiner Rückkehr nicht mehr im selben Bett geschlafen. Ellen hatte stattdessen mit Riona in einem Bett geschlafen.

Kalter Schweiß stand ihr auf der Stirn, obwohl es ein kalter Wintertag war.

Rafes Baby.

Im Haus angekommen, ging sie sofort nach oben, um sich das Gesicht zu waschen und etwas Wasser zu trinken.

Sie betrachtete sich in dem großen Spiegel, aber unter ihrem Mieder, dem Korsett und den weiten Röcken war nichts zu erkennen. Sie wusste jedoch, dass sie es nicht ewig würde verbergen können.

»Da bist du ja, meine Liebe.« Alistair humpelte auf einen Stock gestützt ins Zimmer. Der Arzt hatte ihm vor einer Woche die Schienen abgenommen, und er gewöhnte sich allmählich daran, wieder richtig zu laufen. »Hattest du deine Kleideranprobe?«

»Nein. Mrs. Percival und Mrs. Gardner-Hill sind eingetroffen, und wir haben ihnen den Vortritt gelassen.«

»Das war sehr nett von dir. Aber ich bin überrascht, dass sie sich in die Cumberland Street gewagt haben. Das ist eine arme Gegend.«

»Die Fähigkeiten von Mrs. Haggerty werden diese Unannehmlichkeiten aufwiegen.« Sie drehte sich um und sah ihn an.

Das Fieber hatte ihn abmagern lassen, aber langsam nahm er wieder zu, da Mrs. Lawson ihm täglich seine Lieblingsspeisen zubereitete. Er trug einen Anzug, und gestern Abend hatte er Moira erlaubt, ihm die Haare zu schneiden. Ellen hatte sie die ganze Zeit über lachen hören, während sie es tat.

»Wieso starrst du mich so an?«, fragte er und riss sie aus ihren Gedanken. »Sehe ich mit diesem Stock bemitleidenswert aus?« Sein Grübchen kam zum Vorschein, als er grinste.

»Nein, ganz und gar nicht.« Impulsiv ging sie zu ihm und schlang ihre Arme um seine Mitte. Es war das erste Mal, dass sie so etwas tat.

»Was soll das?« Er lachte, hielt sie aber fest.

Sie legte ihren Kopf leicht in den Nacken und küsste ihn. »Es ist an der Zeit, dass ich wieder in dieses Zimmer ziehe, in unser Bett.«

Er küsste sie. »Es gibt nichts, was ich mir sehnlicher wünschen würde.«

»Und ich muss dich um einen Gefallen bitten.«

»Oh, und was könnte das sein.« Er bedeckte ihren Hals mit Küssen.

»Ich möchte, dass wir nach Berrima ziehen.«

Er lehnte sich überrascht zurück. »Aufs Land ziehen?«

»Ja. Ich bin der Stadt überdrüssig. Ich brauche frische Luft zum Atmen, und dir würde es auch gut tun.«

»Du bist in den letzten Wochen sehr blass gewesen. Ich habe mir Sorgen gemacht, dass dir das alles zu viel wird, wenn du dich um meine geschäftlichen Interessen und mich kümmerst, während ich im Bett liege.«

»Mich um deine Geschäfte zu kümmern war ein Vergnügen. Es hat mir sehr viel Spaß gemacht, aber jetzt geht es dir viel besser und du wirst es wieder übernehmen wollen. Und ich möchte das Haus in Berrima sehen, das gerade gebaut wird.«

»Ich kann nicht zu lange der Stadt fernbleiben, Liebste. Jetzt, wo es mir besser geht, muss ich sozusagen die Zügel wieder in die Hand nehmen.«

»Du kannst zurück in die Stadt kommen und ich kann auf dem Land bleiben.«

»Für wie lange? Ich möchte nicht ohne dich sein. Ich brauche dich hier als meine Frau, meine Gastgeberin.«

»Ich möchte, dass Berrima mein ständiges Zuhause wird.« Jetzt, da sie es laut ausgesprochen hatte, ergab es für sie einen Sinn. Sie musste weg von Sydney, den Erinnerungen an Rafe und dem Klatsch der Frauen. »Ich kann hier nicht atmen, Alistair. Ich bin ein Mädchen vom Land.«

»Bist du so unglücklich in der Stadt?«

»Ja.«

»Auch mit mir?« Er schien sich Sorgen über ihre Antwort zu machen.

»Mit dir? Nein, mit dir überhaupt nicht. Aber die Abendessen und die Gartenpartys und die Teestunden … Das ist nichts für mich. Ich möchte auf unserem Land spazieren gehen, die Tiere grasen sehen, Gemüse anbauen …«

»Ein einfaches Bauernleben?« Er schaute sie angesichts ihrer Idee ungläubig an. »Aber du bist meine Frau, und als solche kannst du an so viel mehr teilhaben. Es wird von dir erwartet, dass du mich zu Abendessen und Bällen, ins Theater und ähnliche Veranstaltungen begleitest.«

»Es gibt nichts, was ich mir mehr wünsche, als auf dem Land zu leben. Ich weiß, dass du willst, dass ich hier bin, aber das kann ich nicht, nicht auf Dauer. Ich will ein einfaches Leben auf dem Land.«

»Ich bezweifle sehr, dass du jemals eine einfache Bäuerin sein wirst, meine Liebe.«

»Nein, vielleicht nicht. Und ich werde mich der Gesellschaft auf dem Lande gerne anschließen, denn hoffentlich haben sie die gleichen Interessen wie ich, außerdem würde es den Kindern ebenfalls zugutekommen. Ich würde sogar reiten lernen.«

Er grinste wieder. »Wir könnten also zusammen ausreiten?«

»Ja!«, antwortete sie eifrig. »Bitte, können wir das machen?«

Er küsste sie. »Wenn es dich glücklich macht, dann werden wir es tun.«

Ellen umarmte ihn. »Ich werde aus unserem Anwesen in Berrima das schönste in der ganzen Gegend machen.«

»Daran habe ich keinen Zweifel. Aber zuerst möchte ich ein Versprechen von dir.«

»Ja?«

»Dass du deine Zeit zwischen Berrima und Sydney aufteilen wirst, damit ich dich hier zu den Abendessen und Bällen mitnehmen kann.«

Sie dachte einen Moment nach und nickte dann. »Ich werde jedes Jahr drei Monate hier in Sydney verbringen, ist das in Ordnung?«

Er küsste sie. »Ich hätte sechs Monate vorgezogen, aber ich weiß, dass ich mich nicht mit meiner Frau streiten sollte.« Er grinste. »Komm, Bridget will uns ihre Zeichnung zeigen. Sie ist das klügste kleine Mädchen, das ich kenne. Das muss sie von ihrer Mama haben.«

Sie hielt ihn zurück. »Danke, dass du meine Kinder liebst.«

»Wie könnte ich das nicht tun, wo sie doch ein Teil von dir sind, der Frau, die mich so glücklich macht.«

»Ich werde es immer versuchen, Alistair.« Sie streichelte seine Wange. »Ich bin nicht perfekt, aber ich werde versuchen, die beste Ehefrau zu sein.«

»Wer kann da noch mehr verlangen?« Er küsste ihre Hand, und sie verließen den Raum.

ELLENS GESCHICHTE WIRD im zweiten Teil, ›*Hinter den fernen Hügeln*‹, fortgesetzt.

NACHWORT

Danksagungen

Einen Roman zu schreiben, der in Irland während der Hungersnot spielt, war schon lange mein Wunsch. Die Vorfahren meiner Großmutter Mary stammen aus der Gegend von Louisburgh in der Grafschaft Mayo, Irland. Marys Vater, Patrick Kittrick, wurde auf der Farm seines Vaters in der Nähe von Louisburgh geboren, genau wie sein Vater, Michael. Michael Kittrick, mein Ururgroßvater, wurde 1845 geboren und muss ein glückliches Baby gewesen sein, das die Hungersnot überlebt hat. Sein Vater war Pächter auf dem Land des Marquis von Sligo, und viele seiner Verwandten wanderten in ferne Länder aus. Mein Großvater Patrick verließ Irland im Jahr 1900 als junger Mann und ging nach Yorkshire, England.

Meine Vorfahren waren römisch-katholisch und konnten die irische Sprache ebenso gut sprechen und schreiben wie Englisch. Ich gehöre nicht dem römisch-katholischen Glauben an und musste einige Nachforschungen über diese

Religion anstellen. Allerdings wollte ich die Geschichte nicht mit Gebeten, Messen, Zeremonien usw. überfrachten. Ich hoffe, dass ich genug von der Religion in die Geschichte gestreut habe, damit der Leser die Stärke ihres Glaubens verstehen kann und warum Ellen so handelte, wie sie es tat, als sie Alistair heiratete und ihre Religion wechselte. Ich konnte nicht alle Kirchenbesuche und die Anerkennung von Festtagen usw. einbeziehen, da das Buch sonst zu lang geworden wäre.

Miller's Point, Dawes' Point und Elizabeth's Bay waren die ursprünglichen Namen dieser Orte entlang des Hafens von Sydney, allerdings habe ich das ›s‹ entfernt, um sie der heutigen Form der Namen anzupassen.

Die Passagen, die Patrick aus dem Handbuch auf dem Schiff vorliest, stammen aus einem echten Handbuch, das in den 1850er Jahren geschrieben wurde, um die Passagiere auf die Reise nach Australien vorzubereiten. Die Zeitungsanzeige, die Ellen vorliest, stammt ebenfalls aus einer echten Anzeige aus dieser Zeit.

Wie immer möchte ich mich bei meinen Lesern für ihre anhaltende Unterstützung meiner Geschichten herzlich bedanken. Ich freue mich über jede begeisterte Nachricht, die mich erreicht. Ich weiß das wirklich zu schätzen, und die netten Nachrichten und Rezensionen machen die monatelange harte Arbeit wert.

Mein Dank geht auch an Deborah Smith für ihre Unterstützung in ihren Facebook-Gruppen und für die Einrichtung der AnneMarie Brear Facebook Fan Page.

Ich habe das große Glück, dass ich die Liebe und Unterstützung meiner Familie habe. Ohne sie hätte ich das nicht geschafft – nun ja, ich hätte es, aber ich habe sie lieber an meiner Seite und höre mir zu, wenn ich wegen der Abgabetermine und Cover Stress habe als ohne sie!

Ich danke Ihnen.
AnneMarie
Südliche Highlands, NSW, Australien.
Mai 2021

ÜBER DEN AUTOR

AnneMarie Brear wurde in einer Kleinstadt im Nordwesten Englands als jüngstes von fünf Kindern englischer Eltern aus Yorkshire geboren. Von klein auf liebte sie das Lesen und arbeitete sich durch die Geschichten von Enid Blyton, bevor sie als Teenager zu den Romanen von Catherine Cookson überging.

Als sie in den 1980er und 2010er Jahren in England lebte, entwickelte AnneMarie durch den Besuch großer alter englischer Häuser eine Liebe zur Geschichte, die sich zu einer Faszination für das entwickelte, was hinter den Mauern dieser Häuser im Laufe ihres langen Bestehens geschehen sein mag. Ihre Freude an der Besichtigung alter Landsitze und Schlösser auf Reisen sowie ihr Interesse an der Genealogie und der Erforschung ihres Stammbaums nutzte sie, um Hintergründe und Namen für ihre historischen Romane zu finden, die hauptsächlich in Yorkshire oder Australien zwischen dem viktorianischen Zeitalter und dem Zweiten Weltkrieg spielen.

Nach einem langen und verschlungenen Weg zur Veröffentlichung wurde ihr erster Roman 2006 veröffentlicht. Inzwischen hat sie mehr als sechsundzwanzig Romane veröffentlicht und wurde mit ihrem Roman ›Kitty McKenzie‹ und anderen zu einer Bestseller-Autorin auf Amazon UK. Ihr Roman ›The Slum Angel‹ gewann eine Goldmedaille bei den

Reader's Favourite International Awards und wurde für einen *RWA Ruby Award* nominiert.

AnneMarie lebt in den südlichen Highlands von New South Wales und verbringt ihre Zeit, wenn sie nicht gerade schreibt, mit Lesen, Reisen, Familie und Schokolade – nicht immer in dieser Reihenfolge!

Um mehr über AnneMarie und ihre Bücher zu erfahren, besuchen Sie bitte ihre Website, wo Sie sich auch für ihren Newsletter anmelden können. www.annemariebrear.com